ACIDENTE

Obras da autora publicadas pela Record

Acidente
Agora e sempre
A águia solitária
Álbum de família
Amar de novo
Um amor conquistado
Amor sem igual
O anel de noivado
O anjo da guarda
Ânsia de viver
O apelo do amor
Asas
O beijo
O brilho da estrela
O brilho de sua luz
Caleidoscópio
Casa forte
A casa na rua Esperança
O casamento
O chalé
Cinco dias em Paris
Desaparecido
Um desconhecido
Desencontros
Doces momentos
Entrega especial
O fantasma
Final de verão
Forças irresistíveis
Galope de amor
Honra silenciosa
Imagem no espelho
Jogo do namoro
Jóias
A jornada
Klone e eu
Maldade
Meio amargo
Mergulho no escuro
Momentos de paixão
Um mundo que mudou
Passageiros da ilusão
Pôr-do-sol em Saint-Tropez
Porto seguro
Preces atendidas
O preço do amor
O rancho
Recomeços
Relembrança
Resgate
O segredo de uma promessa
Segredos de amor
Segredos do passado
Segunda Chance
Tudo pela vida
Uma só vez na vida
Vale a pena viver
A ventura de amar
Zoya

DANIELLE STEEL

ACIDENTE

Tradução de
NEWLI MAURA

8ª EDIÇÃO

EDITORA RECORD
RIO DE JANEIRO • SÃO PAULO
2009

CIP-Brasil. Catalogação-na-fonte
Sindicato Nacional dos Editores de Livros, RJ.

Steel, Danielle
S826a Acidente / Danielle Steel; tradução de Newli
8ª ed. Maura. – 8ª ed. – Rio de Janeiro: Record, 2009.

Tradução de: Accident
ISBN 978-85-01-04191-3

1. Ficção norte-americana. I. Maura, Newli.
II. Título.

CDD – 813
95-1157 CDU – 820(73)-3

Título original norte-americano
ACCIDENT

Direitos exclusivos de publicação em língua portuguesa para o Brasil
adquiridos pela
DISTRIBUIDORA RECORD DE SERVIÇOS DE IMPRENSA S.A.
Rua Argentina 171 – Rio de Janeiro, RJ – 20921-380 – Tel.: 2585-2000
que se reserva a propriedade literária desta tradução

Impresso no Brasil

ISBN 978-85-01-04191-3

PEDIDOS PELO REEMBOLSO POSTAL
Caixa Postal 23.052
Rio de Janeiro, RJ – 20922-970

Ao Popeye,
que sempre esteve por perto
quando precisei,
pela grandes
e pequenas coisas.
Sempre te amarei,
a cada hora,
a cada momento
de cada um dos meus dias.
De todo o coração
e com todo o amor,
d.s.

Capítulo 1

A tarde de sábado era uma daquelas mais perfeitas de abril. O mormaço calmo e a brisa suave no rosto faziam qualquer um querer ficar para sempre ao ar livre. Para Page, fora um longo e ensolarado dia, e a vista do mar durante a travessia da ponte Golden Gate, às cinco horas, em direção a Marin, era de tirar o fôlego.

Olhou de relance para o seu filho, sentado ao lado, que mais parecia uma miniatura loura de si mesma, não fosse a sujeira que lhe encobria o rosto e o cabelo eriçado, antes encoberto pelo boné de beisebol. Andrew Patterson Clarke fizera sete anos na última terça-feira. E bastava ver os dois sentados juntos, relaxando após o jogo, para sentir como era forte a ligação entre eles. Page Clarke era boa mãe, boa esposa e o tipo de amiga que qualquer um adoraria ter. Ela se preocupava, amava, se dedicava com afinco a tudo que fazia; estava sempre à disposição daqueles com quem se importava. Seu modo artístico de fazer as coisas sempre surpreendia os amigos; ela era despretensiosamente bonita e uma companhia muito divertida.

— Você esteve ótimo esta tarde — sorriu ela, tirando por alguns instantes uma das mãos do volante, a fim de desalinhar o cabelo já arrepiado. Andy tinha a mesma vasta e loura cabeleira cor de trigo da sua mãe, os mesmos grandes olhos azuis e a mesma pele leitosa, só que a dele era salpicada de sardas. — Quase não acreditei quando você pegou aquela bola fora do quadrado. Achei que ia fazer um *home run* — disse ela.

Page estava sempre presente aos jogos, às peças da escola, aos passeios com a turma e com os amigos. Fazia tudo isso com prazer, porque amava Andy. E ele sabia. Isso ficava claro, quando olhava para ela.

— Também achei que ia fazer — concordou ele, sorrindo e mostrando as gengivas em lugar dos dentes que tinham estado ali até há bem pouco. — Eu tinha quase certeza de que o Benjie ia conseguir chegar à base antes de mim... mas não conseguiu! — gargalhou ele com malícia, enquanto chegavam ao outro lado da ponte, já no Condado de Marin

Page riu com ele. Tinha sido uma tarde gostosa. Ela gostaria que Brad pudesse ter estado lá, mas ele jogava golfe com seus sócios todas as tardes de sábado. Seria uma oportunidade de relaxar e de se manter em dia com as atividades da família. Mas agora era raro ele passar as tardes de sábado a sós com ela. E, quando isso acontecia, havia sempre algo para fazer, como por exemplo ir aos jogos de Andy, ou às competições de natação de Allyson, que sempre pareciam acontecer num fim de mundo qualquer. Ou então o cachorro cortava a pata, aparecia uma goteira no teto, uma rachadura no encanamento ou alguma outra pequena emergência requerendo uma solução. Não tinham mais sábados preguiçosos, há anos. Mas, já acostumados a tudo isso, ela e Brad roubavam todos os momentos que podiam; à noite, durante o sono das crianças, entre as viagens de negócios, ou em seus raros fins de semana passados fora. Era quase uma proeza encontrar tempo para romance em meio a vidas tão conturbadas; mas de alguma forma eles conseguiam. Depois de dezesseis anos de casada e com dois filhos, Page ainda era apaixonada por Brad. Ela possuía tudo o que desejava: um marido adorado e que a amava, uma vida estável e duas crianças maravilhosas. A casa em Ross não era sofisticada, apenas bonita, confortável e numa boa vizinhança. Porém a incansável dedicação e a habilidade de Page em melhorar as coisas faziam tudo ficar realmente adorável. Seus anos como estudante de artes e cenógrafa estagiária em Nova York não lhe tinham sido, até então, muito úteis. Nos últimos tempos, entretanto, usara seus dotes artísticos na pintura de lindos murais para si mesma e para amigos. Havia um, de sua autoria, espetacular, na escola local. Ela fizera de sua casa um lugar de extrema beleza. Suas pinturas, murais e toques artísticos transformaram uma casinha comum de rancho num alvo de admiração e inveja. Era tudo obra de Page, e todos os que a visitavam sabiam disso.

No ano anterior, ela fizera um painel de um jogo de beisebol em pleno andamento, na parede do quarto de Andy, como presente de Natal. Ele adorou. Para Allyson, ela pintara, no ano em que esteve apaixonada pela França, uma rua de Paris, e depois uma fileira de bailarinas inspiradas em Degas. Mais recentemente, transformara o quarto de Allyson numa piscina, pintando, com seu toque mágico, até mesmo a mobília para combinar e parecer bem real. A recompensa obtida foi que Allyson e seus amigos acharam o quarto "o maior barato" e Page era "pô... super-radical... legal", comentários altamente positivos, vindos de adolescentes.

Allyson estava na segunda série do segundo grau. Olhando assim para eles, sua mãe se arrependia, a cada instante, de não ter tido mais filhos. Sempre quis ter mais. Brad, contudo, tinha sido claro sobre "um ou dois", com ênfase no um. Ele ficara maluco pela menininha, e não via necessidade de mais filhos. Foram precisos sete anos para convencê-lo a ter outro. Foi aí que saíram da cidade e se mudaram para Ross, quando Andy — seu pequeno milagre, como costumava chamá-lo — nasceu, prematuro de seis meses e meio, após Page ter caído da escada no quarto, onde pintava um mural do Ursinho Puf. Levada às pressas para o hospital, ela quebrara a perna e entrara em trabalho de parto. Andy ficou dois meses numa incubadora, mas, ao final, estava absolutamente perfeito. Sua mãe às vezes sorria, ao lembrar-se de quão pequenino ele era, e de quão temerosos ficaram de perdê-lo. Ela não conseguia imaginar-se sobrevivendo a tamanha tragédia, mas sabia que teria conseguido... por Allyson, por Brad; sua vida, entretanto, jamais seria a mesma sem ele.

— Que tal tomarmos um sorvete? — perguntou ela, ao pegar a estrada Sir Francis Drake.

— Certo — sorriu ele de novo e depois gargalhou, ao ver que ela o olhava.

Era impossível não achar graça naquele grande sorriso de gengivas.

— Quando será que finalmente terá dentes, Andrew Clarke? Talvez tenhamos que comprar uma dentadura.

— Nhêêê... — riu o garoto, gaiato.

Era divertido estar a sós com ele. Normalmente, traziam do jogo o carro repleto de crianças; hoje, entretanto, uma das outras mães assumiria o encargo. Page tinha ido assim mesmo, afinal de contas promessa é promessa. Allyson passava a tarde com suas amigas, Brad jogava golfe, e ela tinha muito o que fazer: planejar outro mural para a escola, dar uma olhada e opinar na decoração da sala de uma amiga, mas nada tinha mesmo muita pressa.

Andy pediu duas bolas de sorvete crocante com pedaços de chocolate na casquinha. Ela preferiu uma taça simples de iogurte sabor café, do tipo daqueles dietéticos, que dão a impressão de se estar cometendo um pecado gravíssimo. Sentaram-se do lado de fora da lanchonete, com o sorvete de Andy já lhe lambuzando todo o rosto e pingando no uniforme, o que, segundo Page, não era problema. Tudo seria lavado mesmo, então que mal haveria em um pouco de sorvete? Observavam os passantes e aproveitavam o mormaço vespertino. Era um lindo dia, e Page comentou algo sobre fazerem um piquenique no domingo.

— Ia ser legal — replicou Andy, com um ar de satisfação, olhando o sorvete finalmente engolir a ponta do seu nariz e estender-se até o queixo

Enquanto o observava, um amor imenso tomava conta de Page.

— Você é uma gracinha, sabia? Sei que não devo dizer estas coisas, mas acho você o máximo, Andrew Clarke... e um grande jogador de beisebol, também... Como pude ter tanta sorte?

E, ao beijá-lo, ela exibiu novamente aquele sorriso faceiro, desta vez ainda mais largo, com sorvete em toda a parte, inclusive no seu próprio nariz.

— Você é um garoto e tanto.

— Você também é legal... — E, desaparecendo novamente dentro do sorvete, emergiu com uma pergunta: — Mãe...?

— Hum?

Seu iogurte já fora quase todo devorado, mas o crocante dele parecia que ia continuar derretendo, melando e escorrendo. Os sorvetes tinham o poder de durar nas mãos das criancinhas.

— Você acha que algum dia vai ter outro neném?

Page ficou surpresa com a pergunta. Não era do tipo que os meninos costumam fazer. Allyson já se perguntara sobre isso várias vezes. Mas agora, aos trinta e nove anos, ela achava que não. Não por se achar velha, ou ser velha, dada a idade com que se pode ter bebês hoje em dia, mas ela sabia que jamais convenceria Brad a ter outro filho. Ele sempre insistia em dizer que o momento já havia passado.

— Acho que não, querido. Por quê?

Estaria ele preocupado ou simplesmente curioso?

— A mãe do Tommy Silverberg teve gêmeos na semana passada. Eu vi eles quando fui lá. São bonitinhos! São idênticos — explicou, parecendo impressionado. — Pesavam três quilos e meio, cada um deles, mais do que eu pesava.

— Bem mais mesmo! — Graças à sua prematuridade, ele nascera pesando menos de dois quilos. — Aposto que são lindos. Mas não acho que vamos ter gêmeos... nem unzinho sequer...

Parecia estranhamente triste ao dizer isso. Ela sempre fora leal com Brad, sempre concordara que duas crianças formariam a família ideal para eles, contudo, ocasional e inesperadamente, se surpreendia desejando outro bebê.

— Talvez você mesmo devesse falar com seu pai sobre isso — provocou ela.

— Sobre gêmeos?

Andy parecia não ter entendido.

— Sobre um outro filho.

— Ia ser divertido... Quer dizer... Parece que eles trazem muitos problemas. A casa do Tommy tava uma bagunça, essas coisas de bebê estavam por toda a parte... Você sabe, talcos, cestinhas... e berços, e eram dois de cada! A avó do Tommy tava lá ajudando; ela fez o jantar e deixou ele queimar. O pai do Tommy gritava pra cacete.

— Não me parece muito divertido — sorriu Page, ao imaginar a cena de total caos, envolvendo a chegada de gêmeos, uma casa já sem muita organização e habitada por outras duas crianças. — Mas pode ser assim no começo, depois se pega o jeito.

— Foi essa bagunça toda quando eu nasci? — Andy terminou finalmente o sorvete e limpou a boca nas mangas da blusa e as mãos na calça do uniforme de beisebol, enquanto sua mãe o observava e ria.

— Não, bagunçado você está agora, garotão. Talvez fosse melhor irmos para casa pra limpar toda essa sujeira.

Subiram de volta na caminhoneta e dirigiram-se para casa, conversando sobre outros assuntos, muito embora a pergunta de Andy sobre o bebê parecesse permanecer guardada dentro de Page. Por um momento, ela sentiu aquela velha pontada de inquietação. Talvez fosse só o calor, o dia ensolarado, ou quem sabe a primavera, o caso é que ela de repente desejou outros bebês... viagens românticas... mais tempo com Brad... tardes preguiçosas na cama, sem lugar algum para ir, sem nada para fazer a não ser amor. Por mais que amasse sua vida, algumas vezes gostaria de voltar atrás no tempo. Hoje em dia, sua rotina era tão cheia de vaivéns, de deveres de casa, de Associações de Pais e Professores, que ela e Brad pareciam só se encontrar nas horas de correria, ou ao final de um dia exaustivo. E, a despeito de tudo isso, ainda existia amor e desejo... só não havia tempo suficiente para desfrutar disso. Era do tempo que eles sentiam falta.

Alguns minutos depois, entraram na garagem de casa. Andy pegava a suas coisas e Page o observava com orgulho, quando notou o carro de Brad.

— Diverti-me muito hoje — disse ela, ainda cálida do sol da tarde e com o coração repleto de sentimentos por seu filho.

Fora um daqueles dias em que se percebe o quão sortudo se é e o quão grato se deve ser por cada momento.

— Eu também... Mãe, obrigado por ir comigo.

Andy sabia que ela não precisaria ter ido, mas, mesmo assim, o acompanhara, e isso o fazia feliz. Ela era boa com ele, e ele, por sua vez, reconhecia isso. Mas sabia ser um bom menino e que o merecia.

— Disponha, Sr. Clarke. Agora, vá contar ao seu pai sobre aquela defesa histórica. Você ficou famoso hoje!

O menino riu e correu em direção à casa, enquanto a mãe recolhia a bicicleta de Allyson estirada na entrada. Os patins estavam encostados na garagem, e a raquete de tênis, juntamente com uma lata de bolas que ela havia "pegado emprestada" com seu pai, repousava sobre a cadeira ao lado da porta da cozinha. Allyson obviamente tivera um dia movimentado. Bastou Page entrar em casa para vê-la, de costas, ao telefone da cozinha, ainda usando as roupas de tênis e com os longos e louros cabelos presos numa trança à francesa. Estava concluindo algum plano, então desligou e virou-se de frente. Era uma menina linda, e isso até hoje às vezes ainda assustava sua mãe. Chamava tanto a atenção e parecia tão madura, possuía o corpo de uma mulher e a mente de uma garotinha, estava sempre em movimento, em atividade, planejando alguma coisa. Sempre tinha um tanto a dizer, a contar, a perguntar, a fazer; algo que gostaria de ser, agora, há duas horas atrás, neste exato minuto... ela realmente *tinha quê!* Agora, estava com aquela cara estranha observando Page mudar instantaneamente de ritmo, saindo do clima descontraído em que estava antes com Andy. Allyson era mais intensa, mais como Brad, sempre irrequieta, agitada, pensando com antecedência no que faria a seguir, em onde deveria estar, no que era importante para ela. Era mais forte do que a mãe, mais centralizada, não tão amável ou tão gentil quanto Andy seria um dia. Era, porém, uma menina inteligente, de boa cabeça e repleta de boas idéias e boas intenções. De vez em quando fazia uma bobagem qualquer, e ocasionalmente mãe e filha entravam em discussão acirrada devido a algum erro típico de adolescente que Allyson teria cometido. Suas contestações, porém, às vezes cessavam e ela se aquietava o suficiente para ouvir os pais.

Aos quinze anos de idade, nenhuma de suas artimanhas era mais surpresa, estava abrindo as asas, testando seus limites, tentando descobrir quem seria ela no futuro; não alguém como Page ou Brad, mas ela, uma pessoa totalmente diferente. A despeito das semelhanças entre eles, Allyson almejava ser ela mesma; ao contrário de Andy, que ansiava tanto ser igual ao pai e era, contudo, tão parecido com a mãe. Aos olhos de Allyson, seu irmão era apenas um bebê. Ela estava com oito anos quando ele nasceu, e o achara a coisinha mais linda que já vira. Nunca se deparara com algo tão pequenino. Assim como seus pais, temeu que ele morresse logo ao nascer; não havia, porém, ninguém mais orgulhoso do que ela quando o bebê finalmente recebeu alta. Carregava-o por toda a casa, de quarto em quarto, e, sempre que Page não o conseguia encontrar, sabia que poderia achá-lo na cama de Allyson, agasalhado junto a ela como um boneco de verdade. Ela estivera, anos a fio, completamente apaixonada por ele. Até hoje o mimava, comprava-lhe docinhos e figurinhas de beisebol e até comparecia ocasionalmente aos jogos, embora detestasse o esporte. Mas, na maioria das vezes, ela estava até mesmo disposta a admitir que o amava.

— Como vai, gafanhoto?

Ela sempre o provocava sobre quão franzino ele tinha sido ao nascer, mas hoje em dia ele era realmente alto para sua idade, maior do que muitos dos seus colegas de turma.

— Bem — respondeu ele, com modéstia.

— Ele foi a estrela do jogo — explicou Page.

Andy enrubesceu e saiu em busca do pai, enquanto sua mãe gritava um vago "oi" na direção do quarto do casal. Ela queria começar o jantar antes de ir ver o marido. Eles não tinham nenhum programa para aquela noite, e estava tão quente que Page pensou em preparar um piquenique para o jantar ou pedir para Brad fazer um churrasco no jardim. Abrindo a geladeira, perguntou à filha:

— Como foi o seu dia? Com quem jogou tênis?

— Com a Chloe e uns outros meninos. Havia alguns garotos da Academia Branson e Marin no clube hoje. Jogamos um pouco em dupla e depois disputei com a Chloe. Então fomos nadar.

Allyson falava sem ênfase. Tinha, e sempre tivera, a boa vida da Califórnia. Para ela, não havia milagre nenhum em tudo isso, nascera lá. Para Brad, que viera do Meio-Oeste, e Page, de Nova York, o clima e as oportunidades ainda pareciam mágicos, mas não para seus filhos. Para eles, era um estilo de vida, e Page às vezes os invejava por terem um começo tão fácil. Mas ao mesmo tempo, se alegrava por eles. Afinal, essa era a vida que sempre quisera para seus filhos: fácil, segura, confortável, sadia, estável e protegida de quaisquer tristezas ou perigos. Ela sempre fizera o possível para garantir-lhes tudo isso e gostava de vê-los crescendo e desabrochando.

— Parece ter sido um dia ótimo. E esta noite, o que vai fazer? Algum programa?

Se não tivesse nada, ou se Chloe viesse lhe fazer companhia, talvez Page e Brad pudessem ir ao cinema, enquanto Allyson ficava com Andy. Caso contrário, não haveria problema algum em ficar em casa. Ela e Brad não tinham nada de especial para hoje. Seria gostoso sentar lá fora ao calor da noite, conversar, relaxar e deitar cedo.

Allyson virou-se para a mãe com um ar nervoso e um olhar que dizia "você vai arruinar toda a minha vida se não me deixar fazer o que estive planejando durante todo o dia".

— O pai da Chloe disse que nos levaria pra jantar e depois ao cinema.

— Está bem, sem problemas, eu só estava perguntando.

O rosto de Allyson descontraiu-se imediatamente, e Page, percebendo, sorriu. Eles às vezes eram tão previsíveis, e crescer ainda aparentava ser tão doloroso. Mesmo num lar normal e feliz, cada momento, cada plano vinha carregado de angústia. Obviamente não era fácil.

— Que filme vão ver?

Page colocou a carne no microondas para descongelar. Hoje comeriam algo simples.

— Ela não disse. Tem pelo menos três filmes que eu gostaria de ver, e ainda não assisti a *Woodstock,* que está em cartaz no cine Festival. O pai dela vai nos levar pra jantar no Luigi's.

— Parece que vai ser divertido, filha. É gentil da parte dele fazer isso.

Page pegou algumas batatinhas e começou a preparar a salada. Olhou de relance para a filha. Ela estava tão bonita, empoleirada no banquinho da cozinha. Parecia uma modelo. Tinha grandes olhos castanhos, como os de Brad, o cabelo dourado da mãe, e uma pele que, mal pegando um pouco de sol, tornava-se cor de mel. Suas pernas eram bem torneadas, e a cintura, fina. Não era de espantar que as pessoas, especialmente os homens, parassem para olhar para ela. Page comentava com Brad que gostaria de pendurar uma placa na garota dizendo que ela só tinha quinze anos. Até mesmo os trintões se voltavam nas ruas para admirá-la. Ela aparentava dezoito ou vinte anos, tranqüilamente.

— É muita bondade do Sr. Thorensen ocupar a noite de sábado dele saindo com vocês duas — comentou Page.

— Ele não tem mesmo nada pra fazer — disse Allyson, naquele tom de quem tem quinze anos.

Page riu. Os adolescentes sabem muito bem como trazer alguém de volta à realidade e expor suas falhas e fracassos.

— Como sabe disso? — perguntou Page.

A mulher de Thorensen o deixara no ano passado, e fora, logo após o divórcio, trabalhar com um diretor de teatro na Inglaterra. Ela se oferecera para levar consigo os três filhos e colocá-los em internatos de lá. Embora nascida nos Estados Unidos ela considerava o sistema inglês de ensino bem melhor do que o americano, mas Trygve Thorensen não tinha intenção alguma de abrir mão das crianças, e ficou com elas. Infelizmente, após vinte anos de vida suburbana, ela se sentia tão enfastiada e cansada de bancar a motorista, empregada e tutora dos seus filhos que se dispôs a desistir de tudo. De tudo mesmo: Trygve, as crianças e toda a sua vida em Ross. Dana Thorensen detestava tudo isso e, segundo ela, agora era a sua vez. Tentara avisá-lo várias vezes, mas ele não lhe dera ouvidos. Ele queria tanto que tudo desse certo que se recusava a ver a raiva e o desespero da esposa.

Todos ficaram bastante abalados quando ela partiu, e Page, chocada por Dana ter deixado as crianças, mas aparentemente tudo aquilo tinha sido demais para ela durante muito tempo. Todos em Ross sempre se admiraram do modo como Trygve cuidava dos filhos e o que fazia com eles. Ele era um comentarista político *free-lancer* e trabalhava fora de casa. Para ele, tudo funcionava perfeitamente, e, ao contrário da esposa, ele nunca parecia se cansar das suas responsabilidades e obrigações paternas. Sempre as cumpria com o bom humor e a cordialidade que o caracterizavam. Não era fácil, admitia ele de tempos em tempos, mas estava indo bem, e seus filhos nunca estiveram tão felizes. Ele parecia arranjar tempo para trabalhar enquanto as crianças estavam na escola e depois, tarde da noite, quando elas já tinham ido para a cama. Nas horas em que os filhos estavam por perto, parecia que ele fazia tudo junto com eles. Era conhecido e apreciado por todos os amigos dos meninos. Não era de espantar que se tivesse oferecido para levar um bando deles ao cinema e depois ao Luigi's.

Seus dois garotos já estavam em idade de ir para a faculdade, e Chloe e Allyson tinham a mesma faixa etária. Chloe acabara de fazer quinze anos no Natal e era tão bonita quanto Allyson, embora fossem bem diferentes. Chloe era baixa e tinha os cabelos negros da mãe, os grandes olhos azuis nórdicos do pai e a pele clara. O pai e a mãe de Trygve eram noruegueses e ele vivera lá até os doze anos. Mas agora era um americano típico. embora todos os amigos o provocassem com o apelido de Viking.

Ele era um homem atraente, e a sua separação provocou alvoroço entre as divorciadas de Ross, mas logo depois as decepcionou. Entre o trabalho e as crianças, parecia não haver tempo algum em sua vida para as mulheres. Page suspeitava não ser tanto a falta de tempo, mas sim de confiança ou de interesse.

Não era segredo que ele fora tremendamente apaixonado pela esposa, e sabia-se também que ela, no seu desespero, o vinha traindo nos últimos anos antes de deixá-lo. Ela estava sem perspectivas, e a vida de casada e a monogamia eram mais do que podia suportar. Trygve tentara de tudo, desde o aconselhamento psicológico até duas separações judiciais. Ele, porém, queria muito mais do que ela podia dar. Queria uma vida de verdade, uma penca de filhos, um viver simples, queria passar as férias acampando. E ela ansiava por Nova York, Paris, Hollywood ou Londres.

Dana Thorensen fora tudo o que o seu marido não era. Conheceram-se em Hollywood, quando eram ainda muito jovens. Ele, recém-formado, fazia suas primeiras tentativas como autor de *scripts* para o cinema, e ela era uma atriz iniciante. Dana amava seu trabalho, e odiou quando ele pediu que se mudassem para San Francisco, embora o amasse o suficiente para mudar seus planos. Tentou inverter as coisas por um tempo, trabalhando no repertório da ACT em San Francisco. Mas nada deu certo; sentia falta dos seus amigos, da agitação de Los Angeles e Hollywood e até de trabalhar como figurante. Ficou grávida de repente, e Trygve a surpreendeu, insistindo em casar-se com ela; depois disso, tudo foi desmoronando bem rápido. Ela acabou fazendo um papel que jamais quisera. E quando Bjorn, seu segundo filho, nasceu com síndrome de Down, foi demais para ela, e, por algum motivo, pôs a culpa em Trygve. Ela sabia que não queria mais filhos, não estava nem certa se queria ter-se casado. E então veio Chloe, estragando tudo no que se referia a Dana. Daí em diante, a vida dela tornou-se um pesadelo. Trygve tentava o possível, seus artigos políticos no jornal *New York Times*, em revistas variadas e em jornais estrangeiros iam bem na época. Conseguia sustentar a família toda. Mas tudo o que Dana queria estava longe dali. Durante mais da metade do casamento, ela mal conseguira ser civilizada com ele. Dana só queria liberdade, e Trygve, que tudo desse certo. Ele a irritava ainda mais, por ser o pai perfeito, o sonho impossível casado com a mulher errada.

Ele era paciente, gentil, sempre disposto a incluir outras crianças em seus planos. Levava grupos delas para acampar e pescar; e era uma força e tanto na organização das Olimpíadas Especiais, nas quais Bjorn sempre se destacara, para alegria de todos, exceto da mãe. Mesmo quando tentava, Dana não conseguia se relacionar com nenhum deles. E Bjorn era, a seus olhos, a vergonha e a decepção derradeiras. No final, tornou-se uma mulher de quem ninguém gostava, uma alma zangada, enraivecida contra um destino que os outros não achavam tão ruim. Seus filhos eram maravilhosos, inclusive Bjorn, com sua doçura especial; e Trygve, um marido motivo de muita inveja. Mas não foi surpresa quando Dana começou a ter casos freqüentes. Ela parecia não se importar com o fato de alguém, especialmente Trygve, saber do que fazia. Na verdade, ela queria mesmo que ele terminasse com tudo.

Quando ela finalmente o deixou, todos se aliviaram, exceto Trygve, que se tinha permitido desmoronar lentamente durante anos, tentando fingir que as coisas não estavam tão ruins quanto pareciam. Só ele acreditava nas mentiras que ele mesmo inventava: "Ela vai se acostumar... Foi tão difícil para Dana abandonar a carreira... Para ela, o casamento é mais difícil, por ser assim tão criativa... E, é claro, Bjorn foi um choque terrível..." Ele inventara todas as desculpas possíveis para a esposa durante vinte anos, e não conseguiu acreditar quando ela o deixou. Para sua surpresa, foi como o fim de uma dor constante. E para surpresa maior, ele não tinha o menor desejo de tentar novamente e arriscar a mesma dor com outra pessoa. Foi então que percebeu quão ruim isso tinha sido. Ele não conseguia se imaginar casando, nem mesmo tendo um relacionamento sério com alguém. No início, nem sequer passava por sua cabeça ter um encontro. Todas as mulheres da cidade que ele conhecia pareciam abutres à espera da presa, e ele não tinha intenção alguma de se tornar a próxima vítima. Na realidade, estava bem feliz sozinho, com seus filhos, pelo menos por enquanto.

— Ele não teve nenhuma namorada, mamãe — disse Allyson. — Não de verdade, desde que a mãe de Chloe foi embora, e isso faz mais de um ano. Passa o tempo todo com os filhos ou escrevendo sobre política, mas isso ele faz de noite. Chloe diz que agora ele está escrevendo um livro. Mas ele gosta de sair com a gente, mãe. Pelo menos diz que gosta.

— Sorte de vocês. Mas, qualquer dia desses, é capaz de ele encontrar alguém mais... ah... digamos, maduro, para passar o tempo.

Page sorriu, enquanto Allyson encolhia os ombros. Ela não podia imaginá-los querendo fazer outra coisa. Trygve Thorensen estivera, a maior parte da sua vida, à disposição das crianças. Nunca lhe havia ocorrido que ele o fazia não somente por gostar de crianças e por querer estar com elas, mas porque estaria evitando o vazio de um mau casamento.

— Além do mais, ele gosta de ficar com o Bjorn. O Sr. Thorensen está ensinando ele a dirigir.

— Ele é um sujeito legal. — Page terminava de lavar as alfaces e procurava uma vasilha para colocá-las, enquanto Allyson se servia de batatinhas fritas. — A propósito, como está o Bjorn?

Ela não o via já há algum tempo. A doença o afetara menos do que as outras pessoas, mas, mesmo assim, tinha fortes limitações.

— Ele está ótimo! — falou Allyson. — Joga beisebol todos os sábados e agora anda maluco por boliche.

Era fascinante só de pensar. Como se começa a lidar com uma situação dessas? Por um lado, ela entendia o fato de Dana Thorensen sentir-se sobrecarregada por isso, mas não seu comportamento posterior. Embora não fossem amigos íntimos, Page conhecia Trygve há anos, e gostava dele. Nem ele nem ninguém merecia todos esses problemas. E, pelo que ela podia ver, ele era um pai excelente.

— Você vai passar a noite com os Thorensens? — perguntou Page, ao pôr a última folha de alface na vasilha e lavar as mãos. Ela ainda não vira Brad desde que entrou em casa, e queria entrar, dizer "oi" e dar uma olhada em Andy.

— Não. — Allyson balançou a cabeça, levantou-se, deixou as batatinhas no balcão e pegou uma maçã. Tinha um corpo longilíneo, de linhas esbeltas, e jogava sua longa trança loura por sobre o ombro. — Eles me disseram que me trariam de volta após o cinema. A Chloe tem corrida amanhã de manhã cedo.

— No domingo? — surpreendeu-se Page, enquanto saíam da cozinha.

— É... Não sei... Talvez seja um treino... Sei lá.

— A que horas vai sair?

— Eu disse que os encontraria às sete. — Houve então uma longa pausa, enquanto seus grandes olhos castanhos fitavam os da mãe. Havia algo que Page não conseguia compreender totalmente, mas já passara, fora rápido. Era algum segredo, um pensamento, algum momento íntimo que Allyson não queria compartilhar com ela. — Mãe, posso pegar a suéter preta emprestada?

— A de *cashmere* com bolinhas? — Tinha sido um presente de Natal de Brad, e era muito quente, sofisticada e cara para uma menina de quinze anos. Allyson confirmou com a cabeça a descrição, mas Page não gostou nem um pouco da idéia. — Não sei não. Não é apropriada para se ir ao Luigi's nem ao Festival, você não acha?

— É... está bem... E que tal a cor-de-rosa?

— Aí já melhorou.

— Posso?

— Está bem... Está bem...

Page suspirou e balançou a cabeça com um sorriso pesaroso ao se separarem no corredor: Allyson em direção do seu quarto e ela em busca do marido. Às vezes, sentia que havia obstáculos e barreiras entre eles. Era como se ela e Brad tivessem que concluir uma maratona todos os dias antes de finalmente poderem ter um momento a sós me leva... me deixa... me pega... me dá... posso...

poderia... onde está meu... onde... como... quando... E então, ao entrar no corredor do quarto, ali estava ele. Brad Clarke era a definição de alto, moreno e bonito. Media um metro e noventa e oito, tinha cabelos curtos pretos, grandes olhos castanhos e ombros poderosos. Seus quadris eram estreitos, as pernas, longas, e seu sorriso ainda a deixava de pernas bambas. Na cama, debruçado sobre uma pasta, ele, ao vê-la entrar, levantou-se com um longo e lento sorriso especialmente para ela.

— Como foi o jogo?

Sorriu em tom de lamento. Ele nunca mais fora aos jogos de Andy, estava sempre ocupado demais. Às vezes, parecia nunca ver as crianças; todos tinham horários bem apertados.

— Ótimo. Seu filho foi um herói.

Ela abriu um sorriso, enquanto se punha nas pontas dos pés para beijá-lo.

— Ele me contou. — Sua mão escorregou facilmente pelas costas dela, enquanto a puxava para mais perto. — Senti saudades.

— Eu também...

Aninhou-se nele por um minuto, antes de atravessar o quarto e desmoronar sobre uma cadeira confortável, enquanto ele retornava à sua mala. Ele geralmente fazia as malas no domingo à tarde e viajava a negócios na mesma noite, sempre que preciso, ou seja, com freqüência. Mas, vez por outra, quando sobrava tempo, arrumava as malas no sábado, a fim de poderem aproveitar melhor o domingo.

— Que tal fazermos um churrasco hoje à noite? — propôs Page. — Está gostoso lá fora, e eu acabei de descongelar alguns bifes. Vamos ser só nós e o Andy. A Allyson vai sair com a Chloe.

— Eu adoraria. — Brad aproximou-se dela, parecendo desapontado. — Mas não consegui lugar no vôo para Cleveland amanhã à noite. Preciso pegar o das nove horas de hoje, devo estar saindo por volta das sete. — Seus planos pareceram desanimar Page. Ela passara a tarde toda ansiando por vê-lo e por passar uma noite tranqüila, talvez à luz do luar, no jardim. — Eu sinto muito, amor.

— É... Eu também... — Ela pareceu ficar verdadeiramente deprimida com a notícia. — Passei o dia inteiro pensando nisso. — Abriu-lhe um sorriso, enquanto ele se sentava no braço da poltrona dela. Page tentava ser boa perdedora, e a essa altura já deveria estar habituada às viagens dele, mas de certa maneira não estava. Sempre sentia sua falta. — Acho que Cleveland num domingo não vai ser nada divertida para você.

Ela sentia por ele. A agência de publicidade na qual ele trabalhava exigia-lhe demais. Mas Brad era a atração principal, o homem capaz de dar a palavra final numa discussão. Havia lendas sobre ele no mundo dos negócios, por ter a capacidade de trazer novos clientes como mansos cordeirinhos, e conservá-los, o que era ainda mais surpreendente.

— Já que vou ficar preso lá, pensei em jogar golfe com o presidente dessa companhia com quem vou tratar. Telefonei esta tarde, e vamos nos encontrar no clube amanhã à noite. Pelo menos, não será uma perda total de tempo. — Ele a beijou nos lábios e então fê-la sentir aquela velha palpitação percorrer-lhe o corpo. — Eu preferiria estar aqui com você e as crianças — murmurou, ao sentir os braços dela em seu pescoço.

— Esqueça as crianças... — ronronou, fazendo-o rir.

— Gosto dessa idéia... Guarde-a para a terça-feira à noite... virei pra dormir.

— Vou te fazer lembrar disso na terça — sussurrou Page.

Beijavam-se novamente, quando Andy irrompeu quarto adentro.

— A Allie deixou o saco de batatas fritas aberto e a Lizzie está comendo! Ela vai vomitar a cozinha toda! — Lizzie era a cadela deles, uma labrador de pêlo dourado, e era dotada de um famigerado e indiscriminado apetite, bem como de um igualmente famoso e delicado estômago. — Vem, mãe! Ela vai vomitar, se você deixar ela comer!

— Está bem... Já estou indo...

Page suspirou, levantou-se, recebeu um tapinha de Brad no traseiro e seguiu Andy de volta à cozinha. Com efeito, ao chegar encontraram o carpete da cozinha repleto de pedaços de batata espalhados por toda a parte, e Lizzie devorando com alegria a última que restava.

— Você é uma porca, Lizzie — disse Page, cansada, limpando o resto da bagunça e desejando que Brad não fosse para Cleveland.

Ela queria muito poder passar algumas horas com ele. Suas vidas pareciam pertencer a todos, menos a eles próprios, e hoje mesmo ela ansiava por momentos tranqüilos ao lado do marido. Olhou então para Andrew, enquanto Lizzie tentava lamber o que sobrara da batata que estava comendo.

— Que tal um encontro romântico com a sua velha mãe? O papai tem que ir para Cleveland hoje, e a gente podia sair pra comer uma *pizza*. — Também poderiam comer em casa a *pizza* ou a carne, que ela descongelara para toda a família, mas de repente já não tinha vontade de um programa caseiro sem Brad. Poderia ser mais divertido simplesmente sair com Andy. — Então, o que acha?

— Eu ia adorar! — disse ele, contentíssimo, enquanto saía da cozinha com Lizzie.

Page recolocou a salada e a carne na geladeira, retornando ao quarto em seguida, para ver o marido. Já eram quase seis e meia agora, ele já terminara sua mala e estava quase pronto para ir para o aeroporto. Trajava uma jaqueta azul-escura forrada e calça larga bege, o colarinho da camisa azul estava aberto e ele tinha um aspecto jovem e bonito. Vê-lo assim fez Page de repente sentir-se velha e cansada. Ele estava viajando muito, produzindo coisas, encontrando clientes, fechando negócios, empregando seu tempo com pessoas adultas, e ela estava em casa, passando suas camisas e correndo atrás de crianças. Ele riu, ao ouvi-la tentar traduzir isso em palavras enquanto lavava o rosto e penteava os cabelos.

— É... É claro... Você não faz coisa alguma... Você só cuida da casa como ninguém, toma conta das nossas crianças e das dos outros... E, nas horas "vagas", você faz murais para a escola e pra todas as suas amigas, aconselha os meus clientes sobre como redecorar seus escritórios e os nossos amigos sobre como remodelar suas casas, aqui e ali você faz umas pinturinhas. Mas que vergonha, Page, você nunca faz nada.

Ele só a estava provocando, mas tudo o que dissera era verdade, e ela sabia disso. É que parecia tão insignificante, às vezes! Era como se ela não produzisse *realmente* nada. Talvez porque fizesse tudo isso para amigos ou como favor. Há anos que não era paga por seus trabalhos de arte, desde quando se formou e foi estagiar na

Broadway. Ela amara tudo aquilo. Hoje, aqueles anos pareciam fáceis, pintar painéis, desenhar cenários e até opinar sobre o vestuário, como aconteceu certa vez numa produção extra-Broadway. E agora, tudo o que fazia era fantasiar seus filhos para o Dia das Bruxas, ou pelo menos era o que parecia ser.

— Pode crer, eu preferiria fazer o que você faz a passar a minha noite de sábado num avião pra Cleveland — continuou Brad, ao colocar sua pasta no corredor e abraçar Page novamente.

— Sinto muito.

Sua vida era bem mais fácil do que a do marido, e ela sabia que isso acontecia graças a ele. Brad trabalhava duro para sustentá-los, e os mantinha bem. Os pais dela tinham algum dinheiro, mas os dele jamais tiveram coisa alguma até a sua morte. E tudo o que Brad conquistara tinha sido sozinho, do modo mais difícil. Trabalhara muito, subira na vida e conseguira ser bem-sucedido. Um dia, provavelmente, se tornaria o dono da empresa onde trabalhava. Caso contrário, fundaria uma outra. Era muito requisitado, enormemente admirado, e a agência estava ávida por mantê-lo feliz. Nesta noite, por exemplo, ele voaria de primeira classe e se hospedaria no hotel Tower City Plaza, em Cleveland. Eles não queriam correr risco algum de vê-lo saturado, esgotado ou interessado em ofertas melhores.

— Estarei de volta na terça à noite. Ligo pra você mais tarde.

Brad foi até o quarto das crianças e beijou Allyson, que parecia mais adulta com a suéter rosa de *cashmere* da mãe e um pouquinho de maquiagem. A blusa tinha gola rulê e mangas curtas, e ela a estava usando com uma saia branca curta, seus cabelos louros soltos caindo por sobre os ombros. Eles chegavam quase até a cintura e caíam em cascata, emoldurando seu rosto e parecendo flutuar como uma auréola.

— Nossa, quem é o felizardo? — brincou Brad.

Era impossível não notá-la, não ver como estava bonita, uma verdadeira beleza.

— O pai da Chloe — sorriu ela, marota.

— Espero que ele não esteja interessado em garotinhas, caso contrário posso não deixar mais você sair com a Chloe. Você está uma gatinha, princesa!

— Ah, pai! — Allyson revirou os olhos de vergonha. Mas gostava quando ele a achava bonita, seu pai era sempre generoso nos elogios com ela, sua mãe e até com Andy. — Ele é muito velho!

— Ah, claro! Muito obrigado! Acho que o Trygve Thorensen é dois anos mais novo do que eu.

Brad tinha quarenta e quatro, embora não aparentasse.

— Você sabe o que eu quis dizer.

— É, infelizmente eu sei... Mesmo assim, mocinha, seja uma boa menina pra sua mãe esta semana. Vejo você na terça à noite.

— Tchau, pai. Divirta-se.

— Pois sim. Grande divertimento, em Cleveland. Além disso, como vou me divertir sem vocês?

Andy enfiou-se embaixo do braço de Brad e permaneceu de pé ao lado dele. Adorava estar perto do pai.

— Você está indo agora, pai?

— Estou. E deixo você no comando, garoto. Por favor, tome conta de sua mãe. E, na terça à noite, você poderá me apresentar um relatório e me dizer se as mulheres obedeceram às suas ordens.

Andy respondeu com um sorriso faceiro e banguela. Ele adorava quando seu pai o colocava no comando. Fazia-o sentir-se importante. Sério, anunciou:

— Vou levar a mamãe pra jantar fora hoje. Vamos comer *pizza*.

— Certifique-se de que ela não coma muito... Pode fazer mal — conspirou Brad com seu pequeno ajudante. — Você sabe, como Lizzie.

— Argh...

Andy fez uma careta, e todos riram. O menino seguiu seus pais até a porta. Brad tirou o carro da garagem e depois saiu para jogar a bagagem na mala. Então abraçou Page e Andy.

— Vou sentir saudades. Cuidem-se — disse, entrando novamente no carro.

— Pode deixar — sorriu Page, que, a essa altura, já deveria estar acostumada a essas despedidas, mas não estava. Era mais fácil quando ele viajava no domingo. Ela já esperava por isso; mas, no sábado, sentia-se trapaceada. Ansiara por mais tempo com ele, e agora ele não estava mais ali. Além disso, por mais que ele viajasse, era impossível não pensar nos perigos. E se algo lhe acontecesse algum dia? E se... ela sabia que não suportaria. — Tome cuidado... — sussurrou ela, ao debruçar-se sobre a janela do carro e beijá-lo, imaginando que talvez devesse levá-lo ao aeroporto. Mas ele gostava de ter o carro lá quando voltava de viagem. E na terça à noite seria complicado buscá-lo, então era mais simples assim. — Eu te amo.

— Também te amo — disse ele, suavemente, esticando-se ao redor dela para acenar mais uma vez para Andy. Page recuou, eles se acenaram e Brad saiu. Faltavam exatamente cinco minutos para as sete horas.

Voltaram para casa de mãos dadas. Page se esforçava, em vão, para não se sentir só. Era tolice. Ela já era uma mulher adulta, não precisava ser assim tão dependente de Brad. Além do mais, ele estaria de volta em três dias. Pelo modo como ela se sentia, parecia que ele ficaria fora um mês.

A essa hora Allyson já se aprontara, estava realmente adorável. Tinha colocado um pouquinho de rímel e um brilho róseo nos lábios que mal se via. Seu aspecto era limpo, sadio e jovem. A juventude em seu momento de maior esplendor. Da mesma idade das modelos da capa da *Vogue*, Allyson era, na opinião de Page, ainda mais bonita.

— Divirta-se, querida. Gostaria que estivesse em casa antes das onze.

Era o horário normal do toque de recolher, e Page sempre fora rígida quanto a isso.

— Mamãe!

— Não se preocupe. Onze horas é perfeitamente razoável, e você sabe disso.

Allyson acabara de completar quinze anos, e Page não via razão para deixá-la chegar mais tarde.

— E se o filme terminar depois das onze?

— Onze e meia, então. Mais tarde do que isso, é melhor esquecer o filme.

— Muito obrigada.

— De nada. Quer uma carona até a casa da Chloe?

— Não, obrigada, vou a pé. Até logo.

E escapuliu de casa, enquanto Page ia até o quarto apanhar sua suéter e uma bolsa. Nesse momento tocou o telefone. Era sua mãe, ligando de Nova York. Page explicou que ela e Andy estavam de saída para o jantar e que ligaria de volta no dia seguinte. Quando mãe e filho entraram no carro com suas coisas, já fazia tempo que Allyson tinha saído, provavelmente já teria até chegado na casa de Chloe

— Então, meu rapaz, que *pizza* vai ser? A do Domino's ou a do Shakey's?

— A do Domino's. A gente foi ao Shakey's da última vez.

— É justo.

Page ligou o rádio do carro e deixou Andy escolher a música. Ele colocou na estação de *rock-and-roll* que sabia ser a preferida de Allyson. O menino tinha um gosto musical muito peculiar para alguém de sete anos, e isso era na maioria das vezes influência da irmã mais velha.

Chegaram ao restaurante em cinco minutos. Page já se sentia melhor. Seu momento de melancolia havia passado, e ela e Andy se divertiram, como era de costume quando estavam juntos. Ele contava-lhe sobre todos os seus amigos, sobre o que faziam na escola e sobre a sua decisão de ser professor quando crescesse. Ao ser indagado, dizia que gostava de tomar conta de criancinhas e das longas férias de verão.

— Ou talvez eu seja um jogador de beisebol famoso, dos Giants ou dos Mets.

— Isso também seria bom.

Ela ria, à vontade. Ele era sempre divertido e fácil de conviver.

— Mamãe!

— Sim?

— Você é uma artista?

— Mais ou menos. Eu já fui, mas hoje não levo muito a sério, aliás já não levo a sério há muito tempo.

Ele balançou a cabeça, pensando no assunto.

— Gostei do mural que fez na escola.

— Que bom, eu também. Foi gostoso de fazer. Acho que vou pintar outro.

Ele pareceu contente, e, ao terminarem a *pizza*, pagou a conta e deixou sobre a mesa a quantia que a mãe lhe estipulara para a gorjeta. Então pôs o braço ao redor da cintura dela e voltaram à caminhoneta estacionada do lado de fora.

Dez minutos mais tarde já estavam em casa. Após o banho, ele juntou-se a ela na cama de casal para assistir à TV. Vez por outra, ela o deixava adormecer em sua cama, e sorria ao ajeitar-lhe o cobertor e dar-lhe um beijo de boa noite. Aos sete anos, Andy já era um rapazinho, mas aos olhos da mãe era apenas um bebê, sempre o seria. Allyson, à sua própria maneira, também era seu bebezinho. Talvez os filhos sempre o sejam, independentemente da idade. Page sorriu ao lembrar-se da filha, da suéter de *cashmere* emprestada e de quão linda ela estava ao sair para jantar com os Thorensens.

Pensou também em Brad. Ligou a secretária eletrônica e ficou sabendo que ele lhe telefonara do aeroporto. Provavelmente ele desconfiava que eles não estariam em casa, mas tinha ligado só para dizer que a amava.

Page assistia um filme na TV. Estava cansada e já teria ido dormir, mas queria esperar Allyson acordada. Page ainda não chegara àquele ponto em que se presume que a filha já chegou em casa. Ela queria ter certeza, então sentou-se e esperou.

Eram onze horas e Page estava vendo o noticiário. Nada de extraordinário acontecera, e ela viu aliviada que não houvera acidente algum envolvendo aviões, em vôo ou em terra. Sempre que Brad viajava, ela ficava apreensiva de que algo terrível pudesse acontecer com ele. Mas nunca aconteceu. Sucederam os habituais tiroteios em Oakland, as guerras entre gangues, insultos entre políticos e uma pequena crise no sistema de tratamento de água. Além disso, somente um acidente na ponte Golden Gate, poucos minutos antes de ela ser fechada, mas Page sabia que ao menos sobre isso ela não precisaria se preocupar. Brad estava voando e Allyson permanecera em Marin com os Thorensens. Andy estava na cama, ao lado dela. Graças a Deus, todos os seus pintinhos tinham sido contados. Era um bom motivo para dar graças, enquanto espiava o relógio e esperava pela chegada de Allyson até as onze e meia. Já eram onze e vinte, e, conhecendo-a bem, Page sabia que Allyson entraria correndo pela porta às onze e vinte e nove, com os olhos brilhando, cabelos esvoaçantes... e provavelmente com uma enorme mancha de molho de espaguete na suéter rosa de *cashmere* emprestada. Page sorria sozinha só de pensar, enquanto se ajeitava um pouco mais na cama para acompanhar as previsões da meteorologia.

Capítulo 2

Allyson já estava cinco minutos atrasada quando saiu de casa para encontrar-se com Chloe. A casa da amiga ficava a três quarteirões, mas desta vez Allyson nem precisaria ir tão longe. Elas haviam marcado encontro no cruzamento de Shady Lane com Lagunitas, a meio caminho entre as duas casas, e quase na esquina da rua de Chloe. Esta já estava lá quando Allyson chegou, esbaforida e prosa dentro da suéter rosa de *cashmere,* que esquentava um pouco demais.

— Nossa! Que linda! — admirou-se Chloe. — É da sua mãe?

Ela não podia mais recorrer ao vasto guarda-roupa materno, então havia pegado emprestada com a irmã mais velha de uma colega da escola a suéter preta que estava usando. Ou, na verdade, a colega de Chloe roubara da irmã mais velha a suéter, e assegurara a Chloe que elas estariam mortas se a roupa não fosse devolvida, sem falta, no domingo de manhã. Era preta, de gola olímpica, e Chloe a usava juntamente com uma minissaia preta de couro, emprestada de outra amiga, e com meias pretas que sua mãe havia esquecido na gaveta quando partiu para a Inglaterra.

— Você está o máximo — disse Allyson, balançando a cabeça, impressionada com a roupa sofisticada.

Agora já estava preocupada em estar se parecendo uma boneca perto de Chloe. Mas, de qualquer forma, elas eram bem diferentes mesmo. A suéter e a saia pretas de Chloe realçavam seus cabelos pretos e contrastavam com sua pele leitosa. Ela era uma menina muito bonita, e, de pé ao lado de Allyson, parecia uma bailarina nervosa. Chloe havia feito onze anos de balé, e cada um dos seus movimentos denunciava isso. Após uma série de exaustivos testes, ela acabara de ser aceita na Escola de Balé de San Francisco, para onde esperava ser transferida no outono. Allyson observava Chloe incomodada, enquanto esta olhava repetidamente para o relógio e para o final da rua com uma expectativa bastante óbvia. E Allyson, a ponto de chorar, disse de repente, cheia de remorsos:

— Pare! Você está me deixando arrasada. Talvez a gente não devesse ter feito isso.

— Como pode dizer uma coisa dessas? — Chloe parecia aterrorizada. — Eles são os garotos mais bonitos da escola. E o Phillip Chapman é do último ano!

Phillip era o par de Allyson, e Jamie Applegate era o rapaz com quem Chloe vinha sonhando desde o primeiro ano. Ele agora já estava no penúltimo ano e ambos os garotos faziam parte do time de natação.

Jamie marcara o encontro e Chloe organizara tudo. Ela consultara Allyson imediatamente, mas sua mãe jamais a deixaria sair com um formando, disse. Ela tivera poucas tentativas de encontros até o momento, geralmente para ir ao cinema com garotos que conhecera durante toda a vida, ou com um grande grupo de amigos, e, até agora, sempre levada e trazida por seus pais. Nenhum dos seus colegas do segundo ano tinha carteira de motorista ainda, logo o transporte era importantíssimo. Havia paqueras, é claro, com quem ficara firme algumas semanas antes do Natal, mas no Ano-Novo já haviam se cansado um do outro. Até hoje, nunca houvera um encontro de verdade com uma rapaz de verdade que a pegasse num carro de verdade e a levasse para um jantar de verdade. Esse, sim, era verdadeiro um pouco até demais.

Após uma considerável consulta com Allyson e seus outros

amigos, Chloe decidiu que seu pai não a iria querer saindo com Jamie Applegate, pelo menos não num carro dirigido por ele. Ela, instintivamente, já sabia que o pai reclamaria dizendo que ela mal o conhecia. Talvez, se Jamie passasse algum tempo com eles, viesse jantar uma ou duas vezes, ficasse com eles, talvez seu pai pensasse diferente. Mas com certeza não seria a tempo dessa oportunidade única que precisava ser agarrada agora, ou então jamais apareceria novamente. *Carpe diem.* Aproveite o dia. E foi o que ela fez. Convencera Allyson de que o único meio seria mentir para seus pais. Só essa vez. Só essa vezinha não faria mal, e, se elas gostassem dos rapazes depois disso e quisessem sair com eles de novo, poderiam então colocar tudo em pratos limpos com os pais. Seria como um teste.

Allyson a princípio não estava tão decidida, mas Phillip Chapman era tão bonito, tão maravilhosamente fantástico e quase formado que não havia como resistir a uma chance de sair com ele. Chloe estava certa. Após telefonemas intermináveis e conversas sussurradas na escola, elas aceitaram e combinaram de encontrar os rapazes na esquina da rua de Chloe.

— Não deixam vocês saírem com rapazes? — Provocou-a Jamie, quando ela lhe deu o endereço onde os estariam esperando.

— Claro que deixam. Só não quero meus irmãos mais velhos implicando caso não gostem de você — disse ela, tentando fantasiar uma desculpa.

Mas Jamie pareceu despreocupado ao anotar o endereço e prometeu que falaria com Phillip Chapman. Phillip tinha um carro e levaria a todos para jantar no Luigi's.

— Cada um paga a sua? — perguntara Chloe, nervosa.

Isso seria um outro problema. Ela já gastara toda a sua mesada num par de sapatos que não deveria ter comprado. Às vezes, a vida aos quinze anos ficava extremamente complicada. Além disso, ela emprestara cinco dólares a Penny Morris, mesmo sem poder, mas Jamie só fez rir da pergunta. Ele tinha um cabelo vermelho vivo, um lindo sorriso, e Chloe gostava de tudo nele.

— Não seja boba. Nós convidamos vocês.

Era de verdade. Um verdadeiro encontro com dois formandos de carne e osso. Era tão emocionante que elas passaram a semana toda dando risadas. Mal podiam esperar pela grande noite, e ela de repente havia chegado. Allyson, porém, imaginava se tudo não teria passado de uma enorme piada, e elas, de tolas.

— Talvez eles não venham — disse, ansiosa, em parte aterrorizada, em parte aliviada. — Talvez estivessem só brincando. Quando Phillip Chapman iria querer sair comigo? Ele tem dezessete anos, praticamente dezoito, vai se formar em dois meses e é o capitão do time de natação.

— E daí? — contestou Chloe, furiosa, embora estivesse exatamente tão preocupada quanto Allyson de que os garotos estivessem só brincando e que nem sequer fossem aparecer naquela noite. — Você é bonita, Allie. Ele tem sorte de estar saindo com você — disse, gentil.

— Talvez ele não pense assim.

Mas, ao dizer isso, uma Mercedes cinza de modelo antigo dobrou a esquina e parou bem em frente a elas. Phillip estava dirigindo, com Jamie ao seu lado. Os rapazes trajavam *blazers* e calças largas, ambos usavam gravatas e estavam, segundo Chloe e Allyson, incrivelmente lindos.

Phillip percebeu tudo e sorriu para Allyson:

— Oi... desculpe o atraso. Precisei parar pra colocar combustível, mas não conseguia encontrar um posto que tivesse diesel.

Enquanto isso, Jamie ajudava Chloe e acomodar-se no banco de trás, deslumbrado com o cabelo preto brilhoso, os grandes olhos azuis e a pequena saia preta de couro dela. Disse-lhe o quão bonita estava, ao passo que Allyson entrava no carro e Phillip dizia "oi" a Chloe. Formavam um grupo alinhadinho, e todos aparentavam mais ou menos dezoito anos quando saíram em direção ao Luigi's.

— Cintos de segurança, por favor — disse Phillip, sério, ao dar a partida, parecendo muito adulto e fazendo-os sentirem-se muito importantes. E então, enquanto o outro casal conversava no banco de trás, como se há anos viessem saindo aos sábados para jantar e como se nem por um breve momento tivessem ficado nervosos, Phillip olhou para Allyson e falou: — Você está muito bonita. Estou feliz que tenha podido vir.

— Eu também — concordou ela, sorrindo e corada, desejando não estar tão nervosa.

— Vocês estão nervosas por nossa causa ou pelo carro? — perguntou ele, honestamente.

Allyson, por um instante, sentiu-se tentada a fingir que nenhum dos dois era problema. Encolheu então os ombros num sorriso tímido e decidiu ser sincera. Talvez não houvesse mal em ser franca com ele. Ele parecia um bom rapaz, e Allyson gostava dele.

— Provavelmente os dois — respondeu ela. — Eu não perguntei. Meus pais não querem que eu ande em carros de garotos. É uma regra meio boba, mas eles ficam umas feras com isso.

— Talvez estejam certos. Mas eu sou um motorista bastante cuidadoso. Meu pai me ensinou a dirigir quando eu tinha nove anos. — Olhou mais uma vez para ela, sorrindo de leve. — Talvez eu pudesse ir à sua casa para conhecê-los, qualquer hora. Quem sabe isso ajudasse um pouco.

Ou não, pensou Allyson, dependendo do que os pais dela iriam achar sobre deixá-la sair com um rapaz quase três anos mais velho do que ela. Ou, talvez, gostassem dele. Era difícil dizer. Ele era sem dúvida educado, simpático e respeitador. Phillip Chapman não era nenhum delinqüente juvenil.

— Eu adoraria — disse ela, surpresa com o desejo dele em fazê-la sentir-se à vontade e em acertar as coisas com seus pais.

— Eu também.

Conversaram a caminho do Luigi's, e Chloe ria bastante no banco de trás. Jamie contava-lhe histórias vergonhosas sobre o time de natação, a maioria delas mentirosa, segundo Phillip, que era bem mais sério, porém boa companhia. Ao pedirem o jantar, Allyson já havia decidido que realmente gostava dele.

Ele a surpreendeu ao pedir para si e para Jamie um pouco de vinho, oferecendo-o a elas. Eles tinham identidades falsas, mas o garçom nem sequer as pediu, apenas trouxe duas taças de vinho tinto da casa e então virou de costas, enquanto as meninas tomavam goles dos copos deles. Phillip só terminou o seu na sobremesa. Allyson notou que ele bebera duas xícaras de café bem forte e sem açúcar.

— Você sempre bebe vinho?

Ela não podia deixar de perguntar. Seus pais só a deixavam tomar um gole de champanhe no Natal. Ela também bebera cerveja algumas vezes, mas detestara. E nesta noite o vinho fora emocionante, embora o gosto não tivesse sido muito melhor.

— Às vezes — respondeu. — Gosto de um copo de vinho quando estou me divertindo. Bebo em casa, com meus pais. E eles não se importam se eu tomar um pouco quando saio com eles.

Mas teriam se importado muito em saber que ele pediu vinho com uma identidade falsa, e com o agravante de ter a intenção de dirigir depois. Phillip sabia disso. Mas sair com duas meninas bonitas o fazia sentir-se deveras audacioso.

— Não te perturba quando você dirige? — perguntou ela, preocupada.

— Não — respondeu Phillip, com firmeza. — O vinho não me afeta, mas eu não beberia mais de um copo. E tomei duas xícaras de café.

— Eu vi — sorriu Allyson. — E fico feliz que tenha tomado — disse-lhe, com franqueza.

Ele era bonito e muito maduro, mas ela sentia que podia se abrir com ele, e ele parecia gostar disso.

— Você está preocupada?

— Um pouco.

— Não fique. — Ele sorriu, colocando sua mão em cima da dela, que repousava sobre a mesa. Seus olhares se encontraram e, em seguida, se desviaram. Para Allyson, era um tanto ou quanto maravilhoso. Olharam então para Jamie e Chloe, que conversavam sobre a transferência dela para a Escola de Balé de San Francisco. Jamie dizia o quanto gostara dela num espetáculo para o qual fora arrastado por sua irmã.

— Obrigada — agradeceu Chloe, radiante. Ela era apaixonada por ele, e um elogio seu significava muito. — Você gostou?

— Não — gargalhou. — Eu odiei, mas achei você ótima Minha irmã também achou.

— Ela costumava fazer balés comigo antes de resolver parar.

— Eu sei. Ela era péssima, mas diz que você era boa.

— Talvez... Eu não sei... Às vezes acho que é muito trabalhoso, e outras vezes eu adoro.

— É como a natação — sorriu Phillip, sugerindo em seguida que todos fossem à cidade tomar um café com creme. — Que tal a

Union Street? Podemos caminhar um pouco e talvez parar em algum lugar para tomar café. O que você acham?

— Legal — declarou Jamie.

— Muito legal — concordou Chloe.

Por um intante, Allyson mostrou um ar de nervosismo por falarem em ir até a cidade. Ninguém sabia que eles estariam lá. Mas também, que mal haveria nisso? A Union Street era muito tranqüila, e não havia nada de indecente num café.

— Contanto que eu esteja em casa até as onze e meia, por mim tudo bem — apressou-se, tentando não se preocupar.

— Então vamos.

Phillip deixou uma generosa gorjeta e dirigiram-se ao carro estacionado do lado de fora. Era, na verdade, o carro de sua mãe, explicou ele. Seus pais o deixavam dirigir uma velha caminhoneta, mas sua aparência era tão vergonhosa que ele havia pegado emprestada a Mercedes quinzenária de sua mãe, já que eles estavam passando o fim de semana em Pebble Beach.

Cruzaram a ponte Golden Gate, pagaram o pedágio, seguiram para o leste na Lombard Street e depois para o sul na Fillmore, em direção à Union. Após interminável procura, encontraram um lugar para estacionar e começaram a caminhar vendo lojas e restaurantes. Era um sábado movimentado, a noite estava quente, e o simples fato de estarem lá já era divertido. Allyson sentiu-se tremendamente adulta ao caminhar com o braço de Phillip sobre seus ombros.

Ele era alto, bonito e contava a ela seus planos de faculdade. Acabara de ser aceito pela Universidade de Los Angeles, a UCLA, e estava ansioso por ir para lá no próximo setembro. Havia pensado em ir para Yale, mas seus pais não o queriam no Leste. Eles eram mais velhos, e, por ser Phillip filho único, gostavam da idéia de tê-lo mais por perto. Ele disse gostar mesmo mais da UCLA, onde talvez Allyson pudesse ir visitá-lo em setembro. A idéia por si só já a fascinava, embora não conseguisse sequer começar a imaginar como explicaria isso a seus pais. Ela riu só de pensar, e ele entendeu.

— Talvez seja um salto um pouco grande demais para a primeira noite, hein? Que tal aquele café?

Ele parecia compreender muitas coisas; sentaram-se para tomar o café com creme, permanecendo no local até quase as onze horas. Allyson gostava cada vez mais dele. Por uma vez, Phillip debruçou-se sobre a mesa a fim de dizer-lhe algo e quase encostou seus lábios nos dela. Estavam tão absortos na conversa que era quase como se Chloe e Jamie não estivessem ali, eles estavam muito envolvidos na própria conversa.

Nenhum vinho foi consumido, e se levantaram às onze horas para irem embora. Caminharam lentamente de volta ao carro, mas sabiam que, àquela hora da noite, não teriam problema algum em voltar a Ross a tempo do toque de recolher de Allyson. E ela, ao colocar o cinto de segurança, disse docemente a Phillip:

— Eu me diverti muito.

— Eu também.

Ele sorriu, parecendo bem mais velho e fazendo-a imaginar se ele gostaria de sair com ela outra vez ou se estaria apenas sendo gentil nesta noite. Era difícil dizer, mas ela teria gostado de conhecê-lo melhor.

Phillip subiu lenta e calmamente a Lombard Street em direção à ponte, chegando então à Golden Gate. Era uma noite perfeita. Todas as estrelas do céu pareciam estar presentes e brilhantes. As águas faziam tremer o luar, as luzes ao redor da baía pareciam reluzir. A brisa estava gentil e morna como quase nunca se via em San Francisco, e a neblina se havia dissipado por inteiro. Era a noite mais romântica que Allyson já vira ou de que conseguia se lembrar.

— É tão bonito — sussurrou, quase para si mesma, ao cruzarem a ponte.

Do banco de trás veio um rompante de risadas.

— Querem colocar os cintos de segurança? — pediu Phillip, falando sério novamente.

Jamie riu.

— Não se meta, Chapman.

— Senão, vou encostar o carro na saída da ponte. Por favor, apertem os cintos.

Mas não houve nenhum som de cintos no banco de trás. Na verdade, houve um silêncio notável, e Allyson não quis se virar para olhar para eles. Então, com um sorriso embaraçado, olhou para Phillip, que lhe perguntou:

— O que você vai fazer amanhã à noite, Allyson?

— Eu... Eu não sei... Não posso sair nos domingos à noite.

Era hora de ser honesta com ele. Ela não era formanda, tinha quinze anos de idade e precisava seguir as regras, quer gostasse ou não. Ela adorara a noite, mas sair às escondidas e fazer algo que não devia a deixava muito nervosa. Embora gostasse da idéia de que ele conhecesse sua família, não queria fugir novamente para encontrá-lo, não importava o que Chloe decidisse sobre Jamie.

Phillip não pareceu aborrecido com o que Allyson disse. Ele sabia quantos anos tinha a garota, mas a achava madura para a sua idade, e lindíssima. Gostara de sua companhia e estava disposto a obedecer às regras a fim de aprofundar a amizade.

— Eu tenho treino amanhã à tarde, pensei que talvez na volta eu pudesse passar pela sua casa e, se não houver problema, entrar um pouco... conhecer seus pais... o que você acha?

— Ótimo — entusiasmou-se ela. — Você realmente não se incomoda em fazer isso? — Ele abanou a cabeça, fitando-a de relance com um olhar que lhe derreteu o coração. — Eu pensei que talvez... não sei... que você fosse achar um saco lidar com tudo isso.

— Eu sabia o que esperar quando a convidei para sair hoje à noite. Fiquei surpreso em não ter que conhecer seus pais. Então imaginei que você provavelmente lhes teria contado a verdade. Não podemos continuar fazendo isso para sempre.

Ela, aliviada com tal atitude, abanou a cabeça.

— Não. Não podemos... Quer dizer, eu não poderia... E, se meus pais descobrissem, me matariam...

— Minha mãe também, quando descobrir que peguei o carro dela, se descobrir...

Ele sorriu, parecendo um garoto novamente. Ambos riram. Eles haviam abusado nesta noite, e sabiam disso, mas era bons meninos. Não queriam fazer nada demais, só se divertir, sem más intenções.

Já estavam na metade da ponte a essa altura, e Jamie e Chloe sussurravam baixinho no banco de trás, quando um silêncio ocasional interrompeu seus murmúrios. Phillip puxara Allyson para mais perto, o máximo que o cinto de segurança permitia. Ela o havia afrouxado e começara a tirá-lo, mas Phillip não a deixara. Tirou então seus olhos da estrada por um breve instante, olhou para ela longa e intensamente, e, ao voltar sua atenção para o trânsito, viu, mas já tarde demais. Era só um facho de luz, um raio luminoso chocando-se contra eles, já quase em seus rostos. Allyson estava olhando para Phillip quando bateram, e no banco de trás eles nem sequer haviam visto. Foi um arco de luz, um ruído de trovão, uma montanha de aço e uma explosão de vidro para todos os lados, quando colidiram. Foi o fim do mundo num único momento. Os carros se chocaram e rodopiaram violentamente em volta um do outro, como dois touros enraivecidos, enquanto, por toda a parte à sua volta, havia carros desviando, buzinas, freadas barulhentas, o som de uma explosão e depois, de repente, o silêncio.

Havia vidros por todo o lado, ferros retorcidos envoltos em aço, um longo grito na noite, buzinas soando à distância e, finalmente, o choro longo de uma sirene. Então as pessoas, a princípio com lentidão, e depois com mais avidez, saíram de seus carros e correram em direção aos outros dois, engalfinhados, parecendo mortos, estáticos juntos, num grito contido de horror, uma bola de aço entrelaçada... uma massa... as pessoas corriam para ajudar e as sirenes choravam mais perto. Era impossível crer que alguém houvesse sobrevivido.

Capítulo 3

Dois homens foram os primeiros a se aproximar dos restos da Mercedes cinza de modelo antigo. Agora já estava claro que uma Lincoln preta as havia atingido em cheio. O motor estava esmigalhado, e os dois carros se haviam convertido em um. A não ser pela cor, era quase impossível distingui-los. Uma mulher andava a esmo, murmurando e choramingando consigo mesma, mas parecia ilesa, e dois outros motoristas foram até ela, enquanto os dois homens olhavam atentos para o interior da Mercedes. Um deles trouxera consigo uma lanterna e usava roupas grosseiras; o outro era um jovem de *jeans* que já dissera ser médico.

— Consegue ver alguma coisa? — perguntou o homem com a lanterna, sentindo todo o seu corpo tremer ao olhar para o interior da Mercedes.

Ele já havia presenciado muitas coisas, mas nada como isso. Ele quase batera ao tentar desviar deles. O tráfego foi interrompido em todas as faixas, agora ninguém mais atravessava a ponte.

Apesar das luzes externas, estava escuro a princípio no carro, tudo estava tão amassado e tão condensado que era difícil ver quem estava dentro. Então, o viram. Seu rosto estava coberto de sangue, todo o corpo comprimido num espaço inacreditável, a parte traseira da cabeça batera contra a porta, seu pescoço fazia um ângulo terrível. Era instantaneamente óbvio que ele estava morto, embora o médico procurasse um pulso que não conseguia encontrar.

— O motorista está morto — disse o doutor mansamente ao outro homem.

O mal vestido iluminou com a lanterna o banco de trás e se deparou com os olhos de um jovem. Estava consciente e parecia alerta, mas não dizia coisa alguma, só olhava fixamente para o homem com a lanterna.

— Você está bem? — perguntou ele, enquanto Jamie Applegate fazia com a cabeça que sim.

Cortara o supercílio e ferira a cabeça ao batê-la em algo, possivelmente em Phillip. Parecia tonto, mas sem outros ferimentos aparentes, o que era nada mais nada menos do que impressionante.

O homem com a lanterna tentou abrir-lhe a porta, mas tudo estava tão imprensado que não conseguiu.

— A polícia rodoviária estará aqui num minuto, filho — falou calmamente, enquanto Jamie assentia de cabeça mais uma vez.

Ele parecia impossibilitado de falar, era óbvio que estava em estado de choque; continuou simplesmente encarando os dois homens, e o sujeito da lanterna estava certo de que o garoto sofrera, no mínimo, uma concussão.

O doutor fora para trás a fim de olhar Jamie através da janela aberta e encorajá-lo ao máximo, quando ouviram um gemido profundo vindo do banco de trás, ao lado dele, e logo um choro agudo que transformou-se num grito. Era Chloe. Jamie virou-se para vê-la, embora não parecesse compreender como ela tinha ido parar ali, ao seu lado.

O médico deu a volta no carro o mais rápido que pôde, e o homem com a lanterna tentava iluminar Chloe de onde ele estava, ao lado de Jamie. Então todos, ao mesmo tempo, a viram. Ela estava imprensada entre os bancos traseiro e dianteiro, o da frente todo havia sido empurrado para trás pela força e a massa do Lincoln, ela parecia estar com o assento comprimido contra suas pernas. Eles não conseguiam vê-las, ela então começou a soluçar histérica, dizendo não poder se mexer, e gritando que doía, enquanto os outros tentavam acalmá-la. Jamie continuou a observá-la, parecendo confuso, e então disse algo vago a Phillip.

— Agüentem firme — disse-lhes o homem com a lanterna. — O socorro está a caminho.

Todos podiam ouvir o lamento das sirenes se aproximando, mas os gritos de Chloe eram ainda mais cortantes.

— Não consigo me mexer... Não posso... Não posso respirar...

Ela estava ofegante, sem fôlego e com falta de ar devido ao pânico, quando o jovem doutor calmamente cuidou dela, falando-lhe mansamente.

— Você está bem... Está tudo bem... Nós vamos tirá-la daí num minuto... Agora, tente respirar devagar... Tome... Segure a minha mão...

Ele se esticou, segurou a mão dela na sua e viu, pelo sangue que havia nelas, que suas pernas deveriam estar sangrando bem no local onde antes estivera sua mão, mas, apesar da lanterna, não conseguia ver o que havia acontecido. A boa notícia era que ela estava consciente e falando com ele. Não importa o quão atingidas suas pernas tinham sido, ela estava viva, e tinham-se mil razões para esperar que sobrevivesse.

O homem da lanterna os deixou por um instante. Ele acabara de perceber uma garota inconsciente no banco da frente. A princípio, ela ficara fora de visão, escorregara demais no banco e estava imprensada entre muitas ferragens. Mas, de repente, notaram seu rosto e seu cabelo, ao tentarem examinar Chloe. O médico continuava ocupado com esta última, que soluçava, enquanto o homem da lanterna tentava abrir a porta dianteira do carona a fim de soltar a mocinha caída sob o painel. Mas era em vão. A porta estava amassada, sem a menor chance de ser aberta, e a menina da frente nem sequer se movia, enquanto ele, através do vidro quebrado da janela, esticava-se para tentar tocá-la. Em seguida, falou algo em voz baixa para o médico, que, ao olhar para ela, disse suspeitar que estivesse morta como o motorista. Mas, logo após, deixando o outro homem continuar a falar com Chloe, checou e se surpreendeu ao tocar-lhe o pescoço e encontrar um pulso. Era fraco, tênue, e quase não se podia detectar respiração alguma. Toda a sua cabeça e seu rosto estavam cobertos de sangue, juntamente com o cabelo. A suéter que usava ficara de um tom vermelho profundo, ela possuía cortes em toda a parte e, claramente, tivera ferimentos profundos na cabeça durante a colisão. Ela mal conseguia sobreviver, sua vida estava por um fio e, segundo o médico, era impossível que permanecesse viva tempo suficiente para que a resgatassem. Não havia coisa alguma que pudesse fazer por ela, e mesmo se sua respiração ou o pulso parassem, ele não poderia ter-lhe aplicado a manobra de ressuscitação. Sua posição era extremamente difícil, e obviamente ela estava machucada demais. Tudo o que ele podia fazer era permanecer ali e ficar de olho nela, sentindo-se inútil. Pelo que podia ver dali, ambos os jovens do banco da frente estavam perdidos. Somente os dois de trás tinham tido uma sorte tremenda.

— Meu Deus, eles parecem não chegar nunca, não é? — disse, ansioso, o homem da lanterna, observando a carnificina dentro do carro.

Com o facho de luz, podiam ver melhor quanto sangue havia sido perdido. Ambas as garotas pareciam estar sangrando abundantemente.

— Só parece — disse o médico, brandamente. Dirigir ambulância fizera parte do seu período de residência em Nova York há dez anos atrás, e ele já vira muitas coisas terríveis nas estradas, nas ruas e nos becos. Já fizera nascer sua cota de bebês em ruas de serviço também, mas cenas como as de hoje eram maioria, e freqüentemente sem sobreviventes. — Eles estarão aqui num minuto.

O outro homem suava em bicas, e os gritos de Chloe começavam a deixá-lo nervoso. Tinha medo de olhar para o rosto de Allyson, seu estado era péssimo. Ele já não estava certo se ela ainda tinha um rosto.

E então, finalmente, chegaram. Dois caminhões de bombeiro, uma ambulância e três viaturas da polícia. Muitas pessoas haviam telefonado de seus próprios carros e relatado quão grave o acidente tinha sido, outros se aproximaram cuidadosamente das ferragens e viram que havia quatro passageiros no carro menor, dois deles feridos gravemente. A motorista do outro carro, a não ser por alguns arranhões e ferimentos leves, saíra miraculosamente ilesa e estava chorando histericamente no acostamento, nos braços de um estranho.

Três bombeiros e dois policiais se aproximaram simultaneamente do carro, junto com dois paramédicos. Os outros policiais tentavam encarregar-se do tráfego, organizando-o lentamente ao redor dos dois carros e fazendo-o fluir em um sentido. Seus próprios veículos se somaram à confusão e ao bloqueio da rua, e a única fila de carros que ia na direção norte mal se arrastava, e, ao passarem pelas ferragens e pelos veículos de emergência, as pessoas observavam o massacre.

— O que temos aqui?

O policial rodoviário olhou para dentro primeiramente e balançou a cabeça ao ver Phillip.

— Esse já era — resumiu o médico, confirmado pelo primeiro paramédico.

Acabou. Uma vida. Terminou assim, num instante. Não importa quão jovem era, quão inteligente, quão gentil ou o quanto seus pais o amavam. Estava morto, sem razão, sem planos, sem objetivos. Phillip Chapman morrera aos dezessete anos de idade, numa calma noite de sábado de abril.

— Não conseguimos abrir nenhuma das portas — explicou o médico. — A garota do banco de trás está presa, acho que ela tem ferimentos bastante graves nos membros inferiores. Esse está bem. — Dirigiu-se a Jamie, que, confuso, ainda os observava. — Está em choque, precisamos levá-lo imediatamente a um hospital para dar uma olhada. Mas acho que provavelmente vai ficar bem. Talvez uma concussão.

A essa altura, os paramédicos já se esticavam a fim de tocar em Allyson, enquanto os bombeiros se apressavam em chamar a Jaws of Life e uma equipe de cinco homens a fim de soltar os jovens.

— E a garota do banco da frente, doutor? — indagou um dos paramédicos.

— Não me parece que vá sobreviver.

Ele continuara a checar seus batimentos, ela ainda estava viva, mas se esvaía rapidamente, e até que o equipamento pesado chegasse, não havia nada que pudessem fazer para soltá-la dali. Os paramédicos se movimentavam com rapidez a fim de aplicar uma intravenosa mesmo assim, e um deles prendeu um saco de areia sob a cabeça de Allyson para que não a machucassem ainda mais.

— Ela obviamente tem ferimentos no crânio — exclamou o médico —, e só Deus sabe o que mais.

Ela fora totalmente engolida por uma massa de aço, a maior parte do seu corpo estava inacessível para eles, e talvez pudesse estar todo quebrado. Mais do que nunca, parecia improvável que sobrevivesse.

Chloe começou então a gritar mais alarmada, e era difícil saber se ela escutara o que disseram a respeito de seus amigos, ou se era apenas mais dor. Era impossível comunicar-se com ela. Aparentemente, durante a maior parte do tempo se abstraía por completo de onde estava, simplesmente continuava gritando sobre suas pernas e dizendo que suas costas doíam. Por mais terrível que fosse, os médicos achavam animador que ela ainda estivesse sentindo as pernas. Muitos dos acidentes que haviam presenciado envolviam pessoas que pareciam não sentir quase dor, principalmente porque suas colunas vertebrais tinha sido atingidas.

— Está bem, meu anjo, vamos tirá-la daí num minuto — disse um bombeiro. — Agüente firme. Vamos levá-la logo para casa.

O bombeiro quase cantou para ela, enquanto a polícia rodoviária conseguia usar, como alavanca, um pé-de-cabra na porta de Phillip. Enquanto isso, abriam, com cuidado, a janela quebrada com o auxílio de um cobertor. Puxaram delicadamente o corpo do carro, e um dos bombeiros ajudou a colocá-lo numa maca. Cobriram-no de imediato com uma cortina e o empurraram lentamente em direção à ambulância. Motoristas espiavam pasmos, e algumas pessoas choravam ao ver que ele havia morrido numa batida de carro. Lágrimas de choque e tristeza por um completo desconhecido.

A porta aberta permitiu ao doutor esticar-se até Allyson e examinar melhor seu estado, mas não era nada bom. Sua respiração estava agora ainda mais irregular, e os paramédicos rapidamente colocaram um tubo de ar na boca da garota, e então prenderam o ambu ao tubo de oxigênio. O doutor sabia que eles estavam "ventilando", como diziam, para ajudá-la a respirar, e sabia, tanto quanto eles, que a intravenosa e o oxigênio poderiam somente ajudá-la. Seus braços estavam dilacerados demais até mesmo para que se pudesse tomar a pressão, mas o doutor não precisava disso. Ele podia perceber o que estava acontecendo com ela. Allyson estava morrendo em suas mãos, e, se não a soltassem logo, terminaria como Phillip. Talvez não sobrevivesse mesmo, mas ainda assim, coberta de sangue, era fácil ver o quão jovem era, e ele queria que ela sobrevivesse.

— Vamos, mocinha... Vamos lá... Não desista agora... — Era quase como se fizesse uma oração. Enquanto isso, virou-se, tocando no paramédico. — Vamos, mais oxigênio.

Todos os observavam, tensos, fornecendo mais oxigênio e, no momento seguinte, incluindo alguma outra coisa na intravenosa. Mas seria em vão, e todos sabiam disso. Se não a levassem logo para um hospital, ela simplesmente não sobreviveria.

E então, afinal, chegaram os barulhentos Jaws of Life; uma equipe de cinco homens saltou do carro e veio correndo. Em milésimos de segundos avaliaram a situação, consultaram rapidamente as pessoas do local e, de pronto, entraram em ação.

Chloe já estava perdendo os sentidos, e um dos bombeiros lhe dava oxigênio através da janela aberta. Allyson deveria ser a primeira a ser retirada, pois estava quase morta, ela, cuja única esperança era a de que conseguissem soltá-la em questão de minutos, talvez segundos. Não importava a grandeza do desespero de Chloe, ela precisava esperar, não corria perigo tão grande. E não a poderiam retirar mesmo até que o banco dianteiro fosse removido, e Allyson com ele.

Enquanto um homem estabilizava o veículo com calços e escoras a fim de que nada mais se mexesse, um segundo homem da equipe esvaziava os pneus, e outros dois se moviam à velocidade da luz a fim de remover o restante de vidro das janelas. O quinto conferenciou com policiais e paramédicos no local e em seguida juntou-se rapidamente a seu companheiro, a fim de auxiliar na remoção do vidro traseiro. Os jovens do lado de dentro tinham sido cuidadosamente cobertos com um plástico, a fim de evitar que algum estilhaço caísse por acaso e os machucasse. Foram precisos dois homens para remover o pára-brisa, um deles utilizando um machado de pontas arredondadas. Finalmente, o pára-brisa saiu e foi literalmente dobrado, como um cobertor. Colocaram-no com destreza e rapidez sob o carro, movimentando-se como um corpo de balé altamente experimentado, enquanto os outros dois removiam o vidro traseiro. Pouco mais de um minuto se passara desde a sua chegada ao local, e o médico os observava imaginando que se Allyson por acaso sobrevivesse, seria graças a eles e às suas ações rápidas e quase cirúrgicas.

Com um plástico ainda cobrindo Allyson, um dos homens de resgate entrou, retirou as chaves e cortou os cintos de segurança. E então começaram, em conjunto, a enrolar o teto do carro, usando serras hidráulicas e manuais. O barulho era terrível, e Jamie chorava de modo comovente, enquanto Chloe recomeçou a gritar. Mas Allyson nunca se mexia, e os paramédicos continuavam a bombear oxigênio pelo tubo.

Em instantes, retiraram o teto do carro, fizeram um buraco na porta e inseriram garras para forçá-la a se abrir. Cada garra pesava quase cinqüenta quilos, e foram precisos dois homens para segurá-la; seu ruído era tão alto quanto o de um martelo. Jamie agora já chorava copiosamente, e o barulho era tão intenso que encobria até mesmo os gritos de Chloe. Só Allyson estava abstraída de tudo pelo que passavam, e um dos paramédicos, deitado junto a ela no banco do motorista, vigiava sua intravenosa e seu tubo de oxigênio, certificando-se que ela ainda continuava a respirar. E continuava, mas mal.

Removeram a porta por inteiro e então agiram depressa, retirando o painel e o volante. Utilizaram correntes longas e um gancho gigante para removê-los, e, antes que o tivessem feito por completo, os paramédicos tinham posto uma tábua nas costas de Allyson para imobilizá-la mais. Com isso, porém, o carro inteiro ficou exposto à brisa noturna, a parte dianteira estava fora, o teto aberto, as portas tinham saído, e Allyson podia agora, finalmente, ser removida. Quando os paramédicos se curvaram sobre ela, puderam ver quão críticos eram seus ferimentos. A cabeça parecia ter batido de frente e de lado, ter dado voltas como uma bolinha de gude durante a colisão. E seu cinto de segurança estivera tão frouxo que era quase como se estivesse sem ele.

Mas toda a mão-de-obra estava agora sendo concentrada em

transportar Allyson, o mais cautelosamente possível, para a maca. Rapidez era essencial; no entanto, cada movimento teria que ser infinitamente delicado e cuidadosamente planejado, caso contrário poderiam causar maiores danos cervicais e espinais. Ela mal conseguia agarrar-se à vida quando o chefe da equipe dos paramédicos gritou:

— Vai!

Correram o mais suavemente que puderam com a maca em direção à ambulância que os esperava. A essa altura, duas outras ambulâncias haviam chegado ao local, e os paramédicos recém-chegados voltavam sua atenção para Chloe e Jamie. Era exatamente meia-noite quando a ambulância saiu em disparada da ponte com o corpo de Phillip, Allyson e o jovem médico. Um dos policiais rodoviários dissera que levaria seu carro até o Hospital Geral de Marin para ele. O doutor não se sentiu bem em deixar Allyson ir ao hospital acompanhada somente de paramédicos, embora sentisse que o que poderia fazer por ela era quase nada. Ela precisava de um neurocirurgião imediatamente, mas enquanto isso gostaria de estar por perto. Ainda não acreditava que sobreviveria. Mas talvez... e, mesmo a chance sendo mínima, ele queria ajudá-la.

Mais carros-patrulha haviam chegado, uma quarta ambulância e dois outros caminhões de bombeiros. O tráfego continuava seguindo em pista única em direção a Marin, e a ponte permanecia fechada do condado de Marin para San Francisco. O trânsito parecia ter empacado para sempre.

— Como ela está? — perguntou um dos bombeiros, referindo-se a Chloe, enquanto os paramédicos esperavam que a equipe de resgate a soltasse.

Ela estava histérica e sangrando intensamente nas duas pernas. Agora já lhe tinham aplicado uma intravenosa, e ela desmaiara diversas vezes ao tentarem removê-la.

— Seus sentidos vão e voltam — explicou um dos paramédicos.

— Vamos soltá-la num minuto.

Tentaram arrancar o assento a fim de retirá-la, mas estava bloqueado de todos os ângulos. Os equipamentos que haviam trazido partiram o banco literalmente em pedaços, deixando-o no asfalto, e dez minutos depois as pernas de Chloe estavam expostas, esmagadas, quebradas; sofrera fraturas cominutivas em ambas as pernas, com ossos expostos. Ao retirarem-na do carro com uma tábua, o mais cuidadosamente possível, ela finalmente perdeu os sentidos por completo.

Saiu a segunda ambulância em disparada, com a sirene gritando na noite, enquanto o bombeiro ajudava Jamie a sair do carro. Ele estava livre agora, e, ao ser retirado, agarrou-se ao bombeiro e soluçou como uma criança em pânico total.

— Está tudo bem, filho... Tudo bem...

Ele presenciara muita coisa e ainda estava confuso e tonto. Ainda não conseguia entender o que havia acontecido. Colocaram-no com calma na última ambulância, levando-o para o Hospital Geral de Marin, como os outros, justamente quando chegou o caminhão da imprensa. Desta vez haviam chegado tarde ao local, mas a ponte estivera completamente bloqueada.

— Deus, odeio noites assim — disse um bombeiro a outro. — Faz a gente nunca mais querer deixar nossos filhos saírem de casa, não é?

Ambos assentiram com a cabeça, enquanto a equipe de resgate continuava tentando desemaranhar a massa de aço o suficiente para que ambos os carros pudessem ser rebocados da ponte; as câmeras da TV filmavam tudo.

Todos se surpreenderam de como a Mercedes ficara totalmente destruída. Mas ela era antiga e deveria ter colidido com a Lincoln num mau ângulo. Se não tivesse sido uma Mercedes, de qualquer ano, era provável que todos, não apenas Phillip, estivessem mortos.

A outra motorista ainda permanecia sentada, tonta, no acostamento, recostada a um estranho. Ela usava um vestido preto e um casaco branco, parecia desarrumada, mas não havia mancha de sangue nela. Até o casaco branco estava limpo, o que parecia inacreditável, dadas as condições dos ocupantes da Mercedes.

— Ela não vai para o hospital? — perguntou um dos bombeiros ao policial rodoviário.

— Ela diz que está bem. Aparentemente, não há ferimentos. Teve uma sorte danada. Mas está bastante abalada e se sente muito mal com relação ao rapaz. Vamos levá-la pra casa num minuto.

O bombeiro concordou, fazendo sinal com a cabeça e olhando

para ela. Era uma mulher atraente, aparentando uns quarenta anos, trajando roupas caras. Duas senhoras estavam de pé ao lado dela e alguém lhe trouxera uma garrafa d'água. Ela chorava e se enxugava num lenço, balançando a cabeça, incapaz de acreditar no que havia acontecido.

— O senhor tem alguma idéia do que possa ter ocorrido? — perguntou um repórter ao bombeiro, que apenas encolheu os ombros em resposta.

Ele não tinha a menor simpatia pela imprensa nem pelo seu interesse mórbido na desgraça alheia. O que havia acontecido aqui estava bastante claro. Houve a perda de uma vida, talvez duas a essa altura, se Allyson não tivesse resistido. O que eles queriam saber? Por quê? Como? E que importância tinha isso? As conseqüências eram inalteráveis, não importava de quem fosse a culpa.

— Ainda não temos certeza — disse o bombeiro, sem querer se comprometer. E, alguns minutos depois, dirigiu-se a um dos seus colegas: — Parece que os dois carros ultrapassaram a faixa central o bastante para ocasionar o desastre. — Um dos policiais rodoviários acabara de explicar-lhe. — Você se distrai um minuto... Na verdade, embora negue, ela cruzou a faixa bem mais do que eles. E não há motivos para se pensar de outra forma. Ela é Laura Hutchinson — disse ele, parecendo impressionado, enquanto o outro bombeiro erguia as sobrancelhas.

— Tem a ver com o senador John Hutchinson?

— Isso mesmo.

— Droga. Imagine se ela tivesse morrido. — Mas a morte de um ou dois jovens também não era consolo. — Você acha que os jovens estavam bêbados ou drogados?

— Quem sabe? Vão checar isso tudo no hospital. Pode ser. Ou podemos dar a sorte de ser um daqueles casos em que nunca se descobre quem fez o quê. Não está muito claro pela posição dos carros, e, que diabos, não sobrou muito deles.

O que sobrara estava sendo desmantelado em pedaços para que pudesse ser transportado. Estavam agora lavando o óleo, pedaços dos carros e o sangue, que se espalharam no asfalto.

Levaria mais um hora ou duas até que o tráfego da ponte fosse retomado, e mesmo assim, só uma faixa em cada sentido seria liberada até a manhã seguinte, quando o resto das carcaças seria rebocado para exame.

As equipes de filmagem estavam prontas para ir embora a essa altura. Não havia mais coisa alguma para se ver, e a esposa do senador se recusara a comentar sobre a morte do outro motorista Os policiais rodoviários haviam-na protegido da imprensa bem discretamente.

Era meia-noite e meia quando finalmente a levaram para casa, na rua Clay em San Francisco. Seu marido estava em Washington, e quando houve o acidente ela estava indo a uma festa em Belvedere. Os filhos estavam na cama dormindo, e a governanta abriu a porta e começou a chorar ao ver o estado desarrumado da Sra. Hutchinson e ao ouvir a história.

Laura Hutchinson agradeceu-lhes profundamente, insistiu em não haver necessidade de ir ao hospital e disse que, caso precisasse, veria seu médico particular na manhã seguinte. E os fez prometer que telefonariam informando-a do estado dos jovens acidentados.

Ela já sabia que o jovem motorista estava morto, mas ainda não lhe haviam dito que Allyson provavelmente não sobreviveria até a manhã seguinte. Os policiais rodoviários tiveram pena dela. Parecia tão perturbada, tão apavorada, tão desesperadamente desconcertada com o ocorrido. Chorara copiosamente ao ver o corpo de Phillip sendo removido, coberto pelo plástico. Ela mesma tinha três filhos, e pensar nesses jovens morrendo num acidente era mais do que conseguia imaginar.

O policial que a trouxera para casa sugeriu que tomasse um tranqüilizante naquela noite para acalmar os nervos, se é que havia algum em casa, ou, pelo menos, uma bebida forte. Ela parecia precisar, e ele estava certo de que o senador não se oporia à sugestão.

— Não bebi nada a noite toda — disse ela, nervosa. — Nunca bebo quando saio sem meu marido — explicou.

— Acho que lhe faria bem. A senhora gostaria que eu providenciasse uma bebida agora?

Ela hesitou, mas, percebendo o consentimento, ele mesmo dirigiu-se então até o bar e serviu-lhe um drinque. Um copo de um conhaque bom e forte. Ela fez uma cara péssima ao bebê-lo, mas ao final sorriu e agradeceu. Eles tinham sido maravilhosos para com ela durante toda a noite, e ela assegurou-lhes que o senador seria muito grato a eles pela gentileza com a qual a haviam tratado.

— Não há de quê.

Ele agradeceu, saiu e juntou-se ao seu parceiro, que, do lado de fora, esperava e perguntava se ele havia pensado em levá-la ao hospital a fim de checar o nível de álcool, para fins de investigação.

— Pelo amor de Deus, Tom. A mulher é a esposa do senador, está uma pilha de nervos por causa do acidente, presenciou a morte de um garoto, e ela mesma me disse não ter bebido coisa alguma a noite toda. Pra mim, isso é o bastante.

O outro policial deu de ombros. Seu parceiro provavelmente estava certo. Ela era a mulher do senador, e não ia pegar a estrada, às onze horas da noite, meio bêbada, e bater num bando de garotos. Ninguém seria tão estúpido, e ela parecia ser uma mulher de respeito.

— Caso você quisesse que eu voltasse lá para buscá-la, agora já é tarde demais. Acabei de dar-lhe um conhaque. A coitadinha precisava de uma bebida forte. Acho que fez bem a ela.

— Talvez me fizesse bem também — sorriu o outro policial. — Trouxe um pra mim?

— Cala a boca. Meu Deus... Checar o nível de álcool... — Ele riu. — O que mais você queria que eu fizesse? Colhesse as impressões digitais?

— Claro. Por que não? O senador provavelmente nos arranjaria uma menção elogiosa.

Os dois homens riram e partiram noite adentro. Ela já tinha sido longa demais para eles, e ainda era uma e meia da manhã.

Capítulo 4

Às onze e cinqüenta, Page assistia a um filme antigo na TV e se sentou na cama a fim de ficar mais reta. Allyson estava vinte minutos atrasada, e sua mãe não estava nada contente. À meia-noite estaria ainda menos.

Andy dormia pacificamente ao seu lado, e Lizzie cochilava no chão perto da cama. Tudo estava calmo e tranqüilo na casa, exceto Page, que se impacientava mais a cada minuto. Allyson prometera estar em casa o mais tardar às onze e meia, e isso, em primeiro lugar, já era meia hora mais tarde do que Page gostaria. Não havia absolutamente nenhuma desculpa para violar o toque de recolher.

Page pensou em ligar para a casa dos Thorensens, mas seria em vão. Se eles ainda estivessem no cinema, ou tomando sorvete em algum lugar, não haveria mesmo ninguém em casa. Ela imaginava que eles talvez tivessem ido comer alguma coisa depois do filme, e Allyson provavelmente não avisara ao pai de Chloe que deveria estar em casa até as onze e meia.

À meia-noite e meia, Page estava furiosa, e, à uma hora da manhã muito preocupada. Estava quase decidida a abandonar seu lado reservado e telefonar para a casa dos Thorensens, quando o telefone tocou, à uma e cinco da manhã. Ela presumiu que fosse Allyson, perguntando se poderia passar a noite na casa de Chloe. Page estava mais do que lívida a essa altura, e teria gostado de sacudir sua filha.

— Não, não pode — foi como atendeu ao telefone.

— Alô?

A voz do outro lado soava confusa, e Page, mais ainda. Não era Allyson coisa nenhuma, era um estranho. Ela não podia imaginar quem telefonaria a essa hora, a não ser que fosse engano, ou um telefonema obsceno.

— É da residência dos Clarke?

— Sim. Quem está falando?

De repente, uma pontada de medo lhe correu pela espinha. Ela, porém, ignorou.

— Aqui é da polícia rodoviária, Sra. Clarke. É a Sra. Clarke?

— Sim.

A palavra foi um murmúrio, quando um pavor repentino a fez prender a respiração.

— Sinto muito comunicar-lhe que a sua filha esteve envolvida num acidente.

— Oh, meu Deus! — Todo o seu corpo despertou e a sua mente ficou repleta de terror. — Ela está viva?

— Sim, mas estava inconsciente, a caminho do Hospital Geral de Marin. Ela sofreu lesões muito graves.

Oh, Deus... Oh, Deus... O que significa "muito graves"? Qual a gravidade? Ela está bem? Vai sobreviver? Está muito machucada? As perguntas se multiplicavam na cabeça de Page.

— O que aconteceu?

Havia um mau presságio, patético, preso na sua garganta.

— Uma colisão frontal na ponte Golden Gate. Foram atingidos, a caminho do condado de Marin, por um veículo que se aproximava vindo do sul.

— A caminho de Marin? Vindo de onde? Não pode ser.

Sua vontade era de explicar aonde Allyson tinha ido, talvez, se ela conseguisse convencê-lo, significaria que Allyson não teria estado lá e nada lhe teria acontecido, afinal de contas.

— Sinto muito, mais foi isso mesmo. Ela se encontra no

Hospital Geral de Marin, Sra. Clarke. A senhora precisa chegar lá bem rápido.

— Oh, Deus... Obrigada...

Ela desligou sem dizer palavra e, freneticamente, discou para informações. Eles lhe forneceram o número do hospital e ela pediu o setor de emergência. Sim, Allyson Clarke estava lá, sim, ainda estava viva e, não, não lhe poderiam fornecer quaisquer outras informações. Os médicos estavam todos ocupados com ela, e não podiam vir ao telefone. Allyson Clarke estava na lista dos pacientes em estado crítico.

Lágrimas brotaram de seus olhos, e suas mãos tremiam violentamente enquanto discava o número da vizinha. Ela precisava deixar Andy com alguém... tinha que telefonar... se vestir... chegar lá! Após quatro toques, alguém atendeu ao telefone. Enquanto isso, Page soluçava em silêncio, rezando para Allyson ainda estar viva quando chegasse lá.

— Alô? — finalmente atendeu uma voz sonolenta.

— Jame? Você pode vir aqui?

Page ofegava, como se não conseguisse pegar ar suficiente. E se desmaiasse? E se... e se Allyson morresse... Oh, Deus, não... Por favor, não...

— O que está acontecendo? — Jane Gilson a conhecia bem, e nunca vira Page entrar em pânico. — O que há? Você está doente? Tem alguém aí? Algum intruso?

— Não! — gritou Page, em terror. — É a Allie. Ela sofreu um acidente... de frente... Está no Hospital Geral de Marin, em estado crítico... Brad está fora... Tenho que deixar o Andy aí.

— Oh, meu Deus... Estarei aí em dois minutos.

Jane Gilson desligou, e Page correu para o armário, enfiou um *jeans* e a primeira suéter que encontrou. Era a azul, velha, que usava para cuidar do jardim, cheia de furos e manchas, permanentemente desbotada. Ela, porém, nem sequer reparou ao vesti-la, e enfiou os pés no sapatinho de uso caseiro. Sem pensar em pentear o cabelo, correu para o bloquinho do escritório, onde Brad sempre deixava o número do hotel quando viajava. Ela sabia poder encontrá-lo lá. Resolveu esperar e ver Allyson primeiro antes de ligar, no caso de as notícias serem melhores do que temia. Mas, pelo menos, ela poderia telefonar do hospital, depois de ver a filha. Desta vez, porém, não havia hotel nem telefone. Nada. A folha estava em branco. Pela primeira vez em dezesseis anos, ele esquecera de deixar a informação. Era como se o destino lhes estivesse pregando uma peça, mas não havia tempo para se preocupar com isso agora. Ela poderia ligar para alguém do escritório de Brad e descobrir o resto depois. Agora, precisava chegar ao hospital e ver seu bebê.

Pegou a bolsa ao toque da campainha e correu para fazer entrar Jane Gilson. Os braços de Jane puseram-se ao redor da velha amiga. Ela conhecia os Clarkes desde quando se mudaram, antes de Andy nascer, quando Allyson tinha sete anos.

— Ela vai ficar bem... Você sabe disso. Page, acalme-se. Na verdade, tudo parece pior do que é. Sossegue.

Ela teria gostado de levar, ela mesma, a amiga, mas seu marido também estava fora. Acampava com seus filhos, ambos vindo da faculdade para passar as férias da primavera. E não havia mais ninguém com quem deixar Andy. Ele continuava em sono profundo na cama da mãe, desconhecendo completamente o acontecido.

— O que quer que eu diga quando o Andy acordar, caso você ainda não tenha voltado? — perguntou Jane.

— Diga apenas que a Allyson passou mal e eu precisei ir com ela ao hospital. Vou ligar pra você de lá e avisar o que está acontecendo. E, se Brad telefonar, pelo amor de Deus, Jane, anote o telefone dele.

— Certo... Agora vá... E dirija com cuidado.

Page saiu correndo noite adentro, cabelos ao vento, bolsa embaixo do braço; jogou-se no carro e no instante seguinte saiu da garagem em disparada. Tentou argumentar consigo mesma durante o caminho, convencer-se de que tinha de ficar calma, respirar, dizendo-se constantemente que Allyson ficaria bem e implorando a Deus que sim. Ainda não conseguia acreditar no acontecido.

O hospital ficava a oito minutos dali, e ela estacionou na primeira vaga que encontrou. Esqueceu as chaves no carro e correu edifício adentro. O setor de emergência estava aceso, cheio de luzes e de pessoas correndo, entrando e saindo de salas. Meia dúzia de pessoas sentadas num corredor esperavam atendimento. Uma mulher com dores de parto caminhava, sentindo-se mal e escorando-se no marido. Mas tudo o que Page queria ver era sua menininha... seu bebê. Avistou então os repórteres, dois deles anotando dados sobre o acidente com um policial rodoviário.

Dirigiu-se ao balcão e perguntou à enfermeira onde poderia encontrar sua filha, e o rosto da mulher ensombrou-se no instante em que ela pôs os olhos em Page. Seu rosto era bonito, tinha um olhar doce, e bastou que visse Page para enternecer-se por ela. A Sra. Clarke estava branca como um cadáver e tremia.

— A senhora é a mãe dela?

Page fez que sim com a cabeça e sentiu seu corpo tremer mais.

— Ela está... Ela está — balbuciou.

— Ela está viva. — As pernas de Page fraquejaram, e a mulher deu a volta no balcão, a fim de ampará-la. — Ela sofreu ferimentos muito, muito graves, Sra. Clarke. Foi bastante atingida na cabeça. Nossa equipe de neurocirurgiões está com ela agora, e estamos aguardando o chefe da seção. Quando ele chegar, vamos poder informá-la melhor. Mas ela está resistindo.

A enfermeira guiou Page até uma cadeira e ajudou-a a sentar-se. Era como se o mundo todo tivesse virado de ponta-cabeça num piscar de olhos.

— A senhora gostaria de uma xícara de café? — perguntou com simpatia a enfermeira, olhando-a de cima. Page abanava a cabeça, tentando não chorar, mas era em vão. As lágrimas transbordavam instantaneamente, enquanto tentava absorver o que a mulher lhe dissera... Neurocirurgiões... A equipe neurocirúrgica... Ferimentos muito, muito graves... Mas, por quê? Como? Como havia acontecido?

— A senhora está bem? — indagou a enfermeira, enfaticamente.

Era óbvio que não; ela assoou o nariz, sacudiu a cabeça e desejou poder fazer voltar o relógio. E ela se zangara tanto com Allyson por ter se atrasado no toque de recolher. Pensar nisso era insuportável. Enquanto a mãe se enfurecia, a filha colidia de frente... Não dava nem para imaginar.

— Alguém mais se feriu? — articulou Page, por fim, e a enfermeira assentiu com a cabeça, enquanto a mirava pesarosa.

— O motorista faleceu. E outra jovem se feriu gravemente.

— Oh, meu Deus...

Faleceu?... Trygve Thorensen morto? Pelo amor de Deus, como isso aconteceu? E, ao pensar nisso, ela viu um homem que se parecia muitíssimo com ele saindo de uma das salas de emergência. Vinha tonto da sala de tratamento e parecia ter os olhos fixos em Page, sem na verdade ver quem ela era. Foi Page quem de repente percebeu que era Trygve. Mas como era possível? A enfermeira disse que ele estava morto. Foi tudo mentira? Um trote? Um pesadelo? Estaria ela maluca ou sonhando? Mas, ao olhar para ele, Page viu que o pesadelo estava real demais. A enfermeira afastara-se discretamente e Trygve, de pé, olhava para Page, com lágrimas fortuitas escorrendo por suas próprias bochechas.

— Page, eu sinto muito... — E, aproximando-se, tomou as mãos dela nas suas e segurou-as por um instante. — Eu deveria ter sabido... Eu acho que deveria ter visto, mas não prestei atenção... Não sei como pude ser tão estúpido.

Ela olhava para ele horrorizada. Ele não estava prestando atenção e seus filhos tinham se ferido criticamente... Como podia sequer dizer isso a ela? E por que a enfermeira lhe dissera que ele estava morto, se ele não estava?

— Eu não entendo — disse Page, angustiada, com os olhos fixos nele, enquanto ele se sentava junto a ela, balançando a cabeça, ainda incapaz de crer no ocorrido.

— Estou começando a entender. Eu devia ter sabido, quando a vi sair com aquela roupa. Ela estava usando uma saia de couro preta emprestada de algum lugar, e meias pretas que devem ter pertencido à Dana... Que diabo de idiota sou eu. Eu estava trabalhando em alguma coisa com o Bjorn e simplesmente deixei passar. Ela disse que iria sair com você, então achei que estivesse tudo bem... Agora, daria tudo para tê-la impedido.

— Sair *comigo?* Você quer dizer... Não era você quem estava dirigindo?

Uma nova sensação de pavor tomou conta dela, quando compreendeu. Não haviam saído com ele, afinal de contas. Mas, então, com quem estavam, quem era o motorista?

— Não, não era eu.

— A Allyson disse que você as estava levando para jantar no Luig's e para o cinema. Nunca me ocorreu que não... — E então, de repente, pensando melhor, os pedaços do quebra-cabeça se encaixaram para ela também. A suéter de *cashmere* emprestada, a saia branca, o fato de ela ter escapulido para a casa de Chloe sem deixar que Page a levasse. — Como pude ser tão burra?

— Acho que ambos fomos. — Ele olhou para ela através de suas lágrimas, e ela recomeçou a chorar. — Você deveria ter visto a Chloe quando chegou aqui... Ela teve fraturas expostas múltiplas em ambas as pernas, uma rachadura nos quadris, rotura da pélvis e ferimentos internos. Estão removendo o baço agora, e talvez o fígado tenha sido atingido. Eles têm que substituir os quadris, unir a pélvis com pinos... Talvez ela nunca mais volte a andar, Page... — Lágrimas casuais rolaram. — E tudo o que ela queria era entrar para a aula de balé. Oh, Deus... Como isso foi acontecer?

Page balançava a cabeça, dormente com o que acabara de ouvir. Chloe incapaz de andar novamente... e Allyson com danos sérios na cabeça. Olhou para Trygve, já incapaz de culpá-lo.

— Você viu a Allyson?

Ela quase tinha medo de sua própria reação, no entanto precisava desesperadamente saber, mas tinham-lhe dito que era necessário esperar os neurocirurgiões terminarem a avaliação. Mas, e se ela morresse antes, e se Page não estivesse lá... e se... e se.

— Não, não vi — disse Trygve, soturno, enxugando momentaneamente as lágrimas. — Pedi para vê-la, mas não me deixaram. Apenas levaram a Chloe para a cirurgia. Acham que vai levar de seis a oito horas, talvez mais.

Ou não. Isso seria ainda pior para Page. No caso de Allyson, tudo poderia terminar bem rápido.

— Disseram-me que Allyson sofrera ferimentos graves na cabeça, mas foi só — disse ele, brandamente.

— Foi tudo o que me explicaram também. Não estou nem certa do que isso significa. Ela teve danos cerebrais? Vai morrer? Pode se recuperar? — Lágrimas encheram os olhos de Page, enquanto continuava a falar em círculos e ele ouvia. — Ela está com os neurocirurgiões agora.

— Você deve simplesmente ter fé em que ela ficará boa. No momento, é tudo o que temos.

— Mas e se não ficar?

Page sentia-se grata por ter alguém com quem conversar; pelo menos, ele sabia todos os terrores que ela estava sentindo, com exceção do fato de Chloe estar viva, e, não importava o quão gravemente fora atingida, ela parecia não correr risco de vida.

— Tente não se fazer tantas perguntas — pediu ele. — Eu cismo em fazer isso com a Chloe... E se ela não puder andar... E se ficar paralítica... Ela vai poder andar, dançar ou correr... ou ter filhos? Há poucos minutos atrás, me surpreendi pensando em onde colocar rampas para sua cadeira de rodas. Você tem que se esforçar para parar de fazer isso. Eu simplesmente ainda não sei. Viva cada minuto de uma vez.

Page assentiu, sabendo o que ele queria dizer. Num minuto, ela se via tentando descobrir um modo de contar a Brad se Allyson morresse; no minuto seguinte, se recusava a acreditar.

— Você sabe quem estava dirigindo? — perguntou Page, melancolicamente, lembrando-se de que a enfermeira dissera que o motorista estava morto. E ela presumira que fosse Trygve.

— Só sei o nome. Um rapaz chamado Phillip Chapman. Tinha dezessete anos. É tudo o que sei. E a Chloe não estava em condições de responder às perguntas.

— Ouvi falar dele. Acho que conheci os pais. Como você acha que elas o conheceram?

— Só Deus sabe... Escola... um dos times de esporte... o clube de tênis. Você sabe, elas estão crescendo. Mas eu nunca passei por coisa alguma desse tipo com os garotos. De qualquer forma, não o Nick. — E, é claro, Bjorn era diferente. — Acho que as garotas são mais empreendedoras, ou pelo menos as nossas são.

Ele tentava fazê-la rir, mas Page estava longe dali. E se ela nunca crescesse? Nunca tivesse um encontro de verdade? Um namorado? Ou um marido? Ou um bebê? E se tudo terminasse ali? Quinze breves anos, e fim. O simples pensamento trazia lágrimas novamente aos seus olhos, e Trygve, ao vê-la chorando, tomou as mãos dela nas suas e segurou-as.

— Não, Page... Tente não entrar em pânico.

— Como não entrar? Como pode dizer isso? — E, retirando a mão, começou a soluçar. — Ela pode nem sobreviver. Pode acabar como o menino ao volante. — Ele concordou lastimando com a cabeça. Ela assoou o nariz em terror e desespero e voltou a olhar para ele. — Eles estavam bebendo? — Foi a primeira coisa que lhe veio à cabeça, quando pensou num motorista de dezessete anos e um acidente como esse.

— Não sei — respondeu honestamente. — A enfermeira me disse que estão fazendo testes sangüíneos em todos eles, a fim de checar o nível de álcool no sangue. Suponho que sim — concluiu, gravemente.

Aproximou-se deles, nesse instante, um repórter. Ele os observara por algum tempo, e Trygve o vira fazer algumas perguntas à enfermeira, após ter terminado com o policial rodoviário.

Page ainda chorava quando o homem de *jeans* e blusa xadrez se aproximou. Ele estava com um crachá da sala de imprensa, usava sapatos tênis e carregava um pequeno gravador e um bloco de anotações.

— Sra. Clarke? — perguntou diretamente, permanecendo bem perto dela e observando suas reações.

— Sim?

Ela estava tão tonta que não percebeu quem ele era, e por um momento pensou que pudesse ser o médico. Ficou-o com ar de pavor, enquanto Trygve o observava desconfiado.

— Como a Allyson está indo? — indagou, como se a conhecesse; conseguira seu nome com a enfermeira.

— Eu não sei... Pensei que o senhor soubesse... — Mas Trygve balançava a cabeça e, então, Page notou o crachá com a foto, o nome e emissora dele. — O que quer de mim?

Ela parecia confusa e apavorada com a intromissão.

— Só queria saber como a senhora está... Como está a Allie... Ela conhecia Phillip Chapman bem? Que tipo de rapaz ele era? Perturbado? Ou a senhora acha...

O repórter pressionou o mais que pôde, até que Trygve abruptamente o cortou, dando um passo na sua direção:

— Não acho que este seja o momento...

Mas o jovem jornalista parecia inabalável:

— A senhora sabia que a esposa do senador Hutchinson era a outra motorista? E que saiu sem nenhum arranhão — contou, tentando provocá-la. — Como isso a faz sentir, Sra. Clarke? A senhora deve estar bastante aborrecida.

Quanto mais o ouvia, mais os olhos de Page se arregalavam. Não conseguia acreditar no que escutava. O que este homem estava tentando fazer com ela? Pô-la maluca? Que diferença fazia quem era o outro motorista? Ele, além de insensível, era também maluco? Ela ergueu os olhos para Trygve, desamparada, e viu o quão furioso ele estava com as perguntas do repórter.

— A senhora acha possível que os jovens do carro tenham estado bebendo, Sra. Clarke? Phillip Chapman era o namorado firme de sua filha?

— O que você está fazendo aqui? — Page levantou-se, encarando-o nos olhos com indignação. — Minha filha pode estar morrendo, e não é da sua conta se ela conhecia bem ou não aquele rapaz, quem o outro motorista era, ou como eu me sinto a respeito. — Ela soluçava tanto que as palavras mal conseguiam sair. — Deixe-nos em paz!

Ela sentou-se, deixando a cabeça cair sobre as mãos, enquanto Trygve se colocava entre ela e o repórter.

— Quero que nos deixe em paz agora. — Ele estava tão imóvel quanto uma parede, entre Page e o jovem da sala de imprensa. — Saia daqui. Você não tem o direito de fazer isso — rosnou, querendo parecer nefasto, mas, assim como a de Page, a sua voz tremia.

— Tenho todos os direitos. O público tem o direito de saber sobre acontecimentos como esse. E se eles não tiverem bebido? E se a mulher do senador tiver bebido?

— Aonde você quer chegar? — enfureceu-se Trygve.

O que aquelas pessoas estavam fazendo ali? Isso não tinha nada a ver com o público, nem com a importância da verdade, nem com seus direitos. Tinha a ver com intromissão e mau gosto e com ferir pessoas já profundamente magoadas.

O olhar do repórter se voltou hesitante para Page, que observava a ambos em silêncio. A essa altura, tudo isso era demais para ela. Allie era só no que conseguia pensar.

— A senhora pediu que fosse feito um teste de álcool na mulher do senador?

— Tenho certeza de que a polícia fez tudo o que lhe cabia; por que o senhor está causando tanto problema aqui? Não consegue entender o que está fazendo? — perguntou Page, indignada.

Ele parecia se recusar a deixá-los.

— Estou buscando a verdade, só isso. Espero que a sua filha se recupere — disse, friamente, e depois saiu andando de um lado para o outro a fim de falar com alguém mais.

O repórter e seus câmeras permaneceram na sala de espera mais uma hora, mas não incomodaram Page novamente. Trygve, no entanto, sentia-se afrontado pela atitude do homem e sua audácia em perseguir Page num momento como aquele. E ofendeu-se com o estilo escorregadio e inflamado e com as insinuações destinadas e enraivecê-los. Era profundamente revoltante.

Ambos estavam abalados quando o repórter partiu, e a princípio nem notaram a aproximação de um rapaz ruivo, meia hora depois. Page nunca o vira antes, mas Trygve o achou vagamente familiar.

— Sr. Thorensen? — perguntou, nervoso.

Ele estava pálido e parecia um pouco tonto, mas olhou diretamente para o pai de Chloe quando este se levantou na sua frente.

— Sim? — Trygve olhou-o sem a menor emoção ou reconhecimento. Era a noite errada para que as pessoas viessem papear com ele. Tudo o que queria fazer era esperar Chloe sair da cirurgia e rezar para que a vida dela não se arruinasse para sempre. — O que é?

— Eu sou Jamie Applegate, senhor. Eu estava com a Chloe no... no acidente...

Seus lábios tremiam ao pronunciar as palavras, e Trygve olhava para ele horrorizado.

— Quem é você?

Ele pôs-se de pé. O rapaz parecia estar doente. Jamie sofrera uma leve concussão e levara alguns pontos no supercílio, mas, fora isso, saíra ileso do horror que mudara para sempre outras três vidas.

— Sou um amigo de Chloe, senhor. Eu... nós... a levamos para jantar fora.

— Vocês estavam bêbados? — disparou Trygve, sem misericórdia nem hesitação.

Mas Jamie balançou a cabeça negativamente. Ele acabara de passar por um teste sangüíneo que podia provar isso. E passara consideravelmente muito bem, assim como Phillip.

— Não, senhor, não estávamos. Fomos jantar no Luigi's, em Marin. Eu bebi um copo de vinho, mas eu não estava dirigindo. O Phillip bebeu ainda menos, talvez meio copo, se chegou a isso, e então fomos tomar um café com creme na Union Street, e voltamos pra casa.

— Nenhum de vocês tem idade pra beber, filho. — Disse Trygve, com brandura, porém decididamente. — Nenhum de vocês deveria ter bebido. Nem mesmo meio copo de vinho.

Jamie sabia que ele tinha razão, e continuou a explicar o acontecido.

— Eu sei. O senhor tem razão. Mas nenhum de nós estava bêbado. Eu simplesmente não sei como aconteceu. Não deu pra ver. A gente estava no banco de trás, conversando... e a próxima coisa que vi é que estava aqui. Não me lembro do que aconteceu, só que alguém bateu em nós, ou nós batemos em alguém. Eu simplesmente não sei. Mas o Phillip era um bom motorista... Ele fez todos nós usarmos cintos de segurança e estava totalmente sóbrio.

E, dizendo isso, começou a chorar. Seu amigo estava morto, e ele conseguira sobreviver.

— Você acha que a culpa foi do outro motorista? — perguntou Trygve, calmamente.

Ele estava emocionado com tudo o que o rapaz dissera, e parecia óbvio que Jamie estava profundamente abalado.

— Eu não sei... Eu não sei de mais nada, exceto que... a Chloe e a Allyson... e o Phillip... — E começou a soluçar, pensando em seus amigos, e Trygve, sem hesitar, colocou seus braços em volta dele. — Eu sinto muito... Sinto muito...

— Nós também... Está tudo bem, filho... Está tudo bem... Você foi um rapaz de sorte esta noite... É o destino...

O destino escolhe alguém, esmigalha uma vida e depois parte em busca de outra. Ele ataca como um raio.

— Mas não é justo... Por que eu saí dessa, e eles...?

— Às vezes é assim que acontece. Você deve levantar as mãos para o céu.

Mas tudo o que Jamie Applegate sentia era culpa. Ele não queria que o Phillip estivesse morto... Nem que a Chloe e a Allyson estivessem tão gravemente feridas... Por que ele teve somente uma pancadinha na cabeça? Por que não poderia estar no volante, em vez do Phillip?

— Você tem quem o leve pra casa? — perguntou Trygve, gentilmente, incapaz de zangar-se com o rapaz, diante do acontecido.

— Meu pai estará aqui num minuto. Mas eu vi vocês aí sentados, e eu só queria falar... dizer-lhes que... — Ele olhou de Trygve para Page e recomeçou a chorar.

— Nós sabemos.

Page ergueu o braço, apertando-lhe a mão, e ele abaixou-se para abraçá-la, fazendo-a soluçar. O pai de Jamie finalmente veio buscá-lo. Houve raiva, lágrimas e repreensões. Bill Applegate estava compreensivelmente aborrecido com o fato, mas também aliviado por Jamie ter sobrevivido. Chorou ao saber que Phillip Chapman tinha morrido, mas sentia-se profundamente grato por seu filho estar vivo. Ele era um homem respeitado em toda a comunidade, e Trygve o havia encontrado algumas vezes em eventos escolares e jogos esportivos.

Ele conversou com Page e Trygve alguns instantes, inteirando-se do acontecido, e desculpou-se no lugar de Jamie pelo desastre Todos eles, porém, sabiam ser muito tarde para desculpas, era tarde demais para qualquer coisa, exceto para cirurgias, milagres e orações. Todos sabiam disso. Bill Applegate disse que manteria sempre contato, a fim de ter notícias de Allyson e Chloe. E, antes de saírem, também perguntou ao filho se eles estavam bêbados. Jamie continuava a insistir que não, e, de qualquer modo, todos acreditaram.

Após a saída dos Applegates, Trygve olhou para Page e balançou a cabeça:

— Sinto pena dele... Mas em parte ainda estou inconformado.

Ele estava aborrecido com todos: com Phillip, por metê-los no acidente, com Chloe, por mentir para ele, e com a outra motorista, a culpa era dela. Mas quem sabia o que realmente tinha acontecido? Quem algum dia saberia? O chefe dos policiais rodoviários tinha explicado há pouco que a força com que havia colidido fora tão monumental que era quase impossível determinar o culpado, e, pela posição dos carros, não podiam dizer com certeza quem havia invadido a pista de quem e por quê. Os testes mostravam álcool no sangue de Phillip, mas não o suficiente para considerá-lo bêbado. E a mulher do senador aparentava sobriedade, então nem se tinham dado ao trabalho. Podiam apenas presumir que Phillip se distraíra, talvez com Allyson, e quem sabe tivesse sido mesmo culpa dele. Mas certeza eles jamais teriam.

Page só conseguia pensar nas graves condições em que Allyson havia chegado ao hospital e na sua imensa vontade de vê-la. Passou-se mais uma hora até que a enfermeira aproximou-se novamente. Os neurocirurgiões estavam prontos para vê-la.

— Posso ver a Allyson?

— Num minuto, Sra. Clarke. Os médicos gostariam de vê-la primeiro, a fim de poder explicar-lhe o estado de Allyson.

Pelo menos ainda havia algo a ser explicado, e, quando ela se levantou, Trygve a olhava com uma expressão preocupada. Ele era um bom amigo, haviam se encontrado em milhares de eventos escolares, times esportivos e num piquenique certa vez; no entanto, mesmo sem serem amigos íntimos, ela sempre gostou dele, e suas filhas foram amigas do peito desde quando os Clarkes se mudaram para o condado de Marin.

— Você quer que eu a acompanhe? — perguntou Trygve.

Page hesitou e em seguida acenou com a cabeça, concordando. Ela estava apavorada com o que fossem lhe dizer, e mais ainda por ver sua filha. Gostaria sim, mais do qualquer coisa, mas estava desesperadamente temerosa do que iria encontrar quando a visse.

— Você se importa? — sussurrou Page, num pedido de desculpas, apressando-se no corredor em direção ao lugar onde a equipe de neurocirurgiões os aguardava.

— Não seja boba — disse Trygve, ao começarem a correr.

Pareciam irmãos atravessando o corredor, ambos tão louros e de aparência escandinava. Ele era um homem agradável, de aparência saudável e trato fino. Era fácil estar com ele. Page nunca se sentira tão à vontade com alguém. Eram ambos companheiros de desastre.

A porta que levava à sala de reuniões parecia sombria ao entrarem, e havia três homens em vestimentas e gorros cirúrgicos aguardando ao redor de uma mesa oval. Suas máscaras estavam arriadas em volta do pescoço, e Page notou e tremeu ao ver um deles ainda com sangue na roupa. Só rezava para que não fosse de sua filha.

— Como ela está?

Era tudo o que ela queria saber, e não conseguiu conter as palavras. Mas a resposta não era tão simples quanto a pergunta.

— Ela está viva, Sra. Clarke — relatou o cirurgião-chefe. — É uma menina forte. Sofreu uma tremenda pancada e um ferimento bastante feio. Muitas pessoas não teriam agüentado tanto. Mas ela agüentou, e nós esperamos que isso seja um bom sinal. Porém, ainda há um longo caminho a percorrer agora.

"Sua filha sofreu basicamente dois tipos de ferimento, cada um com suas próprias complicações. O primeiro ocorreu na hora do impacto. Seu cérebro foi comprimido de encontro ao crânio, e para simplificar, ele foi bastante sacudido. Pode até ter rodado, e, nesses processo, fibras nervosas foram esticadas e artérias e veias podem ter-se rompido. Isso pode causar uma tremenda quantidade de estragos.

"O segundo ferimento, na verdade, ainda parece ser mais assustador do que o primeiro, embora possa não ser. Ela tem uma ferida aberta na parte do crânio que foi atravessada, e o osso do crânio se quebrou. No momento, o cérebro dela está, na verdade, exposto nessa região, onde provavelmente algum pedaço pontiagudo a atingiu no carro, logo após o impacto.

À medida que ouvia, Page produzia um pequeno e horrível som, e sem se dar conta disso, esmagava a mão de Trygve. Dava enjôo só de pensar no que lhe acabavam de contar, mas ela estava decidida a não desmaiar nem vomitar. Sabia que precisaria absorver o que estavam dizendo.

— Há uma boa possibilidade... — continuou, de forma implacável, o cirurgião-chefe. Ele sabia o quão desagradável isso era para eles, mas também sabia que deveria explicar tudo. O casal tinha o direito de estar a par do que havia acontecido com sua filha. Ele estava presumindo que Trygve fosse o pai de Allyson. — Há uma boa chance de a área afastada da ferida aberta não ter sido realmente atingida. Nós com freqüência vemos feridas abertas como esta não provocarem, a longo prazo, incapacidades sérias. Foi o primeiro ferimento que nos preocupou. E, é claro, as complicações óbvias advindas de ambas as situações. Ela perdeu grande quantidade de sangue, e a sua pressão arterial teria caído, de qualquer forma, por causa do trauma. A perda de sangue a enfraqueceu muito. Além disso, há uma perda de oxigênio no cérebro. De quanto é que não sabemos, mas o estrago pode ser bem catastrófico... ou bem pequeno. Simplesmente ainda não sabemos. Neste momento, o que precisamos fazer é entrar lá e ajudá-la. É necessário erguer o osso afundado pela fratura, a fim de aliviar a pressão. Temos que nos dedicar a essa ferida. E devemos fazer um trabalho adicional de reparo na órbita do olho. Ela sofreu uma pancada tremenda, o que poderia acabar tirando-lhe a visão.

"Também temos outras preocupações. É claro, há o risco de infecção, e com a respiração ela está tendo muito trabalho. Isso já era de esperar neste tipo de ferimento, mas, repito, pode causar complicações catastróficas. Estamos mantendo o tubo respiratório, introduzido pelos paramédicos através da traquéia dela, e a colocamos no respirador desde quando chegou aqui. Já fizemos uma tomografia computadorizada nela, o que nos deu algumas informações bastante úteis.

Ele olhou para Page, sentada, com os olhos fixos nele, e por um minuto imaginou se ela havia entendido. Parecia completamente tonta, e o pai da menina não parecia melhor. O médico decidiu tentar conversar com ele, já que a mãe parecia tão incapaz de absorver tudo aquilo.

— Fui claro no que disse, Sr. Clarke? — perguntou, esperançoso, embora assustadoramente calmo e quase sem emoção.

— Não sou o Sr. Clarke — resmungou Trygve, tão deprimido quanto Page por tudo o que lhes fora dito. — Sou apenas um amigo.

— Ah. — O cirurgião-chefe pareceu desapontado. — Compreendo. Sra. Clarke, a senhora me entende?

— Não estou bem certa. O senhor está me dizendo que ela tem dois ferimentos mais graves, basicamente uma vibração do cérebro e uma ferida aberta resultante de uma fratura no crânio. E, como conseqüência desse estrago, ela pode morrer, ou pode ter danos cerebrais permanentes... E pode ficar cega... Será que isso é tudo? — perguntou, com lágrimas nos olhos. — Será que eu entendi?

— Mais ou menos. Nossa próxima preocupação, após a cirurgia, será a possibilidade do que chamamos de ferimentos de terceiro grau. Poderia ter havido de segundo grau, mas ela os evitou usando o cinto de segurança. No caso dos de terceiro grau, procuramos por inchaço agudo do cérebro, coágulos sangüíneos e esmagamento profundo. Isso pode ser um problema grave. É provável que não aconteça até, no mínimo, 24 horas após o acidente, por isso torna-se um pouco difícil prever neste momento.

Page perguntou, então, a única coisa que desejava saber desde quando a notificaram, embora também tivesse medo de ouvir a resposta.

— Existe alguma chance de ela voltar a ficar bem novamente... quer dizer, normal? É possível, diante de tudo o que aconteceu?

— Possível, na medida em que todos entendamos que há graus de normalidade. Suas habilidades motoras podem ser afetadas por algum tempo, ou até indefinidamente. Podem ser afetadas em pequena ou em grande escala. Seu raciocínio pode ser prejudicado, sua personalidade pode mudar. Mas no todo, sim, se ela tiver muita, muita sorte, e for abençoada por um pequeno milagre, poderá continuar sendo uma pessoa normal.

Mas a Page não pareceu que ele achasse isso provável.

— O senhor considera isso provável?

Ela o estava pressionando, e reconhecia isso, mas precisava saber.

— Não, não considero. Acho improvável atenuar os ferimentos ao ponto de não se ter conseqüências maléficas, mas acho, sim, que, se tudo correr bem, elas podem ser relativamente pequenas... *Se tivermos sorte.* Não lhe estou prometendo coisa alguma, Sra. Clarke. Neste momento, ela tem muitos problemas, e não podemos ignorar isso. A senhora está me perguntando sobre a melhor hipótese, e eu lhe estou dizendo o que é possível, mas não necessariamente acontecerá desse modo.

— E na pior hipótese?

— Ela nem sequer sobreviverá... Ou, se sobreviver, estará severamente lesada.

— E isso significa o quê?

— Ela pode permanecer em coma permanentemente, ou ter profundos danos cerebrais, se é que recobrará a consciência, perda das habilidades motoras, do poder de raciocínio. Ela pode, principalmente, ter danos cerebrais sérios, caso tenha sofrido um choque demasiado grande, com muitos golpes, e caso sejamos incapazes de repará-los. O inchaço do cérebro estará muito relacionado com isso, e com o sucesso que teremos em controlar esse inchaço. Precisaremos de toda a nossa habilidade, Sra. Clarke, e muita sorte... e sua filha também. Gostaríamos de operá-la imediatamente, se a senhora assinar os papéis.

— Não consegui entrar em contato com o pai dela. — Page sentiu um nó na garganta do tamanho do seu punho. — Posso não conseguir encontrá-lo antes de amanhã... quer dizer, hoje...

Ela se sentia e aparentava estar em pânico, enquanto Trygve a observava, sofrendo pelo que ela estava passando e impossibilitado de ajudá-la.

— A Allyson não pode esperar, Sra. Clarke... Estamos falando de minutos. Como já disse, fizemos a tomografia computadorizada nela e os raios X do crânio. Precisamos agir o mais rápido possível, se queremos salvá-la, ou qualquer função cerebral que seja.

— E se esperarmos?

Ela precisava perguntar a Brad, Allyson era sua filha também. Não era justo para com ele continuar sem a sua opinião.

O médico olhou para ela francamente, por longos instantes.

— Não acho que ela vá sobreviver mais de duas horas, Sra. Clarke. E, se sobreviver, não creio que será viável recuperar nenhuma função cerebral, ela provavelmente ficará cega também.

Mas se ele estivesse errado? O que houve com as teorias sobre se obter uma opinião? O problema era que eles não tinham tempo. Se ele dizia que Allyson não viveria mais de duas horas sem a cirurgia no cérebro, mal havia tempo para uma opinião. Que escolha tinha ela?

— O senhor não me dá muita escolha, doutor — disse Page, num lamento, enquanto Trygve apertava a sua mão e ela a dele.

— Não há escolhas, Sra. Clarke. Estou certo de que o seu marido compreenderá, quando encontrá-lo. Gostaríamos de fazer todo o possível.

Page concordou com a cabeça, encarando-o, sem estar muito certa se confiava nele ou não. Mas precisava confiar, não tinha escolha. A vida de Allyson estava dependendo das habilidades dele e de sua análise correta. E, se ela sobrevivesse, mas com o cérebro completamente lesado, como lhe haviam dito, ou então em coma pelo resto da vida? Que tipo de vitória seria esta?

— A senhora vai assinar os formulários de autorização agora? — perguntou-lhe calmamente o cirurgião-chefe.

Após um longo momento de hesitação, ela assentiu com a cabeça.

— Quando vão operá-la? — perguntou, com a voz rouca.

— Em mais ou menos meia hora — respondeu ele.

— Posso ficar com ela até lá? — implorou Page, em pânico.

E se eles jamais a deixassem vê-la de novo? E se esta fosse a última vez em que a veria? Por que não a detivera mais tempo naquela noite, antes de sair de casa? Por que ela não lhe dissera todas as coisas que quisera dizer, durante a sua vida tão breve? Sem sequer notar, se pegou chorando novamente, enquanto o doutor se reclinava sobre ela, tocando-lhe o ombro.

— Vamos fazer todo o possível por ela, Sra. Clarke. A senhora tem a minha palavra. — Ele olhou em volta para os seus dois assistentes, que muito pouco haviam dito na última meia hora. — E a senhora tem uma das melhores equipes de neurocirurgiões do país. Confie em nós.

Ela assentiu com a cabeça, incapaz de dizer mais coisa alguma, e ele pôs-se de pé, oferecendo-se para levá-la à filha.

— Ela está profundamente inconsciente, Sra. Clarke, e sofreu alguns outros pequenos ferimentos. Por um lado, parece pior do que é. Muito do que a senhora verá vai sarar. O cérebro dela é outra história.

Mas nada do que ele dissera a havia preparado para o que viu ao entrar no quarto onde Allyson estava, assistida por um médico residente e duas enfermeiras especialmente treinadas em UTI. Havia um tubo de oxigênio na garganta dela e outro no nariz, transfusão em um dos braços, uma intravenosa na perna e máquinas e monitores por toda a parte. E, em meio a tudo isso, a linda e pequena Allyson, com o rosto tão esfacelado que a sua própria mãe mal a reconheceu, e com a cabeça coberta por uma gaze esterilizada prendendo o cabelo que iriam cortar em poucos momentos.

Era quase impossível reconhecê-la, não fosse pelo fato de que Page poderia tê-la encontrado em qualquer lugar, a teria identificado, reconhecido como sua filha. Ela a teria reconhecido com o coração, se não com os olhos. Então se aproximou e permaneceu de pé, quieta, ao lado dela.

— Olá, querida. — Debruçou-se e falou mansamente no ouvido dela, rezando para que alguma parte distante da filha a pudesse ouvir. — Eu amo você, filhinha... Tudo vai ficar bem... Eu amo você, Allie... Nós amamos você... Nós amamos você...

Tudo o que conseguia dizer eram as mesmas palavras vez após vez, enquanto chorava e alisava com a mão o braço e a face de Allie que não havia sido atingida. Ela parecia tão machucada e tão pálida que, não fora pelos monitores, Page teria pensado mais de uma vez que ela estava morta. Seu coração doía ao olhar para ela, incapaz de acreditar no que havia acontecido.

— Filhinha, nós amamos você... Você precisa melhorar. Por todos nós... por mim... e o papai... e o Andy...

Page permaneceu ao lado dela um longo tempo, e então, finalmente, pediram que saísse a fim de prepararem Allyson para a cirurgia. Perguntou se poderia ficar, mas disseram que de modo algum. Queria saber o que iriam fazer com ela, e lhe explicaram que gostariam de aplicar alguns medicamentos e que precisariam raspar-lhe a cabeça e colocar uma sonda no lugar. Tinham muito a fazer, e Allyson não teria consciência de absolutamente nada. Mas seria desgastante demais para Page assistir a tudo.

— Posso... Deixa eu... — Ela percebeu que não conseguia dizer as palavras, então forçou-se a dizê-las. — Posso ficar com uma mecha de cabelo dela?

Era horrível aquele pedido, até mesmo para ela, não fosse pelo fato de que realmente queria fazê-lo.

— Claro — disse, com meiguice, uma das enfermeiras da UTI. — Vamos tomar conta dela direito, Sra. Clarke, eu prometo.

Page assentiu com a cabeça e voltou-se para Allyson novamente, debruçou-se sobre ela e beijou-a com carinho.

— Sempre vou te amar, querida... sempre... sempre.

Era algo que lhe dissera quando era pequena, e talvez alguma remota parte dela se lembrasse.

Page teve que, literalmente, se desgrudar da cabeceira de Allyson, e ao sair do quarto estava cega pelas lágrimas. Era inacreditavelmente doloroso saber que poderia jamais vê-la com vida de novo, e ainda assim não havia escolha. Precisavam operar Allyson agora, se é que havia alguma chance de salvá-la.

Ao sair, encontrou Trygve à sua espera no corredor. Ele sofreu ao vê-la. Tudo o que ela acabara de passar estava estampado em seu rosto. Parecia péssima. Ele conseguira dar apenas uma olhada na menina quando Page entrou, e vê-la partiu seu coração. O estado de Chloe era bem ruim, mas isto era muito pior. E, após ouvir o que o médico dissera, pensou consigo mesmo que era grande a chance de que a pudessem perder.

— Sinto muito, Page — sussurrou, puxando-a para seus braços.

Ela permaneceu lá chorando um longo tempo. Não havia coisa alguma a fazer. Era a noite mais longa de suas vidas, um pesadelo sem fim. Ele sabia que Chloe ainda estava na cirurgia, uma enfermeira viera dizer que tudo estava correndo bem, mas que ainda levaria várias horas.

A enfermeira do balcão trouxe os papéis para Page assinar, e, após ela tê-lo feito, Trygve insistiu para que fossem até o refeitório tomar uma xícara de café.

— Acho que não vou conseguir tomar café.

— Água, então. Você precisa mudar de ambiente. Vai ser um longo dia... — Já eram quatro horas da manhã, e o cirurgião-chefe dissera a Page que a operação levaria de doze a quatorze horas. — Talvez você devesse ir pra casa por algumas horas e descansar um pouco — disse ele, com cara de preocupação.

Eles haviam se aproximado mais naquelas poucas horas do que em oito anos de convívio, e ela estava grata por tê-lo por perto. Ela teria enlouquecido sozinha, e sabia disso.

— Não vou a lugar algum — disse Page, com teimosia.

Ele compreendeu. Também não queria deixar Chloe. Mas, no caso dele, seu filho mais velho, Nick, estava em casa para tomar conta de Bjorn, além disso havia explicado tudo o que sabia ao sair de casa, e desde então já lhes telefonara. Mas, no caso de Page, ela tinha Andy para se preocupar, e ele provavelmente entraria em pânico sem sua mãe e sua irmã.

— Com quem deixou o Andy? — perguntou Trygve, enquanto bebiam um café ruim na cantina.

Ambas as suas filhas estavam na cirurgia naquele momento, e Page tinha, final e relutantemente, concordado em acompanhá-lo.

— Eu o deixei com a nossa vizinha, Jane Gilson. O Andy gosta dela, ele vai ficar bem quando acordar. E não posso fazer nada. Não vou sair agora. Mas dentro de algumas horas vou ter que fazer alguma coisa pra encontrar o Brad. É a primeira vez em dezesseis anos que ele se esqueceu de deixar o número do telefone.

— É sempre assim. — Trygve parecia triste. — Dana foi certa vez esquiar com amigos e se esqueceu de deixar o número também, e, é claro, aquele foi o fim de semana no qual Bjorn se perdeu, Nick quebrou o braço e Chloe pegou uma pneumonia. Eu me diverti muito.

Page sorriu só de imaginar. Ele era um homem tão bom e fora tão decente com ela naquela noite. Ainda era difícil assimilar os acontecimentos.

— Não sei o que vou dizer ao Brad. Ele e a Allie são tão chegados que... Isso vai matá-lo.

— É um pesadelo pra todos... E o pobre do rapaz que estava dirigindo?... Imagine como os pais dele devem estar se sentindo.

Eles tiveram a oportunidade de ver em primeira mão, quando os Chapmans chegaram ao Hospital Geral de Marin, às seis horas da manhã. Era um casal de boa aparência, de cinqüenta e poucos anos. Ela tinha cabelos brancos bem tratados, e o Sr. Chapman parecia um banqueiro. Page os viu chegar ao balcão, parecendo exaustos e abatidos. Haviam feito todo o caminho, desde Carmel, dirigindo, no momento em que foram chamados, ainda incapazes de crer no acontecido. Phillip era seu único filho, tiveram-no tarde, e não puderam ter outros. Ele era a luz de suas vidas, e esse fora o motivo pelo qual não queriam que fosse para a Universidade do Leste. Não podiam suportar a idéia de ficarem tão longe e afastados. Ele partira de suas vidas para sempre.

A Sra. Chapman permaneceu de pé, com a cabeça baixa, chorando baixinho, enquanto ouviam o médico. Seu marido estava com um braço sobre o ombro dela e chorou abertamente ao ouvi-lo dizer que Phillip morrera instantaneamente com um ferimento na cabeça e uma fratura do pescoço que atingira tanto a espinha cervical quanto a base do cérebro. Desde o momento do impacto, já não havia qualquer esperança de sobrevivência.

O médico também lhe disse que havia uma pequena quantidade de álcool no sangue, não o suficiente para considerá-lo legalmente bêbado, mas talvez o bastante para que um rapaz de sua idade fosse levemente afetado. Ele não disse que o acidente tinha sido provocado por Phillip, ainda não estava claro quem havia atingido quem, ou por quê. Mas a insinuação estava aí, e os Chapmans pareceram horrorizados ao ouvi-la. O médico na sala de exames contou-lhes que a outra motorista era a esposa do senador Hutchinson, e que ela estava arrasada com o acidente. Não que isso modificasse algo para os Chapmans. Phillip estava morto, não importava quem tivesse sido o outro motorista. A tristeza da Sra. Chapman transformou-se, de repente, em raiva, à medida que o ouvia, com a insinuação de que Phillip pudesse ter bebido. Ela perguntou se a outra motorista tinha sido também examinada, mas lhe foi dito que não. Os policiais presentes no local tiveram a certeza de que ela estava sóbria. Não houvera qualquer suspeita a seu respeito. E, quanto mais ouvia, Tom Chapman mostrava-se visivelmente mais transtornado. Parecia indignado com o que lhe acabaram de dizer. Ele era um advogado famoso, e a simples idéia de que Phillip tinha sido testado, e até sutilmente acusado, enquanto a sobriedade da esposa do senador fora incontestavelmente presumida, parecia uma terrível injustiça com a qual ele não seria conivente.

— O que você está me dizendo? Que, porque meu filho tinha dezessete anos, meio copo de vinho ou algo semelhante o torna o provável causador do acidente? Mas uma mulher adulta, que pode muito bem ter bebido bem mais do que ele, e possivelmente ter sido bastante afetada por isso, está acima da lei por ser casada com um político?

Tom Chapman tremia de tristeza e raiva ao falar com o jovem médico, o qual acabara de lhe dizer que Laura Hutchinson não fora submetida ao teste de álcool simplesmente porque os policiais do local haviam "presumido" que estivesse sóbria.

— Não se atreva a insinuar que o meu filho estava bêbado! — Tom Chapman gritou com ele, e sua esposa começou a chorar ao seu lado. A ira abafava a incontrolável tristeza que sentiam. — Isso é uma calúnia. O teste sangüíneo mostrou que ele estava longe de ser considerado bêbado, bem longe. Eu conheço o meu garoto. Ele não bebe, e, se beber, raramente, é muito pouco, e com certeza não quando estiver dirigindo.

Mas ele não faria mais coisa alguma, e de repente a raiva de Tom Chapman começou a esmorecer, quando passou a dar-se conta do acontecido. Ele queria acusar alguém, machucar alguém tanto quanto tinha sido machucado. Queria que a culpa fosse da outra motorista, e não do seu filho... Porém, mais do que isso, queria que nada tivesse acontecido. Por que eles tinham ido para Carmel? Por que eles o haviam deixado sozinho, e confiado nele? Afinal de contas, ele era apenas um menino... uma criança... E agora, olhe o que aconteceu. Seus olhos se encheram de lágrimas novamente e ele virou-se para sua esposa com ar de desespero. Por um momento, a breve explosão de raiva ajudara a atenuar a dor, mas agora ela o atingia com força total, e, ao abraçar a esposa na sala de emergência, ambos estavam chorando e o assunto da culpa não parecia mais importante.

Um fotógrafo tirou a foto deles ao sentarem em um canto da sala de emergência. Pareceram confusos com a luz do *flash*. Tantas coisas já lhes haviam acontecido, esse era apenas mais um momento de incompreensão. E, ao perceberem que a imprensa os tinha fotografado, ficaram compreensivelmente indignados pela intromissão. Em meio à sua dor, eles também estavam sendo submetidos a afrontas, e Tom Chapman pareceu que ia agredir fisicamente o homem que os fotografara, mas, é claro, não o fez. Ele estava sofrendo muito, mas era uma pessoa razoável. Foi aí, porém, que perceberam que seu sofrimento viraria notícia por causa de quem a outra motorista era. Tornar-se-ia um furo de reportagem, algo "quente" com que atormentar as pessoas. Teria sido culpa da mulher do senador, ou seria ela uma inocente e sortuda vítima? Teria sido culpa do menino Chapman? Estaria ele bêbado? Seria ele irresponsável? Ou simplesmente jovem? Ou teria havido algum procedimento ilegal da parte de Laura Hutchinson? Estaria algum deles, ou todos, metidos em drogas? O fato de que um rapaz de dezessete anos morrera, a vida de seus pais fora destruída, uma outra jovem ficara aleijada, e uma terceira, à beira da morte, era simplesmente mais alimento para a imprensa, ou melhor ainda, para os tablóides sensacionalistas.

Os Chapmans estavam arrasados ao saírem do hospital. O mais deprimente de tudo, no entanto, fora ver Phillip. Mary Chapman sabia que jamais esqueceria o horror daquele momento de vê-lo alquebrado e pálido, tão morbidamente imóvel, enquanto o observavam e choravam. Ao se abaixarem para beijá-lo, Tom soluçava abertamente, e Mary se curvou sobre ele, tocando-lhe gentilmente o rosto e beijando-o em seguida. Só conseguia pensar no primeiro momento em que o vira, há dezessete anos atrás, quando o segurara em seus braços e se sentira completamente dominada pela simples alegria de ser sua mãe. Ela sabia que sempre o seria, o tempo jamais poderia tirar isso dela, mas a morte lhe havia tirado Phillip. Ela nunca mais o veria rir novamente, nem correr na grama, nem bater a porta da frente, nem contar-lhe uma piada. Ele nunca mais a surpreenderia com alguma das inofensivas peças que pregava, ou com alguma de suas doces surpresas. Ele nunca mais lhe daria flores. Ela jamais o veria crescer, sempre o veria como estava agora, dolorosamente imóvel, com a alma a caminho de outro lugar. Com todo o amor que sentiam por ele, e ele por seus pais, em um breve e inesperado instante Phillip os havia deixado.

O próximo ataque do fotógrafo, ao saírem, foi ainda mais repulsivo. Porém, ao ver o que estava acontecendo, Tom Chapman prometeu assegurar-se de que Phillip não levaria a culpa pelo desastre. Se preciso fosse, ele limparia o nome do seu filho. Ele não queria a memória de Phillip manchada por insinuações, nem usada para proteger a esposa do senador ou sua vaga nas próximas eleições. Tom Chapman estava certo de que seu filho não era culpado, e não deixaria ninguém dizer o contrário. Ele disse isso à esposa, ao partirem, mas ela parecia não ouvir. Só conseguia pensar no rosto de Phillip quando o beijara.

Para Page e Trygve, sentados juntos, à espera, a noite parecia interminável. Ambas as garotas ainda estavam na cirurgia naquele momento, e Trygve e Page começavam a ter a impressão de terem passado uma eternidade ali.

— Continuo pensando sobre as escolhas — disse Page, calmamente.

O Sol nascia sobre Marin, e ela tentava vê-lo como um sinal de esperança. Era outro lindo dia de primavera. Ela, no entanto, não se sentia mais entusiasmada pelo mormaço do clima. Em seu coração, o inverno havia chegado, trazendo gelo, neve e toda a sua desolação.

— Continuo pensando no que o Dr. Hammerman disse... Ela pode acabar tendo danos cerebrais, ou conseqüências graves em alguma área, física ou mental. Como sequer começaríamos a lidar com isso? Como se convive com algo assim? — disse ela, distraída, falando mais consigo mesma do que com ele, e de repente lembrou-se de Bjorn e sentiu-se péssima. — Sinto muito, Trygve... Eu falei sem pensar.

— Tudo bem. Eu entendo o que você deve estar passando. Ou pelo menos posso ter idéia... Me sinto meio assim a respeito das pernas da Chloe, e me lembro como foi quando me disseram que o Bjorn tinha síndrome de Down.

Ele estava sendo franco com ela, ambos tentavam compreender que ajustes poderiam estar por vir.

Ela o observou. Seu cabelo estava tão desarrumado quanto o dela, e ele vestia calças *jeans* usadas e uma velha camisa xadrez; nos pés, somente um par de mocassins velhos. Abaixou os olhos e viu então sua suéter de jardinagem, lembrando-se de que não se preocupara em pentear o cabelo. Ela não se importava muito, mas sorriu ao perceber que aparência tinha.

— Nós estamos horríveis, os dois. — Ela sorriu. — Na verdade, sua aparência é melhor do que a minha. Eu saí de casa com tanta pressa que me admira até eu ter lembrado de me vestir.

Trygve sorriu-lhe pela primeira vez durante toda a noite, parecendo um menino e bem nórdico, com seus grandes olhos azuis e cílios louros.

— Esse *jeans* é do Nick, e a camisa é do Bjorn. E só Deus sabe de quem são os sapatos. Não creio que sejam meus. Eu os encontrei na garagem, quando estava prestes a sair descalço.

Ela concordou com a cabeça, sabendo muito bem como ele devia ter-se sentido ao receber a notícia. Ela não agüentava nem pensar, e ainda contar a Brad, outro pesadelo ao qual teria que sobreviver. Se pelo menos ela pudesse dizer-lhe que Allyson ainda estava viva e que havia alguma esperança. Mas era improvável que já soubessem, quando ela o localizasse.

— Eu estava justamente pensando no Bjorn. — Disse Trygve mansamente, recostando-se na cadeira com um olhar pensativo. — Foi horrível quando nos contaram. Dana odiou a tudo e a todos, principalmente a mim, porque não sabia a quem mais odiar. Odiou o Bjorn também, no começo. Ela simplesmente não conseguia aceitar o fato de não termos tido um bebê perfeito. Ela falava sobre ele ser um vegetal e pintava uma imagem terrível de como o futuro seria. Ela queria colocá-lo numa instituição.

— E por que você não fez isso?

Page estava intrigada, e sentiu como se pudesse peguntar-lhe qualquer coisa. Ela sabia que Brad teria se recusado a aceitar uma criança que não fosse normal.

— Eu não acredito nisso. Talvez seja a minha criação norueguesa, ou talvez eu seja assim. Não acho que se deva fugir das coisas só porque elas são difíceis. Eu, pelo menos, nunca fugi. — Ele sorriu mais uma vez, melancolicamente, pensando em seus vinte anos de mau casamento. — Embora talvez devesse tê-lo feito em algumas ocasiões. Mas para mim, isso faz parte da vida, velhos, crianças, pessoas enfermas e com limitações. Este mundo não é perfeito, e não é justo esperar que seja. Eu não sei, só penso que devíamos torná-lo o melhor possível. Dana disse que não assumiria nada, então ajudar Bjorn passou a ser missão minha. E, na realidade, nós tivemos muita sorte. O caso dele não é tão sério quanto o de alguns outros. Ele é limitado, mas também tem muitas habilidades. Tem grande aptidão para a carpintaria, é sensível de uma forma infantil; ele ama as pessoas, é incrivelmente carinhoso, muito leal, é um grande cozinheiro, tem um ótimo senso de humor e é tão responsável a ponto de estar agora aprendendo a dirigir. No entantom, ele jamais será como Nick, como você ou como eu. Nunca irá para a faculdade, nunca será um gerente de banco ou se tornará médico. Ele é o Bjorn, e é bom no que consegue fazer... Ele ama os esportes, as crianças e as pessoas. E talvez tenha uma vida boa, a despeito de suas limitações. Eu creio nisso, com certeza.

— Você deu muito a ele — disse Page, docemente. — Ele é um cara de sorte.

Trygve queria dizer-lhe que Brad também era. Pelo que ele tinha visto naquela noite, ele a considerava uma mulher notável. Ela sofrera um golpe que teria esmagado, no ato, a maioria das pessoas; e ela resistia, o ajudava e ainda conseguia pensar em todos os outros, em seu marido, no seu filho, e até nos Chapmans.

— Ele merece, Page. O Bjorn é um garoto e tanto. Não consigo nem imaginar como poderia ter sido a vida dele numa instituição. Talvez ele nunca tivesse crescido a esse ponto, ou talvez sim. Eu não sei. Você sabe, ele faz as nossas compras e se sente muito orgulhoso disso. Às vezes, posso confiar mais nele do que na Chloe.

Ambos riram disso, as adolescentes definitivamente têm suas proprias limitações.

— Você não se zanga às vezes, desejando que ele fosse mais do que é?

— Jamais poderia ter-me zangado, Page. Esse é o máximo que ele pode ser. Talvez seja mais fácil assim. Só posso estar orgulhoso.

Ambos sabiam que seria diferente se Allyson tivesse danos cerebrais sérios, depois de tudo o que ela fora.

— Eu só fico me perguntando como a gente se adapta a isso. Talvez se tenha que jogar fora todo o crescimento alcançado e começar tudo de novo, agradecido por cada passo, cada palavra, cada pequenino avanço e mínima conquista... Mas como se esquece? Como esquecer o que ela foi, e aprender a aceitar tão pouco?

— Eu não sei — disse ele, pesaroso, incapaz até de imaginar. — Talvez você deva simplesmente agradecer por ela estar viva, e recomeçar daí.

Ela concordou com a cabeça, percebendo o quão sortuda seria se Allyson sobrevivesse.

— Acho que nem sequer cheguei a esse ponto.

Já eram quase oito horas da manhã, e Page decidiu telefonar para algum dos sócios de Brad a fim de tentar localizá-lo em Cleveland.

Desculpando-se, ela acordou Dan Ballantine e sua mulher e

explicou, em breves palavras, o acontecido. Disse que Brad planejara jogar golfe com o presidente da companhia em Cleveland naquele dia e perguntou se Dan não teria alguma pista de em que hotel ele estaria; talvez ele pudesse ligar para o presidente e deixar um recado para Brad telefonar para ela. Era um longo caminho a percorrer até encontrá-lo mas era o melhor que conseguia pensar. Dan prometeu cuidar disso imediatamente e deixar com Brad o número do Hospital Geral de Marin, nem dizer muita coisa para não assustá-lo. Dan disse também que sentia muito pelo acidente e que esperava que Allie ficasse bem.

— Eu também espero — suspirou Page, agradecendo-lhe novamente a ajuda.

Passou-se menos de uma hora até que Dan a chamasse na sala de emergência. Ele havia telefonado para o presidente da compania com o qual estavam negociando em Cleveland, e ele realmente tinha uma reunião com Brad no dia seguinte. Mas, segundo ele, não tinham feito plano algum de jogar golfe ou se encontrarem no domingo pela manhã.

— Que estranho. Brad disse... Deixa pra lá, eu devo ter entendido mal. Agora vou ter que esperar que ele telefone — disse Page, cansada.

Estava exausta demais para se preocupar com o porquê de ele dizer que estaria jogando golfe com o homem, quando não estaria. Imaginou que provavelmente o jogo fora cancelado e Dan não tivesse compreendido bem. Pelo menos eles haviam tentado, então ele, mais cedo ou mais tarde, receberia o recado. E, até lá, talvez as notícias fossem melhores.

— Não conseguiram localizá-lo — informou ela a Trygve, ao voltar e sentar-se ao seu lado numa cadeira desconfortável. A barba dele crescera durante a noite, e embora fosse clara e rala, ele parecia tão cansado e desgastado quanto ela. — Ele vai ligar a qualquer hora, e Jane dirá que telefone para cá. Pobrezinho. Faz-me sentir mal só de pensar em contar pra ele.

— Eu sei. Liguei pra Dana em Londres, enquanto você estava no telefone. Ela acabara de voltar de um fim de semana em Viena. Ficou horrorizada, e me acusou, como sempre. Foi tudo culpa minha, por que a deixei sair de casa, por que não sabia com quem ela estava saindo, o que houve comigo pra não suspeitar que ela estivesse aprontando alguma? Talvez ela esteja certa. Fui extremamente imbecil, mas de vez em quando você tem que confiar neles, ou deixam você maluco. Não se pode bancar o guarda o tempo todo, e, pra dizer a verdade, ela é ótima na maioria das vezes. Só de vez em quando faz alguma tolice.

— A Allie também é assim. É muito raro ela sair da linha e ir até o fim. Parece que estavam só botando as manguinhas de fora. É normal, eu acho... a não ser por um azar miserável nesse caso.

— É, realmente... Bem, a Dana diz ter sido tudo culpa minha.

— Você acredita nisso? — perguntou Page, calma.

— Acho que não. Mas parte da gente sempre se pergunta. Você sabe, ela pode estar certa. Embora eu não goste de pensar que esteja.

— Ela não está certa, e você sabe disso. Não é culpa sua. É uma faceta miserável do destino, mas não é culpa de ninguém, a não ser talvez da outra motorista.

Ambos queriam sentir que tinha sido culpa de Laura Hutchinson, e não de Phillip Chapman. Se pelo menos o acidente tivesse sido um terrível golpe do destino, e não culpa de Phillip, quem sabe fosse mais fácil de aceitar. Ou talvez não fizesse nenhuma diferença.

Antes que pudessem conversar mais, o cirurgião ortopédico veio dizer a Trygve que a operação havia corrido bem. Ela perdera muito sangue e não se sentiria bem por um bom tempo, mas estavam otimistas em que ela recuperasse o uso das pernas. A pélvis estava no lugar, o quadril fora recolocado, e as hastes e os pinos de aço que tinha em ambas as pernas seriam removidos em um ou dois anos. Não haveria mais balé, mas, com alguma sorte, ela poderia andar e até dançar... e talvez, algum dia, até ter filhos. Muito dependeria de como se passariam as próximas semanas, mas o cirurgião-chefe estava muito contente com seus reparos e com a reação de Chloe. Trygve chorava ao ouvir.

Ela ainda estava na sala de recuperação, e o doutor queria que permanecesse lá até, pelo menos, o meio-dia. Então a levariam para o tratamento intensivo por uma semana mais ou menos, e finalmente para um quarto particular. Ele disse que talvez gostasse de dar-lhe algumas transfusões mais tarde, ao longo do dia, e perguntou se Trygve ou algum dos filhos tinha o mesmo tipo sangüíneo. Ficou contente por saber que todos tinham.

— Por que não vai pra casa e descansa por algumas horas? Ela está bem agora. Então o senhor volta hoje à tarde, quando a transferirmos para a UTI. O senhor sabe, temos um longo caminho pela frente. Ela vai permanecer no hospital por, no mínimo, um mês, ou mais. Não há por que se desgastar nas primeiras fases.

Trygve sorria só de pensar, um cochilo era uma grande tentação, mas ele detestava deixar Page com Allyson ainda na cirurgia e sem ninguém para fazer-lhe companhia. Acabou decidindo ficar e estirou-se no sofá da sala de espera. Ela teria feito o mesmo por ele, e Trygve sentia-se na obrigação de ficar com ela.

Chegou o meio-dia, se passou e às duas horas, finalmente, transferiram Chloe para a UTI. Ela ainda estava dopada, mas o reconheceu, e não pareceu estar sentindo dor, o que era notável depois de tudo o que haviam feito com ela e de toda a aparelhagem que parecia estar conectada ao seu corpo. Ele, porém, sentia-se aliviado com o fato de os médicos estarem contentes e esperançosos.

— Como ela está? — perguntou Page, quando Trygve retornou.

Ela acabara de ligar para Jane e falar com Andy. Ele estava preocupado por ela ter saído, e mais ainda com a irmã. Mas Page ainda tentava disfarçar. Era muito cedo para descrever-lhe a situação, e ela não havia nem sequer contactado Brad. Ele ainda não ligara, mas Jane o estava aguardando a fim de dar-lhe o recado.

— Ela está bastante grogue — explicou Trygve, sorrindo. — Mas parece bem, se você não olhar para todas aquelas coisas penduradas nela. Tem todo o tipo de tubos e hastes saindo do quadril, mais hastes e pinos nas pernas. Logo vai ter que ficar engessada, mas não agora. Ela está que é uma parafernália, mas acho que devemos agradecer.

— Sempre me questionei a respeito disso — disse Page, com um ar exausto. — Em situações como esta, as pessoas estão sempre nos dizendo que devemos ser agradecidos. Ontem, a esta hora, a Allie era uma garota de quinze anos, saudável e perfeitamente normal, me perturbando para que eu lhe emprestasse a minha suéter rosa. Hoje, ela está numa cirurgia cerebral, lutando por sua vida, e eu devo agradecer por ela não estar morta. Eu estou, mas... comparando com ontem, isso é um pesadelo. Entende o que eu quero dizer?

Ele riu, era cruel, mas ele entendeu. As pessoas também costumavam dizer-lhe isso sobre Bjorn, que deveria agradecer por ele não ser mais retardado. Por que ele tinha que ser retardado? Que motivo havia para agradecer? Talvez muitos. Afinal, por muito pouco as coisas poderiam ter sido bem piores.

Ele finalmente foi para casa, às três da tarde, só para tomar um banho, trocar de roupa e ver os rapazes. Iria trazê-los no fim da tarde para verem Chloe. Nick dissera que Bjorn estava bastante agitado, e Trygve achou que seria melhor para ele se pudesse vê-la. Ele se preocupava muito com a morte das pessoas, que era típico de crianças pequenas, e, no seu caso, o fato de ter dezoito anos não mudava isso.

Trygve disse a Page que telefonasse se precisasse de alguma coisa. Ela continuou sua vigília sozinha e pensou em ligar para a sua mãe. Mas simplesmente não conseguiria enfrentar a situação. E ainda não contara a Brad. Não parecia justo contar para a sua mãe primeiro. E lá ficou sentada, por uma hora, desejando que Brad telefonasse.

Ela não tivera notícia alguma de Allyson desde as quatro horas, quando vieram dizer-lhe que ela estava resistindo bem à cirurgia e suas condições eram tão estáveis quanto se poderia esperar. Ela também precisaria de muitas outras transfusões, e Page ficara aliviada ao saber que tinham o mesmo tipo sangüíneo. Ela foi em frente e deixou que lhe tirassem um pouco de sangue. Foi logo após isso que Brad finalmente telefonou. Ele ligou para o número do balcão da sala de emergência, e eles deixaram-na atender numa sala reservada.

— Meu Deus, Page, onde você está? — Jane apenas lhe dissera que ligasse para Page no número que lhe deu. — Me pareceu terem dito Hospital Geral de Marin.

— Foi o que disseram. — Ela lutou contra o cansaço à procura das palavras certas para contar a ele, sem encontrá-las por um momento. — Brad... querido...

Ela começou a chorar, sem conseguir prosseguir.

— Você está bem? Aconteceu alguma coisa com você?

Por um momento de loucura, ele imaginou que ela estaria grávida e não lhe contara, ou que teria caído novamente da escada. O que mais podia ser? Ele não conseguia sequer começar a imaginar.

— Amor... A Allie sofreu um acidente.

Ela fez uma pausa para respirar e ele a interrogou imediatamente.

— Ela está bem?

Page balançou a cabeça, enquanto lágrimas lhe rolavam pelo rosto.

— Não... Não está... Ela sofreu um acidente de carro na noite passada. Sinto tanto dizer-lhe isso. Tentei de todas as formas encontrar você, mas você havia cancelado seu jogo de golfe.

— Eu... Ah... É. Eu estava ocupado com umas coisas. Pra quem você ligou?

— Dan Ballantine. Ele ligou pro cara de Cleveland e deixou um recado pra você. Você não me deixou o nome do seu hotel nem o número do telefone.

— Eu esqueci. — Ele parecia aborrecido e estava locônico, o que a surpreendeu. Era como se tivesse se irritado com ela por ter pedido a Dan que ligasse para Cleveland. — Então, como ela está? E, como assim, um acidente de carro? Quem estava dirigindo? O Trygve Thorensen?

— Não, não era ele. Isso foi o que ela nos disse, mas estava saindo com um bando de garotos. Eles bateram de frente, e... — Contar a ele a fazia sentir-se mal, mas sabia que precisava contar. — Ela teve um ferimento na cabeça, Brad, muito sério. Seu estado é crítico e ela está em cirurgia agora.

— Você deixou que a operassem? Sem me perguntar? Pelo amor de Deus, como pôde fazer isso?

— Brad, eu tive que deixar. O cirurgião me disse que ela morreria antes das seis da manhã se não a operassem.

— Conversa fiada. Você tinha direito a uma segunda opinião. Você devia isso a mim e a Allie.

Ele não parecia racional, mas Page sabia ser o jeito dele de lidar com as coisas. O choque da notícia era simplesmente forte demais para ser absorvido assim num instante.

— Não havia tempo, Brad. Não havia tempo pra coisa alguma.

Exceto para orações. E milagres. Agora estava tudo nas mãos de Deus e dos cirurgiões.

— Como está ela agora?

— Ainda está na cirurgia. Já se passaram doze horas.

— Ai, meu Deus. — Houve um grande silêncio depois disso, e Page suspeitou que ele estivesse chorando. — Como aconteceu? Quem estava dirigindo?

Que diferença isso fazia?

— Um rapaz chamado Phillip Chapman.

— Filho da puta. Ele estava bêbado? Vou processá-lo até o fim por causa disso — disse ele, com a voz trêmula, enquanto Page balançava a cabeça.

— Ele está morto, Brad... Havia quatro jovens no carro. Um sofreu uma pequena concussão. A Chloe se machucou muito também, mas vai ficar bem... E a Allie... ela pode não sobreviver... Você tem que vir pra casa, querido... Nós precisamos de você.

— Estarei aí em uma hora.

Era impossível, ambos sabiam disso, mas ele poderia chegar dentro de seis horas, se pegasse o avião imediatamente. Ela sabia que ele seria capaz de fazer alguns contatos e conseguir lugar no primeiro avião, dadas as circunstâncias especiais, e ela estava feliz de que ele tivesse finalmente ligado. Precisava dele desesperadamente. Trygve caíra do céu, mas Brad era o seu marido.

— Estarei aí o mais rápido possível — repetiu Brad, preocupado.

— Eu te amo — disse ela, com tristeza. — Estou feliz de que esteja voltando pra casa.

— Eu também — respondeu, e desligou.

E, para surpresa de Page, ele chegou às seis horas, uma hora depois de terem se falado e instantes após terem comunicado que, até o momento, tudo corria bem, Allyson sobrevivera à operação. Mas a prova de fogo seriam as próximas 48 horas, ou até mesmo os vários dias a seguir. Seu estado era tão grave que ela não estaria fora de perigo por um longo tempo, e não havia como prever o quão completa sua recuperação seria. Tudo o que sabiam é que, naquele momento, ela estava viva, e, numa escala com a qual teriam que se conformar naquele instante, isso já era bom demais.

Pelo menos ela teve boas notícias para Brad, mas não conseguia entender como ele havia chegado no hospital uma hora após lhe ter falado de Cleveland.

Ele conversou com os cirurgiões e questionou a todos, mas não o queriam deixar ver Allyson. Ela iria permanecer na sala de recuperação até a manhã seguinte.

— Como conseguiu? — perguntou-lhe Page, quieta, enquanto bebiam café na sala de espera. Ela não comera nada o dia todo, simplesmente não descia. Só conseguira tomar um pouco de café e comer alguns biscoitos que Trygve lhe tinha empurrado naquela manhã. — Como chegou aqui tão rápido? — Ele encolheu os ombros e encheu a boca com um outro gole de café ruim. Seus olhos nunca encaravam os dela, e até agora tinham falado somente a respeito de Allyson. Mas, de repente, Page sentiu algo de estranho. — Onde você estava?

Teria sido fisicamente impossível para ele ir de Cleveland a San Francisco, do hotel ao hospital em uma hora. E ambos sabiam disso.

— Isso não importa — disse ele, calmamente. — A Allie é tudo o que importa.

— Acho que não — disse Page, buscando os olhos dele, sem encontrar neles coisa alguma. — Nós importamos também. Onde você estava? — Havia uma intensidade na voz dela, cansada por um novo terror. Já tivera medo o suficiente por uma noite, e agora, de repente, vinha mais. — Eu te fiz uma pergunta, Brad.

Quando ele respondeu, havia algo em seus olhos que Page nunca vira antes.

— E eu preferi não responder. Isso não basta? Eu vim o mais rápido que pude, Page... Assim que soube... Fiz o máximo que podia.

Ela sentiu uma mão gelada apertar seu coração e esmagá-lo. Não era justo. Ela não podia perder os dois num dia só, podia?

— Você não estava em Cleveland, não é? — disse ela, num sussurro.

Ele desviou o olhar, sem responder.

Capítulo 5

Convencido de não haver mais nada que pudesse fazer no hospital por Allie, Brad foi para casa antes de Page. Não queriam deixá-lo ver a sua filha na sala de recuperação, e ele já conversara com o neurocirurgião-chefe. Então disse a Page que a encontraria em casa e saiu calmamente para ver Andy.

Page esbarrou com Trygve de novo, rapidamente, antes de sair. Ele trouxera consigo ambos os garotos, e ela explicou-lhe que Brad voltara de Cleveland. Sem mencionar o resto da conversa, pareceu distraída ao cumprimentar os rapazes e agradeceu a Trygve por toda a ajuda. Disse-lhe que iria para casa por algumas horas, enquanto Allyson estivesse na sala de recuperação, e que estava planejando voltar pouco antes do amanhecer.

— Por que não tenta descansar mais um pouco? — sugeriu Trygve. — Você parece estar precisando muito.

— Vou ver.

Ela deu-lhe um sorriso, mas havia agonia estampada em todo o seu rosto e uma tristeza em seus olhos maior do que ele vira em toda a sua vida.

— Cuide-se — disse ele, gentilmente, antes que ela partisse.

Então Page foi para casa, onde encontrou Brad explicando a Andy o que havia acontecido com sua irmã. Ele explicou que ela machucara muito a cabeça, mas ficaria boa, uma vez que os médicos a consertassem e ela se recuperasse da operação. A essa altura, Jane Gilson já fora embora, Brad estava a sós com o filho e Page não gostou do que ele estava dizendo.

E lhe disse isso, quando Andy saiu para brincar. Pelo que podia ver ao observá-lo da janela, ele parecia preocupado, mas nem tanto. Estava brincando com Lizzie no jardim da frente, e ela sabia que a vizinhança era segura, conhecia todos os vizinhos.

— Você não deveria ter dito aquilo, Brad — disse ela, sem encará-lo.

Ainda tinha muitas perguntas para ele, mas as estava guardando para depois que Andy fosse para a cama.

— Ter dito o quê? — indagou Brad, tenso.

Muitas coisas também passavam por sua cabeça. Além do desastre de Allyson, ele sabia tão bem quanto Page que o acidente havia desencadeado uma séria crise no casamento deles.

— Que ela vai ficar boa. — Virou-se de frente para ele. — Nós não sabemos disso.

— Sim, sabemos. Hammerman disse que ela tem uma boa chance de sobrevivência.

— Em que estado? De coma? Como um vegetal, "completamente inválida", como ele diz, cega? Do que exatamente você acha que ele está falando, Brad? Você não tem o direito de criar esperanças no Andy e dar certezas a ele.

— O que você quer que eu faça, mostre a ele os raios X do crânio dela? Pelo amor de Deus, Page, ele é apenas uma criança. Dá um tempo. Você sabe o quanto ele adora a irmã.

— Eu também a amo. Amo os dois... e você... Mas não é justo dar falsas esperanças. E se ela morrer nessa noite? E se ela nem sequer sobreviver à operação? E aí?

Havia lágrimas nos olhos dela, quando fez a pergunta, e nos dele, quando respondeu.

— Aí, enfrentaremos, quando acontecer.

— E nós? — perguntou ela, surpreendendo-o ao mudar de assunto. Mas Andy parecia feliz lá fora com Lizzie. — Quando vamos enfrentar isso tudo? O quê, exatamente, está acontecendo aqui?

— Foi apenas azar o modo como as coisas aconteceram — disse ele, calmamente. — Se a Allie não tivesse sofrido o acidente, jamais teria sabido. E jamais deveria ter pedido a Dan que ligasse para Cleveland.

— Por que não?

Ela ficou indignada. A filha deles tinha quase morrido num acidente, e ela não deveria ter tentado encontrá-lo?

— Porque agora ele descobriu tudo, e não é da conta dele.

— E eu? O que eu devo descobrir, Brad? O quanto eu tenho sido burra? Quantas vezes você fez isso?

Ela não sabia onde ele estivera, mas era óbvio que não tinha sido em Cleveland.

— Isso não vem ao caso.

Ele parecia aborrecido novamente. Odiava ter que admitir isso a ela, mas agora não tinha mesmo escolha.

— Vem sim, vem muito ao caso. Você foi pego com as calças na mão este fim de semana, e eu tenho o direito de saber onde você estava e com quem. Você está brincando com a minha vida também. Não está por aí sozinho, se divertindo e passando por aqui entre um jogo de golfe e outro. Isso é pra valer, e eu também sou. E você, Brad? O quê, exatamente, está acontecendo aqui?

Ela tremia de raiva, e ele parecia mais zangado do que culpado.

— Já entendi. Eu tenho que fazer um relatório completo pra você?

Ouvi-lo falar assim partia o coração dela. Ela estava quase imaginando quanto mais dor seu coração poderia agüentar em um fim de semana. Ela quisera que ele negasse tudo, quisera que nada disso fosse verdade. Mas era, e agora não podia ser evitado.

— Isso é algo recente? — pressionou.

Mas Brad não lhe queria dizer.

— Não vou discutir isso com você, Page.

— É melhor discutir, Brad. Não vou entrar no seu jogo. Essa pessoa é importante pra você?

— Oh, pelo amor de Deus, Page, por que temos que falar sobre isso agora?

— Porque isso não pode esperar. Foi você quem começou, agora eu quero saber o que você tem feito. Isso é sério? Vem acontecendo há muito tempo? Já aconteceu antes... e por quê? — Olhou para ele lamentosamente, sua voz num sussurro triste. — O que aconteceu conosco, e por que eu não sabia o que você estava fazendo?

O quão cega poderia ela ter sido? Teria havido indícios? Mesmo agora olhando para trás, ela não conseguia achá-los.

Brad sentou-se, infeliz, e fixou seus olhos nela, odiando cada minuto dessa conversa. Ele detestava confrontar-se com ela, sempre detestou. Mas agora sabia que esse confronto não poderia ser adiado nem evitado. Talvez fosse melhor assim. Ela teria que saber mais cedo ou mais tarde.

— Talvez eu devesse ter contado alguma coisa há um tempo atrás, mas pensei... pensei que terminaria, e não precisaria contar.

— Isso é sério? — Ele não respondeu, por um longo tempo, e seus olhos, quando a fitavam, quase faziam o coração dela parar. Isso não era uma aventura, era um relacionamento sério, e ela imaginava engolindo em seco se, sem qualquer aviso prévio, seu casamento já teria terminado. — E então? — Sua voz soava como um grunido, enquanto escutava e o forçava a responder. — É realmente sério?

— Poderia ser — respondeu ele, confuso. — Page, eu simplesmente não sei. É por isso que não lhe disse nada.

Parecia desesperadamente infeliz.

— Quanto tempo faz?

Por quanto tempo ela tinha sido burra, cega e incrivelmente tola? Page lutava contra as lágrimas, enquanto aguardava a resposta dele.

— Uns oito meses. Começou numa viagem a trabalho. Ela trabalhava no departamento de criação, e nós fomos pra Nova York fazer uma apresentação a um cliente, juntos.

— Como é ela?

Page sentia náuseas ao perguntar, mas agora queria saber de tudo. Oito meses... *Oito meses?* Como ela pôde ser tão burra?

— Stephanie é muito diferente... de você, quer dizer... Não sei... Ela é muito independente, muito livre, muito ela mesma. É de

Los Angeles, veio até aqui para fazer a faculdade em Stanford e acabou ficando. Tem vinte e seis anos. Ela é só... Não sei... Conversamos muito, gostamos das mesmas coisas. Eu dizia a mim mesmo que precisava parar... Mas não conseguia.

Ele a olhava desamparado, e ela teria sentido pena dele se o que ele estava dizendo não a estivesse matando. Page queria perguntar-lhe se ela era bonita e muito boa de cama, se ele realmente a amava. Mas quanto mais ela poderia perguntar? E quanto mais agüentaria ouvir?

— O que você planejava fazer sobre ela, Brad? Me deixar, algum dia?

— Eu simplesmente não sei. Sabia que não podia continuar assim. Mas tenho estado tão confuso. — Ele correu a mão por entre os cabelos, ao olhar para ela. — Isso tem-me deixado maluco.

— E onde fico eu em meio a tudo isso? Por que não percebi o que estava acontecendo? — Ela o fitava, descrente. Era impressionante demais, horrível demais. Seus piores pesadelos haviam-se realizado. Allyson estava quase morta, e Brad, apaixonado por outra mulher. — O que aconteceu com a gente, Brad? Por que nos envolvemos tanto cada um com a sua vida? Por que você está sempre viajando, ou jogando golfe, e eu sempre bancando a motorista de alguém? O que aconteceu? Nós simplesmente nos afastamos um do outro sem que eu visse?

Ela gostaria de compreender o que se passara com eles, mas, no momento, simplesmente não conseguia. Muita coisa havia acontecido.

— Não foi culpa sua — disse ele, amável, balançando então outra vez a cabeça, visivelmente confuso. — Talvez seja sua culpa... Talvez ambos sejamos culpados. Talvez simplesmente tenhamos deixado acontecer algo que nunca deveria ter acontecido. Talvez tenhamos nos envolvido demais em coisas supérfluas. Eu gostaria de ter sabido. Eu só não sei o que dizer.

Ele nunca soubera, durante oito meses, e por isso não a abandonara, nem contara coisa alguma.

— Você estaria disposto a parar de vê-la? — perguntou ela, abertamente, e ele, após hesitar um longo tempo, balançou lentamente a cabeça, enquanto ela sentia o ar abandonar-lhe o corpo. —

E eu, o que devo fazer? Simplesmente olhar para o outro lado, enquanto você transa com a jovem Miss Criação?

Foi, de repente, tomada de raiva ao olhar para ele, e surgiu de algum lugar um desejo quase incontrolável de agredi-lo, com palavras, se não com seus punhos, e Brad parecia perceber. Ele se repreendera muitas vezes durante os últimos oito meses, especialmente quando Page era boa para ele, ou lhe preparava algo bom, ou queria fazer amor. Passara os últimos meses sentindo-se insuportavelmente culpado, sempre que estava com ela. Mas, mesmo assim, não conseguia deixar de ver Stephanie. Não estava pronto para desistir de nenhuma delas. Disse a si mesmo estar apaixonado pelas duas, mas a verdade era que não. Ele ainda amava Page, mas não estava mais apaixonado por ela. Isso já fazia algum tempo, e não sabia por quê, mas não estava. Ele a amava, a respeitava, ela era uma ótima mãe para as crianças, uma esposa fantástica e uma pessoa incrível. Era tudo o que um homem podia querer... E, mesmo assim, não conseguia incendiar seu coração e sua mente do jeito que Stephanie conseguia, e nada que ele pudesse dizer ou fazer mudaria isso.

— O que eu devo fazer agora? — insistiu Page. — Apenas desaparecer? Facilitar a vida pra vocês dois?

De repente, ela entrou em pânico, imaginando se ele esperava que ela saísse de casa, ou se ele mesmo planejava sair, agora que ela sabia sobre seu caso. E Andy? Ela começou a chorar só de pensar no que a esperava, e agora tudo isso agravado pela angústia deles por causa de Allie.

— O que você espera de mim? — perguntou ela, num tom de voz que não disfarçava o quão desnorteada se sentia.

Ele gostaria de poder fazê-la sentir-se segura, mas não conseguia.

— Eu não espero coisa alguma. Vamos apenas fazer a Allyson superar tudo isso e nos concentrar em sobreviver. Por que não tratamos desse assunto depois? Não podemos fazer as duas coisas ao mesmo tempo.

Era uma sugestão racional, mas a essa altura Page estava furiosa demais para ser racional, e ele compreendia isso.

— E depois? Você nos deixa quando a Allie acordar... ou

depois do enterro? — perguntou ela, amarga e apavorada novamente.

Ela estava beirando o histerismo, mas ele não fez esforço algum para consolá-la. Simplesmente não podia. Ele próprio estava aborrecido demais e sabia que qualquer coisa que tentasse fazer só pioraria as coisas. Agora que ela sabia sobre Stephanie, ele sentia que precisava guardar uma certa distância.

— Não sei o que vamos fazer, Page. Eu venho tentando sozinho, há meses, encontrar uma solução, e não cheguei a lugar algum. Talvez você tenha a resposta.

Ele ainda não estava pronto para se divorciar, e não tinha certeza sobre o que faria com Stephanie; além disso, Stephanie estava disposta a esperar até que ele organizasse sua vida. Ela não o estava pressionando para que tomasse uma decisão. Mas sua paixão o estava inclinando a encontrar uma solução. E ele não queria viver uma mentira para sempre, nem ser consumido pela culpa que sentia em relação a Page, especialmente agora que as cartas estavam na mesa.

Tudo o que Brad sabia é que, embora de forma bem diferente, amava as duas mulheres e tinha-se deixado levar a uma situação impossível. Ainda mais impossível agora que Page sabia, e ele já podia perceber o quão furiosa isso a deixaria. Por no mínimo oito meses, ela não suspeitara de nada quando ele dizia que estaria viajando a trabalho, o que às vezes fazia, é claro, porém na maioria das vezes, não. Havia-se deixado envolver numa situação extremamente difícil. E todos poderiam, potencialmente, sair muito machucados: Page, Stephanie, Brad e seus próprios filhos.

— Eu só acho que não conseguiremos lidar com isso agora, Page. Acho que devemos manter as coisas como estão até a Allyson ficar boa, ou pelo menos até que ela esteja fora de perigo.

— E depois?

Ela continuava a pressioná-lo atrás de respostas que ele não tinha, fazendo ambos infelizes; mas, dadas as circunstâncias, ele realmente não podia culpá-la.

— Eu não sei, Page... Simplesmente ainda não sei.

— Me avise quando souber.

Ela levantou-se, fitando-o. De repente, ele era um estranho. O homem a quem amara tanto tempo, com quem dormira e em quem confiara, a estava traindo há quase um ano. Parte de sua alma o odiava. E a outra parte estava apavorada em perdê-lo.

— Parece patético dizer que eu sinto muito, eu acho... — disse ele, bem mansamente.

Ele sabia dever a ela bem mais do que isso, mas, de repente, já não tinha nada a lhe dar.

— Acho que a palavra "inadequado" seria uma melhor escolha. Creio que você me deve muito mais do que desculpas, Brad. Não deve?

Lágrimas brilhavam nos olhos dela, ao se olharem através da sala. Havia ódio no rosto de Page, raiva e mais dor do que ele jamais vira nela.

— Sempre pensei que você ficaria bem — argumentou ele. — Você é tão forte, sempre tão ocupada. Achei que talvez nem fosse sentir a minha falta.

Será que Page o havia afastado dela? A culpa era dela ou dele? Ela parara de lhe dar atenção? Page acusava a si própria, e a ele, enquanto ouvia suas explicações.

— Acho que nós dois fomos muito tolos — disse ela, sarcasticamente. — Pelo menos eu fui.

— Você merece coisa melhor do que isso — disse ele, com honestidade.

E ele também merecia. Merecia estar onde queria estar e não aqui, de joelhos, se desculpando com Page. Ainda assim, ele sabia que devia isso a ela. Mas era um momento horrendo de ambas as suas vidas... e... e ele percebeu que o acidente de Allyson veio numa hora em que poderia facilmente destruí-los.

— Todos nós merecemos mais do que isso — observou Page, mansamente, deixando então a sala para ver Andy.

Ao movimentar-se na cozinha, sentia-se como um robô. Colocou a *pizza* no microondas para Andy e chamou-o para dentro cinco minutos depois. Ela ainda tremia, sentindo-se mal, e, a cada vez que o telefone tocava, ficava apavorada que fosse o hospital ligando para falar de Allie. Sua mente parecia ricochetear entre o horror do acidente de Allyson e o choque do que Brad lhe dissera.

Page colocou o jantar do filho sobre o balcão da cozinha. Brad ainda estava na sala, e ela sentia que toda a sua vida se havia esgotado.

— Como vai, campeão? — perguntou ela, tristonha, a Andy.

— Tô bem — assegurou-lhe o menino. — Mãe, você parece cansada.

Ele era sempre tão preocupado, tão bondoso e atencioso. Ela costumava achar isso de Brad também, mas nesta última hora vira um outro lado dele que jamais soubera existir, e preferia nunca ter conhecido. Ela imaginava o que iriam fazer agora.

— Estou cansada, querido. A Allie está muito doente.

— Eu sei. Mas o papai disse que ela vai ficar boa.

O Evangelho segundo São Papai. E se ela morresse? Assim como todas as outras desgraças em suas vidas, eles precisariam enfrentá-las mais tarde.

— Espero que sim.

Andy a observava estranhamente, ao ouvi-la.

— Você também não acha?... Quer dizer, que ela vai ficar boa?

— Espero que sim.

Era tudo o que podia dizer a ele, e, após o garoto ter terminado a *pizza*, ela o pôs no colo e abraçou-o. Ele ainda era pequeno o bastante para sentar-se facilmente ali, e era confortante para ambos. Ela precisava dele neste momento, mais do que qualquer coisa, mais do que nunca. Tudo com ele era tão aberto.

— Eu te amo, mamãe.

— Eu te amo também, querido.

Seus olhos se encheram de lágrimas, ao dizer isso distraída, sem pensar nele, mas em Allie em Brad e em tudo o mais que acontecera.

Após o banho, ela o pôs para dormir e contou-lhe uma história. E, depois, deitou-se por dez minutos no quarto do casal. Fechou os olhos e tentou dormir. Mas havia coisas demais dando voltas em sua cabeça, coisas terríveis demais, dor demais, perguntas demais... sobre Allyson... sobre Brad... seu casamento... vida e morte, e o significado de tudo. Ela ouviu um ruído, abriu os olhos e viu Brad parado na porta.

— Precisa de alguma coisa? — Ele não sabia mais o que dizer

a ela. Muitas coisas tinham acontecido, tinham sido ditas e reveladas, para que continuassem a ser um para com o outro como sempre foram. Era arrasador só de pensar, e impossível fingir que não havia acontecido. — Você já jantou?

— Não, obrigada.

Ela não tinha o menor apetite, e por boas razões.

— Quer alguma coisa da cozinha?

Ela balançou a cabeça, tentando não pensar no que ele acabara de dizer, mas tudo o que conseguia pensar era na mulher da agência e nos oito meses que eles passaram juntos. E antes disso? Quem teria sido? Há quanto tempo ele a estava traindo? Teria havido outras? Será que ele não se sentia atraído por ela, ou apenas se cansara dela?

Ela percebeu, então, que ainda estava usando sua suéter de jardinagem da noite anterior e seus *jeans* mais usados e, após horas de hospital, seu cabelo estava totalmente desgrenhado. Ela não era páreo para uma graduada em Stanford de vinte e seis anos e sem responsabilidades nem obrigações. Page imaginou o que deveriam ter feito no fim de semana.

— Aonde você a levou?

Imprensava-o em busca de mais informações, antes de ele deixar o quarto.

— Que diferença faz isso?

Ele pareceu chatear-se com a pressão, e vê-lo irritado a deixou zangada.

— Só quero saber onde você estava quando eu não soube onde encontrá-lo.

A que tipo de lugar ele a levava? Page sentiu-se totalmente excluída da vida dele, como se ele fosse um estranho total.

— Fomos ao John Gardiner — surpreendeu-a, ao responder.

Era um clube de tênis no vale de Carmel. Ela assentiu com a cabeça. Mas ele já estava de volta ao apartamento de Stephanie na cidade quando ligou para Page. Era por isso que chegara ao hospital tão rapidamente. Ele esperou o quanto pôde a fim de que Page não suspeitasse de onde ele estava. Mas, após meia hora de espera, não conseguiu mais agüentar.

— Você deveria comer alguma coisa — disse ele então, como querendo mudar de assunto.

Estava ansioso por não discutir com Page sua vida com Stephanie. Mas Page parecia querer saber de cada detalhe, como se ouvi-los fosse fazer com que entendesse o que havia acontecido.

— Vou tomar banho e voltar pro hospital — disse ela, de repente.

Não havia coisa alguma para fazer em casa. Andy estava na cama. E ela queria estar com Allie.

— Eles disseram que você não poderia vê-la — disse Brad, com calma.

— Eu não me importo. Quero ir pra lá

Ele balançou a cabeça, concordando, e depois lembrou-se de algo.

— E quanto ao Andy? Você voltará antes do amanhecer?

Ela fez que não.

— Você pode arrumá-lo para a escola amanhã, não precisa de mim pra isso.

Ou precisava? Seria essa a sua única utilidade agora? Tomar conta dos filhos dele?

— Não — concordou ele, com uma voz finalmente triste —, mas preciso de você pra outras coisas...

— Hã? — Ela o olhou, distraída. — Como por exemplo o quê? Não consigo pensar em coisa alguma agora.

— Page... Eu te amo...

De repente, pareciam simples palavras.

— Ama, Brad? — perguntou ela, profundamente triste. — Pelo que eu posso ver, eu venho me enganando por muito tempo... E talvez você também... Talvez tenha sido bom descobrir isso agora.

Contudo, ela não se sentia aliviada com o que havia descoberto, somente ferida, machucada em sua própria alma.

— Eu sinto muito — disse ele, suavemente.

Brad não fez qualquer movimento em direção a ela, o que dizia tudo. Havia um mundo entre eles.

— Eu também — concordou ela.

Levantou-se, mirando-o, e então, sem dizer palavra, entrou no banheiro. Abriu a torneira, fechou a porta e, ao deitar-se na banheira, lágrimas lhe escorreram pelo rosto, ao pensar em Brad e Allie. Agora ela tinha duas pessoas por quem chorar, lembrou-se. Esse fora, sem dúvida, um fim de semana e tanto.

Capítulo 6

Page passou a noite de domingo no hospital, encolhida numa cadeira de sala de espera. Mas nem notou o quão desconfortável era. Quase não tinha dormido, preocupada com Allie. Os ruídos, os cheiros e o medo de que a qualquer momento sua filha se fosse a mantiveram acordada. Foi um alívio quando, às seis horas da manhã, finalmente a deixaram vê-la.

Uma bonita e jovem enfermeira levou Page à sala de recuperação, conversando de forma bem agradável sobre a linda menina que Allie era, e que cabelos bonitos tinha. Mas tudo entrava por um ouvido e saía pelo outro, a mente de Page vagava ao percorrerem os intermináveis corredores. Estava distraída demais para ouvir realmente. Mas sentia-se grata pelas tentativas da enfermeira, foram confortadoras. Ela não conseguia imaginar como podiam sequer ter uma idéia da beleza de Allyson agora. Ela estava muito machucada, havia até bandagens sobre os seus olhos, devido aos reparos que precisaram fazer no local.

Várias portas eletrônicas abriam-se no caminho, e Page se esforçava para voltar à realidade. Por um minuto, estivera pensando em Brad e em tudo o que ele dissera. Sabia, porém, que ver Allyson requereria sua total atenção. Porém o que viu ao aproximar-se da maca de Allyson estava longe de ser encorajador.

Se é que era possível, a aparência dela era pior do que antes da cirurgia. A bandagem na cabeça era assustadora, seu cabelo fora raspado, o rosto estava cadavericamente pálido e ela parecia estar cercada de monitores e máquinas. Era como se estivesse há um milhão de milhas dali, no seu coma.

A enfermeira da sala de operações guardara para Page uma longa e sedosa mecha loura de cabelo, que lhe foi entregue pela enfermeira da sala de recuperação, assim que a viu. As lágrimas voltaram aos olhos de Page uma vez mais, ao apertar a mecha de cabelo em uma das mãos e tocar gentilmente em Allyson com a outra.

Permaneceu de pé, quieta, ao lado da filha, um longo tempo, acariciando com delicadeza a mão dela e pensando em como era a vida há apenas dois dias atrás. Como era possível tudo ter dado tão errado em tão pouco tempo? Faz você não confiar mais em nada nem em ninguém, especialmente na sorte ou no destino. Como tinham sido cruéis... e Brad também. Ao pensar em tudo isso, ela quase não conseguia suportar a dor de perder Allie. Isso a fazia lembrar de como se sentiram há alguns anos, quando Andy nasceu e pensaram que poderiam perdê-lo. Ela passara horas observando-o, desejando que vivesse, seu minúsculo corpo coberto de tubos, lutando na incubadora. E ele, milagrosamente, sobreviveu.

Page sentou-se junto à filha, num banquinho, e falou mansamente junto às orelhas cobertas pelas bandagens, rezando para que ela pudesse ouvi-la.

— Não vou deixar você ir embora, querida... Não vou... Nós precisamos de você... Eu também te amo muito... Agora, você precisa ser corajosa e lutar... Meu bebê, você precisa!... Eu te amo, querida... Não importa o que aconteça, você será sempre o meu bebê.

Allie cheirava a medicamentos, e as máquinas bipavam aqui e acolá, mas não houve som algum, nem gesto, nem sinal de reconhecimento, e, embora Page soubesse que não poderia ter havido, ela precisava falar com a filha, senti-la perto de si.

As enfermeiras a deixaram ficar com Allyson um longo tempo,

e então, finalmente, quando o turno mudou às sete horas, sugeriram que fosse até a cantina tomar um café. Em vez disso, Page foi para a sala de espera e sentou-se lá, tonta, pensando em como Allyson tinha sido, e em como estava agora. Ela nem sequer ouviu alguém entrar, até que lhe tocaram o braço, Page olhou para cima e viu Trygve. Estava banhado e barbeado, usava uma blusa branca enrugada e *jeans,* sua vasta cabeleira loura estava penteada e ele parecia descansado e saudável. Mas, ao olhar para ela pareceu preocupado. Era a manhã de segunda-feira, o fim de semana tinha sido brutal para ela.

— Você passou a noite toda aqui de novo?

Ela fez que sim com a cabeça. Sua aparência era terrível, ainda pior que a da noite anterior. Ele, porém, entendia bem demais o quão desesperadamente ela queria estar com Allie.

— Dormi na sala de espera.

Tentou dar-lhe um sorriso, mas parecia arrasada.

— Você dormiu? — perguntou, parecendo um pai severo.

— Um pouco. — Sorriu. — O suficiente. Deixaram-me ver a Allie esta manhã, na sala de recuperação.

— Como está ela?

— Na mesma, eu acho. Mas foi bom simplesmente estar com ela.

Pelo menos sua filha continuava lá, com eles, pelo menos a mãe ainda podia se aproximar dela e tocá-la. Não agüentava nem pensar, e tudo o que queria era estar de volta à sala de recuperação com ela novamente, dizendo-lhe o quanto a amava.

— Como está Chloe? — perguntou Page.

— Dormindo. Acabei de vê-la. Estão mantendo-a bem dopada, assim não se dará conta da dor. Acho que isso é provavelmente o melhor para ela.

Page concordou com a cabeça, enquanto ele se sentava ao seu lado.

— Os garotos estão bem?

— Mais ou menos. O Bjorn ficou bem abalado ao vê-la. Perguntei ao médico dele antes de trazê-lo, e o doutor achou que seria importante pra ele. O Bjorn às vezes não compreende as coisas, a menos que as veja. Mas foi difícil pra ele. Chorou muito na noite passada e teve pesadelos.

— Tadinho.

Page sentia muito por ele. Quão difícil era a vida, às vezes. Quão injusta. Era tão difícil compreendê-la.

— Como está o Andy? — indagou Trygve.

— Assustado. O Brad lhe estava dizendo que a Allie ia ficar boa, e eu fui menos otimista. Não acho justo enganá-lo.

— Concordo. Mas provavelmente o próprio Brad está tendo problemas em lidar com isso. Negar, às vezes, é mais fácil.

— É, talvez — disse ela, num tom de desencanto e desilusão.

— Esta é uma pergunta imbecil — disse ele —, mas você está bem? Quer dizer... considerando o que aconteceu. Você parece exausta.

— Estou. Vou me acostumar, eu acho... cedo ou tarde... de algum jeito.

— Quando comeu pela última vez?

— Eu não sei... na noite passada... ontem... Fiz *pizza* pro Andy ontem à noite e comi um pedaço... ou algo assim.

— Não pode fazer isso, Page. Você tem que se manter fortalecida. Se você adoecer, não vai ajudar ninguém. Vamos. — Olhou-a de cima, severamente, pondo-se de pé. — Levante-se, vou levá-la para tomar café.

Ela estava emocionada, mas o que menos queria no momento era comida. Queria se encolher num canto e esquecer-se do mundo, ou talvez simplesmente morrer, se Allie morresse. Sentia-se como se já estivesse de luto. De luto pelo que Allie fora, e talvez jamais seria de novo... pelo que tivera com Brad, e jamais voltaria a ter. Estava de luto por muitas coisas. Por ela mesma. Sua filha. Seu casamento. E por uma vida que agora seria diferente. Para sempre

— Obrigada, Trygve. Mas acho que não conseguiria comer agora.

— Precisa tentar — disse ele, calma porém firmemente. — Não vou sair daqui enquanto você não vier comer. Caso contrário, vou chamar o médico, e eles podem alimentá-la intravenosamente, se preferir. Vamos. — Pegou-a pela mão e puxou-a. — Levante esse traseiro daí e venha tomar café.

— Está bem, está bem. Eu vou — disse ela, relutante e sorrindo ao segui-lo pelo corredor em direção à cantina, que cheirava muito mal.

— Não acho que essa seja a melhor idéia — desculpou-se ele —, mas é tudo o que temos, então aqui está.

Deu-lhe uma bandeja e incitou-a a pegar mingau de aveia, ovos mexidos, *bacon*, torradas, geléia e uma xícara de café.

— Se pensa que vou comer tudo isso, você está maluco.

— Se comer pelo menos a metade estará em bem melhor forma. Aprendi isso quando era criança, lá na Noruega. Você não pode se deixar morrer de fome num clima frio... nem em momentos de estresse. Às vezes, quando eu e Dana nos separamos, eu passava dias sem comer, mas me esforçava a fazê-lo. E sempre me sentia melhor.

— Isso parece, de certa forma, tão redundante. Comer em meio a desastres.

— As coisas parecem piores quando não se come, ou não se dorme. Você vai ter que se cuidar, Page. Por que não vai pra casa e dorme algumas horas? O Brad pode ficar aqui enquanto você vai pra casa.

— Acho que ele vai querer ir ao escritório. Mas talvez eu dê uma parada para pegar o Andy na escola. Vai ser difícil pra ele. Eu nem sequer pensei em quem vai pegá-lo, deixá-lo ou levá-lo para o beisebol.

— Posso fazer algumas dessas coisas pra você. O Nick vai voltar para a faculdade logo que as férias terminarem, em poucos dias, e o Bjorn estará na escola o dia todo, e a Chloe ficará bem aqui. Sempre que você não puder, me avise, que eu levo o Andy aonde quer que ele precise ir.

Deu-lhe um sorriso, ele sempre gostara dela.

— É muito gentil da sua parte.

— Não é nada. Eu tenho tempo. Faço a maior parte do meu trabalho à noite mesmo. Nunca consigo escrever nada de dia.

Conversaram mais um pouco, enquanto ela lutava com o mingau de aveia, brigava com os ovos e finalmente conseguia se alimentar um pouco no café da manhã. Trygve fez tudo para distraí-la, falando de seus escritos, de seus parentes noruegueses e perguntando a respeito das pinturas dela. Disse-lhe o quanto gostara do mural da escola, e ela agradeceu. Page estava muito grata por seu apoio, e o fato de ele estar lá fazia o hospital parecer menos assustador. Mas sua mente continuava voltada para Allyson e Brad, e Trygve sabia que estava sendo difícil para ela prestar atenção.

Ele explicou que precisaria levar Bjorn para uma avaliação de uma nova escola naquele dia, e ela prometeu olhar Chloe, e o fez, mas Chloe passou a maior parte do dia dormindo. Mexia-se com desconforto sempre que o efeito das injeções passava, e a enfermeira dava-lhe outra dose de Demerol para mantê-la confortável. Chloe nem sequer percebeu que Page estava no quarto, de pé, observando-a.

Ao meio-dia, transferiram Allie para a UTI, e então ficou mais fácil tomar conta de ambas as garotas. Brad passou por lá na hora do almoço e chorou ao ver Allyson. Ele parou e conversou com Page, ao deixarem o quarto. Sentiu-se estranho vendo-a novamente, agora que ela sabia de tudo. E ele pôde ver o quanto aquilo a havia atingido.

— Sinto muito, Page. Sinto que, além de tudo isso, você ainda tenha que lidar comigo.

Ele parecia sério, e Page não estava melhor do que ele.

— Acho que eu teria que enfrentar isso mais cedo ou mais tarde, não é? — perguntou ela, com frieza.

Mas certamente essa não era a melhor hora.

— Só é pena que tenha acontecido desse jeito — comentou Brad. — Já basta você ter que se preocupar com a Allie, não é?

Era, mas, depois de ele ter sido apanhado mentindo sobre seu paradeiro, era inevitável que toda a história viesse à tona, e ela havia decidido que talvez fosse melhor que soubesse, ao invés de iludir-se sobre seu casamento. O pior de tudo isso era saber que ela pensara estar tudo bem, quando na verdade não estivera. Ela se perguntava se Brad dissera a Stephanie que contara tudo a Page, ou pelo menos o suficiente, e se ela estava contente, agora que Page sabia. Page se perguntava muitas coisas, sobre eles, sobre ela mesma e sobre por que o seu casamento não fora o bastante para ele. Mas ela também sabia que provavelmente jamais saberia as respostas para aquelas perguntas.

— Gostaria de saber por que aconteceu — disse Page, brandamente.

Estavam de pé no corredor, com gente rondando à sua volta. Aquele era o pior lugar para uma discussão íntima, mas era tudo o que tinham. A sala de espera estava repleta de pessoas ansiosas, apavoradas, preocupadas com seus entes queridos na UTI. O corredor parecia ter mais ar e era um lugar tão bom para conversarem quanto qualquer outro. Talvez as razões do desmoronamento do casamento deles nem sequer importassem, e sim o fato em si. Ela, então, fitou-o com uma expressão estranha.

— Foi engraçado pra vocês dois saberem que eu era a tola em meio a tudo isso, que vocês dois estavam por aí se divertindo enquanto eu era a idiota a permanecer em casa, com duas crianças, bancando a motorista?

Ele mencionara o quão diferente elas eram, Stephanie era tão "ela mesma" e tão "independente". Por que não seria? Ela não tinha filhos, não tinha marido e não devia nada a ninguém. Estava livre para divertir-se com Brad, enquanto Page ficava em casa cuidando de suas obrigações. Page ficava lívida só de pensar nisso.

— Ninguém jamais tentou fazer você de tola, Page — disse ele, num sussurro, enquanto um grupo de médicos residentes passava por eles. — Eu estava totalmente a par do quanto a situação era incômoda. Só não sabia o que fazer a respeito. Mas ninguém jamais pensou em você como a tola nessa história. Você era, no mínimo, a vítima inocente.

— Pelo menos nisso nós concordamos — disse ela, com pesar.

— A grande pergunta é o que fazemos agora — impacientou-se Brad.

— É? Está começando a parecer bastante óbvio.

Ela tentava ser irreverente, mas seu olhos contavam uma história completamente diferente, uma história de choque, desespero e decepção.

— Nada é obvio. Pelo menos para mim. — E então, ele de repente pareceu preocupado. — Você vai me deixar?

Ele parecia quase surpreso com a idéia e ela deu-lhe um pequeno e amargo sorriso ao fitá-lo. Ele era surpreendente.

— Está brincando? Você quer dizer que está surpreso, ou que

eu não deveria deixá-lo, ou que você não planejava me deixar, de qualquer forma?

— Eu nunca disse que a deixaria — disse ele, com teimosia. — Nunca disse isso. Eu disse que não sabia o que fazer.

— Isso tem cara de eufemismo. Bem, nem eu sei. Mas com certeza acho que sair de casa é uma opção bastante apropriada pra um de nós, dadas as circunstâncias. E por que exatamente você está hesitando? O que está querendo dizer? Que você quer continuar casado comigo, ou que não está seguro sobre essa garota, ou que é covarde demais para tomar uma decisão? O que é, Brad?

Ela começava a erguer a voz, e ele parecia extremamente desconfortável no corredor

— Abaixe a voz. O hospital inteiro não precisa saber sobre nós.

— Por que não? Eu suponho que todas as outras pessoas já saibam. Os seus colegas, com certeza, todos devem pensar que você é o máximo, e você provavelmente esbarrou com pelo menos alguns conhecidos nossos enquanto estava com ela. Eu acho que, como dizem nesses casos, eu fui a última a saber.

— Gostaria que você jamais tivesse sabido... pelo menos não do modo como aconteceu...

— Poderia ter acontecido em qualquer momento. Alguém poderia ter dito algo. O Andy poderia ter se machucado, em vez da Allie, enquanto você estava supostamente "fora", ou eu poderia ter adoecido. Ou quem sabe eu podia simplesmente ter esbarrado em vocês dois. Mas o que exatamente você está me dizendo agora? Que isso é só um caso? Na noite passada você me deu a impressão de ser sério, e de não ter intenção alguma de terminar. Será que eu ouvi mal, estou maluca?

Ela gostaria de acreditar que o ouvira mal, porém outra parte dela de repente descobriu que jamais voltaria a sentir o mesmo por ele. A raiva poderia desaparecer algum dia, mas ela não conseguia se imaginar voltando a confiar nele. E talvez, após tudo o que fora dito e feito, a essa altura, ela nem o amasse mais. Era difícil saber agora, tudo o que podia fazer era querer saber das intenções dele.

— Você não está errada — disse ele, parecendo aborrecido novamente. — Eu não disse que terminaria. Mas acho cedo demais pra você tomar uma decisão a nosso respeito, no momento é impossível, com tudo isso acontecendo com a Allie.

— Ah, entendi. — Page começou a irritar-se novamente, só que, dessa vez, manteve a voz baixa. — Você não quer parar de ver sua amiguinha, mas simplesmente não quer que eu lhe peça pra você ir embora, nem quer ir por conta própria, porque esta não é uma hora conveniente. Sinto muito, eu não tinha compreendido. Não tem problema, Brad. Fique o quanto quiser. Só não se esqueça de me convidar para o casamento.

Havia lágrimas escorrendo dos olhos dela e palavras de raiva em seus lábios, mas ambos sabiam que não resolveriam a situação no corredor ao lado da UTI, onde a filha deles permanecia em coma. Havia coisas demais acontecendo, e essa era uma situação extremamente explosiva.

— Acho que devemos deixar as coisas esfriarem por um tempo e ver o que acontece com a Allie — disse ele, calmamente. Era uma sugestão razoável, mas Page ainda estava zangada demais para ouvi-la. — Além disso, seria difícil demais pro Andy agora, se fizéssemos algo tão drástico.

Era a primeira vez que ele falava algo realmente sensato, e Page teve que fazer sinal da aprovação.

— É, acho que você está certo. — E então ela ergueu o rosto, fitando-o, com os olhos cheios de perguntas angustiadas. — Então, você vai apenas continuar com esse... negócio... e nós falamos sobre isso depois, é isso?

— Mais ou menos — respondeu Brad.

Ele sabia estar exigindo muito de Page, e, no lugar dela, ele não teria concordado. Embora esperasse isso dela.

— Parece ser bastante fácil pra você. E quer que eu olhe pro outro lado? É isso? — perguntou Page, querendo saber como ele podia pedir isso a ela.

— Eu não sei o que fazer, Page. Você tem que descobrir.

Dessa vez, ele foi quase rude. Ele não queria pôr em risco seu relacionamento com Stephanie, e, ao mesmo tempo, pelo menos até decidir o que queria exatamente, parecia pretender manter seu casamento. Era como se fosse um bom negócio para ele, e Page ficou furiosa que Brad pedisse para ela concordar com isso. Mas, no momento, não havia escolha, e ela sabia disso. Não conseguiria lidar com a separação de Brad, o acidente de Allie e as reações de Andy a tudo isso, sem mencionar as suas próprias. Porém, não importa o que fizesse, ela sabia que estaria pensando no que a esperava no futuro. E, no momento, nada parecia agradável ou fácil.

— Se você estiver me pedindo permissão, eu não vou dá-la a você — disse ela, friamente. — Você tem o direito de esperar isso de mim. Você não teve a minha permissão antes, e fez o que quis. Mas eu não vou tornar as coisas fáceis pra você, dizendo que por mim está tudo bem. Não está. E, mais cedo ou mais tarde, você vai ter que conviver com as conseqüências dos seus atos.

De certo modo, era sorte deles terem coisas mais importantes com as quais lidar agora, e ele poderia continuar sem precisar enfrentar o que fizera com seu casamento. Mas, eventualmente, não importa o que acontecesse com Allie, teriam que enfrentar a situação, e ambos sabiam disso. Era isso que apavorava Brad e deprimia Page, enquanto permaneciam do lado de fora da UTI do Hospital Geral de Marin.

Ele fitou-a demoradamente, sem saber com certeza o que dizer, e depois olhou para o relógio. Precisava desesperadamente de uma saída. Isso tudo havia sido demais para ele, suas emoções falavam muito alto, e a realidade era aterrorizante. Suas vidas haviam-se modificado num piscar de olhos, e ele ainda não absorvera totalmente tudo o que se passara.

— Podemos falar disso alguma outra hora. Preciso voltar ao escritório.

— Onde vai estar, caso eu precise de você? — disse ela, friamente.

Ele se estava afastando de todas as formas possíveis dela, de Allie, do hospital, que era tão deprimente para ambos, e de ter que enfrentá-la, agora que ela sabia sobre o caso. Ele estava simplesmente dando o fora e voltando ao escritório para se esconder... e a Stephanie, para ser consolado. Page de repente se pegou imaginando como era ela.

— Como assim, "onde vai estar"? — indagou ele, descontente. — Acabei de dizer. No escritório.

— Só pensei em perguntar, caso você saísse para algum lugar.

— Ele sabia exatamente o que ela queria dizer, e enrubesceu, lutando contra um momento de embaraço e de raiva. — Se for sair, deixe um recado no balcão da UTI de onde posso encontrá-lo.

— É obvio — disse ele, friamente.

Ela quis perguntar se ele passaria a noite em casa, mas de repente descobriu que não desejava perguntar-lhe mais nada. Não queria ouvir as mentiras, não queria discutir mais, nem insultá-lo, nem ouvir a complacência e a defensiva na voz dele. Sentia-se completamente exaurida pela conversa.

— Ligo pra você mais tarde — disse Brad.

Em seguida, saiu apressado, enquanto ela o observava desaparecer no corredor. Sentia tantas coisas ao olhar para ele. Raiva, tristeza, confusão, mágoa, traição, fúria... fúria... pavor... e tanta solidão.

Então voltou a ver Allyson, e às três horas foi à Escola Municipal de Ross para buscar Andy. Era um alívio voltar à velha rotina, estar com ele, apoiá-lo e levá-lo a lugares familiares. Ficou com ele toda a tarde e depois deixou-o na casa de Jane Gilson para o jantar. Brad ficara de pegá-lo mais tarde, a caminho de casa, vindo do trabalho.

— Vejo você de manhã — disse ela, beijando-o, grata pelo doce cheiro do seu corpo, pela maciez de seus cabelos e pelos seus dois bracinhos em volta do pescoço dela, ao beijá-la. — Te amo.

— Também te amo, mamãe. Dê um beijo na Allie por mim.

— Está bem, querido.

Agradeceu a Jane Gilson novamente, e a vizinha a admoestou, como Trygve o fizera, para não exagerar.

— O que acha que devo fazer? — perguntou Page, irritada. — Ficar em casa e assistir à televisão? Dadas as circunstâncias, como posso estar em algum outro lugar que não seja lá?

— Eu sei, mas seja razoável. Tente não se desgastar totalmente.

Mas era tarde demais para isso, todos sabiam. O motor de Page já estava rateando, mas agora ela não tinha escolha. Precisava estar com Allie.

Chegou de volta ao hospital às sete e quinze. Sentou-se ao lado de Allyson na UTI o mais que pôde e em seguida foi para o corredor. Sentou-se numa cadeira dura e recostou a cabeça contra a parede, com os olhos fechados. Ficou ali por um longo tempo, simplesmente esperando que a deixassem entrar outra vez. Não se deve permanecer na UTI o tempo todo, os médicos tinham muito o que fazer, e a maioria dos pacientes estava doente demais para receber visitas.

— Parece desconfortável.

Page ouviu a voz de Trygve sussurrar a seu lado e abriu vagarosamente os olhos, sorrindo, para vê-lo. A essa altura ela estava exausta, o dia fora interminável, e Allyson não tinha melhorado nem ficado consciente após a operação. Os médicos, porém, procuravam por sinais importantes que indicassem maiores complicações cerebrais. Mesmo em coma, Allyson era constantemente avaliada. E, até o momento, as coisas não tinham melhorado.

— Como foi o seu dia? — perguntou ele, sentando-se na cadeira junto dela.

O dele também não fora fácil. Chloe sentia muitas dores, apesar dos medicamentos.

— Nenhuma maravilha. — E então lembrou-se dos recados na secretária eletrônica. Enchiam toda a fita, e isso a surpreendeu. — Você recebeu tantos telefonemas de garotos quanto eu?

— Provavelmente — disse ele, com um sorriso. — Um bando deles veio até aqui depois da hora das aulas, mas não os deixaram entrar na UTI. Creio que alguns também tentaram ver a Allie, mas as enfermeiras não deixaram, é claro.

— Provavelmente irá fazer bem a elas... uma vez que melhorem. — "Se melhorarem", pensou ela. Quando melhorarem... ou talvez nunca. — A notícia deve ter-se espalhado como um relâmpago na escola.

E todos estavam arrasados por Phillip Chapman.

— Um dos garotos me disse que alguns repórteres apareceram na escola, para falar com outros rapazes sobre o Phillip Chapman, sobre o tipo de rapaz que ele era. Era a grande estrela do time de natação, tirava notas ótimas, o rapaz perfeito. Acho que isso melhora a história.

Ele balançou a cabeça, pensando, juntamente com Page, que qualquer uma de suas filhas poderia ter morrido facilmente como Phillip.

Saiu uma matéria com destaque no jornal naquele dia, sobre o acidente, com fotos e histórias a respeito de cada um dos quatro jovens envolvidos. O foco principal tinha sido, é claro, Laura Hutchinson, e sua tristeza pela morte de Phillip Chapman. Ela se recusara a dar entrevista, mas havia uma foto comovente dela e várias declarações dos assessores do senador. Explicaram que a Sra. Hutchinson estava abalada demais com o incidente para fazer qualquer comentário oficialmente. Como mãe, ela compreendia perfeitamente a dor dos Chapmans e as aflições dos pais dos jovens acidentados. Em suma, o artigo limpou o nome dela, e, embora não o dissesse abertamente, conseguiu de alguma forma inferir que, embora o jovem motorista não estivesse legalmente bêbado, seus amigos estiveram bebendo, de fato. A sensação que se tinha no final era que o acidente fora culpa de Phillip, embora o autor da reportagem nunca o tivesse declarado abertamente.

— Foi muito bem escrito — disse Trygve, calmamente, enquanto conversavam. — Nunca, na verdade, o acusaram de estar bêbado, mas conseguiram de alguma forma passar essa impressão, dizendo ao mesmo tempo que a Sra. Hutchinson é, obviamente, madura, cidadã honesta e excelente mãe. Como é possível ser responsável pela morte de um jovem e a quase morte de outros três?

— Você parece que não acredita neles.

Page parecia preocupada. Não sabia mais no que acreditar. O hospital dissera que Phillip não estava bêbado, e, no entanto, o acidente precisava de um culpado, ou então talvez não fizesse diferença. Saber quem era o culpado não arrancaria, num passe de mágica, Allyson da UTI, e nem consertaria as pernas de Chloe. Não mudaria coisa alguma. A única coisa que poderia eventualmente modificar tudo seriam os processos, e Page não podia sequer pensar nisso agora. A idéia de processar alguém não faria bem algum aos meninos, nem traria Phillip de volta à vida. A idéia de um processo lhe dava nojo. Era tudo confuso demais.

— Não é que eu não acredite neles — respondeu-lhe Trygve —, simplesmente sei como os repórteres escrevem. As insinuações, as mentiras, o modo como se encobrem ou desenvolvem histórias de acordo com suas opiniões. Os repórteres de política fazem isso o tempo todo. Contam somente o que combina com a história que têm em mente, ou com seus pontos de vista, ou com os do seu jornal, não é necessariamente a verdade. É algo destinado a encaixar-se numa idéia preconcebida. Isso poderia estar acontecendo aqui. Além disso, os assessores do Hutchinson estavam fazendo muita propaganda a fim de acobertar a mulher dele e fazê-la parecer bem. Talvez não tenha sido culpa dela, mas poderia, e eles quiseram ter certeza de que ela seria vista como a Boa Samaritana, a Sra. Mãe e Motorista Exemplar.

— Você acha que pode ter sido culpa dela?

— Talvez sim, talvez não. Mas poderia ter sido tanto culpa dela quanto do Phillip. Conversei novamente com a polícia rodoviária e eles ainda afirmam que as provas são insuficientes. No máximo, ambos os carros parecem ter sido igualmente os causadores do acidente. A única diferença é que o Phillip era um garoto e não tinha toda a experiência de motorista dela. Supõe-se que os jovens sejam irresponsáveis atrás de um volante, embora nem todos o sejam. E, por tudo quanto os meninos disseram, o jovem Chapman era um rapaz bem responsável. O Jamie Applegate disse que ele bebera meio copo de vinho e duas xícaras de café amargo. Eu já dirigi tendo bebido bem mais do que isso. Talvez eu não devesse tê-lo feito. Mas ele era bem grandinho, meio copo de vinho não deve tê-lo deixado alto, não depois de duas xícaras de café e ainda por cima com creme. No entanto, a Sra. Hutchinson disse não ter bebido a noite toda. Então ela é mais velha, sóbria, mais conhecida, mais respeitável, mais crescida e, na falta de mais provas, o Phillip começa, de alguma forma, a parecer culpado. Não é muito justo. Acho que é isso o que me incomoda. Os jovens sempre recebem o golpe mais forte, mesmo quando não merecem. Parece particularmente injusto com a família. Por que ele deve ser acusado, se ninguém sabe ao certo de quem é a culpa?

"Falei com o Jamie hoje, e ele jura que não estavam bêbados e que o Phillip estava prestando atenção. Eu queria acusá-lo, a princípio... Queria zangar-me com alguém, e ele era a opção óbvia. Mas não estou tão certo disso agora. E, devo admitir, queria matar o menino Applegate no começo também, por conspirar com a Chloe e fazê-la mentir pra mim, por em primeiro lugar fazê-la entrar no carro. Mas ele me parece um garoto decente, e já falei com o pai dele duas vezes por telefone. O Jamie está arrasado com tudo isso.

Continua insistindo pra ver a Chloe, mas eu acho que é muito cedo. Disse que esperasse alguns dias, e então veríamos.

— Você vai deixar que ele veja a Chloe?

Page estava impressionada com o senso de justiça dele e intrigada por suas suspeitas sobre Laura Hutchinson. Provavelmente, a verdade era simplesmente o que parecia. Um acidente. Sem ninguém para culpar, e com muitos que haviam pagado caro demais por um momento de distração, um olhar na hora errada, um mero movimento da mão no volante, resultando em tragédia. Na verdade, ela não estava zangada com ninguém. Apenas, desesperada para que Allyson sobrevivesse.

Trygve respondeu à pergunta de Page sobre deixar Jamie Applegate ver Chloe:

— Eu acho que vou deixar que ele a veja. Se ela quiser recebê-lo. Vou deixar a cargo dela, quando sentir-se melhor. Ela talvez nem queira vê-lo de novo. Mas ele está tão arrasado com tudo isso que talvez vá fazer bem a ele vê-la, quando estiver um pouco melhor. O pai dele diz que ele está convencido de que elas vão... Ah... — Antes que Trygve falasse, percebeu a dureza de suas palavras e não quis aborrecer Page ainda mais. — Ele teme que elas talvez possam falecer, e se sente culpado por sobreviver. Ele me falou isso, e continuava dizendo que deveria ter sido ele em vez do Phillip... e da Chloe... e da Allie. Aparentemente, ele e o rapaz Chapman há anos eram amigos do peito. O estado dele é terrível.

Ele então voltou-se novamente para Page e, delicadamente, fez-lhe uma pergunta que odiou fazer:

— Você vai ao enterro do garoto Chapman amanhã, Page?

Ela, lentamente, fez que sim. Antes não tinha muita certeza, mas agora achava que realmente deveria ir. Devia isso a eles. Eles tinham perdido o filho. E ela quase perdera Allie. Mas quase não era a mesma coisa, e seu coração doía ao pensar na tristeza que deviam estar sentindo.

— Deve estar sendo horrível pra eles — disse ela, brandamente, enquanto Trygve concordava com a cabeça.

— O Brad vai com você ou você gostaria que eu a levasse? Acho que será de tarde, então as crianças podem ir também. Talvez seja melhor pra você não ir sozinha.

Ele também estava apreensivo, enquanto ela suspirava pensando no absoluto horror de tudo isso e na dor. Ela podia somente rezar para que não precisasse passar por isso com Allie.

— Não sei se o Brad vai, mas duvido.

Ele odiava funerais, e ela sabia que, ao contrário de Trygve, ele era muito veemente em culpar Phillip pelo acidente. Ela duvidava que ele quisesse ir ao funeral com ela, e, na atual circunstância, era ainda menos provável.

— Não sei como se começa a sobreviver a tudo isso — disse ela, num sussurro, tentando não pensar. E então virou o rosto novamente para Trygve, com tristeza no olhar. — Não tenho nem certeza de como se sobrevive a isso. Estou começando a sentir como se toda a minha vida estivesse desabando, e se passaram somente dois dias. Eu não sei... O que se deve fazer? Como se aprende a atravessar alguma coisa como essa sem deixar que todo o seu mundo desmorone?

Havia lágrimas nos olhos dela ao dizer isso. Ele se sentia como um irmão mais velho, ou um velho amigo.

— Talvez não se consiga evitar. Talvez desmorone e você venha catar os pedaços depois.

— Talvez — disse ela, pesarosa, pensando em Brad.

Trygve quase pareceu ler a mente dela com a próxima pergunta.

— Como o Brad está reagindo? Deve ter sido um choque e tanto quando ele soube, em Cleveland.

Por um momento, ela se sentiu tentada a contar-lhe que Brad nunca estivera em Cleveland, mas não lhe pareceu justo. Ela simplesmente balançou a cabeça e ficou em silêncio por um longo momento.

— Ele não reagiu nada bem. Está aborrecido, apavorado e zangado. Ele culpa o Phillip pelo acidente. Mas, de certa forma, acho que me culpa também, por não saber o que a Allie estava fazendo. Ele não disse exatamente, mas insinuou. — Também era um modo de desviar a culpa dele. Era um alívio culpá-la por alguma coisa. — O pior — voltou-se para ele, de repente, com os olhos cheios de lágrimas — é que eu não tenho muita certeza de que ele esteja errado. Talvez seja minha a culpa. Talvez, se eu tivesse prestado mais atenção, se tivesse suspeitado ou questionado, se não tivesse acreditado nela... isso jamais teria acontecido.

Começou então a soluçar abertamente, de exaustão e emoção, e ele colocou o braço sobre os ombros dela.

— Não pode pensar assim, Page. Não tivemos motivo algum para suspeitar delas. Nunca haviam feito nada como isso antes, e não dá pra bancar o policial sempre. Confiamos nelas, isso não é um crime, e a mentira delas também não foi tão terrível assim. Outros jovens já fizeram o mesmo. Só o resultado é que foi terrível, mas como alguém poderia ter sabido?

— O Brad acha que eu deveria.

— A Dana também. Mas é só da boca pra fora. Eles precisam culpar alguém, e nós somos esse alguém. Não pode levar isso a sério. Ele está aborrecido. Provavelmente não sabe o que dizer, nem a quem agredir.

— Talvez — disse ela.

Page permaneceu calada por algum tempo, lembrando-se das estatísticas que sempre lia a respeito do que os acidentes com filhos e suas mortes fazem para destruir um casamento. Se nele houvesse uma rachadura em algum lugar, com certeza se quebraria. E seu casamento aparentemente tinha uma rachadura do tamanho do Grande Canyon.

— Na verdade — disse, mansamente, surpreendendo-o com o próximo comentário —, as coisas entre mim e o Brad não estão indo muito bem.

Ela não estava bem certa do motivo por que lhe estava dizendo isso, mas precisava contar a alguém. Nunca se sentira tão só ou miserável em toda a sua vida, e não havia mais ninguém com quem quisesse conversar. Ela sabia que precisava ligar para sua mãe qualquer dia desses para contar sobre Allie, mas ainda não estava pronta para fazer isso. Ela mesma precisava de tempo para ajustar-se ao que estava acontecendo, antes de contá-lo à sua mãe em Nova York. Era simplesmente mais do que podia suportar no momento. Tudo estava demais, exceto ficar no hospital, sentada junto de Allyson ou conversando com Trygve.

— O Brad e eu...

Começou a pronunciar as palavras e então percebeu que não conseguia prosseguir.

— Você não tem que explicar, Page. — Trygve tentava facilitar as coisas para ela. — Não seria fácil pra ninguém. Eu estava sentado aqui pensando que a Dana e eu jamais teríamos sobrevivido a isso.

Na verdade, ele ainda não conseguia acreditar que, mesmo após lhe ter telefonado, Dana decidira não vir ver a filha. Ela o acusara de negligência, mas não queria voar até San Francisco para ver Chloe. Ela só esperava que Chloe estivesse recuperada o bastante para encontrá-la na Europa no verão. Definitivamente, ela não era nem mesmo uma mãe decente. Ele só conseguia se perguntar como permanecera casado com ela durante vinte anos. Às vezes, ao pensar nisso, parecia um completo idiota, mas também sabia que nos últimos anos permanecera com ela simplesmente para não traumatizar as crianças.

Page tentava explicar o que estava acontecendo com eles.

— Nosso problema não tem nada a ver com o acidente. Só calhou de vir à tona agora, em meio a tudo isso.

Ela estava sendo reticente, mas era óbvio que estava profundamente aborrecida com algo que acontecera com seu marido. Talvez um caso, pensou Trygve, ele tinha muita experiência com essas coisas e com o impacto que isso provocava sobre um relacionamento. Mas não lhe parecia provável. Brad não aparentava ser do tipo infiel.

— Você não pode julgar nada durante uma crise — observou ele.

— Por que não? E se for verdade? E se não for do jeito que pensei durante todos esses anos? E se tudo tiver sido uma mentira?

— Nesse caso, você o saberá depois. Não julgue nada agora. Nenhum de vocês está em condições de pensar direito.

— Como sabe disso? — perguntou ela, preocupada.

Tinha muita coisa para pensar, e de certa forma o hospital era um ótimo lugar para isso.

— Tenho muita experiência com relacionamentos difíceis — explicou Trygve — e com coisas que não são exatamente o que parecem ser. Acredite em mim, sei do que estou falando. E também sei que tudo está de pernas pro ar agora. Não podem culpar um ao outro pelo que fazem ou dizem, nem pelo modo como reagem. Olhe pra você, está exausta, não tem comido decentemente e nem dormido em dois dias. Sua filha quase morreu. Você está completamente traumatizada. Quem não estaria? Eu estou... O Brad também está... Nossos outros filhos estão... Você realmente confia em suas próprias reações nesse momento? Que diabos, tenho medo até de fazer as compras, eu provavelmente pediria comida de passarinho para o cachorro, e comida de cachorro para as crianças. Ouça... Se dê um tempo. Tente não pensar em nada neste momento. Tente apenas atravessar tudo isso.

— Não sabia que fazia aconselhamento de casais.

Ela sorriu, e ele gargalhou.

— Só conheço o pior dos casos. Se algo de bom acontecer, não me consulte.

— Foi tão ruim assim?

Por algum motivo, sentiam-se como velhos amigos agora, e ele ainda mantinha seu braço sobre os ombros de Page.

— Pior. — Mas sorriu ao dizer. — Acho que provavelmente tivemos o pior casamento de toda a história. Creio que finalmente superamos, mas me fez ter um medo danado de tentar de novo.

Ela se lembrou do que Allyson dissera na tarde de sábado, que ele nunca saía com ninguém, e Page teve pena dele. Era um homem muito atraente, inteligente e bom.

— Talvez só precise de mais tempo — disse ela, com simpatia.

— É, talvez uns quarenta ou cinqüenta anos. — Ele riu alto. — Não tenho pressa pra cometer os mesmos erros novamente, nem para infernizar a minha vida e a de meus filhos. Enquanto isso, estou indo bem devagar. Eles merecem algo bem melhor do que tiveram, e eu também. Só é fácil encontrar.

— Talvez, quando parar de ter medo, encontre mais facilmente — disse ela, com delicadeza.

— Talvez, mas não me sinto sufocado. Estou feliz assim, e os meus filhos também. Isso é tudo pra mim, Page. É bem melhor estar só do que com a mulher errada.

— Pode ser. Não sei. Estou casada com o mesmo homem desde os vinte e três anos. Sempre pensei que tudo fosse perfeito, e de repente o chão se abriu sob os meus pés. Não sei o que pensar, e nem com quem estou casada. As coisas se complicaram bastante. E tudo em questão de dias, horas, minutos.

— Lembre-se do que eu disse — avisou-a novamente. — Não julgue nada em meio a uma crise.

— Talvez não — disse ela, com calma, surpresa por estar disposta a contar-lhe tanto sobre sua vida.

Mas o que ouvira de Brad a deixara completamente abalada, ela precisava falar com alguém, e confiava em Trygve. Não sabia exatamente por quê, mas confiava, implicitamente. Nas últimas horas, ele tinha estado ali como nenhum outro amigo estaria. Até Brad a deixara na mão. Mas Trygve não, e, com ou sem crise, ela sabia que jamais se esqueceria disso.

Já era então quase meia-noite. Haviam conversado muito e ido à UTI várias vezes para ver o estado de Allyson e de Chloe. Chloe estava dormindo, e Allyson permanecia inconsciente. Trygve estava pensando em ir para casa, quando o médico residente veio procurar Page e explicou-lhe que Allyson estava tendo complicações. O inchaço do cérebro que temiam começara a acontecer, e ela sofria grande pressão na ferida e no crânio. Esse era o "terceiro ferimento" do qual haviam falado, e o residente explicou que temiam coágulos sangüíneos.

Trygve se ofereceu para permanecer no hospital com ela, o chefe da equipe cirúrgica veio, e Allyson começou a enfrentar mais dificuldades. Com o inchaço, sua pressão sangüínea subira e seu pulso diminuíra, e o doutor não gostou do modo como ela estava à uma hora da manhã, ela parecia que não iria sobreviver. Page não conseguia acreditar no que estava acontecendo. Há apenas uma hora atrás, suas condições eram estáveis... Mas, por outro lado, há dois dias ela era uma pessoa normal. A vida tinha um jeito de dar uma guinada de 180 graus sem sequer avisar.

Quando o restante da equipe cirúrgica chegou, Page já tentara ligar para Brad várias vezes, mas a secretária eletrônica estava ligada e ele não atendia. Finalmente, desesperada, ela pediu a Trygve que telefonasse para Jane Gilson, a fim de que a vizinha fosse acordar Brad. Ela poderia ficar com Andy para Brad sair. Mas, quando Trygve voltou do telefonema, simplesmente balançou a cabeça e deu o recado de Jane. Brad nem sequer viera apanhar Andy. O menino estava dormindo profundamente na cama dela, e ela não fazia a menor idéia de onde Brad estivesse. Ele não telefonara.

— Não telefonou?

Page ficou pasma. Como ele pôde fazer isso agora, com tudo aquilo acontecendo, e depois de tudo o que ele dissera? Em que é que ele estava pensando, em sua vida sexual ou em sua filha?

— Ela disse que ele não deu nem uma ligada sequer. Eu sinto muito, Page.

Ele tomou a mão dela na sua e viu então que suas suspeitas estavam provavelmente certas. Brad Clarke estava possivelmente tendo um caso, ou então talvez só estivesse bebendo, para aliviar a tensão. E o momento escolhido era, com certeza, péssimo. Trygve teve pena de Page, que parecia estar assumindo esta responsabilidade inteiramente só. Mas nada mais o surpreendia. Ele tinha visto e vivido tudo aquilo com Dana.

— Não se preocupe — assegurou-lhe, enquanto esperavam que os médicos avaliassem Allie. — Ele vai aparecer. E não há nada que ele possa fazer aqui mesmo. Nenhum de nós pode. — Mas ele poderia ter estado lá, como ela, e como Trygve estava por causa de Chloe. — Você sabe, Page, nem todos conseguem lidar com isso. Eu costumava adoecer só de pensar em hospitais.

— Então, o que fez você mudar?

— Meus filhos. Eu precisei fazer isso por eles, porque a Dana jamais o fez. O Brad tem você, então ele sabe que a Allie está em boas mãos.

Ele sorriu-lhe gentilmente, dando a Brad as desculpas que ele não merecia e Page sabia disso. E quem estava lá para apoiá-la? Se Trygve não tivesse ficado, ela estaria só. Page presumiu que Brad estivesse com a namorada. Mas ainda não sabia onde encontrá-lo.

Os médicos voltaram, por fim, e conversaram com eles. Por algum motivo, Allyson se estabilizara novamente, mas ainda era claro que corria perigo. O inchaço do cérebro não era bom sinal, e poderia ser indicação de mais ferimentos, ou conseqüência da cirurgia do domingo. Era difícil dizer, mas não queriam levantar falsas esperanças. Os médicos achavam que agora as chances de Allyson eram mínimas.

— Vocês querem dizer *agora?* — disse Page, apavorada. — Esta noite?

Era isso o que queriam dizer? Que ela estava prestes a morrer... Oh, Deus, não... Por favor!

Assim que permitiram, Page correu para vê-la e sentou-se silenciosamente ao lado da cama, enquanto lágrimas escorriam por seu rosto e ela segurava a mão da menina, como se apertá-la firmemente a impedisse de partir, ou de finalmente deixá-los, depois de tudo o que haviam passado.

Deixaram que ficasse com ela naquela noite, e Page nem se movia, só ficava lá, sentada, segurando a mão da filha, observando seu rosto e rezando..

— Eu te amo — sussurrava, de vez em quando. — Eu te amo.

Como se estivesse determinada a fazer Allie ouvir.

Ao nascer do sol, o inchaço do cérebro não havia piorado, e ela continuava a respirar com o auxílio das máquinas. Não tinha melhorado, mas ainda continuava com eles. Tudo poderia mudar em questão de instantes, e sugeriram que Page se mantivesse em contato, caso fosse para casa, mas asseguraram-lhe que, ao que lhes parecia, no momento Allyson não corria perigo imediato. Além disso, ela estava completamente dopada a fim de combater os efeitos da operação.

Eram seis e meia da manhã quando Page deixou a UTI, após beijar carinhosamente a filha; ao sair do quarto, cada centímetro do seu corpo estava duro e dolorido. Ficou surpresa ao ver Trygve à sua espera. Ele estava dormindo numa cadeira, depois de horas sem se mexer. Quis estar ali com ela, caso Allyson morresse, e Brad não havia sequer telefonado. Ele era um tremendo imbecil, pensava Trygve, mas nunca diria isso a Page. Trygve estava, assim como Page, agradecido por Allie ter passado mais uma noite, e por ela própria ter sobrevivido a mais um desastre.

— Vamos, vou levá-la pra casa. Você pode deixar o seu carro aqui. Trago você de volta mais tarde.

— Posso pegar um táxi, se precisar — disse ela, agradecida.

Estava cansada demais para caminhar ou dirigir sozinha. Seguiu-o então em direção ao carro dele, parado no estacionamento, aliviada por Allyson ter sobrevivido mais uma noite. Se pelo menos ela vivesse, disse Page a si mesma, ao sentar-se no banco da frente do carro. Se pelo menos eles a pudessem fazer viver.

— Você é muito corajosa — disse Trygve, debruçando-se e beijando-lhe o rosto.

Ele apertou-lhe os ombros, deu-lhe uns tapinhas na mão e então ligou o carro.

— Tive tanto medo, Trygve... Quis fugir e me esconder — confessou ela.

Tudo era muito pior do que imaginara, pior do que o pior dos pesadelos.

— Mas não fugiu. E ela sobreviveu. É só dar um passo de cada vez — disse ele, sabiamente, enquanto a levava para casa.

Ao chegarem, olhou para ela e viu que estava em sono profundo. Odiou ter que acordá-la. Sacudiu-a gentilmente, ela virou-se e então fitou-o com um sorriso lento.

— Obrigada... por ser tão bom amigo.

— Gostaria que tivéssemos ficado amigos em outras circunstâncias — disse ele, com pesar. — No time de natação, por exemplo, ou por causa do mural. — Então lembrou-se. — Você ainda quer ir ao funeral do Phillip hoje? — perguntou-lhe, de repente.

Ela fez que sim. A essa altura, já estava certa de que Brad não iria com ela.

— Pego você às duas e quinze. Tente dormir um pouco até lá. Você está mesmo precisando.

— Farei o possível.

Ela tocou-lhe a mão e saiu, e ele a observou abrir com a chave a porta da frente e entrar. Não havia ninguém lá, e eram sete horas da manhã.

Trygve acenou e partiu, enquanto Page fechava calmamente a porta, imaginando o que dizer a Brad quando o visse. Parecia não haver mais nada a dizer, a não ser adeus. Ou será que já haviam dito?

Capítulo 7

*E*ram sete horas da manhã, e Page permanecia de pé na sala de estar, tentando decidir se iria para a cama ou até a casa de Jane Gilson, ao lado, pegar Andy. Estava morta de cansaço e precisando desesperadamente dormir, mas sabia que Andy também precisava dela. Então lavou o rosto, penteou o cabelo e em seguida ouviu os recados na secretária do telefone da cozinha. Não havia nenhum de Brad, o que de repente a deixou furiosa. Como ele pôde fazer isso agora, com Allyson à beira da morte? E o que havia de errado com Stephanie, que o deixava fazer isso?

Page foi à casa da vizinha buscar Andy e o encontrou tomando café com Jane. A televisão estava ligada e Jane estava cantando e preparando *waffles* fresquinhos.

— Que sortudo! — disse Page, exausta.

Beijou a testa do filho e sorria para Jane. A amiga notou, então, que as áreas escuras sob os olhos dela estavam mais profundas.

— Como é que tá a Allie? — perguntou Andy, imediatamente.

Page hesitou por um momento. Foi preciso lutar contra as lágrimas antes de responder. De repente, não conseguia pronunciar as palavras. Ela quase morrera naquela noite, mas graças a Deus que não. Jane a viu se engasgar com as palavras e tocou seu ombro, ao passar para buscar-lhe uma xícara de café.

— Ela está bem — respondeu Page. Então voltou-se para Jane e disse baixinho, enquanto Andy se servia de mais *waffles*: — O cérebro dela inchou depois da cirurgia e ela teve muita dificuldade em respirar.

— Ela vai *morrer?* — perguntou Andy, arregalando os olhos.

Page sacudiu a cabeça. Pelo menos não tinha morrido, e eles ainda rezavam para que isso não acontecesse.

— Espero que não.

Andy permaneceu em silêncio, enquanto absorvia o que lhe fora dito, e então fez à sua mãe uma pergunta difícil.

— Cadê o papai? Ele nem veio me buscar ontem à noite.

— Acho que ele ficou preso no escritório, e você já estava dormindo quando ele chegou. Então ele não quis acordar você.

— Ah. — Andy pareceu aliviado. Sentira o medo deles na noite passada e não gostara daquilo. O acidente de Allie mudara tudo. De repente, nada lhe parecia seguro, as pessoas que amava estavam todas apavoradas, aborrecidas e zangadas. — Posso ver a Allie hoje?

— Ainda não, querido.

De modo algum Page o deixaria vê-la. Sem cabelo, com bandagens na cabeça e nos olhos, tubos e máquinas por toda a parte, o cheiro da morte e o medo implacável à sua volta. Era uma cena assustadora para qualquer um, especialmente para uma criança de sete anos.

— Quando ela melhorar. Quando acordar... — disse ela, lutando contra as lágrimas novamente.

Dessa vez, precisou virar-se de costas, para que ele não visse, e Jane colocou o braço sobre os ombros dela.

— Você precisa dormir, mais do que qualquer coisa. Por que não vai pra cama, e eu levo o Andy à escola hoje?

Mas ele pareceu desanimado com a sugestão. Não fazia idéia do quanto ela estava cansada, ou de como eram assustadoras as coisas no hospital. E ele queria a mãe perto dele.

— Eu estou bem. — Page respirou fundo e então tomou um

longo gole de café. — Estarei da volta em poucos minutos e, depois, posso ir pra cama.

Page já se prometera dormir até a hora em que Trygve viesse buscá-la para o funeral. O hospital sabia onde encontrá-la caso houvesse algum problema. E ela precisava desesperadamente dormir, sentia-se incapaz de dar um passo. Precisou lutar para permanecer acordada até a Escola Municipal de Ross, e dirigiu bem devagar. Assim que chegou em casa, verificou a secretária eletrônica novamente. Nenhuma ligação de Brad. E era cedo demais para telefonar para o escritório.

Era difícil de acreditar que ele se atrevera a passar a noite toda fora de casa sem sequer ligar. Mas o que ele teria dito? Sinto muito, estou passando a noite com a minha namorada. O que a intrigava, contudo, era o quão longe as coisas tinham ido em tão poucos dias. Toda a vida de casados e o relacionamento deles havia desmoronado.

Às oito e quinze, Page estava deitada, e embora a princípio se revirasse à luz do dia, pensando em Allyson e no terror da noite anterior, às oito e meia seu corpo havia subjugado o cérebro e ela dormia como uma pedra sobre a cama, sem ter trocado de roupa. Ficou em sono profundo até depois do meio-dia, quando foi acordada pelo persistente toque do telefone. Ao perceber o que era, Page saltou da cama, assustada, pensando ser o hospital ligando a respeito de Allie.

— Sim?

Sua voz era quase um gemido, mas não era do hospital. Era a mãe de Page.

— Meus Deus, o que há de errado com você? Está doente?

— Não, mãe... Eu... Eu estava dormindo.

Havia tanto para explicar, e seria tão difícil comunicar tudo à sua mãe.

— Ao meio-dia? Isso não é comum. Você está grávida?

— Não, não estou. Fiquei acordada até tarde...

Com a sua neta, que quase morreu. De repente, sentiu-se culpada por não ter ligado antes.

— Você não me ligou de volta no fim de semana. Disse que ligaria.

Ela adorava reclamar, amava fazer o papel de vítima. Sempre

dizia que Page a negligenciava, mas na verdade era muito mais chegada à irmã mais velha de Page, Alexis, que morava em Nova York e passava muito tempo com a mãe.

— Tenho estado muito ocupada, mãe. — Como é que se começa a dizer essas coisas? Ela fechou os olhos e lutou contra as emoções. — Allyson sofreu um acidente no sábado à noite.

— Ela está bem?

Sua mãe parecia surpresa. Nem ela podia esquivar-se destas palavras ou da força nela contida. Ela era uma mulher basicamente inteligente, que escondia de todos esse fato e que vivia num mundo de fantasias.

— Não, não está. Está em coma. Sofreu uma cirurgia cerebral no domingo. Não sabemos o que vai acontecer. Sinto muito não lhe ter telefonado antes, mãe. Simplesmente não sabia o que dizer, e eu queria esperar até que as coisas melhorassem.

— Como está o Brad?

Page estranhou a pergunta.

— O Brad? Está bem, ele não estava no acidente. Ela estava com uma turma de jovens.

— Isso deve estar sendo muito difícil pra ele.

Era tão típico dela, focalizar a atenção nele, e não na própria filha, ou na sobrevivência de Allie, mas sim em Brad. Se não a conhecesse bem, Page teria pensado que sua mãe não teria ouvido direito.

— Está sendo difícil pra todos nós. O Brad, eu, o Andy... a Allie...

— Ela vai ficar boa?

— Ainda não sabemos.

— É claro que vai. Essas coisas parecem terríveis no começo, mas as pessoas vivem sobrevivendo a acidentes. — Oh, Deus. Era típico. Sempre fugindo da realidade, a qualquer preço. As coisas não haviam mudado. Mas, talvez, sem vê-la fosse difícil entender as condições de Allyson. — Li algumas histórias extraordinárias sobre ferimentos na cabeça, e pessoas em coma, e elas simplesmente escapam disso. Ela é jovem. Vai ficar bem.

Sua mãe parecia tão segura, Page só queria poder acreditar nela.

— Espero que sim — disse Page, lânguida, olhando para o

chão, imaginando como alguém conseguia se comunicar com a sua mãe. Nada mudara desde os seus quatorze anos. Sua mãe ainda ouvia e acreditava somente no que queria, e em mais nada, não importava o que se lhe dissesse. — Vou mantê-la informada.

— Diga a ela que eu a amo — disse, com firmeza, Maribelle Addison. — Dizem que as pessoas em coma ouvem tudo. Você tem falado com ela, Page?

Page balançou a cabeça, enquanto lágrimas começaram a escorrer-lhe pelo rosto. É claro que conversava com ela... Lhe dissera o quanto a amava... Implorara para que não morresse e os deixasse...

— Sim — sussurrou, com voz rouca.

— Bom. Então diga a ela que a vovó e a tia Alexis a amam. — E então, como se já fosse esquecendo: — Você quer que vamos até aí?

Elas faziam quase tudo juntas. Mas Page respondeu sem hesitar. Era só o que faltava.

— Não!... Eu ligo, se precisar.

— Faça isso, querida, ligo pra você amanhã.

Era como se estivesse marcando encontro para jogar cartas. Era impressionante, ela estava completamente otimista, inteiramente confiante em que Allyson fosse ficar boa, não estivera nem por um momento apavorada pelas possibilidades. Como de costume, não ofereceu consolo algum, conforto algum e nem apoio algum à sua filha caçula.

— Obrigada, mãe. Eu ligo, se algo acontecer.

— Faça isso, querida. A Alexis e eu vamos fazer compras amanhã. Eu telefono quando voltarmos. Dê lembranças ao Brad e ao Andy.

— Darei.

Elas desligaram, e então Page sentou-se, de olhos fixos no chão, por um longo tempo, tentando não se lembrar de como era morar com ela... com elas... todas as mentiras e a infelicidade... e a eterna fuga da realidade. Alexis era perfeita nisso. Jogava o mesmo jogo que a mãe. Tudo era ótimo o tempo todo, ninguém jamais fazia nada de errado, e, se fizesse, ninguém jamais mencionava. A maré estava sempre calma, suas vozes jamais se erguiam, enquanto por dentro estavam todas se afogando. Page quase se afogara. Ela mal pôde esperar para sair de casa. Mudou-se logo que começou na escola de artes. Elas não queriam que saísse, e se recusaram a custeá-la, mas Page trabalhara como autônoma e como garçonete num restaurante à noite, só para que pudesse pagar as despesas. Teria feito qualquer coisa para sair de lá. Sua sobrevivência dependia disso, e ela o sabia.

Ela estava tão envolvida pelos próprios pensamentos que nem sequer o ouviu entrar, e ele nem ao menos a viu. Brad estava cruzando a sala quando ela se mexeu, e ambos pularam quando se viram.

— Pelo amor de Deus!... — gritou ele, quando seus olhos se encontraram. — Por que você não disse alguma coisa?

— Eu não sabia que você estava aí. Veio pro almoço? — indagou ela, com frieza.

Ainda estava sentada na cama, com as roupas amarrotadas e o cabelo despenteado. Mas aparentava estar melhor e mais descansada do que de manhã cedo.

— Só passei pra deixar algumas coisas.

Ele tinha o olhar vago, ao entrar no banheiro e colocar a camisa na cesta.

— A roupa suja de ontem? Quando vai precisar dela? Ou veio em casa buscar uma camisa limpa, pra poder passar fora também esta noite? — Na voz dela havia raiva e veneno. — Não acha que poderia pelo menos ter ligado? Ou estamos deixando de lado toda a farsa de casamento?

— Você não estava em casa mesmo. Que diferença faz?

Ele de repente parecia ter ficado tão insensível que ela gostaria de espancá-lo.

— Você poderia ter ligado para a UTI, ou para a Jane. O Andy ficou te esperando. Ele pensou que você tivesse sofrido um acidente também. Ou você também não se importa mais com ele? A Allyson quase morreu na noite passada.

Ela fez com que ele recebesse um disparo de cano duplo. E ele pareceu ter sido apropriadamente atingido.

— Ela está bem?

— Está se agüentando. Mas muito mal.

Brad olhou para ela, então, sentindo-se miserável. Só quisera esquecer tudo por uma noite. Fora um alívio estar longe do hospital, de Page e até de Andy.

— Acho que esqueci de ligar.

Era uma desculpa horrível, e ele sabia disso.

— Gostaria de poder esquecer também. Talvez você seja um cara de sorte.

Page falava com tristeza. Ela não podia fugir de nada daquilo e nem gostaria de tê-lo feito. E, há três dias atrás, não teria fugido dele tampouco. Agora, tudo era diferente.

— Não pode simplesmente apagar tudo isso, Brad. Está acontecendo de verdade, e você precisa enfrentar. Como teria se sentido, se ela tivesse morrido ontem à noite?

— Como acha que me sentiria?

Ele parecia sério ao olhar para ela.

— O Andy também precisa de você. E talvez você precise estar com a Allyson. Se alguma coisa acontecer...

Ela não poderia estar em outro lugar, mas Brad não concordava com ela.

— Ficar com a Allyson não vai mudar nada — disse ele, em defensiva. — Ela vai viver ou morrer, quer eu esteja lá ou não. Isso me perturba, e talvez tentar arrastá-la de volta a todo custo não seja a solução.

— O que você está me dizendo? — Page parecia horrorizada. — Está dizendo que deveríamos deixá-la morrer?

Page queria gritar, só de ouvi-lo falar. O que havia acontecido com ele? O que estava dizendo?

— Estou dizendo que quero a Allie de volta. A *Allie.* A garota que ela era e na qual teria se tornado, se isso não tivesse acontecido. Bonita, forte, inteligente, capaz e apta a fazer qualquer coisa que quisesse. Você *quer* mesmo que ela sobreviva, se for para ser menos do que isso? Você realmente quer uma filha com problemas cerebrais para cuidar pelo resto da vida? Você quer isso pra ela? Porque eu não quero. Preferiria deixá-la ir, se é isso que ela vai ser. E sentar lá, observando-a enquanto seu cérebro incha e o aparelho respira por ela, não vai fazer diferença coisa nenhuma. Fizemos tudo o que podíamos. Agora só podemos esperar. E esperar aqui ou lá não vai fazer diferença alguma pra ela.

Mas e se fizesse? E se ela soubesse que eles estavam lá com ela? Page ficou enojada com tudo o que ele dizia.

— O Andy precisa de você tanto quanto ela. Ou isso também é muito pra você?

Ela não estava sendo misericordiosa com ele, mas nesse momento, aos olhos dela, ele não merecia. Ele estava abandonando a todos eles, e por razões totalmente egoístas.

— Talvez tudo isso seja demais pra mim. Será que já lhe ocorreu isso? — perguntou ele, dando um passo novamente na direção dela.

Agora, ele odiava vê-la, tudo sempre se convertia numa discussão, numa repreensão ou numa série de acusações.

— Me ocorreu que você está se favorecendo e tomando algumas péssimas decisões. O tempo não parou só porque você quer, Brad. Este não é um "intervalo" enquanto você resolve a sua vida sexual. A Allie precisa de você, não importa o que pense sobre as condições dela no futuro. Ela precisa ainda mais de você por causa disso. E o Andy também. O pobre menino está morrendo de medo, ele está vendo a família desmoronar diante de seus olhos, sabe que a irmã pode morrer, não sabe onde você está, e de repente ele está morando com os vizinhos.

— Então talvez você precise vir pra casa de noite — disse Brad e ficou pasmo quando Page se levantou e deu alguns passos na direção de onde ele estava.

— Deixa eu te dizer uma coisa, Brad. Eu não vou me separar da Allie mais do que o necessário, até nós sabermos se ela vai sobreviver, ou então até ela morrer. E se morrer... — Lágrimas encheram os olhos de Page ao dizer essas palavras, mas sua voz não hesitou. — Vou estar lá com ela, segurando sua mão e abraçando-a, quando deixar este mundo, exatamente como fiz quando ela entrou nele. Não vou ficar em casa, nem com você, a menos que esteja no hospital também, e nem mesmo com o Andy. Mas, pelo menos, eu não estou com nenhuma vagabunda, sei lá onde, tentando fingir que nada disso está acontecendo.

Afastou-se dele então. Ela não conseguia olhar mais para a cara dele, cuja expressão denunciava que ele já os havia abandonado.

— Page. — Ela virou-se para encará-lo, quando ouviu, surpresa, o choro em sua voz. Ele jogou-se numa cadeira e segurou o rosto nas mãos. — Não consigo suportar vê-la daquele jeito. É como se já tivesse partido... Não consigo.

Page não compreendia o que o fazia pensar que tinha escolha. Ela também não conseguia. Mas sabia que precisava suportar. Por Allie.

— Mas ela não se foi — disse Page, brandamente, tentando consolá-lo, mas com medo de se aproximar. Havia tanta coisa entre eles agora, tanta dor, perda e decepção. Ela não confiava nem acreditava mais nele. Ela mal sabia quem ele era agora. — Ela ainda tem uma chance, Brad. Você não pode desistir, até que ela o faça.

— Ela estará melhor morta do que vegetando, Page, e você sabe disso.

— Não diga isso! — gritou ela, com veemência.

Ela nunca desistira com facilidade, e não conseguia entender a atitude dele agora. Era como se quisesse a saída mais fácil, até para Allie, mesmo que isso significasse perdê-la, ou desistir. Page simplesmente não podia fazer isso.

— Eu não sei... — continuou Brad, demonstrando culpa por tudo o que sentia. Mas simplesmente não conseguia evitar. — Quando eu a vi, não consegui imaginá-la saindo de tudo isso, e não quero vê-la vegetando o resto da vida... As coisas que são ditas sobre... sobre comas... e espasmos... e perda de habilidades motoras... cérebro... prosencéfalo... base cerebral... Como você pode ouvir tudo isso e ainda achar que ela vai voltar a ser uma pessoa normal?

— Por que ainda há esperança pra ela. Talvez não vá ser fácil... Talvez não se recupere totalmente... Que diabos, talvez ela nem sequer sobreviva, mas, se sobreviver... — Seus olhos se encheram de lágrimas novamente. — Mas, se sobreviver... precisamos ajudá-la.

Ele olhou para Page em desespero, chorando mansamente.

— Não consigo... não consigo fazer isso, Page...

Ele estava desesperadamente amedrontado, e Page sabia disso. Veio, então, ficar de pé ao seu lado e colocou seus braços ao redor dele, enquanto ele recostava a cabeça nela. Ela alisou-lhe os cabelos com delicadeza. Desejaria que nenhum dos dois tivesse ido tão longe no caminho da destruição. No entanto, assim como o acidente não podia ser apagado para Allie, isso não podia ser apagado.

— Tenho tanto medo — sussurrou ele, ao recostar a cabeça sobre o peito dela. — Não quero que ela morra... Mas não quero que viva daquele jeito, Page... Não agüento nem ver... Sinto muito sobre ontem à noite... Não deveria ter desaparecido daquela maneira... Mas simplesmente não pude enfrentar.

Ela fez sinal com a cabeça, compreendendo como ele se sentia, mas isso não tornava as coisas mais fáceis para ela. Ele quis, e fugiu de tudo. Com isso, deixou-a sozinha para enfrentar o pesadelo que era ajudar Allie.

— E se ela morrer?

Ele ergueu para Page seus olhos angustiados, e ela respirou fundo, enquanto pensava e tentava enfrentar a situação.

— Eu não sei — respondeu ela, brandamente. — Ontem à noite, pensei que ela fosse morrer... Mas não morreu. Temos mais um dia... mais uma hora... Só precisamos rezar.

Ele concordou com a cabeça, desejando ter a mesma força. Ele ainda queria fugir, e Stephanie tornava tão fácil para ele fazê-lo. Ela sentia pena dele e deixava que se refugiasse do horror que se estava passando com a filha. Ela o fazia pensar que não poderia mesmo ajudar. Ele lhe dissera que Page era boa em lidar com isso, e Stephanie o induzira a deixar que ela o fizesse. Mas, ao ver Page lutando contra a dor, sentiu-se culpado, e sabia que tinha errado em abandoná-la.

E, ao recostar-se nela, sentiu uma saudade profunda e uma sensação que sabia que os aproximaria. Ele pôs os braços em volta dela e tentou puxá-la, a fim de que se sentasse em seu colo, para poder beijá-la. Mas ela endureceu instantaneamente o corpo e abaixou os olhos, fitando-o indignada.

— Como se atreve?

Depois de tudo o que viera à tona após o acidente, ela não conseguia imaginar aproximar-se dele fisicamente outra vez. Certamente, não agora. E, muito provavelmente, nunca.

— Preciso de você, Page.

— Isso é revoltante — disse ela, indignada.

Ele tinha Stephanie. O que mais ele queria? Um harém? Antes

de descobrir, era indiferente. Mas agora, simplesmente não podia. Ele a beijou mesmo assim, e havia algo frenético em sua paixão. Mas isso em nada modificou os sentimentos de Page para com ele. No máximo, a distanciou mais. De repente, ele se tornara um estranho. Pertencia agora a outra pessoa, não a ela.

Ela afastou-se decidida, e ele ficou sem fala ao vê-la dar um passo atrás.

— Sinto muito — disse ela.

Afastou-se dele então, deixando-o furioso e com cara de bobo. Ele sabia que estava errado em fazer aquilo, magoando-a e se agarrando a Stephanie, mas, como ela mesma dissera, ele estava tomando péssimas decisões.

Brad veio ao encontro de Page, pouco depois, na cozinha. Ela preparava um cafezinho, e não se voltou ao ouvi-lo entrar atrás dela.

— Desculpe. Eu me deixei levar. Acho que não era apropriado, diante do que aconteceu.

Era particularmente incrível perceber que, apenas uma semana atrás, eles haviam feito amor como se não existisse nada de errado, e ela não tivera a menor idéia de que ele tinha uma amante. Mas agora tudo havia se modificado. E, dada a importância do relacionamento dele com Stephanie, ela não queria que ele a tocasse Poderia ter sido diferente se ele tivesse sido consumido pelo arrependimento e tivesse prometido terminar. Mas tal promessa não lhe fora oferecida. Se terminasse, seria entre eles. Brad parecia querer assim. E agora tudo estava às claras, tão às claras que ele desaparecera na noite anterior, a despeito de precisarem dele, ou de uma possível emergência, ou até mesmo a despeito dos sentimentos de Andy. Stephanie vinha na frente de todos eles. Perceber isso atingira Page como uma pedra de dez toneladas, e ela não podia ignorar.

— Acho que você devia me dar o número do telefone dela. Se algo acontecer e você estiver lá, saberei onde encontrá-lo — disse ela sem voltar-se.

Brad não viu as lágrimas nos olhos dela.

— Não... Não vai acontecer de novo — retrucou ele. — Vou ficar em casa esta noite com o Andy.

— Não me importa. — Page virou-se para ele, e a expressão no rosto dela o assustou. Ela estava magoada, bastante zangada e determinada. O breve momento de aproximação entre eles havia, claramente, terminado. — Vai acontecer novamente, e eu quero o número.

— Está bem. Vou deixar anotado no bloco de recados.

Ela concordou com a cabeça e tomou um gole do café quente.

— O que vai fazer hoje?

Ele presumiu que ela fosse voltar ao hospital e ficou surpreso ao descobrir que não.

— Vou ao enterro do garoto Chapman. Quer vir?

— Não é possível. O filho da puta quase matou a minha filha. Como é que você tem coragem de ir?

Ele parecia enraivecido, e ela o fitou com um desprezo mal contido e com desaprovação.

Os Chapmans perderam o único filho. E não há provas de que a culpa tenha sido dele. Por que você não vai?

— Eu não devo nada a eles — disse ele, friamente. — E os testes de laboratório mostraram que ele tinha bebido.

— Mas não muito. E quanto à outra motorista? Não poderia ter sido culpa dela?

Trygve e Page haviam imaginado essa hipótese, mas Brad, não. Era bem mais fácil culpar Phillip Chapman.

— Laura Hutchinson é a mulher do senador, ela mesma tem três filhos, e não vai sair por aí dirigindo bêbada, ou sendo negligente.

— Como sabe disso? — Page não tinha certeza de mais nada, nem quanto à esposa do senador, nem quanto ao seu próprio marido. — Como pode estar tão certo de que não foi culpa dela?

— Estou certo, e pronto, e a polícia também estava. Não fizeram o teste sangüíneo nela, obviamente não acharam que precisasse de um, caso contrário o teriam feito. E eles não puseram a culpa nela.

Ele, obviamente, acreditava naquilo.

— Talvez eles estivessem impressionados com quem ela era. — Ultimamente, estavam discutindo por qualquer coisa, e Page só estava feliz de que Andy não estivesse lá para ouvir aquilo. — De qualquer forma, eu estou indo ao enterro. O Trygve Thorensen passará pra me buscar às duas e quinze.

Brad ergueu uma das sobrancelhas.

— Que mordomia!

— Não me venha com essa. — Os olhos dela pegavam fogo, aparentando fadiga e raiva. — Nós dois temos permanecido sentados no hospital, que você tanto odeia, nos últimos três dias, esperando pra ver se nossas filhas vão sobreviver. E o Phillip Chapman estava dirigindo o carro no qual a filha do Trygve também estava, mas isso não o está impedindo de demonstrar um pouco de compaixão pelos pais do garoto.

— Que cara bacana que ele é. Talvez vocês dois possam se tornar "amigos", já que eu pareço não te atrair mais.

Ele ainda estava ressentido com a recusa dela, embora compreendesse. Porém, sentia-se irritado com os elogios a Trygve.

— Na verdade, ele é um cara bacana. É um bom amigo. E tem estado por perto quando eu preciso. Ele ficou lá e segurou a minha mão, ontem à noite, quando ninguém sabia onde você estava, e na noite do acidente, enquanto você ia ao John Gardiner com a sua amiguinha. Ele tem sido maravilhoso. E, sabe de uma coisa, ele é inteligente o bastante para manter o zíper da calça fechado, e pensar nos filhos, e não na vida sexual dele. Então, se você está querendo que eu me sinta culpada e envergonhada, nem perca seu tempo. Não acho que Trygve Thorensen me dê a mínima como mulher, o que pra mim está bem, porque eu não estou à procura de um namorado. Preciso simplesmente de um amigo que esteja por perto quando eu precisar, já que eu pareço não ter mais marido.

Não havia muito o que Brad pudesse dizer, e ele entrou no banheiro e bateu a porta. E, sem dizer-lhe palavra, dez minutos depois saiu de casa. Ela estava tão zangada, queria estrangulá-lo, embora parte dela também estivesse triste. Tudo dera tão errado entre eles em tão pouco tempo. Era quase impossível de se entender. A pressão que estavam sofrendo era esmagadora, mas tantas outras coisas pareciam também estar erradas, e ela nunca soubera. O acidente trouxera tudo à tona, junto com seus respectivos problemas.

Ela tomou um banho e vestiu-se para o funeral. Trygve veio buscá-la exatamente às duas e quinze. Ele estava de terno azul-escuro, camisa branca e gravata cinza. Tinha um ar sério e estava muito bonito. Page trajava um conjunto preto de linho que trouxera de Nova York na última vez em que visitara sua mãe.

O culto seria na igreja episcopal de São João. Por algum motivo, Page não estava preparada para as centenas de jovens que compareceram, com seus rostos claros e saudáveis abatidos pela perda do amigo e com seus corações abertos, expondo a todos a tristeza que os dominava. Havia uma fotografia maravilhosa dele com o time de natação, no programa que os recepcionistas distribuíam. E então Page percebeu que os recepcionistas eram os amigos de Phillip, do time de natação. Ela viu Jamie Applegate lá também. Parecia arrasado, sentado entre os pais. Mas eles pareciam apoiá-lo. O pai tinha um braço sobre os ombros dele.

Tocaram também todas as músicas de que os jovens gostavam, e Page, ao ouvi-las, sentiu instantaneamente a garganta embargada. Havia, pelo menos, trezentos ou quatrocentos jovens na igreja, e Page sabia que Allyson também estaria lá, se não estivesse em coma no hospital.

E então, parecendo muito dignos e dominados pela tristeza, os pais de Phillip entraram e tomaram seu lugares no banco da frente. Havia um outro casal bem mais idoso com eles, os avós de Phillip, e dava vontade de chorar só de olhar para eles. O choque da perda dele estava estampado em seus rostos.

O pastor falou de forma muito tocante a respeito dos mistérios do amor de Deus e da terrível dor que sentimos com a perda de um ente querido. Falou do jovem extraordinário que Phillip fora, do quanto fora admirado por todos e do futuro brilhante que teria tido. Page mal conseguia ouvir, soluçando e tentando não imaginar o que diriam se Allie morresse. Seria quase a mesma coisa. Ela era amada e admirada por todos. A dor de sua perda seria insuportável.

A Sra. Chapman chorou abertamente durante toda a cerimônia, e o coro da escola cantou "Amazing Grace" no fim do culto. E então todos foram convidados a subirem ao altar para um momento especial de oração e para as últimas homenagens ao amigo. Os jovens foram em grupos, sozinhos ou de mãos dadas, colocando flores no caixão de Phillip. A essa altura, todos na igreja soluçavam, e Page sentiu-se consternada ao olhar em volta para os jovens semblantes desolados. Foi então que viu Laura Hutchinson, chorando mansamente num banco a poucos metros dali. Ela parecia ter vindo só, e estava tão emocionada quanto todos os outros. Page observou-a por um longo tempo, mas não viu nada além de uma mulher chorosa profundamente tocada. Para seu espanto, pouco foi dito. Todos pareciam atordoados. Era simplesmente doloroso demais.

E então, depois, ao saírem, Page e Trygve viram os repórteres. A princípio, estavam seguindo Laura Hutchinson, mas ela desapareceu rapidamente para dentro de uma limusine, sem falar com eles. Então, tiraram fotos dos rostos dos jovens, que permaneciam de pé, chorando, na calçada. De repente, pareceram aproximar-se dos Chapmans. O pai de Phillip ficou enraivecido e gritou com eles, em meio às lágrimas, dizendo que eram canalhas insensíveis, enquanto os amigos o afastavam. Mas nem assim os repórteres iam embora, só se afastavam ligeiramente. Ainda era uma notícia "quente".

Houve, depois do culto, uma recepção no auditório do colégio, e os Chapmans convidaram alguns amigos para irem à sua casa depois dali. Mas Page não queria ir a nenhum dos dois lugares. Não podia suportar. Queria simplesmente estar só, em algum lugar, a fim de recuperar-se do golpe que sentira durante o culto. Ela olhou então para Trygve, quieto de pé ao seu lado, e viu que ele chorava tanto quanto ela.

— Você está bem? — perguntou ele, gentilmente. Ela assentiu com a cabeça, mas recomeçou a chorar. — É, eu também. Venha, vou levá-la pra casa.

Ela concordou novamente com a cabeça e seguiu-o de volta ao carro, onde permaneceram sentados, por bastante tempo, em silêncio. Ela não tivera coragem de dizer coisa alguma aos Chapmans ao saírem, mas tinham assinado o livro de presença na entrada da igreja. Posteriormente, ela leu no jornal que mais de quinhentas pessoas haviam comparecido.

— Ah, Deus, isso foi duro — falou ela, finalmente, tentando recuperar o fôlego, enquanto Trygve a fitava, sentindo-se tomado por suas emoções.

— É terrível. Não há nada pior. Eu espero não viver o suficiente para ver a morte de um dos meus filhos.

Arrependeu-se, então, de tê-lo dito, sabendo que a vida de

Allyson ainda estava por um fio, mas Page compreendeu. Ela também não desejava passar por aquilo.

— Eu vi a Sra. Hutchinson. Foi muita audácia dela estar aqui. Eu imagino que os Chapmans ficaram aborrecidos por ela ter vindo.

— É, mas a imprensa ficou com uma boa impressão. Mostra o quanto ela se importa, o quão humana ela é. Foi uma jogada inteligente — disse ele, irônico.

— Você está sendo cínico — retrucou ela, asperamente. — Talvez ela esteja agindo com sinceridade.

— Duvido. Conheço os políticos. Acredite em mim, o marido dela mandou que ela fosse. Talvez o acidente não tenha sido culpa dela, talvez ela seja totalmente inocente. Mas, enquanto isso, essa atitude marca um ponto positivo pra ela.

— Então foi só isso? — Page pareceu desapontada. — Provavelmente. Eu não sei. Só continuo pensando que, de alguma forma, ela foi negligente, que não foi culpa dos garotos, ou talvez eu só queira acreditar nisso.

Os Chapmans também. Trygve ligou o carro e eles seguiram uma longa fila de carros de volta à casa de Page, a caminho da escola. Ela então lembrou-se de que precisava ir ao hospital, de qualquer forma, para buscar o seu carro. E queria mais do que nunca ver Allie, depois do que acabavam de enfrentar. Queria ter certeza de que Allie ainda estava viva, após a tortura de estar no enterro de Phillip e compartilhar toda aquela angústia.

— Você se importa de me levar? — perguntou ela, sorrindo-lhe com pesar.

Fora uma tarde terrível para ambos. Page telefonara várias vezes para ver como Allyson estava, mas não houvera mudança alguma desde a manhã.

— Não tem problema. Quero mesmo ver a Chloe. Faz a gente agradecer por elas estarem vivas, não é?

Page fez sinal que sim, pensando no que Brad dissera, no calor do momento, sobre não querer que Allie fosse menos do que perfeita. Mas ele parecia acreditar nisso.

— Prefiro ter a Allie em qualquer estado do que perdê-la. Talvez eu esteja errada, mas é como me sinto. O Brad diz que prefere perdê-la, do que tê-la limitada de alguma forma.

— Essa é uma visão muito elitista da vida, e tremendamente maniqueísta. Eu concordo com você. Eu preferiria ter o que puder do que nada.

Page concordou com ele, mas, estranhamente, não a respeito do seu casamento. Quanto a isso, ela não estava tão disposta a fazer concessões. Aos seus olhos, isso era diferente.

— Ele parece não conseguir enfrentar o que está acontecendo. Ele está fugindo — disse ela, calmamente, tentando não zangar-se mais uma vez ao pensar nos desaparecimentos dele, o último dos quais fora o da noite anterior.

— Algumas pessoas não conseguem suportar esse tipo de coisa.

— É, como a Dana... o Brad... E como é que ficamos nós, presos a esses acontecimentos? Somos assim tão corajosos? Ou só estúpidos?

Page sorriu para ele.

— Provavelmente as duas coisas — sorriu ele. — Não temos escolha, eu acho. Quando não há mais ninguém, nós fazemos o que deve ser feito. — Ele fitou-a com franqueza. Agora, ele já passara com ela tempo suficiente para fazer-lhe uma pergunta direta. — Isso não te deixa zangada?

Page e sua disposição em aceitar um casamento obviamente menos que perfeito o intrigavam. Brad quase não estivera por perto desde o acidente, e Trygve sabia disso.

— Na verdade, me deixa furiosa — admitiu ela, com um sorriso. — Nós acabamos de ter uma briga de foice na hora do almoço.

— Pelo menos você é humana. Eu também ficava furioso quando a Dana nunca estava por perto quando eu ou os meninos precisávamos dela.

— No meu caso, há algumas outras complicações.

Trygve concordou, balançando a cabeça, tentando não fazer mais perguntas. E quando, finalmente, não conseguiu resistir, perguntou-lhe mesmo assim.

— Complicações sérias?

— Parecem ser — disse ela, com franqueza. — É possível que seja o fim.

— Então você foi pega de surpresa? — perguntou ele, gentilmente.

— Na verdade, sim. Estou casada há dezesseis anos, e, até três dias atrás, eu pensava que o nosso casamento fosse fabuloso — disse ela, ao se aproximarem do hospital. — Aparentemente, foi um erro. Um grande erro.

— Talvez não. Quem sabe essa é só a fase difícil. Todo casamento esbarra numa fase ruim aqui e acolá.

Ela fez sinal com a cabeça, pensando no assunto.

— Havia muitas coisas que eu desconhecia. Tenho estado me enganando há muito tempo, sem saber. Mas, agora que eu sei, é difícil fingir que não está acontecendo. Simplesmente não posso fazer isso. A hora é terrível.

Ela parecia severa ao explicar.

— Lembre-se do que eu disse antes, algumas pessoas vão até o fundo do poço quando se confrontam com uma crise.

— Acho que ele já estava no fundo há muito tempo. Apenas foi pego com as calças na mão.

Ela sorriu lamentosamente, e Trygve riu da expressão que usou e do modo como a disse.

— Azar o dele — disse Trygve.

Page estava surpresa com a facilidade com a qual conversava com ele. Parecia ser capaz de contar-lhe qualquer coisa. Coisas que certamente não teria dito à sua irmã, nem mesmo a Jane Gilson, que era uma velha amiga, mas não uma confidente de verdade. Após a dureza da sua vida passada, ela nunca se aproximara de ninguém, exceto de Brad, o que tornava a traição dele ainda mais dolorosa. E agora, para sua grande surpresa, ela contava a Trygve coisas que talvez tivesse hesitado em contar a Brad, antes disso tudo acontecer.

A essa altura, já estavam no hospital, indo em direção à UTI, ainda dominados pela aura do funeral, mas era quase um alívio para ambos o fato de verem suas filhas. Chloe estava se mexendo um pouco, mas ia razoavelmente bem, e Allie permanecia na mesma. Até então, sua condição era estável.

Desta vez, Page saiu antes de Trygve. Foi para casa por volta das cinco horas, a fim de pegar Andy na casa de Jane. O revezamento das mães o levara ao beisebol, e já deveria estar em casa agora. Mal podia esperar para vê-lo, ao dirigir para casa.

Fora uma tarde agonizante, e a tristeza do enterro de Phillip lhe tirava o fôlego sempre que pensava nos jovens chorando por ele, ou nos rostos dos pais. Pareciam inconsoláveis ao saírem da igreja, e o coração de Page tinha ido ao encontro deles. Ao tocar a compainha da casa de Jane, ainda podia ouvir em sua cabeça o coral da escola cantando.

— Oi, como vai? — Jane fitou-a e então enrugou a testa, enquanto Page entrava. — Ou não devo perguntar?

Talvez as coisas tivessem piorado. Page parecia esgotada, pálida e desesperadamente infeliz.

— Estou bem — disse ela, brandamente. — Fui ao funeral do Phillip Chapman.

— Como foi? — perguntou Jane, enquanto Page se sentava no sofá, parecendo exausta.

— Tão ruim quanto se poderia esperar. Havia quatrocentos jovens soluçando e mais duzentos pais.

— Exatamente o que você precisa agora. O Brad foi com você?

Page balançou a cabeça.

— O Trygve Thorensen me levou. Vimos a esposa do senador, parecendo convenientemente consternada e muito correta. Francamente, acho que foi muita coragem dela estar lá. O Trygve achou que ela fez isso para os repórteres, a fim de que todos soubessem o quão inocente ela é.

— E é? — perguntou Jane, com franqueza.

— Estou começando a achar que jamais saberemos. É provável que ninguém tenha sido culpado, foi só muita má sorte e terrível coincidência.

— Nem me diga... Havia repórteres lá?

— Câmeras de TV e alguns fotógrafos dos jornais. Acho que a matéria é boa por causa da Sra. Hutchinson, e é de partir o coração ver aqueles jovens.

Para não mencionar os pais, acrescentou ela mentalmente.

— A reportagem do jornal que eu li ontem parecia insinuar, mais ou menos, que foi culpa do garoto Chapman. Isso é só especulação, ou é verdade? Ele esteve mesmo bebendo?

— Aparentemente, não o suficiente para ter importância. E ouvi dizer que o Sr. Chapman está pretendendo processar o jornal para limpar o nome do Phillip. Como eu disse, não há evidência que prove de quem a culpa possa ter sido. Nem dele, nem da Sra. Hutchinson, mas ele é um garoto e bebeu meio copo de vinho... e duas xícaras de café.

Ela e Trygve haviam falado exaustivamente sobre isso, e o assunto ainda continuava o mesmo. Foi um acidente. Parece não ter sido culpa de ninguém. E ela não culpava os Chapmans por tentarem limpar o nome do filho. Ele era um ótimo garoto, e merecia morrer com uma boa reputação, pelo menos por causa deles.

A essa altura, Andy já a tinha visto e veio correndo encontrá-la. Ele trajava seu uniforme de beisebol e estava uma gracinha. Page quase chorou ao vê-lo. Ele parecia tão normal e saudável que a fez lembrar dos velhos tempos, quando ela o levava para o jogo, e tudo era tão simples. Na época, Allie não estava em coma e Brad não havia confessado que a traía.

— E como foi seu dia, Sr. Andrew Clarke? — perguntou ela, sorridente, enquanto ele jogava os braços ao redor dela.

— Ótimo. Marquei um *home run.*

Ele estava orgulhoso, e ela feliz de vê-lo assim.

— Você é o máximo.

Ele estava excitado em vê-la também, e então ergueu os olhos, fitando-a, preocupado.

— Você vai voltar pro hospital agora, mamãe? Eu vou ficar aqui?

— Não, você vem comigo pra casa.

Ela decidira tirar a noite de folga, por causa dele. Sabia o quanto ele precisava, e queria estar por perto. E ela sentia que poderia fazer isso, contanto que a condição de Allie não se modificasse. Decidira fazer o jantar para ele, mais do que simplesmente uma *pizza* congelada, e queria sentar e conversar com ele, para que não se sentisse tão negligenciado.

— O papai pode fazer um churrasco? — Ela não sabia se Brad viria para casa ou passaria a noite fora outra vez, e não queria lhe prometer nada, então respondeu que não. — Está bem. Então vamos só jantar normalmente.

Ele estava encantado com a idéia, e foram para casa alguns minutos depois.

Ela fez hambúrgueres e batata assada para ele e uma enorme salada verde com abacates e tomates dentro, e ficou surpresa ao ver Brad entrar justamente quando estavam se sentando para jantar. Ela não o esperava, na verdade, mas fizera comida suficiente para ele também, só em caso de ele vir para casa.

— Papai! — gritou Andy, excitado.

Page pôde ver no seu rostinho o quanto ele precisava ter contato com eles. Andy estava profundamente preocupado.

— Que surpresa! — disse Page, num tom não tão baixo.

Brad lançou-lhe um olhar sombrio.

— Não vamos começar com isso, Page — disse ele, irritado. Ele tivera um longo dia também, e tinha-se prometido vir para o jantar, por causa do filho. — Tem comida suficiente? — perguntou, bruscamente, olhando para a mesa posta para dois e para o jantar que Page estava servindo a Andy.

— Não tem problema — respondeu ela, servindo-lhe um prato cheio no momento seguinte.

Andy estava-lhe contando sobre o jogo e seu *home run* no quarto tempo. E continuava tagarelando sobre os amigos da escola. Era como uma esponjinha, sugando para si todos os momentos que tinham, todo o tempo que possuíam longe de sua irmã desesperadamente ferida. Observá-lo fez Page perceber outra vez o quão apavorado ele estava e o quanto precisava deles naquele momento. Do seu próprio modo, ele estava tão assustado quanto ela. E, de certa forma, era pior para ele, pois não tinha visto a irmã.

— Posso ir ao hospital ver a Allie nesse fim de semana? — perguntou ele, ao terminar a batata assada.

Page ficou feliz em ver que ele tinha comido bem e que parecia mais relaxado agora do que no início do jantar. Mas ainda não achou que ele estivesse pronto para ver a irmã. A condição dela era apavorante demais, e o perigo, muito grande. E, se ela morresse, Page não queria que ele tivesse essa imagem como sua última lembrança de Allie.

— Acho que não, querido. Precisamos esperar que ela se sinta um pouquinho melhor.

Ela também sabia que a idade mínima para visitar a UTI era de onze anos, mas o médico já lhe dissera que faria uma exceção para Andy.

— Mas, e se demorar muito pra ela se sentir bem? Preciso ver ela!

Ele começou a choramingar, e Page olhou para Brad, mas ele não estava prestando atenção. Passava os olhos pelo jornal, com um profundo franzido na testa e uma expressão infeliz. Stephanie ficara furiosa ao saber que ele não poderia jantar com ela. Agora ele já estava quase habituado. Sempre havia alguém zangado com ele.

— Veremos — disse Page sobre a visita de Andy, enquanto tirava a mesa.

Ela serviu a ambos sorvete com calda de chocolate para a sobremesa e preparou para si outra xícara de café. Nenhum dos dois notou, mas ela já havia jantado. Após alguns minutos, ela olhou para Brad.

— Brad... Por que não lê isso depois do jantar?

Ela odiava quando ele lia durante as refeições, e ele sabia disso.

— Por quê? Você tem alguma coisa pra me dizer? — indagou ele, rispidamente.

Ela levantou-se, enquanto Andy os observava com um olhar apavorado. Ele nunca os vira brigar desse jeito antes, e nos últimos dias não haviam feito outra coisa. Andy estava preocupado.

Após o jantar, Brad foi à sua escrivaninha procurar algo. Andy foi para o quarto dele, parecendo infeliz, seguido por Lizzie.

Page limpou a cozinha, tirou a mesa, arrumou-a para o café da manhã e depois ouviu os recados na secretária eletrônica. Havia no mínimo mais uma dúzia deles, perguntando sobre Allie. E muitos jovens, no funeral, tinham perguntado quando poderiam vê-la. Para evitar que eles sofressem, a direção do hospital estava impedindo as visitas, e as flores que chegavam estavam sendo encaminhadas à ala das crianças, porque não eram permitidas flores na UTI. Page estava feliz em não precisar ver nenhum dos amigos de Allie. Ela sabia que não conseguiria lidar com os receios deles também.

O último telefonema na secretária era de um repórter, dizendo que queria fazer-lhe algumas perguntas. Ela nem sequer se deu ao trabalho de anotar o nome dele junto com os outros.

Page telefonou para alguns dos jovens que haviam deixado os recados na secretária, mas era sempre exaustivo tentar explicar-lhes, ou contar a história vez após vez para as mães deles. Ela pensara em colocar uma gravação especial na secretária eletrônica, contando a todos como Allie estava, mas as notícias eram tão assustadoras e a esperança tão fraca, que Page não conseguiu fazê-lo.

Ela finalmente entrou para ver como estava Andy e o encontrou sentado na cama, chorando e falando com Lizzie. Ele explicava à cadela o acidente de Allie e que ela ficaria boa, mas ela ainda estava dormindo, seus olhos estavam enfaixados e sua cabeça estava muito inchada. Era uma espécie de resumo, embora não muito exato, mas aproximado o suficiente, e Lizzie balançava a cauda ao ouvir.

— Como vai, querido? — perguntou Page, cansada, ao sentar-se ao seu lado na cama.

Ela estava grata pelo tempo em casa, com ele, mas também era óbvio o quão aborrecido ele estava e o pouco que ela poderia fazer por ele. Ficou feliz por ter decido passar a noite em casa com ele. Ele precisava mesmo dois dois, e foi bom Brad também vir para casa, embora com certeza ele não estivesse se sentindo confortável.

— Por que você e o papai brigam o tempo todo agora? — perguntou Andy, triste. — Vocês nunca faziam isso.

— Estamos aborrecidos... por causa da Allie... Às vezes, quando os adultos estão tristes ou com medo, não sabem como demonstrar isso, então agridem uns aos outros, ou então gritam. Sinto muito, querido. Nós não queríamos perturbar você. — Ela alisou a cabeça dele, tentando fazê-lo sentir-se seguro.

— Você parece tão zangada quando fala com ele.

Como poderia ela explicar-lhe que o pai dele a estava traindo e que todo o seu casamento havia sido jogado pela janela? Ela não podia nem o faria.

— É difícil ficar no hospital com a Allie, querido.

— Por quê, se ela está dormindo?

Nada disso fazia sentido para ele. Era tudo tão difícil, tão complicado, e os adultos que ele amava estavam agindo tão estranhamente!

— Eu me preocupo muito com ela. Assim como me preocupo com você.

Ela sorriu, e as sobrancelhas dele se franziram novamente.

— E o papai? Você se preocupa com ele também?

— Claro que sim. Me preocupo com todos vocês. É meu dever.

Ela sorriu, e alguns minutos depois ligou a banheira para ele. Depois do banho, leu para ele uma história. Ele foi dar boa noite a Brad, mas ele estava ao telefone, falando com alguém, e acenou bruscamente mandando-o embora. Os nervos de Brad pareciam estar à flor da pele, não somente com Page, mas também com Andy. Vir jantar em casa não fora fácil para ele, e não estava de todo contente por tê-lo feito. E sabia que seria um inferno quando se encontrasse com Stephanie. Agora que as coisas com Page estavam às claras, Stephanie não estava disposta a ser paciente.

Page colocou Andy na cama, o cobriu, e ele lhe pediu que deixasse a luz do corredor acesa, o que raramente fazia. Só quando estava realmente assustado com alguma coisa, ou quando estava doente, mas no momento todos ali estavam com um pouco de cada coisa.

— Está bem, querido. Vejo você de manhã.

Beijou-o outra vez e deu graças por ele, ao voltar à cozinha para lavar a louça.

Deu uma olhada em Brad, sentado na sala, mas não falou com ele. Parecia não ter sobrado mais nada para falar. E ela suspeitava, corretamente, que ele estava falando com Stephanie ao telefone, ao ser interrompido por Andy.

Ela tirou a louça da máquina de lavar, terminou de limpar tudo, deu mais alguns telefonemas e preparou para si outra xícara de café.

Eram dez horas já, e Brad vagava pela sala, parecendo ansioso e infeliz. O dia fora difícil para ambos, com a discussão de manhã e o funeral do garoto Chapman, e o jantar deles juntos não fora nada fácil. Ela examinou a correspondência, a qual não via há dois dias, e ergueu os olhos para observá-lo.

— Acho que as coisas não estão indo muito bem — disse Brad, infeliz, quando Page o mirou.

Ele usava um *jeans* e uma camisa, e por um instante Page lembrou-se de todos os sentimentos que tivera por ele por tantos anos e imaginou se, com tudo isso, ele realmente fora um estranho. Tiveram dois filhos e compartilharam dezesseis anos de vida, e de repente ele passou a ser alguém completamente diferente do homem com o qual ela pensava ter vivido.

— Não me diga — disse ela, pesarosa, ao servir-se da última xícara de café. Seus nervos estavam à flor da pele mesmo, a cafeína não parecia fazer mais muita diferença. — Acho que o Andy está percebendo.

Quem não estava? O ar entre eles era palpável de tanta tristeza, raiva e desapontamento.

— Foi uma semana dura.

— É. Uma dobradinha.

— O que é que você quer dizer com isso? — perguntou Brad, com uma expressão intrigada.

— A Allie e o nosso casamento.

— Talvez seja tudo uma coisa só. Talvez, depois que ela ficar boa, possamos contornar as coisas.

Era estranho ouvi-lo dizer isso, especialmente após ele ter sido tão inflexível quanto a desistir de Stephanie. Ela não entendeu o que ele queria dizer. Havia esperança para eles? Ele mudara de idéia? Teria acontecido alguma coisa? Ela não conseguia mais compreendê-lo e não tinha certeza se queria fazê-lo.

— Talvez ainda possamos dar um jeito nas coisas — disse ele novamente, mas sem muita convicção. — Se nós quisermos.

— Nós e a Stephanie? É nisso que está pensando, Brad? — disse ela, amargamente, parecendo exausta. — Não vamos começar com isso de novo, nem provocar um ao outro com falsas esperanças. Vamos apenas trazer a Allyson de volta à vida, e então poderemos voltar nossa atenção pra isso. Mas, neste momento, pra ser franca, eu simplesmente não tenho estômago pra isso.

Ele concordou com a cabeça. Não podia discordar dela. E, de repente, Stephanie o estava pressionando. Era quase como se ela se sentisse colocada em segundo plano por Allyson, e de repente começou a fazer exigências as quais ele jamais tivera que cumprir. Ela queria passar mais tempo com ele, estar constantemente com ele, e que ele passasse a noite com ela, mesmo sabendo que ele não deveria fazê-lo. Era como se ela estivesse tentando provar algo, como se tentasse dizer que ele agora pertencia a ela, e não mais a Page. Mas a pressão, de ambas as partes, o estava levando à loucura.

Mas, antes que ele pudesse dizer qualquer coisa a Page em resposta ao que ela dissera, ouviram um grito terrível vindo do quarto de Andy. Correram até lá o mais rápido que puderam, e Brad chegou primeiro. Andy estava histérico e ainda meio sonolento. Tivera um pesadelo horrível.

— Está tudo bem... Está tudo bem... Você está bem, campeão... Foi só um pesadelo...

Mas nenhum dos dois conseguia acalmá-lo. Ele sonhara que todos haviam sofrido um acidente, e todos haviam morrido, exceto ele e Lizzie. Havia sangue por toda a parte, disse ele, e vidro quebrado... e eles haviam sofrido o acidente porque sua mãe e seu pai estavam brigando. Brad e Page se entreolharam por cima da cabeça dele, sentindo-se culpados, e por fim Andy acalmou-se novamente, embora Page tivesse descoberto que ele molhara a cama, a qual ela teve que trocar. Ele não fazia isso desde quando tinha quatro anos, e isso a preocupou ainda mais. Ele estava profundamente perturbado, até mesmo inconscientemente.

— Acho que você não precisa de um psiquiatra para entender isso — disse Brad, brandamente, ao irem para o quarto de casal.

— Ele tem estado muito aborrecido por causa da Allie. Isso apavora muito ele. Ele nos ouve dizendo o quão sério é, e ainda não a viu. Acho que, na cabecinha dele, ela já está morta.

— Não é só isso que o está incomodando, e você sabe disso — comentou Brad.

— Eu sei — admitiu ela, mansamente. — Precisamos ser mais cuidadosos.

Era óbvio que ele os ouvira discutindo.

— Eu odeio dizer isso, Page. — Ele fitou-a, parecendo infeliz. — Mas talvez eu deva sair de casa por uns dias, ou até estarmos mais calmos e capazes de lidar com os acontecimentos.

Page ficou chocada com a sugestão.

— Você iria morar com ela?

Ambos sabiam a quem ela se referia, mas Brad não respondeu.

— Posso ficar num hotel — disse ele —, ou ir pra um apart-hotel na cidade.

Mas Page também notou que era a oportunidade perfeita para ele estar com Stephanie, sem precisar lidar com as reprimendas e acusações da esposa. Dadas as circunstâncias, ela nem sequer estava certa de que o culpava, embora fosse certamente difícil explicar a Andy.

— Não sei o que dizer — disse Page, fitando-o, triste com a sugestão.

Andaram tanto em tão pouco tempo, numa direção em que jamais haviam sonhado em ir. Mas, ao olhar para ele pensativa, o telefone os interrompeu e ela o atendeu instantaneamente, pois poderia ser sobre Allie. Era de fato o hospital. O cérebro de Allie estava inchando mais e a pressão estava se tornando perigosa demais para ela agora. Caso não houvesse melhora, queriam operá-la de manhã. E queriam que ela ou Brad assinassem os papéis, caso precisassem operar. Sentiam que não haveria problemas em esperar a noite, a menos que alguma coisa mudasse, mas era provável que ela precisasse da cirurgia na manhã seguinte. Era a sua segunda em quatro dias, e o Dr. Hammerman dizia que não havia escolha. Assim como da primeira vez em que operaram, se não o fizessem, ela não sobreviveria.

— Eles querem operar de novo? — Brad olhou para ela, sério e Page fez que sim com a cabeça. — E depois o quê? Outra vez e outra vez... Pelo amor de Deus, quantas vezes?

— Tantas quantas forem precisas... Até ela se recuperar. Até que o cérebro volte ao normal.

— E se não voltar?

Ele repetia suas antigas preocupações, mas Page não quis ouvir. Para ela, isso não mudava nada.

— Se não voltar, ela ainda é a nossa filha. Eu vou assinar os papéis, Brad. Ela tem direito a tudo o que puderem fazer por ela.

Ela o teria enfrentado até a morte se tivesse tentado impedi-la, mas, apesar do que lhes estava acontecendo, ele era um homem razoável e queria o melhor para Allie. Page fitou-o furiosa, mas, ao vê-la, ele não quis mais brigar.

— Faça o que quiser, Page.

Foi então para o quarto e deitou-se na cama, pensando em Allyson e em quão maravilhosa ela tinha sido. Agora era quase difícil de se lembrar, diante da criatura em que se havia tornado, deitada no hospital, despedaçada quase a ponto de não poder ser reconhecida.

— Você vai passar a noite aqui hoje? — perguntou ele, quando Page entrou e tirou a camisola do armário.

Ela abanou a cabeça e fitou-o.

— Pensei em dormir com Andy — respondeu.

— Você pode dormir aqui. — Sorriu ele, hesitante. — Eu vou me comportar. Ainda consigo, sabe?

Trocaram um sorriso, o que era uma raridade ultimamente. Mas tinham chegado a um ponto tal, na encruzilhada da vida, no qual a questão era quem dormiria onde, e se ele se mudaria ou não. E, uma vez mais, ela sentiu-se vivendo num pesadelo.

Page deitou-se por um longo tempo naquela noite, na cama estreita, abraçando Andy, e as lágrimas pareciam não parar de escorrer, até que encheram sua orelha e sua garganta, e seu travesseiro ficou encharcado. Ela tinha tanto pelo que chorar, tanto a que não dera o devido valor, e agora tudo estava terminado.

Andy ficou surpreso, na manhã seguinte, ao encontrar a mãe dormindo ao seu lado, mas não perguntou nada. O garoto levantou-se e se vestiu, e ela fez o café da manhã para os três. Andy não voltou a falar no seu pesadelo, mas ficou calado o tempo todo, enquanto Page o levava à escola. Brad lhe dissera que a encontraria no hospital naquela manhã. Ela deveria estar lá às oito e quinze para assinar os papéis. Queriam operar Allyson às dez, e Brad prometera que nessa hora estaria lá.

Capítulo 8

Page encontrou o chefe dos neurocirurgiões do lado de fora da UTI. Não houvera melhora alguma desde a noite anterior. Então ela assinou os papéis e entrou para ver a filha. Allyson ainda estava em coma profundo, todos os aparelhos e monitores estavam ligados, mas mesmo assim Page conseguiu ter um momento a sós com ela. Àquela hora, não havia outros visitantes na UTI, e as enfermeiras as deixaram a sós. Podiam monitorar Allyson da mesa, de onde vigiariam através das telas dos seus próprios monitores e computadores. Page sentou-se ao lado da filha, segurando sua mão, falando com ela e acariciando de vez em quando sua bochecha. Beijou-a suavemente, ao levarem-na embora, às nove e meia.

Foi uma longa e solitária espera, sabendo que ela estava sendo preparada para a cirurgia e que, se esta não fosse bem-sucedida, ela obviamente não sobreviveria. A pressão no seu cérebro causaria eventualmente um grande estrago, e as fraturas e feridas poderiam não sarar com o avanço da pressão do traumatismo.

O Dr. Hammerman lhe dissera que a operação levaria de oito a dez horas e seria, uma vez mais, feita pela mesma equipe. Era quase rotina, embora na verdade não fosse. Era extremamente preocupante. Ela tinha que lutar para deixar de imaginar o resultado. Não conseguia pensar no que poderia acontecer na sala de cirurgia, ou se viessem lhe dizer que Allyson tinha morrido. Simplesmente, não suportaria.

Ela estava ansiosa e pálida quando Brad finalmente chegou. Chegara meia hora atrasado, mas viera, como prometeu.

— Disseram alguma coisa? — perguntou ele, ansioso.

— Nada de novo — respondeu ela, calmamente. — Ela parecia tão meiga deitada ali, antes de a levarem. Continuo querendo acordá-la, mas ela não desperta.

Seus olhos se encheram de água, e ela se afastou dele. Não queria mais sobrecarregá-lo com seus sentimentos. Perdera a confiança nele e a intimidade que sempre compartilharam. Era como se ele fosse outra pessoa agora. Era estranho como se podia perder alguém tão facilmente, como tudo podia mudar em questão de instantes. Mas, enquanto esperavam, ela tentou não ficar pensando nisso também.

Foi um dia longo, na sala de espera da UTI, em cadeiras desconfortáveis, em meio a um grupo constantemente variável de estranhos. Ela e Brad se falaram muito pouco durante todo o dia. Ele estava muito quieto e incomumente paciente com ela, quase como se sentisse obrigação de lhe ser gentil. Recordaram uma ou duas coisas sobre Allie, mas era simplesmente doloroso demais. Durante a maior parte do tempo, ficaram sentados calados, absortos nos próprios pensamentos, sem dizer nada um ao outro.

Às quatro da tarde, foram pegar uns sanduíches na cantina. Ainda não havia notícias. Disseram à enfermeira para onde estavam indo e esbarraram com Trygve na recepção. Ele lhes desejou boa sorte e então subiu para ver Chloe. Depois disso, não o viram mais. Os Clarkes ficaram as sós na pequena e abafada sala de espera, observando o relógio e esperando a palavra do cirurgião.

Ele finalmente apareceu, às seis e quinze. A essa altura, Brad e Page pareciam prestes a terem um colapso, pela interminável tensão. Fora mais um dia repleto de terror para eles.

— Como ela está?

Brad deu um pulo na frente do médico, mas este sinalizou satisfação.

— Melhor do que esperávamos.

— O que isso significa?

Brad desafiou-o instantaneamente. Page, sentada, ouvia com apreensão. Ela achava que, se se levantasse, poderia desmaiar. Então não se moveu, só permaneceu ali.

— Significa que ela sobreviveu e seus sinais vitais estão fortes. Ela nos deu um susto no início, mas a reavivamos. Aliviamos a pressão o mais que pudemos. Estava pior do que tínhamos pensado. Mas ainda temos todas as razões para crer que ela poderá se recuperar totalmente, ou quase. Temos apenas que esperar e ver como reage agora, e, é claro, quanto tempo permanece em coma. Na verdade, a queremos bem dopada agora, e ela está sendo medicada neste sentido. Ela precisa disso para permitir que seu cérebro se recupere, mas em algumas semanas precisaremos reavaliar sua situação.

— Em algumas semanas? — Brad pareceu horrorizado. — Você espera que ela fique em coma por alguma semanas?

— E possível... e não improvável. Na verdade, mais do que isso não excluiria um resultado favorável, Sr. Clarke. Esse tipo de ferimento requer muita paciência. — Brad revirou os olhos, e o cirurgião sorriu e então abaixou os olhos, fitando Page. — Ela foi bem, Sra. Clarke — disse ele, gentilmente —, ela não está, de modo algum, fora de perigo, mas já demos mais um passo, mais um dia, ela sobreviveu a mais um enorme traumatismo. É um sinal encorajador. É claro, ainda temos que esperar e ver a extensão da sua recuperação, que conseqüência o traumatismo pode ter deixado, se é que deixou. Mas ainda estamos muito longe disso. — Eles ainda precisavam esperar e ver se ela iria sequer sobreviver. Ela ainda corria grande risco de vida, e todos entendiam isso. — Ela vai passar a noite na sala de recuperação novamente. Vocês talvez queiram ir para casa. Podemos ligar, caso haja algum problema.

— O senhor espera que haja? — perguntou Page, com a voz embargada.

O cirurgião hesitou um instante antes de responder.

— Não, mas precisamos ser realistas. Esta é a sua segunda grande cirurgia em quatro dias, ela sofreu muitos traumatismos, tanto no acidente quanto na operação. Isso aumenta o risco da situação, até que se estabilize, é claro. Ela está indo bem, mas nós a manteremos sob estrita observação.

— Mais agora do que depois da última operação? — perguntou Page.

— Hum-hum — assentiu o médico. — Ela está mais fraca do que antes. Mas estamos esperançosos quanto ao resultado.

— Esperançosos.

Page passara a odiar esta palavra, e tinha entendido o que ele dissera. Allie estava indo bem, mas a operação podia ter sido demais para ela. Ela ainda poderia morrer e qualquer momento.

Ele os deixou depois de alguns minutos, e Brad suspirou e sentou-se, olhando para Page. Eles pareciam duas pessoas que quase se haviam afogado e estavam jogadas na praia, sem fôlego, após o grande susto.

— Isso acaba com a gente, não é? Sinto-me como se tivesse escalado o monte Everest hoje, e só o que fiz foi me sentar aqui — disse Brad, abatido.

— Eu preferiria estar escalando o Everest — retrucou Page, com tristeza.

Brad lhe sorriu:

— Eu também. Mas ela reagiu bem. Isso é tudo o que podemos querer no momento.

Ele pensou em tudo o que dissera sobre não querer que ela sobrevivesse se fosse ter um dano cerebral sério, e, de repente, viu que não se importava. Simplesmente a queria viva, só por mais uma hora... mais um dia... E talvez, no fim, tivessem sorte.

— Você não quer ir pra casa? — perguntou ele.

Mas Page balançou a cabeça.

— Quero ficar aqui.

— Por quê? Você sabe que eles não vão deixá-la ver a Allie. E disseram que nos ligariam, se houvesse algum problema.

— É que eu me sinto melhor ficando aqui.

Ela não conseguia explicar com palavras, mas sabia que tinha de ficar ali. Tinha sido deste mesmo jeito quando Andy esteve na incubadora. Havia ocasiões em que ela sabia que precisava ficar perto dele. E sentia-se assim agora. Quer a deixassem ver Allie na sala de recuperação ou não, ela queria ficar lá, no hospital, perto dela.

— Mas você devia ir pra casa ficar com o Andy — sugeriu ela. — Ele deve estar preocupado.

Após o pesadelo da noite anterior, eles estavam ambos mais preocupados com Andy do que antes. Naquela tarde, ela chegara a telefonar para o pediatra, que explicou que a ansiedade e os pesadelos do menino eram de esperar. O acidente de Allie era tão ou mais traumático para ele do que para os pais. O médico lhe dissera também que sentia muito pela situação de Allyson.

— Tem certeza de que não quer que eu fique aqui com você? — perguntou Brad, brandamente, antes de deixá-la.

Mas ela balançou a cabeça e agradeceu. Fora difícil passar o dia todo sentada ali com ele, havia tantas coisas que queria dizer, tantas perguntas a fazer. Há quanto tempo isso vinha acontecendo? Por que ele havia mentido? Por que ela já não lhe bastava? Ele não a amava? Mas era em vão, e ela sabia. Ela se controlou para não dizer nada. Mas seu estômago doeu durante toda a tarde. Ele estava tão bonito quanto sempre fora, exceto pelo fato de que ele não mais lhe pertencia, era de outra pessoa. E olhar para ele era como olhar para um estranho. Foram corteses um com o outro durante todo o dia, e ela estava feliz por ele estar ali, mas na verdade não se atreviam a conversar um com o outro, pelo menos não sobre coisas importantes.

— Diga ao Andy que eu o amo — disse ela, enquanto ele saía.

Ele concordou com a cabeça, acenou e partiu, dizendo que lhe telefonaria pela manhã. E, então, ela voltou à sua vigília na sala silenciosa, notando que Brad nem a tocara, nem a beijara ao sair. A conexão entre eles, de alguma forma, tinha sido rompida.

Trygve passou rapidamente pela sala de espera com Bjorn para vê-la, mas pôde perceber que ela não estava com ânimo para conversar. Parecia preocupada e triste, e Bjorn quis saber onde a filha dela estava, e se as pernas dela estavam machucadas como as de Chloe. Page explicou-lhe que a cabeça de Allie estava ferida, e não as pernas, e ele contou que certa vez tivera uma dor de cabeça também, e que sentia muito por Allie.

Deixaram para Page alguns sanduíches e Trygve, olhando para

ela, apertou-lhe os ombros, ao sair. Ela parecia muito pequena, magra e cansada demais.

— Agüente firme — disse ele, brandamente.

Ela fez que sim, com os olhos marejados, mas, ao ficar só outra vez, sentiu-se mais calma. Algumas vezes, a gentileza de certas pessoas piorava as coisas. Ela chorava sempre que diziam o quanto sentiam por Allie.

A noite fora longa e ela deitou-se no sofá da saleta. Teve mais tempo do que jamais tivera para refletir. Pensou em Brad e em quão felizes tinham sido... Lembrou-se de quando Allie nascera, e quão meiga ela era. Fechou os olhos e se viu em casa, na cidade. Quando a compraram, estava em péssimo estado, mas já estava bonita quando a venderam.

Pensou sobre a casa em Marin. Quando Andy nasceu, tão assustadoramente pequenino. Mas, de vez em quando, seu pensamento voltava a Allyson. Era como se a criança que ela fora estivesse presente na sala... As coisas que falara... O seu jeito de olhar... E Page não ficou surpresa quando a enfermeira veio buscá-la, logo após a meia-noite. Era como se soubesse. Sentira Allyson ali na sala com ela, e, quando a enfermeira abriu a porta, Page se pôs imediatamente de pé, sabendo que precisavam dela.

— Sra. Clarke?

— Sim?

Era como parte de um sonho, não podia crer que estivesse acontecendo, mas estava. Era impossível negar.

— Allyson está tendo complicações, devido à cirurgia.

— O cirurgião foi chamado? — perguntou Page, empalidecendo.

— Ele está a caminho no momento. Mas achei que quisesse vê-la. Ela ainda está na recuperação, mas posso levá-la, se quiser.

— Eu gostaria... — E então, fitou-a francamente. — Ela está... morrendo?

A enfermeira hesitou, porém apenas por um instante.

— Ela parece estar esmaecendo... Ela não está bem, Sra. Clarke, acho que talvez sim.

E as enfermeiras da sala de recuperação também achavam. Chamaram o cirurgião imediatamente, mas nem sequer acreditavam que ela estaria viva quando ele chegasse.

— Dá tempo de chamar o meu marido?

Page surpreendeu-se com o som da própria voz. Sentiu-se estranhamente calma, como se já soubesse o que esperar. Estivera esperando por isso, sem saber. Ela estivera presente quando Allie nasceu, e agora estaria presente quando partisse. Seus olhos se encheram de lágrimas, porém sentiu-se calma quando a enfermeira abanou a cabeça e acompanhou-a ao elevador.

— Acho melhor que a senhora suba. Telefonaremos para o seu marido, se a senhora quiser. Temos o número.

Ela detestaria que ele ouvisse a notícia de uma enfermeira, teria sido mais gentil ligar ela mesma, mas não queria perder Allie. Sabia que, não importa o quão distante Allie parecesse estar, a escutaria.

Vestiram-na com um roupão e máscara na entrada da sala de recuperação. Ela seguiu outra enfermeira porta adentro, e então a viu. Estava deitada, cercada de máquinas, com a cabeça envolvida pelas bandagens como antes, mas agora ela de repente parecia muito pequena e calma.

— Oi, querida — sussurrou Page ao lado dela. Estava chorando, mas de repente não era de tristeza, estava simplesmente feliz por vê-la. — O papai e eu te amamos tanto... Quero que saiba disso... E o Andy também. Ele está com saudades, e eu também... Todos estamos... Sentimos muito a tua falta... Mas eu sei que você está sempre conosco...

Uma enfermeira trouxe-lhe então um banco, e ela se sentou e tomou uma das mãos de Allie nas suas. Parecia muito frágil e em forma de garra. Seus dedos estavam rígidos, e seus braços, duros, o que era parte da reação do cérebro por ter sido tão molestado. Razão pela qual Page também não quisera que Andy a visse. As marcas do acidente tinham sido deveras impressionantes.

— Ligamos para o seu marido — cochichou-lhe uma enfermeira, enquanto Page segurava calmamente a mão de Allie, dando-lhe leves tapinhas.

— Ele está vindo? — perguntou Page, calma.

Não se sentia mais apavorada, apenas em paz, e mais perto do que nunca de Allie. Estavam juntas agora, mãe e filha, unidas para sempre, num momento tão significativo, à sua própria maneira, quanto o do seu nascimento. De algum modo, isso era diferente.

Era um começo, e um fim. Haviam fechado o círculo. Mais cedo do que previam. Mas ainda estavam ali, juntas.

— Ele disse que não queria deixar o seu filho.

Page assentiu com a cabeça, sabendo que ele poderia ter chamado Jane, mas ele estava com medo de vir, e Page entendeu isso. Brad não quis enfrentar essa situação. Então, a enfermeira tocou o ombro de Page, dando-lhe um pequeno aperto. Ela já vira muitas coisas como essa, mas nunca era fácil, especialmente com crianças.

— Allie? — sussurrou Page então para a filha. — Querida... Tudo está bem... Não tenha medo... Sempre estarei aqui, se precisar de mim.

Queria dizer-lhe isso. Allyson sempre relutara sobre novos lugares, e agora estava a caminho de um, e Page não podia estar ao lado dela para ajudá-la. Embora estivesse com ela em espírito, assim como Allyson ficaria com sua mãe.

— Sra. Clarke? — Era o Dr. Hammerman, ela não o ouvira entrar. — Nós a estamos perdendo — disse ele, brandamente.

— Eu sei.

Ela estava chorando sem sequer notar. Fitou-o com um sorriso e um olhar que partiu-lhe o coração.

— Fizemos tudo o que podíamos. Os danos foram muito profundos. Pensei que ela talvez fosse sobreviver mais essa tarde, mas sinto muito...

Ele permaneceu de lado, sem sequer se intrometer, com os olhos nos monitores. Ele mesmo checou o pulso, observou as diversas fita dos monitores e confabulou com as enfermeiras. Não achava que ela fosse durar mais do que alguns minutos. E sentia muito pela mãe.

— Sra. Clarke? — perguntou, finalmente. — Há algo que possamos fazer? A senhora precisa de alguma coisa? Um padre?

— Nós estamos bem — respondeu ela.

Lembrou-se com perfeição do primeiro momento em que a tivera nos braços. Ela era tão durinha e gorducha, uma bolinha perfeita, com um rosto rosado e reluzente e com uma mecha de cabelo louro. Apesar da provação que fora seu nascimento, Page rira e a segurara nos braços no minuto em que a vira. Agora, lembrar disso a fazia sorrir, e virou-se para Allyson contando-lhe a história, como fizera milhares de vezes, enquanto duas enfermeiras enxugavam os olhos e saíam para ver outro paciente.

O cirurgião continuou observando-a. Já se passara uma hora desde a sua chegada, e, após ter checado os monitores novamente, descobriu que nada havia mudado. Ela não melhorara, mas não estava pior. No fundo, no fundo, Allie estava lutando.

Page simplesmente permaneceu lá, segurando-lhe a mão e falando-lhe calmamente. Seu coração já havia aberto as portas, deixando-a sair. Não tinha o direito de segurá-la, se ela não podia ficar. Agora ela era como um anjo, e o simples fato de estar perto de Page a deixava feliz.

— Eu te amo, querida. — Não se cansava de repetir isso, era como se precisasse dizer-lhe mil vezes antes que ela os deixasse. — Eu te amo, Allie...

Parte dela ainda esperava que ela fosse acordar, sorrir e dizer "eu também te amo", mas sabia que não.

O Dr. Hammerman a mantinha sob constante vigilância, e de vez em quando sentia-lhe as mãos, ajustava o aparelho, checava o respirador e então saía. Page já estava lá há quase duas horas, e quase lamentava Brad não ter vindo. Ele também precisava despedir-se dela. Page assustou-se quando o Dr. Hammerman aproximou-se dela e falou-lhe num sussurro.

— A senhora vê aquele aparelho? — Apontou para um dos monitores, enquanto Page assentia com a cabeça. — O pulso dela está se fortalecendo novamente. Ela nos deu um susto e tanto... Mas preciso dizer-lhe, acho que ela está voltando pra nós.

Os olhos de Page se encheram de lágrimas, e ela só podia pensar na vez que Allyson caíra numa piscina e quase se afogara. Quando conseguiu alcançá-la, tudo o que queria fazer era espancá-la pelo susto terrível que os fizera passar. Olhava para ela agora, sorrindo através das lágrimas, desejando que estivesse bem o suficiente para sacudi-la, espancá-la, beijá-la, abraçá-la ou chorar com ela.

— Tem certeza?

— Vamos observá-la.

Page continuava sentada o seu lado, conversando com ela, lembrando-a da piscina e de quão assustados tinham ficado. Allie tinha apenas quatro ou cinco anos. E, depois, assustou a mãe novamente, andando de bicicleta no meio do trânsito de Ross, quando Page estava grávida de Andy. Contou-lhe também essa história, e a lembrava vez por outra do quanto a amava.

E, quando o sol surgiu lentamente sobre as montanhas de Marin, Allyson pareceu quase respirar fundo e cair num sono tranqüilo. Era como se tivesse ido a um lugar, retornado e agora estivesse muito cansada. Page quase pôde sentir sua mudança de lugar. Não havia mais aquele sentimento efêmero de partida. Ela havia voltado e decidido não abandoná-los novamente.

— Meu trabalho é repleto de milagres — disse o Dr. Hammerman, sorrindo com lentidão, e as enfermeiras ao lado cochichavam e observavam. Estavam quase certas de que a menina Clarke teria partido antes do amanhecer. — Essa jovem tem muita garra. Ela não está pronta para desistir ainda... e nem eu.

— Obrigada — disse Page, tomada de emoção.

Fora sua noite mais extraordinária. Estivera aterrorizada, sem, no entanto, temer coisa alguma. Sabia que Allie os estava deixando, entretanto estava feliz por ela, e aliviada, embora fosse triste para eles. Quase pôde senti-la deixando aquele lugar, e depois retornando para eles. E, ao olhar para ela e beijar a ponta dos dedos da filha, sabia que nada mais a assustaria. Fazia anos que não sentia tanta paz. Haviam sido abençoados, e Page finalmente deixou o hospital e foi para casa, assustada com o poder da bênção. Sentira a mão de Deus perto deles durante toda a noite, e nunca se sentira tão confiante, como se Allyson estivesse segura para sempre.

Page nunca estivera tão agradecida e em paz, ao dirigir de volta para Ross à luz do amanhecer.

Capítulo 9

Page passou o resto do dia sentindo-se como se a sua vida tivesse sido transformada. Nunca se sentira tão leve nem tão feliz. Era impossível explicar ou descrever, mas era como se nunca mais fosse sentir-se com medo ou infeliz. As misérias à sua volta não importavam mais, sentia-se completamente calma e em paz com o mundo.

Até Brad notou a mudança. Ela não parecia mais cansada ou aborrecida, e, embora tivesse passado a noite toda em claro, parecia renovada e quase iluminada ao preparar o café.

Ele estava profundamente aliviado por Allyson ter sobrevivido àquela noite, e sentiu-se imediatamente tocado pelo que Page lhe dizia. Levou Andy para a escola e disse a Page que a veria na hora do jantar. Quando Brad saiu, Page telefonou para a sua mãe e contou-lhe as últimas notícias sobre Allyson. Sua mãe ofereceu-se para vir novamente, e de novo pareceu não perceber o significado daquilo tudo, mas desta vez não aborreceu Page. Ela ainda sentia-se em paz e feliz ao desligar e prometer ligar novamente dentro de alguns dias. Nunca se sentira tão próxima de Allyson. E sabia, sem duvidar sequer um momento, que Allie estava a salvo nas mãos de

Deus. Pela primeira vez, Page se sentia como se não precisasse estar no hospital a todo momento.

Tomou um banho, foi para a cama, dormiu profundamente e acordou em tempo de se vestir e passar rapidamente pelo hospital, antes de ir buscar Andy. Allyson já estava de volta à UTI a essa altura, e Page sentia-se como se tivesse feito uma longa viagem na noite anterior. Sentou-se ao lado da filha, segurou-lhe a mão e disse, mansamente:

— Oi, querida... Bem-vinda de volta... — Ela sabia que, de alguma forma, Allie saberia o que ela quis dizer, com seu coração, sua alma, onde quer que tenham estado juntas. — Eu te amo muito mesmo... Você me enganou na noite passada. Mas estou feliz que tenha feito isso. — Ela quase podia sentir Allie sorrindo, era um calor no fundo do seu coração. Era como se pudesse senti-la agora, como se pudesse se comunicar, sem palavras, mas só com sentimentos. — Preciso de você aqui, Allie... Todos nós precisamos... Você tem que se apressar e ficar boa logo. Estamos com saudades.

Page conversou com a filha por mais algum tempo e sentiu-se perfeitamente relaxada ao deixá-la.

Trygve estava chegando ao hospital quando a viu saindo, e ele notou a mudança nela. Havia um frescor diferente no seu caminhar, seu cabelo estava ótimo e ela exibia um largo sorriso, pela primeira vez em dias.

— Meu Deus, o que aconteceu com você?

— Eu não sei... Qualquer hora conversaremos sobre isso.

— Como ela está?

Ele pareceu preocupado.

— Melhor. Na mesma. Sofreu uma cirurgia ontem, e, depois de um pequeno susto na noite passada, disseram que ela está estável, e isso já é alguma coisa. — Mas havia muito mais a contar, eram coisas demais para se tentar dizer num corredor. — A propósito, a Chloe está dormindo, acabo de vê-la. Mas estava acordada quando entrei. Estava reclamando muito, o que creio ser um bom sinal. Ela parece melhor.

— Graças a Deus. Você vai voltar? — perguntou ele, interessado.

Ela abanou a cabeça.

— Acho que não. Quero pegar o Andy e levá-lo ao beisebol. E pensei em tentar ficar em casa para o jantar, a não ser que a Senhorita Allyson nos chame novamente.

Mas Page estava completamente certa de que não chamaria. Acontecesse o que acontecesse, ela sabia que outro momento como aquele jamais haveria. Coisas como aquela ocorrem só uma vez na vida.

— Te vejo amanhã, então.

Ele pareceu desapontado. Eles se faziam companhia na UTI e desanuviavam os momentos difíceis.

— Estarei aqui depois de levar o Andy para a escola de manhã.

Ela sorriu, despediu-se dele e foi buscar Andy.

Divertiram-se bastante naquela tarde, e ele jogou bem, embora não tão bem como de costume. Ainda estava perturbado, mas até ele respondeu à tranqüilidade de Page, se chegando a ela no carro com um sorvete. O que de repente a fez lembrar do último sábado. Era difícil crer que, há somente cinco dias atrás, suas vidas eram normais. Eram só cinco dias desde o acidente, quatro desde que o chão desaparecera sob seus pés com relação a Brad, e parecia uma eternidade.

Ele não veio jantar naquela noite, mas dessa vez telefonou e disse que teria que trabalhar no escritório até mais tarde, e que seria "mais fácil" permanecer na cidade. Ela sabia o que aquilo queria dizer, mas pelo menos ela podia dar a Andy alguma desculpa. Estava surpresa de quão pouco isso a incomodava. Sentia-se feliz por estar em casa com seu filho e aliviada por Allie não ter sofrido nenhuma outra crise.

Colocou Andy na cama e ligou para Jane, que soubera de algo bem desagradável. Jane conversara com uma amiga da cidade naquele dia, uma mulher que conhecia Laura Hutchinson há anos. A mulher comentou que ela sofria de um problema de alcoolismo desde sua adolescência. Fizera um tratamento há alguns anos, e pelo que se sabia, não tivera recaída alguma desde então.

— Mas e se algo tiver mudado? — perguntou Jane, com um tom de preocupação. — E se ela tiver voltado a beber, ou tiver bebido naquela noite?

Eles nunca saberiam. Page ouvia o que Jane dizia, e ponderava.

Era tudo fofoca, conjectura, vontade de culpar alguém. Mas nada disso mudaria o acontecido.

— Ela provavelmente é inocente — disse Page, com espírito de justiça.

— Se não for, você vai ler sobre isso qualquer dia desses nos jornais — retrucou Jane. — Eles ficaram bem interessados nela, quando aconteceu.

— Espero, para felicidade dela, que não seja este o caso — disse Page, com calma. — Espero que esteja bem. Não acho que fofoca ajude a ninguém.

— Só pensei que você talvez se interessasse em ouvir a história dela — atalhou Jane.

Ela ficara bem entusiasmada com a informação. E se tivesse sido culpa dessa mulher, e não de Phillip?

— Não é muito justo julgar uma pessoa por um problema que teve há tempos atrás — disse Page à amiga. — Mesmo assim, obrigada pela informação.

— Eu te aviso, se souber de mais alguma coisa.

E então, como de costume, trocaram informações sobre Allie. Não parecia haver tempo para conversarem sobre outro assunto ultimamente.

Em seguida, Page pagou algumas contas e atualizou a correspondência. Era a primeira vez naquela semana que ela passava alguns momento se atualizando nas coisas, e a sensação era ótima.

Na manhã seguinte, levou Andy à escola e então retornou ao hospital para ver Allie. Nos últimos dois dias, sentia-se como se tivesse realizado alguma coisa. Passara algum tempo com Andy, o que ele realmente necessitava. E sentia-se mais calma do que antes. Sabia agora que, se essa seria uma longa caminhada, ela teria que manter a cabeça fria e as forças renovadas.

Allie estava na mesma, quando Page chegou ao hospital, pouco antes da nove da manhã, e todas as enfermeiras sorriram cautelosamente ao vê-la. Todas sabiam o quanto Allyson estivera perto da morte na noite da cirurgia, e de repente isso fez com que cada momento, cada dia fosse uma dádiva e infinitamente mais preciosa.

— Como ela está? — perguntou Page, hesitante.

Ela telefonara diversas vezes na noite anterior, e lhe haviam assegurado que nada se modificara. Ela permanecia estável.

— Na mesma — sorriu-lhe a enfermeira. Era uma mulher aproximadamente da mesma idade de Page, com uma boa cabeça, um coração caloroso e ótimo senso de humor. Seu nome era Frances. — O Dr. Hammerman a examinou faz uma hora e pareceu satisfeito com o progresso.

— O inchaço diminuiu alguma coisa?

Era impossível ver, sob aquele enorme aparato que a recobria, mas ela parecia com o sono mais tranqüilo e sua cor estava um pouco melhor.

— Um pouquinho. A cirurgia parece ter reduzido a pressão.

Page concordou com a cabeça e sentou-se ao lado de Allie, tomou-lhe a mão, como sempre fazia, e começou a falar-lhe brandamente. Não havia nenhuma mudança aparente desde o dia anterior, mas Page sentia-se melhor a respeito de tudo. Tornara-se mais capaz de aceitar os acontecimentos e estava menos zangada com Brad. Não conseguia explicar por quê, mas sabia que havia mudado após a experiência da outra noite com Allie.

Quando Trygve apareceu, às dez horas, com uma sacola de *croissants* para ela, também lhe notou a mudança.

— Você nunca pareceu estar tão feliz durante toda a semana — disse Trygve, com um sorriso. — É bom vê-la assim.

As pessoas tinham uma capacidade extraordinária de se ajustarem a qualquer coisa. Ele mesmo sentia-se melhor, após visitar Chloe por seis dias. Ela sairia da UTI naquela tarde e dentro de mais alguns dias iria para casa. Fora uma semana longa, mas pelo menos todos tinham sobrevivido a ela.

Page acenou quando saíram da UTI, e, antes de deixar o hospital, parou para ver Chloe. Ela estava menos dopada agora, embora ainda sentisse dores consideráveis. Mas seu quarto estava repleto de flores, e alguns dos seus melhores amigos vieram visitá-la. Trygve estava sentado do lado de fora do quarto, respirando um pouco e deixando os jovens a sós. Era a primeira vez que Chloe via os amigos depois do acidente. Até então, só vira o pai e os irmãos. Jamie Applegate telefonara e pedira para vê-la também, e Trygve pediu que ele esperasse mais um dia até o fim da semana. Jamie fora muito cortês com ele, bastante preocupado, e estava extremamente ansioso para ver Chloe. O maior buquê de todos chegou no instante em que a estavam levando para ao quarto. Era de Jamie e seus pais.

— As coisas parecem estar melhorando — alegrou-se Page. Era bom ver Trygve aliviado e mais contente.

— Não estou bem certo. — Trygve sorriu penosamente. — Talvez a segunda fase não vá ser fácil. Ela quer sua música, seus amigos, quer ir pra casa na semana que vem, o que é impossível, e quer que eu lave seus cabelos.

Mas ambos sabiam o quão alegre ele estava com todos esses problemas, e não aqueles relacionados com sua sobrevivência.

— Você é um homem de muita sorte — disse Page, com um sorriso discreto.

Ela gostaria de ter os mesmos problemas que ele.

— Eu sei — replicou ele, gentilmente. — Ouvi dizer que você quase perdeu a Allie na noite passada.

Uma das enfermeiras lhe contara toda a história.

Ela fez que sim com a cabeça, não sabendo como explicar a ele sem parecer maluca.

— Foi a experiência mais estranha que eu já tive. Sabia o que estava acontecendo. Senti mesmo antes que me chamassem. Tinha certeza de que ela estava prestes a morrer, e eles também tinham... Nunca havia me sentido tão perto dela antes... Lembrei-me de cada dia, cada hora, cada minuto... Pensei em coisas das quais há anos me havia esquecido, e então, de repente, pude senti-la voltando de um lugar muito distante. Nunca senti antes nada tão poderoso nem tão tranqüilizante. Foi incrível.

Ainda se sentia perplexa, e ele via isso nos olhos dela, à medida que ela falava.

— Já ouvi falarem disso... Graças a Deus que ela voltou — disse ele.

Quase desejou poder ter estado lá com ela. A enfermeira também lhe dissera que havia ligado para Brad, e que ele não viera estar com ela.

— Ela nos surpreendeu a todos — disse Page, com um sorriso caloroso.

— Espero que ela continue fazendo isso.

— Eu também.

— Como o Andy está encarando tudo isso?

— Não tão bem. Ele tem tido pesadelos. — Ela baixou a voz para não embaraçá-lo. Embora Andy não estivesse presente, ele detestaria que alguém soubesse. — Também tem feito xixi na cama. Acho que está mesmo abalado com tudo isso, mas não quero que ele a veja.

— Concordo.

O aspecto de Allie ainda era terrível. Não importa o quão estável sua situação tivesse ficado após a segunda cirurgia, sua aparência ainda apavorava os que a viam. Até Chloe se chocou quando a viu, e soluçou ao perceber que era Allie. A princípio, ela nem a havia reconhecido.

— Seria traumático demais pra ele — observou Trygve.

— Na verdade, a situação lá em casa está sendo um pouco difícil para ele também. — Ela hesitou por um longo momento, com o olhar fixo no fim do corredor, e então ergueu os olhos para ele. — As coisas estão ficando bem difíceis com o Brad, e o Andy sabe disso. Ele não tem vindo muito pra casa nos últimos dias. Ele... Bem... Na verdade, ele está falando em sair de casa.

Ela falava quase calmamente. Havia um tremor mínimo na sua voz, mas ela se surpreendeu com a calma com que proferiu estas palavras. Após dezesseis anos, ele a estava deixando. Na verdade, no que se refere a intenções e propósitos, ele já a deixara. Ele telefonara naquela manhã, dizendo que não o esperasse em casa no fim de semana.

— Pobre criança. É muita coisa numa semana só — disse Trygve, enfaticamente.

— É, só que ainda não contei a ele. Mas ele sabe que alguma coisa está acontecendo, e está muito preocupado.

— Eu não estava falando do Andy quanto disse "pobre criança", me referia a você. Você está atravessando tudo isso. A princípio, parecia que o Brad estava histérico depois do acidente, mas parece que as coisas são um pouco mais complicadas do que isso.

Ele sentia muito em saber daquilo.

— E são. Ele está envolvido com outra pessoa há oito meses.

Parece que está apaixonado por ela. Por algum motivo, eu não percebi isso. Ocupada demais, fazendo murais e sendo motorista, eu acho.

Ela tentava fazer tudo parecer fácil de se lidar, mas não o convenceu. Ele permanecia ao seu lado, observando-a.

— Sei como isso nos faz sentir, e não é nada bem — replicou ele, brandamente.

Ela encolheu os ombros tentando fazer parecer fácil, mas não conseguia.

— Eu nem sequer suspeitei... Você pode imaginar isso? Me sinto tão burra...

"E magoada, e enganada, e abandonada... e só", acrescentou ela, mentalmente.

— Nós todos somos burros, às vezes. Essas coisas são bem difíceis de se enfrentar. Todos no condado de Marin sabiam sobre a Dana, e eu ainda tentava fingir que tínhamos um casamento.

— É, eu também... — Seus olhos estavam cheios de lágrimas ao fitá-lo, e ele desejou poder colocar seus braços ao redor dela. Mas, por algum motivo, era diferente quando estavam falando de Brad, e não de Allie. — É engraçado como tudo acontece de uma vez... Allie... Brad... É muito chocante... E o Andy, coitadinho, está tentando lidar com tudo isso. Eu também estou, mas presume-se que eu seja adulta.

— Esqueça isso, Page. Dê-lhe um chute na canela, se você quiser.

Ela riu da idéia e da cena.

— Acho que quase fizemos isso durante essa semana. Não consigo acreditar de tão ruim que era, e então, quando Allie quase morreu, de repente ganhei uma nova perspectiva... Não me pareceu mais tão catastrófico, me refiro ao Brad, é simplesmente algo que precisamos resolver... E o acidente é algo que devemos superar. Sinto-me mais forte agora, embora não saiba exatamente por quê.

— Você parece mais forte. A mente é algo extraordinário. Sempre encontramos nela os recursos de que precisamos.

Ela concordou com a cabeça, sentindo-se bem e mais próxima dele. Trygve olhou-a quase timidamente e perguntou:

— O que você e o Andy vão fazer amanhã à tarde?

— Não tenho certeza, desta vez ele não tem jogo de beisebol e eu pretendia deixá-lo com a minha vizinha. O Brad não vai estar por perto, mas ainda não contei ao Andy. Não quero deixar a Allie sozinha o dia todo. Na verdade, ainda não resolvi. Por quê? No que está pensando?

— Pensei que seria bom se vocês dois viessem almoçar conosco. O Bjorn adora crianças da idade do Andy, e eles podem se dar bem. Se assim for, você pode deixá-lo comigo enquanto vai ao hospital, e pegá-lo após o jantar, ou até mesmo voltar e juntar-se a nós.

Era um convite e tanto, e ela ficou emocionada por ele tê-la convidado.

— Me parece trabalho demais pra você. Tem certeza de que nos quer lá? E a Chloe?

— Prometi ao Bjorn que viríamos amanhã de manhã vê-la e depois iríamos pra casa brincar. Dois amigos da Chloe disseram que a visitariam, e o Jamie vem vê-la também. Pensei em voltar aqui à noite.

— Me parece um dia e tanto pra você.

Ela estava hesitando, mas os olhos dele imploravam para que fosse. Ele apreciava a companhia dela e gostava do menino, e ambos precisavam de um descanso da gravidade da situação. A semana fora difícil para ambos, e ele sabia que ela precisava respirar tanto quanto ele.

— Honestamente, Page, nós gostaríamos muito... E acho que o Andy também vai gostar.

Trygve não mencionou que seria também uma maneira de distraí-lo sobre a ausência do pai.

— Eu também gostaria — disse ela, mansamente. — Está bem... e obrigada.

As duas garotas que estavam visitando Chloe saíram do quarto, o que era o sinal para que o pai entrasse. Trygve pediu a Page que viesse ao meio-dia com Andy.

— Diga a ele que traga sua luva. O Bjorn adora jogar beisebol.

— Direi.

Ela sorriu, acenou, foi para casa e contou a Andy seus planos, e que Brad estaria fora no fim de semana numa viagem de negócios.

— *Sábado e domingo?* — perguntou ele desconfiado, mas sem questioná-la mais.

Ela tentou falar-lhe sobre Bjorn, e ele não teve medo, mas ficou intrigado. Ele conhecia Bjorn, mas nunca brincara com ele antes. Disse que havia um menino assim na escola, mas o tinham colocado em aulas especiais.

Porém ela e Andy ficaram surpresos com a facilidade com que as coisas aconteceram no dia seguinte. Bjorn ajudara a fazer o almoço, preparara hambúrgueres deliciosos e batatas fritas, e Trygve fizera cachorros-quentes, salada de batata e tomates fatiados. Nick havia voltado para a faculdade, mas, segundo Bjorn, ele preparava os melhores cachorros-quentes em toda a família, muito melhores do que os do pai deles. Ele dizia isso com muita seriedade, e Andy riu banguela e serviu-se de um cachorro-quente.

— O que aconteceu com os seus dentes? — perguntou Bjorn, intrigado.

— Eles caíram — explicou Andy, parecendo confuso.

Ele compreendia Bjorn melhor agora, e não achava notável o fato de ele ter síndrome de Down. Mas estava intrigado pelo fato de Bjorn ter dezoito anos. Ele era a criança mais velha com a qual Andy já havia brincado.

— O dentista vai dar dentes novos pra você? — perguntou Bjorn, ainda interessado. — Eu quebrei um no ano passado, e o dentista consertou.

Mostrou o dente a Andy, e este fez que sim com a cabeça, solenemente, estava igualzinho aos demais.

— Não, os meus dentes vão crescer de novo — disse Andy. — Os seus também devem ter crescido, na minha idade. Só que você não se lembra.

— É, talvez eu não tenha prestado atenção.

Page e Trygve os observavam, intrigados. Estavam se entrosando maravilhosamente bem, como dois velhos amigos, sentados em espreguiçadeiras ao sol da primavera.

— Você joga beisebol? — perguntou Bjorn, fitando-o.

— Jogo — respondeu Andy, com um outro sorriso, desta vez servindo-se de um hambúrguer.

— Eu também. Gosto de boliche também. Você gosta de boliche?

— Nunca joguei — confessou Andy. — Minha mãe diz que eu ainda não sou bastante grande. Ela diz que as bolas são muito pesadas.

Bjorn concordou. Fazia sentido para ele.

— Elas são pesadas pra mim também, mas meu pai me leva... Às vezes vou com o Nick... ou com a Chloe. A Chloe está doente. Ela quebrou a perna na semana passada. Mas ela vem pra casa logo.

— É. — Andy assentiu com a cabeça, sério. — Minha irmã também está doente. Ela bateu com a cabeça num acidente de carro.

— Ela quebrou a cabeça?

Bjorn parecia ter pena dele, era ruim se ter uma irmã machucada. Ele chorara quando foi ver Chloe.

— É, mais ou menos. Eu ainda não fui no hospital, ela ainda está mal.

— Ah. — Bjron ficou feliz em saber que tinham algo em comum. Ambos gostavam de jogar beisebol e tinham irmãs doentes. — Estou participando das olimpíadas especiais. Meu pai vai comigo.

— Isso é legal. O que é que você faz lá?

Bjorn explicou-lhe o quanto gostava de basquetebol e salto à distância, enquanto Trygve e Page se afastavam para sentarem-se do outro lado do jardim.

— Eu diria que foi um sucesso. — Trygve sorriu. — O Andy está na idade perfeita. O Bjorn tem a idade mental entre os dez e os doze anos, mas seu ponto fraco são as crianças mais jovens. O Andy é um bom garoto. — Trygve sentia-se tocado pelo modo caloroso e respeitoso com que Andy conversava com Bjorn, e era óbvio que gostava dele. — Você tem sorte.

— Ambos temos. São todos bons meninos. Só gostaria que duas senhoritas não tivessem mentido no sábado passado e se metido numa tremenda enrascada — disse ela, observando os irmãos delas.

Era difícil crer que apenas uma semana se passara desde o fato que separara suas vidas de proa a popa, e depois unira novamente. Durante toda a semana, ela havia aberto seu coração para ele, e não prestara atenção alguma nele. Mas agora percebia que ele era muito bonito.

— Às vezes, gostaria de poder fazer o relógio voltar atrás — disse ele, brandamente.

Então olhou para ela. Estirada sobre uma espreguiçadeira, seus cabelos caíam-lhe por sobre os ombros, e seu rosto voltava-se para o sol. Era simplesmente maravilhoso estar ali.

— Não estou bem certa de que retroceder o relógio seja a solução... Talvez adiantá-lo seja melhor, mas bem rápido, de modo que deixemos todas as partes ruins pra trás.

Page sorriu, ao dizer isso.

— As partes ruins parecem durar pra sempre, não é?

Ambos riram, pensando em como aquilo era mesmo verdade.

— Eu não me importaria de adiantar agora até a parte em que a Allie melhora.

Ela respirou fundo.

— Ela vai melhorar — disse ele, encorajando-a.

Ela sobrevivera uma semana após o acidente, e, como os médicos tinham dito, isso era uma esperança.

— Mas talvez seja uma longa jornada, Page. Já pensou nisso?

— Não faço outra coisa. O médico disse que podem se passar anos até que ela volte a ser "normal", seja lá o que isto signifique.

— Pode ser. Não sei sobre isso, mas sei como foi com o Bjorn. Ele usou fraldas até os seis anos, e até os onze ainda se machucava muito. Eu me preocupava constantemente com o trânsito nas ruas. Ele queimou-se no forno, tentando cozinhar algo, quando tinha doze anos. Levou muito tempo pra que chegasse até onde ele está agora, e foi preciso muita paciência e dedicação tanto da parte dele quanto da minha. De vez em quando, tive ótimas pessoas me ajudando. Você pode precisar delas também, talvez você tenha que começar do zero com a Allie.

Ele não o mencionou, mas ambos sabiam que era possível que Allie jamais voltasse a ser normal. Talvez ficasse até menos capaz do que Bjorn, caso se recuperasse.

— É assustador só de pensar... Mas prefiro tê-la assim do que não tê-la de modo algum.

— Eu sei. Compreendo.

Era bem reconfortante conversar com alguém que compreendia, e ela detestou ter que sair e ir ao hospital naquela tarde. Mas não quis deixar Allie sozinha, e prometera levar algumas coisas para Chloe. Ela queria revistas, biscoitos e sua maquiagem. Estava se sentindo melhor, e dizia que a comida do hospital era horrível.

Os meninos jogavam beisebol no jardim da frente quando Page saiu em direção ao hospital, e Trygve acenou ao vê-la partir. Ela se sentia feliz pela primeira vez em séculos. Não importava o que mais estivesse acontecendo, pelo menos ele estava lá para ajudá-la, tinha-se tornado um bom amigo, e passar momentos com ele era como estar numa ilha de quietude em meio a um mar de terror.

Tudo estava calmo no hospital naquele dia. Allie ainda estava em sono profundo, respirando com os aparelhos, e sua situação constava como crítica porém estável. Page sentou-se perto dela, como de costume, falando baixinho, contando-lhe o que estava acontecendo e lembrando-a do quanto eles a amavam. Quando deixou Allie por um instante, foi ao quarto de Chloe e encontrou Jamie Applegate fazendo-lhe uma visita. Ele trouxera seu porta-CDs, seu próprio aparelho de CD para emprestar-lhe e outro montão de flores. Foi extremamente educado com Page e perguntou quando é que poderia ver Allie.

— Por enquanto não — explicou-lhe ela.

Era cedo demais para que Allie recebesse visitas, e o impressionaria muito. Como mãe, ela sabia disso. Prometeu avisá-lo assim que pudesse e deixou os dois jovens ouvindo música.

Page foi buscar Andy no final da tarde. Os meninos estavam gargalhando, jogando cartas. Jogavam bafo-bafo, e ambos estavam roubando. Trygve estava ocupado, fazendo o jantar.

— Estou preparando meu famoso cozido norueguês, macarrão e almôdegas suecas.

— As almôndegas estão ótimas — disse Bjorn.

E saiu correndo da cozinha, com Andy em seus calcanhares. Os dois subiram ao quarto para verem um filme na televisão.

— Não acho que o Andy esteja querendo ir embora. Você vai ter que ficar para o jantar.

Trygve sorriu, e ela ofereceu-se para ajudá-lo. Ela colocou a mesa e cozinhou o macarrão com *champignons*. O cozido na verdade cheirava muito bem, e ele a deixou provar uma das almôndegas. Bjorn tinha razão. Ele era um bom cozinheiro, bom amigo e ótima companhia.

— Como estava a Chloe? — perguntou ele, dando uma olhada no cozido.

Page sorriu.

— Bem. O Jamie estava lá. Ele é um bom garoto. Parece muito nervoso e cheio de desculpas. Mas trouxe pra ela um porta-CD cheio, e estavam ouvindo música quando eu saí. — Então, ao pensar nisso, sua fisionomia ficou mais séria. — Fez-me sentir saudades da Allie. Na semana passada, na verdade faz uma semana esta noite, ela tentava me convencer a lhe emprestar minha suéter favorita.

A suéter rosa foi destruída, é claro, rasgada em pedaços no Hospital Geral de Marin. Essa foi a primeira vez que isso passou pela mente de Page. Ela não queria a suéter de volta, apenas sua filha.

— Gostaria de poder fazer alguma coisa pra tornar essa situação mais fácil pra você — disse ele, ao sentarem-se à mesa da cozinha com um copo de vinho, enquanto aguardavam o cozido.

— Você já fez. Não acho que a minha vida vai ser fácil por um bom tempo. Nesse caso, o Brad sairá de casa mais cedo ou mais tarde, e isso será difícil... especialmente pro Andy... e pra mim também. E, aconteça o que acontecer com a Allie, também vai ser difícil.

Poderia ser como um pesadelo, ou, na melhor das hipóteses, levaria um longo tempo e magoaria o coração, por vezes. Mas a vida era assim mesmo, e ela estava decidida a aceitar. Essa semana lhe ensinara muitas coisas, entre elas, aceitação e paciência.

— Como acha que o Andy vai reagir, se o Brad for embora? — indagou ele.

— Acho que vai ser terrível. E não creio que seja "se", mas sim "quando". Está ficando tudo bem claro agora.

— As crianças às vezes nos surpreendem. Acho que freqüentemente sabem das coisas antes de lhes contarmos.

— Talvez.

Os meninos entraram correndo na cozinha outra vez, e ambos

pareciam estar se divertindo muito juntos. Cinco minutos depois, Trygve os chamou para a mesa.

— Hora das almôndegas, rapazes! — chamou ele, e os fez lavarem as mãos quando chegaram lá.

Deram graças à mesa, o que surpreendeu Page, mas também a confortou. Era uma lembrança distante de sua família durante a infância. Eles nunca davam graças, e só iam à igreja em ocasiões especiais. Surpreendeu-se ao descobrir que Trygve era religioso.

— Eu vou à escola dominical — explicou Bjorn ao seu novo amigo. — Eles me ensinam sobre Deus. Ele é um cara legal. Você iria gostar dele.

Page prendeu um sorriso. Olhou para o outro lado da mesa e viu que Trygve sorria também.

Os dois meninos continuaram a conversar, e Page e Trygve foram para o jardim depois. Era tarefa de Bjorn arrumar a cozinha após o jantar, e Andy ficou para ajudá-lo.

— Ele é um ótimo garoto — disse ela, ao se sentarem nas cadeiras sobre a grama.

A tarde estava linda, e havia um pôr-do-sol alaranjado nas montanhas de Marin, que ambos observaram por um longo tempo, em silêncio.

— É, sim — concordou Trygve. — Felizmente, o Nick e a Chloe também acham. Um dia terão que cuidar dele, quando eu me for. Pensei em colocá-lo para morar num apartamento, mas não acho que esteja preparado.

Era algo em que ela também precisava pensar. Se Allie não fosse capaz de cuidar de si mesma, um dia Andy teria que se responsabilizar por sua irmã. Era um problema no qual nunca pensara antes, mas as crianças especiais têm necessidades especiais. De repente, havia mundos completamente novos para ela explorar.

— Foi divertido ter você aqui hoje — Trygve sorriu. — Nós realmente gostamos, Page.

— Nós também — disse ela, mansamente. — Você realmente nos deu um lugar para relaxarmos e nos divertirmos no meio desta confusão em que nossas vidas se tornaram.

Não será uma confusão para sempre — disse ele, por experiência própria, querendo ajudá-la a superar.

— Não é o que parece no momento. Não sei sequer que rumo tomar. Tudo tem mudado tão rapidamente, não consigo nem parar pra respirar. E coisas que, na semana passada, pensei serem tão importantes, hoje nem sequer fazem parte da minha vida. É difícil saber o que fazer.

Ele tomou a mão dela na sua e segurou-a. Ele não queria assustá-la e sabia ser o momento errado, mas algo em torno dela fazia com que ele quisesse protegê-la.

— Você está fazendo tudo certo. Só precisa dar um passo de cada vez e caminhar bem devagar.

Mas Page riu para ele.

— Acredite-me, sou a única que está se movendo devagar no momento. O resto da minha vida está desmoronando tão rápido que eu não tenho tempo nem de catar os pedaços.

Ele riu do que Page disse, e ambos ficaram olhando o pôr-do-sol juntos, sentados.

— A vida parece tão simples, às vezes, mas nunca é tão simples quanto parece, não é? — perguntou ele, enquanto o sol escorregava por entre as montanhas. — Pensamos que já temos tudo planejado, e então a coisa toda desmorona. A única coisa boa é que quando conseguimos consertar tudo geralmente fica melhor.

— Gostaria de acreditar nisso — disse ela, fitando-o.

Page gostava de vê-lo e ouvi-lo, ele era genuíno, íntegro e incrivelmente decente.

— Sou muito mais feliz do que era — disse ele, honestamente. — Nunca pensei que seria, mas sou. E não estou nem ligando se vou me casar novamente ou não. Eu gostaria até mesmo de ter mais filhos, mas sabe o que mais? Se a mulher certa não aparecer, fico perfeitamente feliz como estou agora. Estou feliz com meus filhos, com meu trabalho... Eu costumava ser meio maluco, tentando o tempo todo fazer as coisas funcionarem com Dana... e nunca dava certo. Ela sempre conseguia tornar as coisas impossíveis, e fazer-me sentir miserável e como se tivesse falhado. Não me sinto mais assim. Gosto da minha vida. Sinto-me bem comigo mesmo e com os meninos. Dentro em pouco, você sentirá isso também. Você tem filhos maravilhosos, é muitíssimo talentosa e é uma ótima pessoa. Você merece ser feliz, Page, e qualquer dia desses, com ou sem um homem, você será.

— Quer assinar isso com sangue, por favor? Só para eu ter certeza.

— Eu adoraria. Tudo vai melhorar, você vai ver.

— Mal posso esperar — disse ela, brandamente.

Ele ficou observando-a por algum tempo. E então debruçou-se em direção a ela, e de repente ela imaginou que ele fosse beijá-la. Mas, naquele exato momento, os dois meninos surgiram no jardim, querendo jogar beisebol.

— Nada disso, rapazes — disse Trygve, com firmeza. O momento havia passado, e Page imaginava se teria sido um sonho. — Bjorn, está muito tarde pra beisebol. Por que vocês não entram e vão ver um filme? Daqui a pouco já vai ser hora de dormir. — E então voltou-se para Page: — Você quer deixar o Andy aqui esta noite? Vai voltar ao hospital?

— Pensei em ir pra casa. O Brad disse que talvez viesse buscá-lo amanhã. Se ele vier, então passarei mais tempo com Allie. Você vai voltar pra ver a Chloe hoje à noite?

Suas vidas tinham sido totalmente tomadas por idas ao hospital, e era preciso muito malabarismo para atender ao mesmo tempo às necessidades de todos. Às vezes, era profundamente exaustivo.

— Vou daqui a pouco — disse ele, mansamente.

— Devemos ir pra casa — lamentou Page.

Sentaram-se lado a lado por alguns instantes, confortáveis na brisa da noite e à vontade um com o outro. Ele não fez qualquer outro movimento na direção dela novamente. No caminho para casa, ela chegou à conclusão de que fora a sua imaginação. Ele era muito independente e tinha a sua própria vida. E, como Allyson dissera na semana anterior, e ele mesmo confirmara, Trygve parecia perfeitamente feliz sem uma mulher em sua vida. Dana o deixara muito escaldado.

Mas agora Brad a escaldara também. E era estranho perceber que ela estava, na verdade, atraída por Trygve. Nunca pensara nisso antes, mas, depois de passar uma semana tão perto dele, ela tinha que admitir que não só o achava bonito, mas atraente. Ela estava sorrindo e pensando nele, a despeito de si mesma, quando Andy, no banco de trás do carro, perguntou algo que quase lhe tirou o fôlego.

— Quem é Stephanie?

— O quê?

O coração dela disparou com a pergunta.

— Ouvi você gritar com o papai sobre ela outro dia. E depois ouvi ele ligar pra ela.

— Acho que é alguém com quem ele trabalha — disse Page, sem expressão alguma na voz.

Trygve estava certo. As crianças sabem muito mais do que a gente pensa. Ela imaginou o quanto Andy escutara na noite do pesadelo.

— Ela é legal? — insistiu ele.

— Eu não conheço ela.

A voz de Page não tinha qualquer expresssão.

— Então por que você gritou com o papai?

Ele a estava pressionando, e ela se zangou.

— Eu não estava gritando com o seu pai, e não quero falar sobre isso.

— Por que não? Ela falou legal comigo no telefone.

— Quando?

Page sentiu um impacto em seu plexo solar. Embora soubesse dela agora, não gostava de ouvir Andy falando sobre ela.

— Ela ligou ontem, quando você estava no hospital. Pediu que eu dissesse ao papai que ela ligou.

— E você disse?

— Esqueci. Tomara que ele não fique zangado comigo.

— Tenho certeza que não — disse Page.

Ao chegarem em casa, ela trazia escrito no rosto tudo o que sentia em relação àquilo. Os dois entraram, silenciosos, e subiram de mãos dadas até o quarto do garoto.

— E *você*, está zangada comigo? — perguntou Andy, preocupado.

Page o ajudava a se despir, e teve que respirar fundo e olhar para ele. Não havia por que zangar-se com ele por algo que o seu pai estava fazendo.

— Não, querido, não estou zangada com você. Só estou cansada.

— Você está sempre cansada, mamãe, desde o acidente da Allie...

— Bem, tem sido difícil pra todos nós. Pra você também. E eu sei disso.

— Você está zangada com o papai?

— Às vezes. Na maioria das vezes, só estamos cansados e preocupados com a Allie. Não estamos zangados com você. Você não tem culpa de nada disso.

— Você está zangada com a Stephanie?

Ele estava tentando entender tudo aquilo. Era muito inteligente para a idade dele, mais do que pensava, e Page respirou fundo com a pergunta.

— Nem sequer conheço ela.

Era verdade. Era com o Brad que ela deveria se zangar. Brad a traíra, mentira, ferira seu coração. Era tudo culpa de Brad, e não da garota com quem ele havia dormido.

— Não estou mesmo zangada com ninguém, querido — disse ela. — Nem com o papai.

— Que bom. — Ele sorriu então, aliviado, e ela sabia que logo teria que lhe dizer alguma coisa, especialmente se Brad fosse sair de casa num futuro próximo. — Gosto do Bjorn.

— Eu também. Ele é um garoto legal.

— Ele é o amigo mais velho que eu tenho. Ele tem dezoito anos e é especial.

— Ele é especial — sorriu ela — e você também é. Eu te amo, querido.

Ela o beijou e o pôs na cama, e então foi deitar-se em sua própria cama, pensando no quanto a vida se modificara em uma breve semana, no quão simples era há uma semana atrás, com Allie saindo para jantar com os Thorensens e Brad em Cleveland. Tudo parecia tão simples. E agora não era mais simples. As mentiras dos jovens não fizeram outra coisa senão matá-los.

Capítulo 10

Page passou a maior parte do domingo no hospital, depois de ter deixado Andy na casa de um amigo da escola. Brad telefonara naquela manhã para dizer que não teria tempo de vê-lo. Mas, após um desapontamento inicial, Andy ficara feliz em ir para a casa do amigo.

Trygve esteve com Page na sala de espera da UTI por alguns minutos, a fim de levar-lhe um sanduíche e alguns biscoitos, e então voltou para perto de Chloe, que tinha visitas. Ela estava se divertindo em ver jovens de novo, isso parecia fazê-la sentir-se melhor.

— A propósito, o Bjorn está em êxtase por causa de ontem — disse Trygve a Page, ao compartilharem um sanduíche do lado de fora da UTI.

Ele parecia contente em vê-la, mas ela já estava convencida de que tudo não passara de ilusão sua. Ele era amigável, mas não romântico.

— O Andy também. Ele se divertiu bastante. Teria chamado o Bjorn pra ficar lá em casa hoje, só que ele precisou ir para a casa de um amigo. O Brad ligou dizendo que não poderia vê-lo.

— O Bjorn tinha que fazer os trabalhos de casa mesmo. Como foi que o Andy reagiu, quando o Brad ligou?

— Não muito bem. Mas se conformou.

Conversaram um pouco, e depois ele voltou ao quarto de Chloe. Page pegou Andy, a caminho de casa, e parou para tomarem sorvete. Num mundo onde tudo se transformara da noite para o dia, os menores rituais confortavam a ambos.

E os dois se surpreeenderam quando Brad apareceu, poucos minutos após eles terem chegado em casa, dizendo que ficaria para o jantar. Ele perguntou como Allie estava, e Page respondeu-lhe a verdade. Ainda estava viva, mas sem sinal de melhora.

Jantaram silenciosamente na cozinha, os três, e Page se espantou quando, depois, o viu arrumando uma mala.

— Você está indo embora? — perguntou ela.

Era como se já estivesse esperando por isso, o que entristeceu a ambos. Em apenas oito dias, era a esse ponto que haviam chegado.

— Vou pra Chicago a serviço.

Ele não disse que Stephanie iria com ele. Desta vez, ela insistira em ir.

— Quando você parte? — perguntou ela, brandamente, pronta para qualquer coisa.

— Esta noite. Vou seguir no vôo noturno.

— E a Allie?

E se ela fraquejasse de novo? Ele suportaria isso? Mas ela já sabia a resposta à sua pergunta.

— Eu preciso ir. É um contrato importante que tenho que fechar.

Ele disse isso calmamente, e ela não pôde se conter.

— De verdade, ou como aquele de Cleveland?

— Não comece com isso, Page — disse ele, carrancudo. — Estou falando sério.

— Eu também.

Ela não confiava mais nele, mas isso não vinha mais ao caso.

— Você sabe, eu ainda tenho um emprego. Com ou sem acidente, ainda preciso trabalhar. E o meu trabalho me leva a outras cidades.

— Eu sei disso — concordou ela, e saiu do quarto.

Ele deu em Andy um beijo de despedida e deixou o nome e o telefone do hotel no bloco de recados da cozinha. Estava saindo por três dias, e ela não se importava muito. De certa forma, a saída dele aliviaria a tensão entre os dois.

— Estarei de volta na quarta-feira — informou ele, antes de sair.

E não disse a ela nada mais. Nem "eu te amo". Nem "adeus". Simplesmente fechou a porta e tirou o carro. Tinha só tempo suficiente para pegar Stephanie a caminho do aeroporto.

— Está zangada com ele? — perguntou Andy, nervoso.

Ele ouvira o tom de voz com que conversaram, e detestara. Colocara seu travesseiro nos ouvidos para não ter que ouvir quando começassem a brigar.

— Não, não estou zangada com ele — confirmou ela, mas seu rosto dizia o contrário.

Logo que Andy adormeceu, Page leu um pouco, tentando não pensar tanta coisa que se modificara. Era muita coisa para se pensar. Desligou a luz e foi dormir, após ter ligado para o hospital a fim de ter notícias de Allie.

Na manhã seguinte, depois de deixar Andy na escola, ela foi ver a filha, e passou o dia na UTI. Frances, a enfermeira-chefe, já a conhecia tão bem que a deixava passar horas à cabeceira de Allie. Agora já era rotina. Ela não tinha outra vida, outra obrigação, outro trabalho a não ser ricochetear entre as necessidades de Andy, suas vigílias no hospital e as brigas com Brad sempre que o via. Era tremendamente claustrofóbico.

Sentia-se quase dormente ao sentar-se lá e observar os aparelhos respirando por Allie. A essa altura, já haviam retirado os curativos dos olhos dela. E, por um instante, ela pensou ter visto uma das pálpebras se erguer. Mas, após observar cuidadosamente por um longo tempo, percebeu que fora um sonho. Às vezes, as pessoas viam coisas que desejavam, mas na verdade elas não estavam acontecendo, eram ilusões.

Ela recostou-se por um momento na cadeira desconfortável e fechou os olhos, quando Frances veio buscá-la. Ela estava esperando a chegada do terapeuta, para que pudesse ajudá-lo a movimentar os braços e pernas de Allie. Era importante que fizessem isso para que seus músculos não se atrofiassem a ponto de não se moverem. Havia muito o que fazer, mesmo com uma paciente em coma.

— Sra. Clarke?

Page pulou, sobressaltada ao ouvir o chamado.

— Sim?

— Tem uma ligação para a senhora. Pode atender no balcão.

— Obrigada.

Provavelmente era Brad, de Chicago, querendo saber sobre Allyson. Ele era a única pessoa que saberia onde encontrá-la, com exceção de Jane, e não havia razão para que ela telefonasse. Andy estava na escola, naquela hora. Explicaram que sentiam muito em incomodá-la, mas havia uma emergência, o filho dela acabara de se acidentar.

— Meu filho? — disse ela, surpresa, como se não tivesse um. Todo o seu corpo sentiu como se fosse entrar em choque. — Como assim?

Todo o seu ser encheu-se de pânico.

— Sinto muito, Sra. Clarke. — Era a secretária da escola. Page mal a conhecia. — Houve um acidente... Ele caiu de um dos brinquedos do *playground.*

Oh, Deus, ele estava morto... Quebrou a coluna... Machucou a cabeça também... Ela começou a chorar. Não podia passar por tudo isso de novo. Será que não entendiam isso?

— O que aconteceu?

Sua voz era quase inaudível, e uma das enfermeiras observava seu rosto e o viu ficar cinza com o que ela estava ouvindo.

— Achamos que possa ter quebrado o ombro. Ele está a caminho do Hospital Geral de Marin no momento. Se a senhora for para a sala de emergência, estará lá quando ele chegar.

— Está bem. — Ela desligou o telefone sem se despedir e olhou em volta, em pânico. — Meu menino... Meu filho... Ele sofreu um acidente...

— Acalme-se... Ele provavelmente está bem. — Frances tomou imediatamente as rédeas e levou Page até uma cadeira e deu-lhe um pouco de água. — Tenha calma, Page. Ele vai ficar bem. Onde ele está?

— A caminho daqui, da sala de emergência.

— Vou levá-la até lá — disse a enfermeira-chefe, calmamente.

Ela providenciou para deixar alguém substituindo-a e levou Page até a sala de emergência. Sua aparência era horrível e ela tremia visivelmente ao chegarem lá. Mas Andy ainda não havia chegado.

Frances deixou Page sob os cuidados da equipe da sala de emergência, e, no momento seguinte, Page correu até um telefone público. Era imbecil da sua parte, ela sabia, mas, pela primeira vez na vida, não conseguiria sozinha. Tinha que ligar para ele.

Trygve atendeu ao segundo toque, e parecia ocupado. Estava provavelmente escrevendo. Ela sabia que ele precisava entregar um artigo ao *The New Republic.*

— Alô?

— Sinto muito, Trygve... Eu precisava ligar... Houve um acidente na escola...

Por um momento, ele não reconheceu a voz dela. Pensou que alguém estivesse telefonando por causa de Bjorn, e então percebeu quem era.

— Page? Você está bem? O que aconteceu?

A voz dela estava horrível.

— Eu não sei... — Ela chorava ao telefone, e não falava com coerência. — É o Andy... A escola acabou de ligar... Ele se machucou... Caiu de um dos brinquedos do *playground...*

Ela começou a soluçar, imaginando novamente o pior, e Trygve levantou-se.

— Já estou a caminho. Onde você está?

— Na sala de emergência do Hospital Geral de Marin.

A essa altura, já era um lugar bem familiar para ambos, e ele foi para lá na velocidade máxima. Estacionou justo quando Andy estava sendo carregado para fora do carro por um professor. Trygve foi rápido e o alcançou. O menino parecia apavorado e pálido como se sentisse dor, mas estava bastante consciente e aparentemente fora de perigo.

— O que você está fazendo aqui, rapazinho? Esse lugar é para pessoas doentes. E você me parece bem.

Trygve o examinou com um olhar enquanto conversavam.

— Eu machuquei o meu braço... e as minhas costas... Caí no

play — disse ele, languidamente, enquanto Trygve abria a porta para o professor.

Parecia um professor de educação física, com malha, tênis e um apito em volta do pescoço, e estava preocupado com Andy.

— Sua mãe está aí dentro esperando você.

Ele sorriu gentilmente e os seguiu sala adentro, vendo Page imediatamente. Ela estava horrível e não conseguia parar de tremer. Começou a chorar assim que o viu. Toda a força que tivera com Allie a abandonara de repente. Trygve colocou um braço ao redor dela, aproximando-a de si, para fazê-la parar de tremer, enquanto o professor carregava a criança para a sala de exames, onde a enfermeira o estava esperando para checar os sinais vitais e examinar o estrago. Ela era alegre e bondosa. Primeiramente, examinou com cuidado o menino, com os dedos. Percebeu que ele havia quebrado o braço e deslocado o ombro. Mas examinou também com uma lanterna os olhos dele, à procura de ferimentos na cabeça.

— Espere aí! — brincou Trygve. — Você está tão arrebentado quanto Chloe. Ela não pode andar, e agora você quebrou o braço... Caramba, vocês dois! Vou deixar o Bjorn tomando conta de vocês dois.

Ele sorriu, e Andy tentou rir, apesar da dor, mas o braço doía muito. Colocaram-no num maca para levá-lo para os raios X, e Trygve permaneceu ao lado de Page o tempo todo.

— Ele vai ficar bem, Page. Fique calma — assegurou-lhe, enquanto faziam os raios X.

— Não sei o que aconteceu — disse ela, ainda morbidamente pálida e tremendo. — Eu entrei em pânico... Sinto muito ter ligado pra você.

Mas foi só o que veio à sua mente quando lhe contaram. Precisava de Trygve lá, ao seu lado, assim como estivera naqueles primeiros dias de pesadelo com Allie, e sempre desde então. Era Trygve que queria ao seu lado, não Brad, e perceber isso a surpreendeu. Mas ela sabia que podia contar com Trygve. E ele estava feliz por estar ali.

— Eu não sinto que tenha ligado. Só sinto que isso tenha acontecido. Mas ele vai ficar bem.

A essa altura, o professor já havia regressado à escola, e Trygve ficou com Andy e segurou-lhe a mão enquanto colocavam seu ombro de volta no lugar e arrumavam o braço, o que era bastante doloroso. Colocaram o braço numa tipóia, após lhe terem dado alguma coisa para a dor. Queriam que fosse para casa e que ficasse na cama durante todo o dia, e depois disso ele estaria bem de novo. O gesso tinha que ser usado durante seis semanas. Fora uma fratura e tanto, mas na idade dele não se previa nenhum problema a longo prazo.

— Vou levar vocês dois pra casa — disse Trygve, brandamente.

Trygve não teria confiado em Page para guiar um velocípede, quanto mais um carro. Page concordou, mas primeiro voltou à UTI a fim de buscar sua bolsa e dizer-lhes que estava partindo. Trygve também passou pelo quarto para dar um beijo rápido em Chloe e dizer que voltaria mais tarde. Ele contou-lhe sobre o acontecido com Andy, e ela mandou-lhe recomendações e se admirou do azar que parecia estar seguindo a todos eles ultimamente.

— Diga a ele que vou assinar no gesso quando o vir.

— Direi... Vejo você depois.

Trygve correu de volta à sala de emergência e carregou Andy para o carro. Ele estava meio adormecido, devido à injeção que lhe tinham aplicado, e Page levava alguns comprimidos para ele. Andy passaria o dia dormindo, o que seria melhor para ele.

Trygve carregou Andy para dentro de casa, enquanto Page abria as portas, e ajudou-a a despi-lo e colocá-lo na cama. Ele quase não acordou enquanto faziam isso. Pegou no sono antes que sua cabeça tocasse o travesseiro. Mas Trygve não estava preocupado com Andy, e sim com Page. Sua aparência era terrível.

— Quero que vá se deitar também. Você parece péssima.

— Só fiquei assustada, só isso... Não sabia o que esperar... Pensei...

— Já sei o que pensou. — Ela estava cinza. — Vamos... Onde é o seu quarto?

Ela foi na frente e ele esperou até que ela se deitasse de roupas.

— Sinto-me uma boba... Estou bem.

— Não parece. Quer uma dose de conhaque? Pode lhe fazer bem.

Mas ela sorriu, abanando a cabeça, e sentou-se na cama e olhou para o homem que havia deixado tudo para correr em seu auxílio.

— Obrigada por ser um amigo tão bom. Eu nem sequer raciocinei antes de ligar pra você. Simplesmente sabia que precisava de você lá.

Ele sentou-se numa poltrona grande e reclinável ao lado da cama e fitou-a carinhosamente.

— Estou feliz que tenha telefonado. Você já sofreu demais. — E então ocorreu-lhe uma coisa, para começo de conversa, o interessante era que ela não havia ligado para ele. — Você quer ligar pro Brad?

Ela abanou a cabeça sem hesitação.

— Telefono pra ele depois. Ele está em Chicago. — E então ocorreu-lhe um pensamento. — Eu nem sequer pensei em ligar pra ele quando me chamaram na UTI. — Ela queria que ele soubesse disso. — Só o que passou pela minha mente foi ligar pra você... Foi quase um reflexo.

— É um bom reflexo de se ter — disse ele, gentilmente, debruçando-se para mais perto dela. Ele estava sentido coisas que não sentia há anos, e ela estava confusa com suas próprias emoções, enquanto o observava. — Page... Eu não quero fazer nada que você não queira... — sussurrou ele.

Mas, de repente, era tudo o que podia fazer para manter-se afastado dela. Sentia o poder de um ímã ao olhar para ela, e ela percebeu que não havia imaginado coisas no outro dia no jardim. Ele estivera a ponto de beijá-la. Como estava agora. Como quisera por vários dias, enquanto se sentavam juntos noite após noite, dia após dia, nas suas vigílias infelizes.

— Eu não sei o que eu quero, Trygve. — Ela ergueu honestamente seus grandes olhos azuis na direção dos dele. — Há dez dias atrás, eu pensei que tinha um casamento feliz... Então descubro que é tudo uma mentira e que o meu casamento está provavelmente acabado... E, em meio a tudo isso, aí está você, a única pessoa na qual fui capaz de me apoiar em anos, o único amigo que tenho que sabe o que estou sentindo... o único homem com quem quero estar — sussurrou ela, fitando-o, enquanto ele se aproximava. — Eu não sei onde estou, nem o que estou fazendo, nem o que vai acontecer... Não sei de coisa alguma... Só que... Eu não sei...

Sua voz se perdeu em confusão, enquanto o observava, e não o deteve enquanto ele se aproximava.

— Psss... Você não precisa dizer nada... Não.. — sussurrou ele, sentando-se na beira da cama e abraçando-a.

Tudo o que ele queria era abraçá-la, como não fazia com alguém há anos, e beijá-la. Os lábios dele se apertaram contra os dela, e sua língua foi gentilmente de encontro aos lábios dela, enquanto Page ficava sem fôlego e seus corpos quase se fundiam. Ela estava maravilhada com o que sentia, e apavorada ao mesmo tempo, mas sabia que o desejava. Isso não era um jogo, nem uma vingança contra Brad... Esse homem era alguém que estivera ao seu lado no pior período da sua vida, que não a desapontara nem um momento sequer, e por quem se sentia incrivelmente atraída.

— O que vamos fazer? — perguntou ela, enquanto ele se afastava e se sentava, observando toda a sua beleza loura e ruborizada.

— Não vamos nos preocupar com isso agora. Pelo menos, eu sei como agir pra fazer a cor voltar ao seu rosto. Você parece bem melhor.

Ele riu, aparentando muita felicidade.

— Pára!

Ela bateu-lhe com delicadeza, mas ele a segurou novamente em seus braços, e dessa vez a beijou com mais intensidade. Ele não sentira nada assim desde muito tempo antes de Dana, se é que sentira.

— Eu não vou parar. Nunca vou parar — informou-lhe. — Eu tinha me esquecido de que podia ser assim.

— Eu também — disse ela, honestamente.

Brad sempre estivera tão envolvido consigo mesmo que agora ela podia perceber quão pouco ele lhe dera, emocional e fisicamente. Trygve lhe tirava o fôlego, e ela riu enquanto se beijavam novamente. Ainda bem que Andy estava dopado, porém ela também sabia que nenhum dos dois estava pronto para fazer nenhuma tolice. Ela deveria acertar sua vida com Brad antes de começar qualquer coisa séria com Trygve, e ele sabia disso. Mas isso certamente mudava tudo.

— O que vou fazer? — perguntou ela, honestamente.

Colocou seus pés novamente no chão e olhou par ele como uma garotinha, ao passo que ele sorria. Ela nem conseguia se lembar de ter sido tão feliz.

— Você vai descobrir, cedo ou tarde. Parece que as coisas estão tomando seu próprio rumo. E eu não estou apressando você... Quero que saiba disso. — Ele tentava parecer sério, mas descobriu que não podia. — Vou simplesmente ficar aqui, suspirando e me flagelando, até você decidir que não pode viver sem mim.

Ambos sabiam que aquilo era mais do que um simples beijo.

Ela sorriu com malícia, e dessa vez foi ela quem o beijou. Era tudo impressionante.

— Como é que isso foı acontecer? — perguntou ela, quando finalmente se apartaram.

— Não sei direito. Talvez seja algo no ar da UTI.

Ou um trauma, ou dor, ou medo, ou apoio mútuo. Ele fizera uma diferença enorme, e ela também fizera para ele. Eles tinham passado pelo pior que a vida pode oferecer, e tinham sobrevivido, juntos, com pouquíssima ajuda de outras pessoas, especialmente de Brad, que fizera o que pudera para magoá-la.

— A vida é surpreendente, não é? — perguntou ela, maravilhada com o que havia acontecido. — Acho que só vamos ter que dar um passo de cada vez. O Brad ainda não decidiu o que ele quer fazer.

— Provavelmente já decidiu, só que não te contou ainda. E você? *Você* sabe o que quer fazer?

Queria que Brad saísse de casa? O divórcio? Mais tempo para pensar? Trygve não estava, na verdade, seguro do que ela queria, nem estava certo se ela estava, o que era normal. O desmoronamento do casamento era muito recente para ela, e ela ainda não sabia o que fazer.

— Toda a vez que vejo o Brad, percebo como é impossível. Ele está praticamente vivendo com aquela mulher. É difícil mudar tudo isso num único instante.

— Ninguém espera isso de você — disse ele, brandamente.

Ele compreendia tudo perfeitamente. Tinha presenciado tudo. E estava decidido a esperar pacientemente enquanto ela arrumava sua vida. Nunca encontrara ninguém como ela.

Ainda conversavam, quando o telefone tocou, e Page deu um pulo. Ela não podia imaginar quem estaria ligando, a não ser que fosse do hospital, a respeito de Allie. Ela, porém, não conseguiria agüentar mais nenhuma má notícia, e atendeu com os olhos fechados. Sentiu a mão de Trygve na dela, dando-lhe forças, caso fosse necessário.

— Alô? — atendeu ela, cautelosamente, como se tivesse com medo de ouvir.

E então, abriu os olhos e abanou a cabeça. Não era do hospital, era sua mãe. E as notícias dela também não eram boas. Passara o fim de semana todo pensando, e ela e Alexis tinham decidido visitá-la. Para elas, era óbvio que Page precisava de ajuda, embora ela lhes assegurasse que não.

— Nós estamos bem. Sério — insistiu ela. — Tudo está sob controle, e no momento a situação de Allyson é estável.

— Isso pode mudar a qualquer momento. A Alexis quer mesmo falar com você. O David deu a ela o nome de um cirurgião plástico fabuloso, caso você precise.

Precisariam, mas essa era a menor das preocupações no momento. Primeiro, Allie precisava sobreviver, e depois o cérebro teria que recuperar algo semelhante à sua atividade normal. Mas Alexis só tinha uma coisa em mente: a aparência da sua sobrinha, queria assegurar-se de que tudo ficaria perfeito.

— Eu realmente acho que vocês não deveriam vir — disse Page.

Tentava parecer calma, embora não estivesse. A última coisa de que precisava agora era sua mãe, e muito menos Alexis.

— Não discuta comigo, minha filha — disse ela, com firmeza. — Estaremos aí no domingo.

— Mãe... Não pode... Eu não tenho tempo pra dar atenção a você nem a Alexis. Preciso ficar com Allie e o Andy acabou de sofrer um acidente.

Ela queria fazer todo o possível para dissuadi-la.

— *O quê?*

Pela primeira vez, sua mãe parecia abalada.

— Não é nada sério, ele quebrou o braço. Mas, realmente, preciso passar o tempo todo com as crianças.

— É por isso que estamos indo, querida. Queremos ajudar você.

Page respirou fundo. Ela não sabia mais o que dizer.

— Realmente, acho que vocês deveriam mudar de idéia.

— Estaremos aí no domingo às duas horas. A Alexis vai pedir ao David que passe um fax pro Brad dando os detalhes. Vejo você depois.

E, antes que Page pudesse dizer qualquer coisa, ela desligou, Page permaneceu sentada, olhando para Trygve.

— Você não vai acreditar — disse ela, desolada.

— Deixa eu adivinhar. Sua mãe está vindo do Leste. Isso vai ser difícil pra você?

— Difícil? Está brincando? Como foi com Sansão e Dalila?... ou talvez Davi e Golias?... ou a serpente pra Cleópatra? Difícil! Nem dá pra começar a descrever! Estou há uma semana tentando mantê-la longe daqui. E ela não está apenas vindo, mas está trazendo a minha irmã junto.

— A quem você odeia? — perguntou ele, tentando aprender a história da família em apenas uma aula.

— Ela é que me odeia... Mas a maior parte de sua energia, ela gasta amando a si mesma. Ela é completamente narcisista. Nunca teve filhos, e é casada com um cirurgião plástico de Nova York. Aos quarenta e dois anos, ela já fez plástica nos olhos duas vezes, no nariz três, bustos novos, lipoaspiração por toda a parte e um *lifting* no rosto todo. Tudo nela é perfeito. As unhas, o rosto, o cabelo, as roupas, o corpo. Ela passa o tempo todo cuidando de si mesma. Jamais tomou conta de algo vivo, que respirasse, em toda a sua vida, e nem a minha mãe. Deixe-me explicar a situação pra você. Elas vêm pra que eu possa cuidar *delas* e assegurar *a elas* de que não há nada de errado com Allie, e, se houver, não vai magoá-las, embaraçá-las, importuná-las nem afetá-las.

— Você faz com que elas não pareçam nada prestativas — comentou ele.

Beijou a ponta do nariz dela, divertindo-se com o modo como

ela descrevia a mãe e a irmã. Os pais dele eram maravilhosos, e passaram a semana toda se oferecendo para virem. Ele insistira para que não viessem, já que haviam regressado à Noruega. Mas, olhando para Page, ele de repente percebeu que ela falava sério. Ela parecia realmente deprimida, ali de pé, falando sobre a mãe e a irmã.

— Prestativa não é a palavra-chave neste caso.

— Aonde você vai?

Ele puxou-a para perto de si, segurando-a em seus braços.

— Vou botar fogo no quarto de hóspedes — disse ela, desanimada.

Mas, no momento seguinte, estavam se beijando novamente, e ela tinha esquecido completamente da mãe.

— Eu tenho uma idéia melhor.

A voz dele estava grave e sensual, e ele estava beijando o pescoço dela, enquanto ela fechava os olhos e saboreava cada momento. Como era possível? Em dez dias, ela perdera o único homem que amara, e agora de repente estava nos braços de outro, de alguém que fora tão decente com ela, que a desejava tanto quanto ela a ele... Não fazia sentido, mas era maravilhoso...

— Ainda não — sussurrou ela.

Ele a beijou novamente e sorriu, fitando-a.

— Eu sei disso, sua tolinha... Não sou nenhum idiota. Temos muito tempo. Não estou apressando coisa alguma.

— Por que não? — provocou-o ela, fingindo ter sido insultada.

Mas ele a olhou, muito sisudo, mostrando que falava sério.

— Porque eu a quero por muito tempo, se você me quiser, Page. E não quero perder você.

Ele a beijou outra vez. Passou-se um longo tempo até que se separassem, e ela o lembrou de que seria melhor se ele fosse embora, antes que Andy acordasse e os encontrasse se beijando no quarto dela.

Ele prometeu voltar no final da tarde para ver se estavam bem. Talvez trouxesse Bjorn. E prometeu dar uma olhada em Allie na UTI. Ela não queria deixar Andy pelo resto do dia, e ele prometeu tomar conta de tudo e talvez até fazer o jantar.

— Tem mais alguma coisa que eu possa fazer por você? —

gritou ele do carro, antes de sair, enquanto ela esperava do lado de fora e acenava.

— Tem! — gritou ela em resposta.

— O quê?

Ele parou o carro por um instante para ouvi-la.

— Mate a minha mãe!

Ele riu e saiu, alegre como um adolescente.

Capítulo 11

Brad ficou muito aborrecido quando soube do braço de Andy, e pareceu que culpava Page, embora não o dissesse.

— Tem certeza que está tudo bem? É o braço direito, não é?

— É, e foi uma fratura e tanto, mas disseram que deve sarar sem problemas. Ele precisa ter mais cuidado com o ombro. Nada de arremessos esse ano, e talvez não possa jogar beisebol até o ano que vem.

— Merda — disse Brad.

Ele parecia quase tão aborrecido quanto estivera sobre Allie. Mas suas reações já não eram as apropriadas. Ambos estavam cheios de medo e de desastres. Ela compreendia perfeitamente por que ele estava reagindo dessa forma sobre Andy.

— Sinto muito, Brad.

— É... — disse ele, aéreo, e então lembrou-se de perguntar. Fora um alívio tão grande estar em Chicago. — Como vai a Allie?

— Na mesma. Não a vejo desde de manhã. Fiquei em casa com o Andy.

Ela não lhe disse que Trygve e Bjorn trouxeram o jantar, e, estranhamente, Andy também não falou nada. Ela não disse a Andy que não contasse nada a Brad, não teria feito isso com ele, mas era como se ele sentisse que já havia problemas demais com seus pais.

Ela e Trygve estiveram muito circunspectos enquanto eles estavam lá, mas agora algo caloroso e diferente se passava entre os dois. Desde essa manhã, as coisas haviam mudado, e de repente era difícil demais negar os sentimentos.

Sentaram-se e conversaram na sala de estar por um longo tempo, enquanto os meninos brincavam com o cachorro no quarto de Andy. Bjorn gostou muito da coleção de figurinhas de beisebol de Andy e da coleção de sucessos de *rock* do ano anterior. Bjorn também queria jogar bafo-bafo, mas Andy estava muito cansado.

Ambos ficaram tristes ao vê-los partirem, e Page deixou Andy dormir na cama dela naquela noite. Dessa vez, ele não a molhou. Ele vinha tendo acidentes desde que Allie se feriu. Mas agora ele parecia mais calmo do que estivera em muito tempo, e os comprimidos para dor o fizeram dormir tranqüilamente até de manhã. E, enquanto ele dormia, Page deitou-se na cama e o abraçou por um longo tempo, acariciando-lhe os cabelos e pensando nele... e em Brad... e em Trygve. Ela não sabia o que fazer. Trygve se tornara um amigo querido, e ela se sentia muito atraída por ele. Mas Brad foi seu marido por dezesseis anos. Ela ainda não conseguia crer que o perderia, e no entanto, de certa forma, já o havia perdido, e sabia disso. Mas ela jamais o traíra antes, e, não importa o quão atraente Trygve fosse, nem quão difícil fosse a situação, ela não queria fazer nada de que pudesse se arrepender depois, nem entrar de cara num relacionamento de uma forma que pudesse arruiná-lo.

Mas, quando Brad voltou de Chicago, na quarta-feira à noite, estava frio e distante e agiu como se mal a conhecesse. Ele passou a noite de quinta-feira fora, sem telefonar, e estava frio com ela na sexta-feira à noite, quando passou rapidamente em casa. Era impossível fingir que o casamento não havia terminado. As marcas de Stephanie estavam nele em toda a parte. Estava usando gravatas diferentes, novos ternos, e mudara seu corte de cabelo. Mas, não importa o quão longe Brad fosse, ela não queria vingar-se usando Trygve. Mais do qualquer coisa, ela queria resolver a sua situação com Brad, e decidir o que iriam fazer, antes de dar qualquer passo, mas ele não queria nem discutir o assunto. A única coisa sobre a qual queria discutir agora era a raiva que lhe provocara o anúncio da visita da mãe dela.

— Como pôde deixá-la vir num momento como esse? E ainda por cima com a sua irmã! Você contratou um cabeleireiro pra ficar com a gente, ou vai ligar pro 911 e requisitar um, toda a vez que ela precisar?

— Está bem, Brad. Eu também não me sinto feliz. — Estavam discutindo na sexta-feira à noite, antes que ele saísse para jantar, supostamente com clientes. — Como posso pedir a elas que não venham? O estado da Allie é crítico, e elas querem vê-la.

Parecia razoável, mas ela também sabia que sua mãe e sua irmã não eram pessoas razoáveis. Brad sempre as odiara, e elas também não gostavam dele, embora a mãe dela fingisse gostar. Ele sabia demais sobre o passado, a mãe dela sempre o detestara por ter contado a ele.

— Fiz tudo o que pude para desencorajá-las — argumentou Page. — Mas a mamãe simplesmente desligou o telefone na minha cara, avisando que viriam.

— Então você simplesmente avise a elas que não podem ficar aqui.

Ela pôde ver, pela expressão dele, que ele falava mesmo sério.

— Não posso fazer isso, Brad. Elas são a minha família — disse ela, constrangida.

Ela finalmente conseguira fugir delas, mas ainda não podia evitar vê-las, ou mantê-las completamente afastadas.

— Que droga, Page, você pode fazer o que quiser, e sabe disso.

Então ela começou a ficar nervosa. Ele não fazia coisa alguma para ajudá-la.

— Como você faz, não é Brad? Você teme que elas possam interferir na sua vida social, agora que está jogando tão abertamente?

A guerra começara de novo. Na verdade, tudo estivera muito calmo enquanto ele esteve em Chicago.

— Tenho estado ocupado no escritório.

— Uma ova que tem. E aposto que esteve muito ocupado em Chicago.

Mas ele lançou-lhe então um olhar irado, avisando que não o pressionasse mais. Ele estava errado, mas ainda não queria pressão alguma da parte dela. Ele sabia que não era justo, mas não estava pronto para fazer nada para mudar isso.

— Não é da sua conta — disse ele, com a voz tensa.

— Por que não?

— As coisas estão indo rápido demais pra mim. — Estavam rápidas demais para ela também. Tinham-se movido à velocidade da luz nas duas últimas semanas, mas a culpa não era dela. — Quero que as coisas se acalmem, antes que eu tome qualquer decisão importante. — Ele, então, voltou-se para ela e disse algo que a surpreendeu. — Decidi que ainda não estou pronto pra sair de casa.

Ela não disse coisa alguma e ficou olhando para ele, imaginando se ele sofrera alguma mudança em seu coração, ou se agora estava discutindo com Stephanie também, ou se estava só assustado com tantas modificações.

— Isso tem a ver com geografia ou com o nosso casamento? — perguntou ela, por fim, com o coração dando voltas, em confusão.

Não importa o que ele lhe tivesse feito nas duas últimas semanas, ainda era o seu marido, e talvez ela ainda o amasse.

— Eu não sei — disse ele, infeliz, mas sem se aproximar dela. — Sair de casa é um passo tão grande, me deixa apavorado. Talvez eu tenha sido um cretino... Simplesmente não sei. Mas também não creio que as coisas possam voltar a ser como eram antes.

Ambos sabiam que nada seria mais como antes. Ela jamais confiaria nele, e ambos suspeitavam que ele não conseguiria deixar Stephanie. Ele desconfiava mais disso... Mas deixar Page significava deixar Andy. Na última semana, ele havia pensado muito sobre isso, e a dor que isso causava quase o matou. Stephanie não parecia entender isso. Ela dizia que Andy poderia visitá-lo, mas não era a mesma coisa, e Brad sabia disso.

— Eu simplesmente não tenho resposta alguma — disse ele, olhando para Page com tristeza. — Não sei o que fazer.

Sentou-se na cama e passou a mão no cabelo, enquanto Page o observava. Ela estava de sobreaviso com ele, agora que a havia magoado tanto, e continuava a fazê-lo.

— Talvez devêssemos esperar e ver — sugeriu ela. Talvez parte disso tenha sido uma reação ao acidente, mas agora ela sabia que grande parte não era. — Você quer experimentar irmos a um aconselhamento de casais? — perguntou, com hesitação, sem estar certa se ela mesma queria.

Mas a resposta de Brad foi rápida e segura.

— Não.

Ele balançou a cabeça. Não, se isso significasse desistir de Stephanie. Ele não estava disposto a fazer isso. Ainda não queria deixar Page, mas também não queria perder Stephanie. Stephanie era mais importante para ele. Ela parecia personificar a juventude, a esperança e o futuro, quase como Allie. Mas ele sabia que a sua vida estava uma confusão, e tudo o que tentava fazer o confundia mais.

— Não sei o que mais sugerir. A não ser um advogado.

— Nem eu. — Olhou para ela com sinceridade. — Você consegue continuar vivendo assim mais um tempo, ou é muito ruim pra você?

— Não tenho certeza. Não posso continuar assim pra sempre. Nem talvez por muito tempo. Não sei por quanto tempo.

— Nem eu — disse ele, parecendo cansado.

Stephanie o estava pressionando como louca para que deixasse Page e se casasse com ela, e ele sabia que precisava tomar uma decisão.

De certo modo, tudo o que compartilhara com Page estava sendo destruído minuto a minuto. Seu casamento, seu filho, seu relacionamento, sua confiança. Estranhamente, para ele Page parecia o passado, e Stephanie, o futuro. Mas, ao se deitarem na cama naquela noite, o passado começou a mexer com ele.

Andy estava dormindo, e a porta do quarto deles estava fechada. Page estava lendo calmamente na cama, ignorando-o, e de repente ele a estava beijando como não fazia há meses, com uma paixão e um fogo dos quais ela mal se lembrava. A princípio ela resistiu, mas ele estava tão forte e provocante que, antes que soubesse o que havia acontecido, Brad lhe levantara a camisola e pressionara seu corpo contra o dela. Por mais que não quisesse fazer amor com ele, ela viu sua resistência derreter. Ele ainda era, apesar de tudo, seu marido, e, há poucas semanas atrás, ela pensara que ainda o amava.

E então, vagorosa e estranhamente, ele a penetrou, e, ao fazê-lo, sua paixão morreu juntamente com sua ereção. Ele tentou disfarçar por um tempo e depois reacender as chamas, mas era óbvio que sua confusão e mágoa haviam afetado mais do que apenas seu casamento.

— Sinto muito — disse ele, rouco, deitando-se na cama ao lado dela.

Ela, ainda ofegante, estava extremamente zangada consigo mesma por ter cedido. Em meio ao que estava acontecendo em suas vidas, parecia errado dormir com ele, embora ainda fosse seu marido. E ela não queria tomar parte na comédia, dormindo com ele, nem dar chance para que a magoasse novamente, como já o havia feito.

— Você não pode mentir para o seu corpo, Brad — disse ela, com tristeza. — Talvez essa seja a sua resposta.

— Sinto-me um idiota — disse ele, furioso.

Ao andar pelo quarto, o belo corpo dele exibia sua melhor forma. Mas ela precisava lidar com a realidade agora, e, não importava o quanto o amara algum dia, estava acabado. Pelo menos por agora, ou talvez para sempre.

— Talvez seja melhor você se decidir, antes que estraguemos ainda mais as coisas — disse ela, sensata.

Ele concordou com a cabeça. Isso era ridículo e nada agradável para nenhum deles. E parecia estranho pensar que, no último ano, ele viera diretamente da cama de Stephanie para a de Page, com apenas algumas horas de intervalo, sem que houvesse qualquer problema, mas agora ela sabia, e isso mudava tudo. Ele estava quase arrependido por lhe ter contado, a não ser pela liberdade da qual precisava. Ele também devia alguma coisa a Stephanie, também não estava sendo justo com ela. Surpreendia-se com o quanto gostava de viver com ela, e com que facilidade se relacionavam. Agora ela queria que ele fosse morar com ela, e recentemente ameaçara deixá-lo, caso não o fizesse. Mas o que ele realmente queria era colocar Page de lado um instante, como num armário, ou em congelamento, passar um ano com Stephanie e então voltar e encontrar tudo do modo como sempre fora. Teria sido bom se pudesse fazer isso.

— Talvez eu deva sair de casa — disse ele, desolado.

Sentou-se na cama ao lado dela outra vez. De repente, tudo o que queria era ver Stephanie e provar que não era impotente. Seu pequeno episódio com Page o assustara.

— Não estou pressionando você a fazer coisa alguma — disse Page, calma.

O corpo esguio e nu dela se revelava por baixo da fina camisola, mas ele não estava olhando. Sentiu-se uma tola por tê-lo deixado fazer amor com ela. E, de repente, ela sentiu saudades de Trygve.

— Acho que, seja lá o que fizermos, deve ser já. Não acho que possa agüentar muito mais... E nem Andy. Suas idas e vindas e seus desaparecimentos são um pouco desgastantes — disse ela, com tristeza.

— Eu sei. — Mas, nas duas últimas semanas, nada em suas vidas fora normal. Ele estava, a seu próprio modo, tão traumatizado quanto Page e Andy e não estava tomando boas decisões. — Vamos deixar rolar e ver o que vai acontecer.

Ela assentiu com a cabeça e foi tomar um longo banho, tentando não pensar em Trygve. Ela não queria que seu relacionamento fosse conseqüência de ter sido rejeitada por Brad, ou do trauma de um acidente. Se algo acontecesse entre eles, ela queria que fosse porque tinham verdadeiramente algo de bom para compartilhar, e poderiam viver bem ou se divertir, ou porque tinham sido feitos um para o outro. Ela queria que desse certo... e não que acontecesse como o que se passara com Brad. Ela sabia agora que seria difícil confiar em alguém, até mesmo em Trygve.

Brad estava dormindo quando ela retornou à cama, e já tinha saído quando acordou na manhã seguinte. Ele deixara um recado, dizendo que estaria jogando golfe e que não voltaria para o jantar. Ele não mencionara em que clube jogaria, nem com quem, e ela soube instantaneamente que era uma mentira. Ele estaria com Stephanie. A noite anterior o assustara, e ele estava correndo para ela a fim de se afirmar. Ela jogou o bilhete fora e respirou fundo, justamente quando o telefone tocou.

— Oi, Page, como vão as coisas?

Era Trygve, ligando para saber de Andy. Ele sabia que Andy não podia jogar beisebol com o braço quebrado, e queria saber se ela gostaria de deixá-lo brincando com Bjorn quando fosse ver

Allie. A não ser, é claro, que Brad quisesse ficar com ele, mas ele suspeitava, corretamente, que isso talvez não fosse acontecer.

— Minha faxineira está aqui hoje, e ela pode vigiar os dois. Eu quero passar algum tempo com a Chloe — explicou Trygve.

— Eu adoraria — disse Page, grata mais uma vez pela ajuda. Acontecesse o que acontecesse entre eles, ele havia sido um amigo sensacional para ambos, e ela jamais esqueceria isso. — Vou dizer a ele. A que horas você quer ele aí?

Eram dez horas então, e ela queria estar no hospital às onze.

— Basta deixá-lo aqui quando você estiver indo ao hospital. Vou contar ao Bjorn, ele vai adorar. Ele estava aborrecido por eu ir ver a Chloe sem ele. Mas ele vai ficando indócil, com o tempo, quando o levo. Ele mexe em tudo e deixa as enfermeiras malucas.

Ela riu da cena, mas agora, conhecendo Bjorn, não era cruel, era comovente.

Andy ficou entusiasmado com o convite, e a senhora que limpava a casa de Trygve uma vez por semana prometeu vigiá-los. Ela parecia ser ótima pessoa, e Page sentiu-se bem em deixar Andy lá. Os garotos desapareceram de imediato na direção do quarto de Bjorn para assistir a um vídeo, e Page deu uma carona a Trygve até o Hospital Geral de Marin.

— Como vão as coisas com o Brad? — perguntou ele mansamente, a caminho. — Ou não é da minha conta?

Agora, era um pouco mais da conta dele também, ele tinha, de repente, um interesse velado em tudo isso, embora não a quisesse pressionar, mas ela parecia infeliz. Ela ainda estava se sentindo mal a respeito da noite anterior e lamentando que tivesse acontecido. De certo modo, ela se sentia levemente culpada em relação a Trygve.

— Está difícil. Acho que estamos nas últimas, mas ele tem medo de admitir.

— E você? Está pronta pra seguir em frente?

Agora, ele tinha interesse em tudo isso, e queria saber o que ela estava sentindo. Sem desviar a atenção do volante, ela olhou para ele de relance. Queria ser honesta com ele. Gostava demais dele para não sê-lo.

— Não quero ir depressa demais... Nem fazer nenhuma burrice... Não quero... — Ela brigava com as palavras, mas ele já havia entendido e sentia-se bem a respeito. Ele não esperava nada diferente. — Não quero fazer coisa alguma como revanche. Nem algo de que nos arrependamos, que vá nos magoar mais tarde.

— Nem eu — disse ele, com brandura, debruçando-se para beijar-lhe o rosto. — Não vou pressioná-la, nem fazer coisa alguma de que nós dois nos arrependamos. Você tem todo o tempo de que precisar. Se você conseguir consertar a situação com Brad, vai ser uma pena pra mim, mas ficarei feliz por vocês. Seu casamento vem em primeiro lugar... Depois estarei aqui, se precisar de mim.

Ela encostou numa vaga do estacionamento do hospital e voltou-se para ele, grata por tudo o que acabara de dizer. O curioso era que, apesar de tudo o que ela alguma vez sentira por Brad, Trygve era tudo o que ela queria.

— Como pude ter tanta sorte?

— Não tenho tanta certeza se chamaria isso de sorte — sorriu ele, meio triste. — Pagamos um preço bem alto por tudo isso, você e eu. Casamentos ruins, talvez o meu tenha sido pior, mas o seu também não parece ser nenhuma maravilha... O acidente... Nossas filhas quase morreram... Talvez tenhamos conquistado isso.

Ela concordou com a cabeça. Era verdade. O acidente modificara tudo, mas talvez no fim lhes trouxesse uma bênção também. Ainda era difícil saber.

— Eu amo você, Page — disse ele, mansamente.

Então, debruçou-se sobre ela e beijou-a. Colocou os braços ao redor dela e puxou-a para perto de si. Permaneceram sentados por um longo tempo, sentindo-se em paz, sob o sol de maio. Tinham-se passado exatamente duas semanas desde o acidente. Era difícil de acreditar.

Entraram, então, para ver suas filhas. Page conversou com as enfermeiras. Trygve veio trazer-lhe o almoço na UTI, algumas horas depois. Levou-a sem pressa até a sala de espera e deu-lhe um sanduíche de peru e uma xícara de café. Contou-lhe sobre seu mais recente artigo, o qual terminara na noite anterior, e parecia bem interessante. Porém, mais do que tudo, a fascinava como ele tomava conta dela, como pensava em tudo, como apoiava a ela e a Andy, e à sua própria família. Ele parecia acalentar a todos, e ela precisava demais disso.

— Como está a Allie hoje?

Page encolheu os ombros, parecendo desencantada. Ela tivera uma sessão com o terapeuta por mais de uma hora, massagearam seus membros e fizeram tudo o que podiam. Mas era óbvio que ela estava perdendo peso e que não havia melhora alguma.

— Eu não sei... Se passaram duas semanas, e parece uma eternidade. Acho que, a essa altura, eu esperava algum milagre, mesmo que fosse pequeno.

Haviam-se passado dez dias desde sua última cirurgia cerebral, ela se estabilizara e a pressão diminuíra, mas ela ainda estava em coma profundo.

— Eles lhe disseram que poderia levar muito tempo. Talvez meses. Você não pode desistir — disse ele, gentilmente.

Era tão mais fácil para ele, com Chloe tão viva, tão machucada mas tão claramente fora de perigo. Talvez enfrentasse futuras cirurgias, e teriam que ensiná-la a andar novamente, mas não havia nenhum perigo real. Agora, ela teria que se adaptar ao longo período de recuperação e enfrentar o fato de que seus sonhos de se tornar uma bailarina haviam terminado. Não seria fácil, mas ela estava em muito melhor estado do que Allyson, que ainda poderia morrer a qualquer momento. Ele achava tão cruel o fato de que ela pudesse viver ainda por semanas e até meses e, mesmo assim, morrer em coma. Era mais do que qualquer pai ou mãe poderia suportar, e ele detestava ver Page ter que passar por tudo isso.

— Não estou desistindo — disse Page, pegando o sanduíche que ele lhe trouxera.

Ele sabia que, se a tivesse deixado sozinha, ela não o teria comido, e era por isso que Trygve ficara com ela. Além disso, ele queria estar com ela, embora dissesse que precisava de uma folga de Chloe e seus amigos. O bom humor de Chloe estava definitivamente voltando.

— Apenas sinto-me tão impotente — disse Page, desolada.

— Você está. Mas está fazendo tudo o que pode, e os médicos também. Dê tempo ao tempo. Podem se passar semanas sem um sinal, e então ela pode acordar e ficar relativamente bem.

— Disseram que, se não houver sinal algum de melhora depois de seis semanas, ela pode permanecer em coma.

— Mas ela pode sair do coma depois, também. Já aconteceu antes com jovens da idade dela... Três meses, não foi isso o que você disse?

Ele a encorajava, mas os olhos dela se enchiam de lágrimas, enquanto balançava a cabeça. Tanta coisa estava acontecendo, tanto para suportar, tanto para enfrentar, e às vezes sentia-se como se não conseguisse encarar tudo.

— Trygve, como vou enfrentar tudo isso?

Ela encostou a cabeça no peito dele e chorou. Era fácil fugir pensando nele, se zangando com Brad, ou se preocupando com o braço de Andy. Mas o acontecimento mais importante, o que todos mal podiam enfrentar, era que Allyson pudesse estar morrendo.

— Você está se saindo bem — disse ele, gentilmente, abraçando-a. — Você está fazendo tudo o que pode. O resto está nas mãos de Deus.

Ela afastou-se então para olhar para ele, e ele ofereceu-lhe um lenço de papel para assoar o nariz.

— Eu gostaria que Ele se apressasse e consertasse tudo.

Trygve sorriu.

— Ele o fará, dê-Lhe tempo.

— Ele teve duas semanas, e a minha vida está desmoronando.

— Agüente firme, Page. Você está se saindo bem.

Uma coisa da qual ela tinha certeza era de que não o teria feito sem ele. Brad estava sabe Deus onde, fazendo sabe Deus o quê. Ela sabia que ele vinha ver Allie pelo menos uma vez a cada um ou dois dias, mas Brad não podia suportar a angústia da UTI mais do que alguns poucos minutos. Ele ainda não conseguia enfrentar aquilo. Não podia encarar a mesmice, a falta de mudança, as máquinas, os monitores e o fato de que poderiam perdê-la. Ele estava deixando que Page enfrentasse tudo sozinha. Ele se comportara muito melhor quando Andy nasceu. Mas, naquela época, eles eram mais jovens, e Andy era pequenino e doce. A incubadora estava repleta de esperança, e a UTI, de morte.

Page e Trygve conversaram por um longo tempo, e ele a

provocou sobre a chateação dela com a chegada de sua mãe na manhã seguinte, e, na verdade, ela não o negou.

— Por que você a odeia tanto? — perguntou ele.

Trygve se perguntara sobre isso. Não era próprio dela.

— É uma velha história. Eu tive uma péssima infância.

— A maioria das pessoas teve. Meu pai, como bom norueguês que era, pensava que uma surra de vez em quando era uma parte importante da vida. Ainda tenho uma cicatriz no meu traseiro, de uma sessão vigorosa.

— Que coisa! — horrorizou-se ela.

— Antigamente era assim. E ele provavelmente o faria de novo agora, se tivesse filhos. Nunca conseguiu entender por que eu sou tão liberal com os meu filhos. Na verdade, acho que o meu pai e a minha mãe estão bem mais felizes agora que voltaram para a Noruega.

— Você consegue se imaginar morando lá? — perguntou ela, intrigada.

Page tentava esquecer suas preocupações a respeito de Allie. Ele estava certo. Não havia nada que ela pudesse fazer, a não ser esperar, crer e orar. E ver o que aconteceria.

— Não, não consigo — disse ele, em resposta à pergunta sobre a Noruega. — Não depois de ter vivido aqui. Os invernos lá são intermináveis, e fica escuro o dia todo. É meio primitivo. Não acho que sobreviveria mais longe da Califórnia.

— É, nem eu.

A idéia de mudar-se para Nova York outra vez a fazia tremer. Embora gostasse de ter a chance de seguir sua carreira artística. Mas poderia fazê-lo na Califórnia também. É que não tinha se empenhado quanto a isso. Brad sempre a fizera sentir-se tendo algo para fazer para os amigos ou na própria cozinha. E não algo no qual devesse trabalhar. De certa forma, ele pensava que o que ela fazia não era importante. Ela prometera fazer outro mural para a escola, mas agora, passando cada momento livre no hospital, não lhe sobrava tempo.

— Você tem que dar um jeito nisso aqui — disse Trygve, mais tarde, olhando ao redor deles. A sala de espera era um lugar triste, e o corredor, pior. — É tão deprimente. Um dos seus murais daria às pessoas algo em que pensar enquanto esperam. Basta a gente olhar para eles para sentir-se feliz — elogiou ele.

— Obrigada. Eu gosto de fazê-los. — Ela olhou em volta da sala, pensando no que poderia fazer lá, mas esperando não ter de ficar no hospital por tanto tempo quanto levaria para concluir um mural.

— Vou conhecer a sua mãe quando ela vier aqui? — perguntou ele, à vontade. Page revirou os olhos, enquanto ele ria. — Ela não deve ser tão má.

— Na verdade, ela é pior, mas pode ser bem sutil quando quer. Ela se recusa a enfrentar qualquer coisa desagradável. E a discutir. Isso vai ser um grande desafio para ela.

— Pelo menos ela parece engraçada. E a sua irmã?

Page só conseguiu rir.

— Ela é muito especial. As duas são. Eu não estive mais com elas nos primeiros anos depois que me mudei para cá, e então o meu pai morreu, tive pena de minha mãe e aí a convidei para vir. O que foi um erro. Ela e o Brad brigavam todos os dias como cão e gato, sutilmente, é claro. É tudo muito passivo e agressivo, mas me dá enjôo só de ficar por perto. E, é claro, ela achava que eu não tinha a menor noção de como criar Allie.

— Pelo menos, ela não pode reclamar disso agora — disse ele, encorajando-a.

— Não, mas não vai aprovar o médico. O David, meu cunhado, provavelmente terá ouvido dizer que ele é um charlatão e que está prestes a ser processado por algum erro médico. O hospital estará todo errado. Sem mencionar as coisas realmente importantes, como a droga que é o cabeleireiro na I. Magnin.

— Não é possível que elas sejam tão más.

— São piores.

Mas, por trás da ironia, ele sentia que havia algo mais. Page era adulta demais e muito segura de si para abominá-las tanto assim, se fosse só isso. Mas também era óbvio que ela não queria compartilhar com ele, e ele não a pressionou. Ela tinha direito aos seus segredos.

Ele retornou a Chloe, e ela, a Allyson. Page finalmente foi ao quarto de Chloe, às cinco horas, sentou-se e conversou com ela.

Chloe ainda sentia muita dor, e seus gessos e pinos e aparelhos pareciam torturantes, mas ela estava se adaptando bem e sentia-se feliz por estar viva. Preocupava-se muito com Allie. Trygve lhe dissera, bem honestamente, que ela ainda poderia morrer. Ela ainda não estava fora de perigo. Jamie também estava lá naquela tarde, e pediu notícias de Allyson assim que viu a mãe da garota.

— Como está ela? — perguntou Chloe, no momento em que Page entrou no quarto.

— Na mesma. E você? Levando as enfermeiras à loucura, flertando com os residentes, encomendando *pizzas* a noite toda? O de sempre?

Page sorriu, e Chloe riu da descrição.

— Isso e muito mais — provocou Trygve.

Chloe gargalhava. Ela era uma verdadeira adolescente, e vê-la fazia bem aos corações deles.

— Bom.

Page só desejaria que Allyson estivesse fazendo o mesmo. Mas, com certeza, também desejavam os Chapmans sobre Phillip. Ela só podia imaginar como deveriam se sentir, apenas duas semanas depois do acidente, e o coração dela doía cada vez que pensava neles. Embora coisas terríveis se tivessem passado com Allyson, ainda havia esperança. Mas não havia mais esperança para os Chapmans.

Jamie disse que os vira há poucos dias atrás, e que a Sra. Chapman ainda estava muito mal. O Sr. Chapman lhe contara que estava processando o jornal pela reportagem que insinuava a culpa de Phillip. Jamie também mencionou que um repórter viera vê-lo novamente, a fim de perguntar-lhe como se sentia sendo o único que escapara do acidente sem nenhum arranhão. Mas, ao que parecia, o interesse da imprensa diminuíra.

Deixaram Chloe às seis horas, quando chegou a *pizza* que Trygve lhe havia encomendado. Jamie ficou para comer com ela, e Trygve levou Page de volta à casa dele.

— Você quer ficar pro jantar? — perguntou ele, esperançoso.

— Eu adoraria, mas talvez deva ir pra casa, caso Brad resolva aparecer. É provável que não, mas, se ele vier, o Andy ficará aborrecido em perdê-lo.

Trygve não insistiu, e a despeito dos protestos de Andy e Bjorn, Page levou o filho para casa. Mas Brad só voltou para casa na manhã seguinte. E então, apesar das promessas feitas a si mesma, Page explodiu, como de costume.

— O que foi toda aquela baboseira na outra noite sobre querer ficar aqui, e não ter certeza do que você queria? Merda, a quem está querendo enganar com essa conversa?

Ela estava lívida. Sentia-se cansada de viver assim, enquanto ele construíra sua própria vida com uma outra mulher.

— Sinto muito. Eu deveria ter telefonado. Não sei o que aconteceu... Só que não liguei.

Ele sabia, é claro, o que havia acontecido, mas não podia contar a Page. Ele fora passar a noite fora com Stephanie, e não houve como telefonar do quarto do hotel. Stephanie não o deixara um minuto sequer, e ficara furiosa, na manhã de domingo, quando ele havia insistido em voltar. Mas não tão furiosa quanto Page ficou, quando ele chegou, ao meio-dia, sem ter telefonado. Ela e Andy já estavam prestes a sair para o aeroporto.

— Escute, eu sinto muito — disse ele, indefeso, sentindo-se um imbecil.

Ele estava ricocheteando entre dois mundos e duas mulheres, sem cuidar bem de nenhum dos dois lados.

— Por que não me pergunta se a Allie ainda está viva? — questionou Page, cruelmente.

Não era do feitio dela ser tão descortês, mas sua paciência já havia se esgotado com ele.

— Oh, meu Deus... Ela está?... Oh, Page...

Os olhos dele se encheram de lágrimas instantaneamente, enquanto Page o observava com frieza.

— Não, ela não morreu. Mas poderia ter morrido, e onde eu teria encontrado você, Brad? Como sempre, você nem sequer nos telefona.

— Sua vaca!

Ele entrou no quarto, batendo a porta, e Andy começou a chorar. Eles estavam sempre brigando.

— Sinto muito, querido.

Ela abaixou-se e abraçou-o, e Brad não saiu mais do quarto.

Ela também não foi atrás dele. Foram para o aeroporto, e Andy não abriu a boca durante o caminho todo. Page, também calada, estava pensando no jeito como Brad voltou para casa. Ele parecia jovem, revigorado e feliz, até vê-la. Mas era com Andy que ela estava preocupada, ao dirigir para o aeroporto. Parecia ter seu coração partido e olhava fixamente pela janela do carro.

Sua mãe e Alexis foram as primeiras a sair do avião. Sua mãe parecia em forma, como sempre, com o cabelo branco bem penteado e um conjunto azul-marinho que realçava sua silhueta esbelta. Alexis estava elegantíssima, num conjunto Chanel rosa-claro, o cabelo louro perfeitamente arrumado e com uma maquiagem digna de modelo da capa da revista *Vogue.* Trazia uma bolsa preta Hermès de couro de jacaré e seus sapatos combinavam. Beijou o ar próximo ao rosto de Page e disse um cauteloso "oi" a Andy.

— Você está ótima, querida — disse sua mãe, contente, olhando à sua volta. — Onde está o Brad?

— Está em casa. Não teve tempo de vir, mas mandou lhe pedir desculpas.

Ela não fazia idéia sequer se ele ainda estaria em casa quando voltassem. Atualmente, não havia como prever suas aparições, e disfarçar isso durante a visita da sua mãe não seria fácil. Mas ela não queria discutir o desmoronamento do seu casamento com ela, a sua mãe não iria querer ouvir.

Esperaram pelas malas no setor de bagagem e, felizmente, todas chegaram a salvo. Um carregador lutava com a montanha de malas que haviam trazido. As de Alexis eram um jogo da Gucci.

— Como vai a Allyson? — perguntou Alexis, com cuidado, no caminho para casa.

Page começou a explicar o estado atual da filha, ainda em coma profundo. Mas, ainda no início da explicação, sua mãe interrompeu para dizer como estava divino o tempo em Nova York e como ficara lindo o apartamento de Alexis depois que ela o remodelara.

— Isso é ótimo — disse Page, mansamente.

Nada havia mudado. Elas eram a mesma dupla que estivera lá antes. O único mistério era por que ela sempre esperava duas pessoas diferentes. Passara toda a sua vida esperando que a sua mãe fosse outra pessoa, alguém caseira e calorosa, alguém que se importasse e que realmente escutasse. E sempre esperara que Alexis tivesse maria-chiquinha, sardas e um coração. Mas elas nunca mudavam. Sua mãe só falava de coisas agradáveis, e Alexis quase não falava, estava ocupada demais em ser perfeita e bonita. Page sempre se perguntara sobre o que ela e David conversavam, se é que conversavam. Ele era bem mais velho do que a sua irmã, e estava sempre numa cirurgia... na maioria das vezes, refazendo a esposa, o que parecia ser sua eterna ocupação.

— Como tem estado o tempo aqui? — perguntou sua mãe.

Naquele momento, cruzavam a ponte onde a vida de Allyson tinha sido destruída. Page não conseguia mais passar por ali sem se sentir enjoada e tonta.

— O tempo? — perguntou ela, distraída. Como podia saber? Ela estava na UTI o tempo todo, ou então brigando com Brad. Como ia ter tempo de observar o clima? — Acho que tem estado bom. Na verdade, não tenho prestado atenção.

— Andy, como vai o seu braço? Que besteira você foi fazer! — disse a avó do garoto, em voz baixa.

Andy mostrou a Alexis todos os lugares no gesso onde haviam assinado. Bjorn havia até feito o desenho de um cachorrinho. Andy sempre ria ao dizer que se parecia com o *hamster* do Richie Green. Mas ele adorava Bjorn e sentia-se orgulhoso de sua amizade. Adorava dizer aos outros colegas da escola que tinha um amigo de dezoito anos. E, é claro, ninguém acreditava nele.

Page surpreendeu-se ao ver Brad esperando por elas em casa. E ele foi muito cordial com Alexis e a mãe dela. Carregou para dentro a montanha de malas e instalou a mãe dela no quarto de hóspedes. A mãe dormiria na cama grande de casal, e, normalmente, Alexis teria dormido com ela, mas desta vez perguntou se poderia dormir no quarto de Allyson. Na verdade, Page não queria que dormisse, no momento era como se ali fosse um santuário. Nada havia sido tocado desde a noite em que Allyson saíra para jantar com Chloe.

Mas Brad disse que podia. E Page esforçou-se para vencer suas reservas. Era bobagem fazê-las dormirem na mesma cama, quando havia um outro quarto vazio. Só ressaltava ainda mais o fato de que Allyson não estava lá, e fazia Page sentir-se mal por ter outra pessoa em seu lugar, mas não havia como evitar, e ela sabia que seria tolice resistir.

Alexis pediu-lhe um drinque. Ela queria um Evian puro gelado, e sua mãe disse que adoraria uma xícara de café e um sanduichinho, enquanto desfazia as malas. Era de praxe na experiência que Page tinha com elas, e ela ia para a cozinha sem dizer palavra e fazia tudo o que queriam.

Já eram quatro e meia, e Page estava ansiosa para ir ao hospital. Ela não fora lá naquele dia ainda, e estava certa de que sua mãe e Alexis gostariam de ver Allie. Ela tocou no assunto quando as duas mulheres juntaram-se a ela na sala de estar e sua mãe fazia elogios sobre o novo sofá, as cortinas e os novos quadros.

— Você faz um trabalho tão bom, querida.

Assim como Brad, sua mãe sempre tratara seu trabalho de arte como se não passasse de um *hobby.* A breve experiência de Page com o palco a horrorizara, e ela sentia-se aliviada por sua filha nunca ter tentado fazer esse tipo de coisa na Califórnia.

Page deu uma olhada em seu relógio de pulso. Já passavam das quatro e meia.

— Pensei em irmos até o hospital. Tenho certeza de que vocês querem ver a Allie.

Mas as duas mulheres trocaram olhares, e Page percebeu que tinha sido tola mais uma vez. O hospital não estava na agenda delas.

— Tivemos um dia e tanto, filha — disse Maribelle Addison, calmamente, recostando-se no sofá. — E a Alexis está simplesmente exausta. Ela está se recuperando de um terrível resfriado — explicou sua mãe, enquanto Alexis concordava com a cabeça. — Não acha que seria melhor irmos amanhã? — perguntou ela, com os olhos arregalados, enquanto Page sofria por um instante para encontrar as palavras.

— Eu... É... É claro, se vocês preferem... Eu só pensei...

Tolo de sua parte foi pensar que elas quereriam ver Allie. Provavelmente, estavam mortas de medo de vê-la. Por que diabos tinham vindo?, se perguntava. A não ser que fosse uma diversão para elas, e elas se enganavam pensando que estavam fazendo algo de bom por Page, o que, é claro, não estavam.

— Acho que amanhã seria bem melhor, querida. Você não acha, Brad? — perguntou ela.

Ele acabara de entrar no recinto, parecendo tonto. Stephanie telefonara para sua casa bem no meio do dia e lhe dera um ultimato. E insistia em que a levasse para jantar naquela noite, para conversarem.

— Eu... É... Eu acho que você está certa, Maribelle. Vocês duas estão provavelmente muito cansadas, e ver a Allie vai ser muito desgastante.

Ouvir isso aborreceu Page. Ela foi buscar sua bolsa sem dizer palavra e então disse-lhes que estaria de volta às seis, para preparar o jantar.

— Você vai ficar e olhar o Andy? — perguntou ela a Brad antes de sair de casa.

Ele fez que sim.

— Mas vou ter que sair um instante quando você voltar. Está bem?

— E eu tenho escolha? — disse ela, em voz baixa.

— Preciso mesmo buscar alguns papéis na cidade.

Ela concordou e disse à mãe que voltaria logo. Alexis estava deitada na cama de Allyson, descansando.

Page seguiu furiosa durante todo o caminho até o hospital, pensando em como fora estúpida em deixá-las virem, e então riu de si mesma. Que confusão! Allyson estava em coma, Brad estava tendo um caso, Andy quebrara o braço e agora ela estava de pés e mãos atados com a mãe e a irmã. Era a definição clássica de pesadelo.

Ao entrar, viu Trygve deixando o hospital. Ele parou um instante para falar com ela. Ele passara pela UTI para vê-la, mas pensou que ela já havia saído.

— Como vai a mamãe?

Os olhos de Trygve deixavam óbvio que ele estava feliz em vê-la. Ela riu, divertindo-se de repente com o absurdo da situação.

— Tão previsível que me fez rir. Você não acreditaria.

— Onde elas estão?

Ele estava surpreso por não vê-las.

— Minha mãe está admirando o meu sofá novo. E minha irmã

está repousando. Na verdade, ela parece ter piorado da anorexia. Chegou cheirando a Chanel e carregando bolsas de couro de jacaré.

— Estou impressionado. E elas não conseguiram vir ao hospital?

— Cansadas demais — explicou Page. — A Alexis está se recuperando de uma gripe. E o Brad disse que elas estavam certas, seria demasiadamente desgastante.

— Oh, meu Deus.

— Você entendeu? Acho que amanhã será o grande dia, a não ser que a Alexis precise fazer as unhas.

— E o que aconteceu com você? Como escapou? Por que você não ficou no cabeleireiro o dia todo, em vez de pintar murais e ser motorista de crianças?

— Foi burrice, eu acho. Não peguei o espírito da coisa.

— Talvez o seu pai fosse normal — disse ele.

Isso explicaria tudo, mas ela balançou a cabeça e desviou o olhar.

— Na verdade, não. — E então voltou a olhar para Trygve. — Sou apenas uma aberração, eu acho. A melhor notícia seria se eu tivesse sido adotada. Minha irmã costumava dizer que eu era, mas infelizmente era mentira. Agora teria sido bem mais fácil.

Ele ria do modo como ela as descrevia.

— O Nick sempre costumava dizer isso à Chloe. Que ela era adotada. As crianças adoram torturar umas às outras com esse tipo de coisa.

— No meu caso, teria sido uma bênção. — Ela olhou para o relógio e viu que já era tarde, e sabia que precisava voltar para casa para fazer o jantar. — É melhor eu entrar para ver a Allie.

O terapeuta estava lá quando eu passei. Tudo parecia bem normal.

— Obrigada por sua preocupação. — Ela hesitou, mas não se afastou quando ele se debruçou sobre ela. Seus lábios se tocaram e seus olhos ficaram fixos. — Fiquei feliz em tê-lo encontrado — sussurrou ela, ao sair.

— Eu também — gritou ele, atrás dela, acenando.

Ela encontrou Allyson no estado habitual, sem qualquer alteração. Sentou-se com ela por uma hora e disse-lhe que a vovó viera visitá-la com a tia Alexis. Contou-lhe todas as últimas coisas que Andy dissera e a lembrava, vez após vez, do quanto a amava. Disse-lhe toda e qualquer coisa de que se lembrava, exceto de o seu casamento estar desmoronando e de Brad ter uma namorada.

Page beijou-a gentilmente na testa ao sair e ficou olhando de longe para os curativos, por um longo tempo. Brad tinha razão, ela simplesmente não percebia mais. Mas era muito desgastante.

Sentiu-se cansada ao voltar para casa, e exausta ao abrir a porta. Podia ouvir a voz da sua mãe. Alexis falava ao telefone com David em Nova York, reclamando sobre o serviço do avião. Nenhuma palavra sobre Allyson. Somente Andy perguntou como ela estava. Page começou a fazer o jantar.

— Você tem certeza que ela vai ficar boa? — perguntou ele, preocupado, pressionando-a mais do que nunca, mas parecendo nervoso.

Page parou para olhar para ele e puxou-o para mais perto para poder abraçá-lo.

— Não... Não tenho certeza... Espero que fique. Mas ainda não sabemos. Ela pode... — Ele não conseguia dizer-lhe as palavras, mas sabia que precisava fazê-lo. — Ela ainda pode morrer... ou talvez não. Ela pode ficar boa, ou ficar como o Bjorn, quando acordar. Simplesmente ainda não sabemos.

— Como o Bjorn?

Ele parecia chocado. Nunca entendera bem isso.

— Mais ou memos.

Ou talvez ela não pudesse andar... Talvez ficasse cega... Ou nem sequer como Bjorn. Ela poderia ficar completamente retardada.

— Sobre o que vocês dois estão falando? — perguntou sua mãe, interrompendo-os e entrando na cozinha.

— Estávamos falando da Allyson, vovó — disse o menino.

— E eu também dizia ao seu pai agora mesmo que ela vai ficar bem.

Ela sorriu para ambos, e Page desejou matá-la. Não era justo fazer isso com ele, e ela não o permitiria.

— Esperamos que sim, mãe — disse Page, com firmeza. — Mas ainda não temos certeza. Tudo depende de quando, e se ela vai sair do coma.

— É como se a gente estivesse dormindo, só que a gente não acorda, só fica dormindo — explicou ele à avó.

Brad veio juntar-se a eles. Page viu que ele estava usando um terno, e lutou para não fazer nenhum comentário, ao vê-lo.

— Volto depois — disse ele, mansamente, a Page, enquanto ela erguia uma sobrancelha em dúvida.

— Volta? Vou esperar sentada.

— Obrigado — disse ele, desarrumando o cabelo de Andy, ao sair. — Boa noite, Maribelle — falou, já saindo.

— Boa noite, querido. — E então, após sua saída: — Ele é um belo homem — disse ela a Page. — Você é uma garota de sorte.

Page quis dizer-lhe que também pensara assim, mas que agora não pensava mais. Porém voltou a fazer o jantar, sem dizer nada.

Como era de esperar, o jantar foi constrangedor. Alix pôs um pedaço mínimo de carne e alguma salada em seu prato e não comeu praticamente nada. Falou tanto quanto comeu, e sua mãe dominou a maior parte da conversa, falando sobre seus amigos, sobre seu apartamento em Nova York e sobre o maravilhoso jardim de Alexis em East Hampton. Ela tinha três jardineiros japoneses, não fazia nada pessoalmente, e parecia bem menos entusiasmada com isso do que sua mãe. Não estava entusiasmada com coisa alguma, a não ser com o seu Chanel. E nenhuma delas mencionou Allyson sequer uma vez até o final da noite.

Ambas foram para a cama quando Andy foi, explicando que ainda estavam no horário de Nova York. Page ficou profundamente irritada ao ouvir sons vindos do quarto de Allyson. Fechou a porta do próprio quarto para não escutar. Parecia um sacrilégio e uma intromissão terríveis.

Deitou-se quieta em sua cama por um longo tempo, pensando nelas e em quão infeliz fora sua vida com elas. Fizeram de sua vida um verdadeiro inferno, até o dia em que saiu. Vê-las sempre lhe trazia as lembranças de volta. Lágrimas caíam devagar de seus olhos, ao pensar nisso. E então forçou sua mente a voltar ao presente.

Passava de meia-noite quando Brad chegou. Ela ainda estava acordada, deitada na cama, mas as luzes estavam apagadas. Ela virou-se para ele, na penumbra. Ele parecia cansado e infeliz. Ela se surpreendeu ao vê-lo.

— Você se divertiu? — perguntou ela.

Ambos sabiam onde ele havia estado. Era muito para assimilar, e ela estava lutando para fazê-lo. Mas, pela expressão no seu rosto, ele também estava. Permaneceu de pé, fitando-a por um longo tempo, antes de responder. Estava preso entre dois mundos, e ambos lhe traziam dor, no momento.

— Não, na verdade. Esta não é a situação formidável que você pensa que é.

— Acho que não... Pra nenhum de nós.

— Sei como é duro pra você — disse ele, brandamente. Por um instante, ele parecia o antigo Brad, mas não se aproximou. — Talvez eu devesse ter continuado a mentir pra você... Eu não sei... Talvez fosse hora de você saber. Não podíamos continuar assim pra sempre.

O problema era que ela podia. Ela não tivera a menor idéia do que ele estava fazendo.

— Estou tentando fazer a coisa certa pra todos agora. Só que não sei mais o que é certo.

Ela concordou. Não havia mais nada que ela pudesse dizer. Suas vidas estavam numa corda bamba.

— Talvez você deva simplesmente se concentrar em Allyson e se esquecer disso por enquanto, Brad. Talvez esta não seja a hora de você estar tomando decisões.

— Eu sei disso.

Mas Stephanie estava se sentindo miserável e queria que ele lhe provasse alguma coisa. Não era justo, mas era assim que ele estava lidando com a situação, e ele não queria perdê-la. Ela nunca conhecera Allyson nem Page, elas não significavam nada para ela. Tudo o que ela queria era Brad, e não iria deixar que ele ficasse indeciso por mais tempo. Por quase um ano, ela estivera perfeitamente feliz em dormir com ele sempre que podiam, se divertindo durante ocasionais viagens de trabalho ou algum raro fim de semana roubado. Mas ela tinha vinte e seis anos e decidira que era hora de se casar e ter filhos. E Brad Clarke era o homem que ela escolhera.

Page ficou deitada, quieta, por um longo tempo, e por fim ele foi para a cama, mas não encostou a mão nela. Tudo estava funcionando perfeitamente outra vez... pelo menos com Stephanie, mas ele sabia que Page e ele dificilmente suportariam outro fiasco. E ele não tinha o menor desejo de tentar.

Eram três da madrugada quando ela pegou no sono. Sentiu-se péssima na manhã seguinte, quando levantou às sete horas para acordar Andy e fazer o café. Andy arrastara Lizzie para a cama com ele. Brad já estava de pé e vestido a essa altura. Ele não tomou café e foi cedo para a cidade. Disse que teria um café da manhã com um cliente e ela não o questionou. Pelo menos, ele estivera em casa a noite toda, e ela não precisaria explicar à sua mãe o porquê de ele não estar. Quem sabe, talvez elas nem sequer teriam notado.

Page levou Andy para a escola e então voltou para casa para ver a mãe e Alexis. Olhou alguns papéis, pagou algumas contas, mas às onze horas elas ainda não estavam prontas. Alexis precisava fazer os exercícios de rotina, e seu cabelo ainda estava com *bobs*. Até aquela hora, ela havia tomado banho e se maquiado, mas, quando Page lhe perguntou, ela respondeu que levariam mais uma hora até que estivessem prontas.

— Mãe — disse Page, ansiosa. — Eu quero estar com a Allie.

— É claro. Mas todas nós precisamos comer. Talvez você devesse fazer algo aqui.

Mas ela cairia naquela armadilha com elas, e então já seria tarde para irem. Elas tinham vindo para verem Allie, não para irem ao restaurante, nem para levarem Page à loucura. Estava sendo exatamente da maneira que pensou que seria com elas, e ela simplesmente não queria passar por isso.

— Podemos comer na cantina, se tiverem fome.

— Isso é terrível para o estômago da Alexis, querida. Você sabe como é horrível a comida de hospital.

— Não posso fazer nada. — Olhou para o relógio, infeliz. Faltavam cinco minutos para o meio-dia. Ela desperdiçara metade do dia, e Andy estaria de volta às três e meia. — Vocês não prefeririam ir de táxi depois do almoço, ou talvez com o Brad, hoje à noite, se ele for?

— Claro que não! Iremos com você.

As duas nova-iorquinas confabularam longamente no quarto de Allyson, e finalmente saíram de lá ao meio-dia e meia.

Alexis estava fabulosa, num Chanel branco de seda. Ela usava sapatos e bolsa de couro pretos, e um maravilhoso chapéu de palha que parecia totalmente inapropriado, mas muito bonito. Sua mãe usava um conjunto de seda vermelho. Elas pareciam que iam almoçar no Le Cirque, em Nova York, e não que estavam indo ver um doente na UTI do Hospital Geral de Marin.

— Vocês duas estão ótimas — disse Page, tentando ser agradável, quando entraram no carro. Ela usava os mesmos *jeans* que tirara e vestira durante duas semanas. Só os tirara o tempo suficiente para lavá-los, e usara todos os seus suéteres velhos e gastos. Eles eram confortáveis e quentes nos corredores gelados do hospital, e ela não se preocupara com a sua aparência por duas semanas. Ver sua mãe e irmã arrumadas de certa forma a divertia, mas não a surpreendia.

Sua mãe comentou sobre o calor, durante o caminho, e perguntou onde ela e Brad iriam passar as férias deste ano. Ela esperava que pudessem ir para o Leste. Seria tão maravilhoso se decidissem alugar uma casa em Long Island.

Deixaram o carro no estacionamento do hospital, e Page entrou, desejando mais uma vez que não tivessem vindo. A simples presença delas lá parecia uma intromissão. Allyson era neta e sobrinha delas. No entanto, Page sentia-se muito possessiva, e, embora se encontrasse naquele estado, Allie pertencia a ela e Brad, e a mais ninguém. Não era justo, mas essas pessoas não a mereciam.

As enfermeiras da UTI todas as cumprimentaram, e Page levou-as em silêncio até o leito de Allie. Ela viu o rosto da sua mãe empalidecer e notou que ela engolira em seco assim que a vira. Ofereceu-lhe uma cadeira, mas ela simplesmente balançou a cabeça. Por um instante, Page sentiu pena dela e colocou um braço sobre seus ombros. Alexis nem sequer ousou aproximar-se da cama. Parou no meio do caminho e ficou observando da porta.

Não disseram sequer uma palavra nos dez minutos em que permaneceram lá, e então sua mãe olhou para Alexis, preocupada. Ela estava mortalmente pálida sob a maquiagem.

— Não acho que a sua irmã deva ficar — sussurrou.

Nem Allie, quis responder Page, mas assentiu com a cabeça. Por que se preocupavam sempre uma com a outra e com mais ninguém, por que não conseguiam sentir nada verdadeiro, nem expressá-lo? Por um momento, sua mãe sentira sua dor, havia visto Allie como ela realmente estava, e então virou-se e buscou refúgio em Alexis. Sempre fora assim. Ela nunca quisera ver a dor de Page, sempre estivera interessada somente em salvar Alexis. E Alexis desaparecera há muito tempo. Não havia ninguém ali. Ela era somente um boneca Barbie, com roupas caras e maquiagem perfeita.

Voltaram ao corredor, enquanto Maribelle colocava seu braço sobre os ombros da sua filha mais velha. Não protegia Page, mas sim Alexis.

— Às vezes, até esqueço de como ela é — desculpou-se Page. — Eu a vejo tanto... Não estou habituada, mas já sei o que esperar. Uma das professoras dela veio vê-la outro dia e ficou terrivelmente chocada. Eu sinto muito.

Ela olhou para as duas, e, embora estivesse decepcionada com elas mais uma vez, realmente sentia muito.

— Na verdade, ela parece bem — insistiu a mãe, ainda pálida. — Ela parece que vai acordar a qualquer momento.

Na realidade, ela parecia morta, e o respirador ainda tornava o quadro mais assustador. Por isso Page não deixara que Andy a visse, a despeito dos protestos do menino.

— Ela não parece bem — disse Page, com firmeza. — Parece horrível, isso sim. É assim que se tem que falar.

Ela não queria brincar, mas a sua mãe apenas lhe bateu no ombro e continou.

— Ela vai ficar boa. Você tem que ter consciência disso. Agora — sorriu ela para as filhas, como querendo esquecer o que haviam acabado de ver —, onde é que nós vamos almoçar?

— Eu vou ficar aqui.

Page olhou para elas, aborrecida. Ela não estava simplesmente deixando rolar. Não iria passar a próxima semana brincando de tomar chá e jogar cartas com elas. Se elas vieram para ver Allyson, teriam que dançar conforme a música.

— Posso chamar um táxi pra vocês, se quiserem, e podem ir almoçar. Eu não vou.

— Iria fazer bem pra você sair, filha. O Brad não passa o dia inteiro sentado aqui, passa?

— Não, não passa, mas eu passo.

Havia um ar severo na expressão de Page, mas ninguém notou.

— Que tal almoçarmos na cidade?

Ela procurava tentá-la, mas Page só balançava a cabeça. Ela não iria.

— Vou chamar um táxi pra vocês — disse ela, com firmeza.

— A que horas você estará em casa?

— Tenho que pegar o Andy e levá-lo pra ver o treino de beisebol. Devo estar em casa às cinco horas.

— Vemos você lá.

Ela lhes disse onde escondia a chave da casa, caso chegassem primeiro que ela, mas sabia que não chegariam. Depois do almoço, iriam ao I. Magnin.

Ela voltou à UTI para ficar com Allyson, e Trygve passou para vê-la no meio da tarde. Ele olhou em volta, surpreso por vê-la sozinha. Ele esperava encontrar a mãe e a irmã dela.

— Onde elas estão?

Ele parecia confuso, e ela abanou a cabeça, lamentando.

— A noiva de Frankenstein e sua mãe foram para a cidade almoçar e fazer algumas comprinhas.

— Elas viram Allyson?

Ele parecia espantado.

— Por dez minutos, mais ou menos. Minha mãe estava pálida, e minha irmã não passou da porta e ficou verde, e então decidiram ir almoçar na cidade, para esquecer.

Ela ainda estava aborrecida, mas era típico delas, embora Trygve não tivesse noção disso.

— Não seja tão dura com elas. Esse tipo de coisa não é fácil.

— Também não é fácil pra mim, mas eu estou aqui. Pensaram que eu deveria ir almoçar com elas.

— Talvez fizesse bem a você — disse ele, gentilmente.

Mas ela encolheu os ombros. Ele não as conhecia.

Ele ficou com ela um pouco, a então Page pegou Andy na escola, levou-o para assistir ao treino de beisebol e depois foram para casa. E, justamente como imaginara, sua mãe e Alexis chegaram às seis horas, carregadas de bolsas de compras, um vidro de perfume para ela, uma suéter francesa para Andy e um *peignoir* rendado rosa para Allyson, que não havia a menor condição de ela usar no presente estado.

— É lindo, mãe, obrigada.

Ela não explicou a impossibilidade a ela, e sua mãe parecia não se importar. Haviam encontrado um fabuloso estilista no I. Magnin.

— É impressionante o que se encontra por aqui — disse ela, completamente desapercebida da expressão de Page.

— Mas não é mesmo? — disse ela, friamente.

Era quase como se a razão da viagem tivesse sido esquecida.

Page fez o jantar para elas à noite novamente, mas Brad não foi para casa nem telefonou. Ela inventou uma desculpa para ele, mas, mais tarde, encontrou Andy parecendo abandonado e sentou-se na cama para falar com ele. Ter sua própria mãe em casa a deixava nervosa e explosiva.

— Você e o papai estão zangados um com o outro de novo, né?

— Não é bem assim — mentiu ela. Simplesmente não podia suportar ter que contar a ele isso também. Allyson já era o suficiente, no momento. — Ele só está ocupado.

— Não, não está. Eu ouvi você gritando com ele... e ele gritou com você...

— Pais e mães fazem isso às vezes, querido.

Ela beijou-lhe a testa e lutou contra as lágrimas, enquanto o abraçava.

— Vocês não faziam. O Bjorn me contou que a mãe e o pai dele brigavam muito, e depois a mãe dele foi embora. Ela foi pra Inglaterra, e agora ele quase não se encontra com ela.

— Isso é diferente — disse ela, embora não tivesse certeza dessa diferença. Na verdade, os dois casos se pareciam. — E ele tem muita saudade dela?

Ela teve pena de Bjorn. Devia ser mais difícil para uma criança como ele, com o entendimento limitado.

— Não — disse Andy, honestamente. — Ele disse que ela era má pra ele. Ele gosta muito mais do pai dele. Eu gosto do pai dele também. Ele é legal.

Ela concordou com a cabeça e então ergueu o rosto com lágrimas nos olhos, quase em pânico.

— O papai vai embora pra Inglaterra?

— É claro que não — disse ela, aliviada por ele não ter perguntado como ela se sentia a respeito de Trygve. — Por que ele iria pra Inglaterra?

— Eu não sei. Foi isso que o Bjorn disse que a mãe dele fez. Mas você acha que ele vai deixar a gente?

Ela queria dizer mais, mas sabia que não conseguiria. Seria demais para ele, demais para qualquer um deles no momento.

— Eu acho que não.

Foi a primeira vez que mentiu para ele, mas ela sabia que precisava fazê-lo.

Quando foi colocá-lo na cama, sua mãe perguntou se ela se importaria de preparar-lhe um chá de hortelã e de levar um de camomila e uma garrafa de Evian para sua irmã.

— De modo algum — disse ela, rindo consigo mesma.

Elas eram tão previsíveis... A madrasta malvada e a irmã... E ela, como sempre, fazia o papel de Cinderela.

Capítulo 12

O resto da semana foi praticamente igual. Page continuou a passar seus dias no hospital, enquanto Andy estava na escola, e sua mãe e irmã faziam um *tour* pelas butiques e lojas de departamentos de San Francisco. Passearam pela Hermès, Chanel, Tiffany, Cartier e Saks e fizeram um estrago bem grande no I. Magnin. Fizeram o cabelo no Mr. Lee, almoçaram no Vic's, no Postrio e no restaurante da cobertura do edifício Neiman-Marcus. E, dia sim, dia não, começavam suas atividades com uma visita de cinco minutos a Allie.

Depois da primeira vez, Alexis disse que sentira seu resfriado voltando, e não queria causar a Allyson nenhuma complicação, por isso esperou na recepção. Mas a mãe de Page, corajosamente, subia até a UTI e ficava conversando com ela na cabeceira de Allie por aproximadamente quatro ou cinco minutos. Falava, em grande parte, sobre o que iriam fazer naquele dia e tentava convencer Page a ir com elas. E, no fim da semana, insistiu em levar Page e Brad para jantar fora.

Page tentou tocar no assunto com ele numa das raras vezes que o viu naquela semana. Já era sexta-feira à tarde, e ela estava começando a imaginar quando Alexis e sua mãe iriam embora. A presença delas os havia desgastado desde o começo. E Brad estava usando da oportunidade, que a presença delas lhe propiciava, de desaparecer agora diariamente. Ele não jantara em casa sequer uma vez durante toda a semana, chegava em casa bem depois da meia-noite e saía bem cedo, de manhã, antes que elas acordassem.

E, uma noite, ficou fora a noite inteira, sem telefonar.

— Ela quer nos levar pra jantar em algum lugar — explicou Page, tentando controlar os nervos e não confrontá-lo sobre as noites que passara fora sem ligar. — Pra dizer a verdade, não tenho certeza se vou agüentar.

— Ela parece bem desta vez — disse ele, calmamente.

— É mesmo? — revidou Page. — Quando você descobriu isso? Nos quatro segundos que você levou para guardar as malas dela, ou nos dez minutos que passou com elas desde então? Como diabos sabe que ela está bem? Eu nem sequer vi você desde o domingo.

— Oh, pelo amor de Deus... Pare com isso. O que quer que eu faça? Que eu seja babá da sua mãe? Ela veio aqui pra ver a Allie.

O que ele estava fazendo cada vez menos também, com a desculpa de estar ocupado.

— Ela não veio aqui ver a Allie — disse Page, parecendo insatisfeita. — Ela veio aqui ver Chanel, Hermès e Cartier. E fizeram uma adorável visita.

— Talvez você devesse ter ido com elas — retrucou ele. — Talvez você estivesse de melhor humor. E, quem sabe, você estaria mais parecida com a sua irmã.

Ele se arrependeu no momento em que disse estas palavras, mas não havia nada que pudesse fazer para desdizê-las.

Ela riu amargamente.

— Não existe uma só parte ou pedaço do rosto ou do corpo da minha irmã que seja verdadeiro, e se o que você quer é aquele monte de plástico, então sirva-se.

Ela enraiveceu-se, magoada com o comentário dele. Ela passara três semanas na cabeceira de Allie e sabia que estava desleixada com sua aparência, mas não tivera tempo nem forças nem ânimo para se arrumar. Ela não se importava com sua aparência nesse momento. Tudo o que queria era que Allie saísse do coma.

Por fim, Brad concordou em jantar com elas no sábado. Foram à cidade jantar no Fairmont, no edifício Mason. Page puxara seu cabelo cheio e louro para trás num rabo-de-cavalo, usava um vestido simples preto e não se maquiara. Aparentava como se sentia, apagada e infeliz. Alexis, pelo contrário, estava usando um vestido Givenchy branco de seda que realçava sua silhueta magra e elegante, e o decote profundo realçava bem seus implantes.

— Você está maravilhosa — disse Brad, alegre.

Ela sorriu. Mas não havia sedução alguma, nenhum interesse por parte dela. Ela estava interessada na sua aparência, no que vestia e em poucas outras coisas. E seu marido compreendia isso. Não havia nela uma mulher, somente o formato, um rosto lindamente produzido com feições perfeitas.

Alexis e sua mãe falavam sobre ficar mais uma semana, e, diante da mera menção, Page entrou em pânico. Ela já as servira durante sete dias, lhes trouxera camomila, chá de menta, Evian, sacos de gelo e de água quente, café, almoço, jantar, lençóis novos, mais travesseiros, e tivera que sair e comprar um cobertor elétrico para sua mãe. Elas não atendiam ao telefone, nem sequer se serviam de um copo d'água, não conseguiam descobrir como mexer na TV dos seus quartos e nenhuma delas se sentia à vontade com Andy. Como sempre, elas eram completamente inúteis.

Tinham visto Allyson um total de três vezes em uma semana, computando provavelmente menos de quinze minutos. Foi exatamente como Page havia previsto a Trygve que seria.

— Acho que na semana que vem vocês devem voltar pra casa — disse Page, com firmeza.

Sua mãe pareceu horrorizada com a sugestão.

— Não poderíamos jamais deixar você sozinha com a Allyson — insistiu ela.

Pela primeira vez, Page ficou sem ter o que responder.

Brad foi amável com ambas, especialmente com Alexis, que falou muito pouco com todos eles. E, logo que chegaram de volta em casa, e a babá de Andy foi embora, Brad disse a Page, em segredo, que estava de saída pelo resto da noite.

— Às onze horas?

Ela parecia surpresa, mas não devia estar. Ele não havia ficado a semana toda, e agora esse parecia ser o seu estilo. Nas últimas três semanas, todo o tecido de que era feito o seu casamento se tinha esgarçado. Ela só olhou para ele e assentia com a cabeça.

— Sinto muito, Page — tentou ele explicar. — Estou entre a cruz e a caldeirinha.

— É — assentiu ela novamente, e abaixou o zíper do vestido. — Eu sei. A Allie também está.

— A Allie não tem nada a ver com isso.

Mas ambos sabiam que tinha tudo a ver. Ela os separara, e ficava cada vez mais óbvio que era improvável que se recuperassem.

Ela foi então até o banheiro, e, quando saiu, ele tinha ido embora. Page foi para a cama e ficou acordada por um longo tempo. Ultimamente, vinha tendo cada vez mais dificuldade em dormir. Pensou em ligar para Trygve, mas não lhe pareceu justo. Ela não queria ficar correndo de um para o outro.

Na manhã seguinte, durante o café, sua mãe lhe disse que era sorte dela ter Brad. Page não disse palavra, e bebeu o café. Sua mãe disse que ele se revelara um bom homem e um ótimo marido.

Page foi sozinha ver Allyson e deixou Andy com elas, apesar dos protestos de que elas não saberiam o que fazer se ele tivesse um problema.

— E se ele quiser ir ao banheiro? — perguntou sua mãe, em pânico.

Era difícil acreditar que ela tivera duas filhas, fora esposa de um médico e nunca passara de uma inútil.

— Ele tem sete anos de idade, mãe. Ele pode ir sozinho. Pode até mesmo lhe preparar um almoço, se a senhora quiser.

Ela divertia-se com o fato de que seu filho de sete anos fosse mais capaz do que elas, mas ele era, e muito mais.

Page conversou com Trygve durante muito tempo aquela tarde e admitiu-lhe o quão cansada e desencorajada estava. Era difícil para ela ter sua mãe por perto, desanimando-a, e ele podia sentir isso.

— O que há nela que a aborrece tanto? — perguntou ele.

Page as achava tão engraçadas, às vezes, e outras vezes elas a deprimiam tanto...

— Tudo. Quem elas são, quem elas não são, o que fazem, o que não fazem. São pessoas podres, todas as duas, e eu odeio tê-las por perto, ou deixá-las perto dos meus filhos.

— Não pode ser tão ruim.

Ele estava surpreso com a força com que ela falava delas, e era óbvio que algo a respeito de sua família a aborrecia muito.

— Foi por causa delas que vim para cá. Na verdade, eu vim por causa de Brad. Mas eu teria saído de Nova York de qualquer maneira. Eu não queria estar em lugar algum perto delas. E aqui era perfeito pra mim. — Definitivamente, isso fazia parte das razões porque ela se casara com Brad, e na época lhe parecera uma boa solução. embora agora as coisas fossem diferentes. — Agora ele também está sendo muito ofensivo comigo, e eu estou ficando cansada disso. É difícil pra mim, e está afetando o Andy. Simplesmente não é justo.

— Eu sei — disse ele, mansamente. — O Andy mencionou alguma coisa sobre isso ao Bjorn, da última vez em que esteve lá. Ele disse que vocês dois brigam o tempo todo, desde o acidente, e acha que a irmã pode estar mais doente do que vocês estão dizendo pra ele.

— Minha mãe tem dito a ele que a Allie vai ficar boa. E isso me deixa maluca também.

Ela olhou então para ele, e ele pôde ver o quão cansada ela estava. Estava mais do que exausta. Três semanas com o tipo de sofrimento pelo qual ela estava passando era demais para qualquer um, sem exigir muito deles, e ele podia ver que dela se estava exigindo bastante.

— Talvez seja hora de elas irem embora.

Já era o suficiente, se era isso que a estava esgotando, mas ele não estava em posição de ajudá-la a se livrar delas. Ele era um amigo invisível, e elas não sabiam coisa alguma sobre a sua existência.

— Eu disse isso a elas ontem à noite, mas a minha mãe diz que de modo algum me deixará sozinha com a Allie.

Ela riu do absurdo de tudo isso, e ele colocou um braço sobre o ombro dela e a beijou.

— Sinto muito que tenha que passar por tudo isso. O que você está sofrendo com a Allie já é o suficiente, sem toda esta confusão.

— Eu não sei... Acho que estou passando por um teste, ou qualquer coisa assim. E acho que estou sendo reprovada.

Ela disse isso com lágrimas nos olhos, e ele puxou-a ainda mais para perto e beijou-a novamente, na sala de espera da UTI, onde ninguém os veria.

— Acho que você está se saindo fantasticamente bem, melhor que nota dez.

— Então você não sabe de nada — disse ela, e assoou o nariz. E então, recostou-se sobre ele e fechou os olhos, desejando que as coisas melhorassem só um pouquinho. — Estou tão cansada de tudo isso... Trygve, isso vai terminar algum dia?

Mas, no momento, não se vislumbrava um final fácil para nada daquilo, e ambos sabiam.

— Daqui a um ano, você vai olhar para trás e se perguntar como sobreviveu.

— Será que vou viver tanto tempo? — perguntou ela, grata por tê-lo por perto para se recostar.

Abraçando-a, ele falou com voz mansa e firme:

— Eu estou contando com isso, Page... Muitos de nós estamos.

Ela concordou com a cabeça, e ambos permaneceram sentados em silêncio por um longo tempo, antes que ela voltasse para junto de Allie.

O telefone estava tocando quando ela chegou em casa naquela tarde. Era uma amiga da cidade, a qual não via há meses. Allyson e a filha dela haviam feito aulas de dança juntas há dois anos atrás, e as meninas não eram grandes amigas, mas se gostavam. Ela ouvira falar no acidente e queria saber se poderia fazer alguma coisa para ajudar, mas Page disse que não havia nada.

— Me avise se houver — insistiu ela, e então hesitou por um instante. — A propósito, o que está acontecendo entre você e Brad? Vocês... estão se divorciando?

Page ficou chocada com a pergunta.

— Não, por quê?

Mas seu sangue ficou gelado quando ela ouviu aquilo. A mulher sabia de alguma coisa. Era óbvio, pelo modo como havia feito a pergunta.

— Talvez eu não devesse estar dizendo isso... Mas o tenho visto aqui o tempo todo com uma mocinha... Eu não sei, ela deve ter uns vinte e poucos anos. Pensei a princípio que fosse uma amiga da Allie, quando a vi, e então percebi que era mais velha. Ela mora no quarteirão da frente, e eu tive a impressão de que ele estava morando com ela. Na verdade, eu os vi correndo juntos hoje de manhã antes do café.

"Que bom para ele", pensou Page. E foi tão bom da parte dele, embaraçá-la diante de todos. Era uma comunidade pequena, e agora as pessoas o estavam vendo com a garota... da idade de Allie?... Meu Deus! Ela se sentiu com dois mil anos de idade, ao explicar que ela era uma velha amiga, e que eles trabalhavam juntos em projetos a toda hora, e que não era nada.

Ela sabia não ter convencido a amiga, mas não iria admitir para ninguém que Brad estava envolvido com outra pessoa. E zangou-se pelo fato de a mulher lhe ter telefonado. Era maldade da parte dela, e quando Page disse que não estavam se divorciando, ela deveria ter sabido que havia algo de errado.

— Como vai a Allyson? — perguntou sua mãe, vendo-a entrar na cozinha.

— Na mesma — respondeu Page, distraidamente. — Como se virou com o Andy? Ele encontrou o banheiro?

Ela riu, e sua mãe gargalhou.

— É claro. Ele é um ótimo garoto. Ele fez um lanche pra mim e pra tia Alexis e nos serviu no jardim.

"Deus as livre de fazerem algo para si mesmas por um único instante", disse Page com seus botões.

Ela encontrou Andy brincando no quarto dele, e ele olhou para cima quando a viu. Parecia preocupado e triste, e partiu o coração dela ver seus olhinhos. Todas as suas vidas haviam sido modificadas brutalmente nas últimas três semanas, e ninguém compreendia. Eram todos como náufragos. Ela sentou-se na cama e esticou sua mão para tocá-lo.

— Como foi com a vovó?

— Foi engraçado — disse ele, olhando para ela com um sorriso, e ela querendo abraçá-lo. — Ela não consegue fazer nada. E nem a tia Alexis, as unhas dela são muito grandes pra fazer qualquer coisa. Ela não consegue abrir uma garrafa de Evian. E a vovó pediu pra eu dar corda no relógio dela. Ela diz que não consegue enxergar, e não sabia onde estavam os óculos. — Ele as conhecia bem, e então ergueu os olhos para Page com uma expressão de preocupação. — Onde está o papai?

— Está na cidade, trabalhando — mentiu ela, como sempre.

— Mas hoje é domingo.

Ele não era bobo, mas ela não queria dizer-lhe a verdade, e ele percebeu.

— Ele trabalha muito.

"O canalha", acrescentou ela, mentalmente.

— Ele vai estar em casa pro jantar?

— Eu não sei — disse ela, honestamente.

Então ele subiu no colo dela e recebeu um abraço. Ela queria dizer-lhe que sempre o amaria, não importava o que acontecesse com o pai dele, mas não queria dizer muito, então simplesmente disse quanto o amava.

Depois disso, Page foi fazer o jantar. Brad os surpreendeu, vindo para casa, e na verdade parecia que iria ser um jantar muito agradável. Brad fez churrasco para eles e se mostrava bem calmo e gentil. Evitou os olhares de Page, mas se esforçou para ser amável com a mãe dela e fez Andy ajudá-lo a preparar os hambúrgueres, as carnes e o frango. Alexis explicou que naquele dia não comeria carne e pediu a Andy que abrisse uma garrafa de Evian para ela.

Foi só quando Page ficou sozinha perto de Brad que lhe contou sobre o telefonema da mulher que conhecia na cidade.

— Ouvi dizer que você fez *cooper* hoje, antes do café da manhã. — Ele não disse nada a princípio, só olhou para ela. Nunca lhe havia ocorrido que alguém pudesse contar a ela.

— Quem lhe disse isso?

Ele parecia furioso e culpado.

— Que diferença isso faz?

— Não é da sua conta — disse ele, completamente enraivecido.

— Esta é a nossa vida que você está jogando no lixo, Brad...

minha e da Allie... e do Andy. Você pensa que ele não sabe o que está acontecendo? Tente olhar para o rosto dele de vez em quando. Ele sabe. Todos nós sabemos.

— Ótimo! O que você fez? Contou a ele? Sua vaca!

Ele jogou os espetos do churrasco no chão então e entrou em casa, intempestivamente. Page lutou com o churrasco por um tempo, até se queimar, e Andy saiu correndo atrás de Brad. A essa altura, o menino estava chorando. Ouvira os dois discutindo e depois vira a mãe se queimar. Ele não queria que ela se machucasse, nem que seus pais gritassem, e os ouvira falando qualquer coisa a seu respeito. Talvez fosse culpa sua eles estarem discutindo, talvez seu pai estivesse zangado por Allie e não Andy ter-se machucado. Ele parecia arrasado, enquanto Brad ajeitava as carnes enraivecido e finalmente terminava o jantar. E os três Clarkes estavam extremamente silenciosos ao se sentarem para jantar. Mas, como sempre, nem Maribelle nem Alexis pareceram notar.

— Que ótimo cozinheiro você é — cumprimentou Maribelle. As carnes estavam boas, mas a atmosfera estava envenenada. — Alexis, você realmente deveria provar um desses bifes, eles estão bons demais pra serem de verdade.

Mas Alexis balançou a cabeça, feliz com suas folhas de alface, e Page e Andy estavam debruçados sobre seus pratos. Page ainda tinha um cubo de gelo nos dedos que queimara, e já havia uma bolha horrorosa.

— Como vai a sua mão, mãe? — perguntou Andy, preocupado.

— Vai bem, querido.

Brad não disse palavra e nem olhou para a esposa. Ele agora estava convencido de que ela contara a Andy sobre o seu caso, e estava tão furioso que queira matá-la. Começou a discutir com ela novamente na cozinha, enquanto lavavam a louça, e nenhum dos dois viu Andy de pé do outro lado do balcão.

— Você contou a ele, não contou? Você não tinha o direito de fazer isso!

— Eu não fiz nada disso! — gritou ela de volta. — Eu não faria isso com ele. Mas você mesmo poderia contar, só que você nunca está aqui. O que quer que ele pense? E se alguém contar a ele, como me contaram?

— Também não é da conta dele, porra!

Ele bateu a porta da cozinha novamente, e Page chorava enquanto arrumava a louça. Brad saiu para o jardim, e estava apagando o fogo do churrasco, quando a mãe de Page entrou na cozinha.

— Que jantar maravilhoso, querida! Estamos nos divertindo tanto aqui!

Page olhou para ela sem acreditar, sem sequer saber o que dizer. Era tudo tão surrealista. Mas sua família sempre fora assim.

— Estou feliz que tenha gostado do jantar. O Brad sempre faz uma carne ótima.

Talvez ele viesse fazer churrasco para todos após ter-se casado de novo.

— Vocês formam um casal maravilhoso — disse ela.

Maribelle piscou para Page, que finalmente colocou de lado o pano de prato e olhou para a sua mãe.

— Na verdade, mãe, as coisas não estão indo muito bem. Tenho certeza de que notou.

— De modo algum. Estou certa de que vocês dois estão preocupados com a Allyson, mas isso é natural. Tenho certeza de que em algumas semanas todos vocês estarão de volta ao normal.

Era surpreendente que ela tomasse conhecimento de tudo isso.

— Não estou tão certa disso. — E então ela decidiu contar-lhe toda a verdade. Por que não? Se ela não gostasse, simplesmente fingiria não ter ouvido. — Ele está envolvido com outra pessoa, e isso está nos estressando muitíssimo, no momento.

Mas sua mãe só balançou a cabeça, recusando-se a acreditar.

— Tenho certeza de que você está enganada sobre isso, querida. O Brad jamais faria uma coisa destas. Ele nunca faria coisa alguma pra colocar em risco o casamento de vocês.

— Ele fez.

Page continuou enfatizando com a cabeça, de repente decidida a fazê-la acreditar.

— Todas as mulheres pensam em coisas assim, de vez em quando. Você está sobrecarregada com o problema da Allyson.

Problema? Você quer dizer o fato de ela estar em coma há três semanas e correr risco de vida? Oh, esse problema...

— Você sabe — continuou sua mãe — seu pai e eu tivemos nossas briguinhas de vez em quando também, mas nunca se tornaram nada sério. Você só precisa ser um pouco mais compreensiva.

Page ficou então parada, olhando para a sua mãe, incapaz de acreditar no que estava ouvindo. Ela estava disposta a não discutir o que havia acontecido com sua família, mas também não estava disposta a fingir que jamais aconteceu.

— Não acredito no que está dizendo — disse Page, severa.

— É verdade... Por mais difícil que possa parecer, seu pai e eu tivemos nossos momentos difíceis.

— Mãe, esta sou eu... Page... Você se lembra do que passamos?

— Não faço a menor idéia do que você está falando.

Sua mãe deu as costas e começou a deixar a cozinha.

— Não faça isso comigo! — gritou Page, olhando para ela. — Não *se atreva* a fazer isso comigo, depois de todos esses anos, com suas piedosas e inofensivas mentiras!... "Probleminhas"! Você se esqueceu com quem você se casou?... O que ele fez durante todos aqueles anos? Como pode dizer isso? Olhe pra mim, droga!

Sua mãe voltou-se devagar e olhou-a sem expressão, como se fosse incapaz de compreender o que acontecera com a sua filha. Brad acabara de vir do jardim naquele instante, e as viu, e viu a expressão no rosto de Page, e soube instintivamente o que havia acontecido.

— Talvez vocês duas devam discutir isso uma outra hora — disse ele, calmamente.

Page fitou-o, enraivecida.

— Não me diga o que fazer ou não fazer, seu filho da puta. Você fica fora, trepando, dia e noite, e agora quer que eu agüente esta merda também? Não vou mais deixar que ela me faça isso. — E então virou-se para a sua mãe. — Você não pode brincar assim comigo... Você deixou que ele fizesse o que fez! *Você o ajudou!* Você deixou ele entrar no meu quarto e trancou a porta, e me disse que eu tinha que fazer o papai feliz... Eu tinha treze anos de idade! *Treze!* E você *me forçou* a dormir com o meu pai! E a Alexis estava feliz demais pra se importar comigo, porque ele já vinha fazendo isso com ela desde os doze, e ela estava feliz que fosse eu e não mais ela! Como *se atreve* a fingir que nada aconteceu? Você tem sorte de eu deixar você entrar na minha casa e estar disposta a vê-la.

Maribelle olhou para ela, mortalmente pálida, e Brad pôde ver que ela estava tremendo.

— Estas são acusações terríveis, Page, e você sabe que não são verdadeiras. Seu pai jamais teria feito algo assim.

— Ele fez, e você também, e você sabe disso!

Page virou-se e afastou-se deles, e, de costas, soluçava, mas Brad não ousou aproximar-se dela. Ela voltou-se de frente para a mãe e disse, com um olhar de indignação:

— Passei anos tentando superar isso, tentando me curar do que vocês haviam feito... E eu poderia ter aceitado viver com você me dizendo o quanto você sentia, que se sentia terrível... Mas como pôde fingir que nunca aconteceu?

Alexis apareceu na cozinha sem a menor idéia do que estava acontecendo. Ela estivera falando ao telefone com David, do seu quarto.

— Você se importa de me fazer uma camomila? — perguntou docemente à irmã.

Page soltou um grito de incredulidade, debruçando-se sobre o balcão.

— Não acredito em vocês. Nas duas. Vocês passaram tantos anos fugindo da verdade que não podem enfrentar nada. Vocês não conseguem nem abrir uma porcaria de garrafa de água sozinhas. Como conseguem fazer isso com vocês mesmas?

Alexis pareceu de repente aterrorizada, olhando em volta para eles.

— Eu sinto muito... Eu... Pode deixar...

— Toma aqui!

Page passou-lhe uma garrafa de Evian, e ela a agarrou.

— Mamãe estava justamente me contando como o papai nunca transou com nenhuma de nós quando éramos crianças. Se lembra, Alex? Ou você também teve um lapso de memória? Se lembra de como você me jogava pra cima dele, pra que ele não fizesse mais com você? Se lembra? — Ela olhou para as duas, arrasada. — Ele fez até quando eu tinha dezesseis anos e ameacei denunciá-lo para a polícia, o que nenhuma de vocês teria tido coragem de fazer.

Como puderam fazer isso pra ele? Como puderam ajudá-lo? — Ela já estava soluçando, então. — Nunca consegui entender isso.

Principalmente desde que ela teve filhos, e Brad sentia-se enojado com a história. Ele sabia de tudo, mas nunca a ouvira falar sobre isso tão abertamente, nem confrontá-las sobre isso.

— Como pode dizer uma coisa dessas? — Alexis parecia aterrorizada. — O papai era médico.

— É — disse Page, em lágrimas. — Eu costumava pensar que isso também fazia diferença, mas não fazia, não é? Levei anos até para ir ao médico, depois daquilo. Sempre pensei que seria molestada ou estuprada. Nem sequer fui ao médico metade do necessário quando estava grávida, tive tanto medo do que iria acontecer. Ele era um cara legal, nosso pai, um homem maravilhoso, um médico fantástico.

— Ele era um santo — disse Maribelle Addison, protegendo-o. — E você sabe disso.

Alexis se colocara instintivamente perto dela, e as duas mulheres se mantinham juntas. Estava claro que nunca admitiriam o que acontecera.

— Vocês sabem o que é mais triste? — disse Page, fitando-as. — Você desapareceu depois de tudo aquilo, Alex. Você se casou com o David com dezoito anos, e ganhou uma identidade nova, nova cara, novos seios, novos olhos, tudo novo, então você não precisou mais ser Alexis. Você pôde ser outra pessoa e então fingir que nada jamais havia acontecido.

Alexis não disse palavra enquanto escutava. Era ameaçador demais para ela, agora mais do que nunca.

— Vamos — disse Brad mansamente a Page, sentido por tudo isso ter acontecido. Coisas demais se passaram com ela ultimamente. — Não faça isso com você mesma.

— Não? — Virou-se para ele. — Por que não? Você acha que posso fingir que jamais aconteceu, como elas fazem? Talvez eu deva fazer isso com você também, fingir que você não está fora todas as noites, transando por aí fingir que tudo é maravilhoso e perfeito. Que vida boa... Só que eu me mataria se tentasse fazer isso. Eu não vivi até agora, nem cheguei até aqui, e nem sofri isso tudo pra fingir que acredito em tanta merda.

— Talvez outras pessoas não consigam suportar isso tudo com honestidade. Já pensou nisso? — disse ele, com pesar.

— Muito.

— Tem gente que precisa de lugares pra se esconder.

— Não consigo viver assim, Brad.

— Eu sei — disse ele, mansamente. — Sempre amei isso em você.

Mas ele colocara a frase no pretérito, e ela ouvira.

Sua mãe e sua irmã fugiram da cozinha, então, e Page ficou lá por um momento, tentando recuperar o fôlego, enquanto ele a olhava.

— Você está bem?

Ele estava preocupado com ela, mas também sabia que não podia dar-lhe o que ela precisava. Ele não precisava mais dar-lhe. Era assim e pronto. E, pela primeira vez, era honesto.

— Eu não sei — disse ela, honestamente. — Acho que estou feliz por ter falado. Sempre quis saber se ela negaria, se acredita em toda aquela baboseira, ou se simplesmente mente, dando desculpas por ele, como ela fez.

— Talvez não tenha importância. Ela nunca vai admitir a verdade pra você, Page, e nem Alexis. Você sabe disso. Não espere isso delas.

Ela concordou com a cabeça. Fora uma noite horrível, mas de certo modo a havia libertado. Ela saiu e sentou-se sozinha por um instante, e então decidiu ir ao hospital ver Allyson. Era tarde, mas de repente ela precisava vê-la. Avisou a Brad antes de sair, e, poucos minutos depois, estava calmamente sentada na UTI. Desta vez, ela não disse nada. Simplesmente sentou-se lá, pensando em tudo o que Allyson fora antes do acidente, e sentindo falta dela. Já fazia três semanas.

— Sra. Clarke, a senhora está bem?

Uma das enfermeiras a percebeu, às novas horas. Parecia abalada e pálida, e estava sentada tão quieta, simplesmente olhando fixamente para a filha. Page fez que sim com a cabeça e permaneceu sentada, até que Trygve chegasse, meia hora mais tarde.

— Eu me perguntava se você estava aqui — disse ele, mansamente, em meio aos *bips* dos aparelhos. — Não sei por que, só tive um pressentimento de que estaria aqui. Tenho pensado em você. — Ele sorriu, mas então notou os olhos dela. Ela estava uma lástima e aparentava ter chorado. — Você está bem?

— Mais ou menos. — Ela encolheu os ombros com um sorriso cansado. — Acho que tirei um peso da consciência hoje à noite.

— Adiantou alguma coisa?

— Não sei. Acho que não. Não vai mudar nada, mas lavei a alma.

— Então talvez tenha valido a pena.

— É. Talvez.

Ela não parecia tão certa disso ao olhar para ele, e ele viu que ela estava desolada. Allyson estava na mesma, então ele sabia que não fora por causa de más notícias sobre ela. Era todo o resto.

— Quer vir tomar um cafezinho?

Ela deu de ombros novamente, mas o seguiu quando ele saiu, sob o olhar da enfermeira. Ela sentia tanto por Page. Fora uma longa jornada, e até agora não havia muita esperança de que sua filha melhoraria. Ela odiava casos como aquele, eram tão difíceis para todos, especialmente quando envolviam crianças. Às vezes, ela imaginava consigo mesma que seria mais simples se as perdessem. Mas jamais teria dito isso aos pais.

Ele lhe ofereceu um copinho de café da máquina. Ela ainda não dissera coisa alguma. Ele estava ficando cada vez mais preocupado com ela. Sentaram-se na sala de espera da UTI. Os olhos dela pareciam enormes e mais azuis do que ele jamais vira.

— O que está acontecendo? — perguntou ele, gentilmente, enquanto ela tomava um gole do café quente.

— Não sei... Acho que tudo está me incomodando... A Allie... O Brad também... Minha mãe...

— Aconteceu alguma coisa?

Ele estava tentando descobrir. Ela não lhe estava dando pista alguma, mas ele queria tanto ajudá-la...

— Nada que já não tivesse acontecido antes. Minha mãe estava brincando na Terra do Nunca, assim como sempre faz, e eu fiquei maluca, eu acho. — Ela sorriu e pareceu um pouco envergonhada. — Talvez não fosse a coisa certa a fazer, mas não tive escolha naquele momento. Eu disse a ela que Brad e eu estávamos tendo problemas, o que foi burrice da minha parte, e ela falou sobre o meu pai. — Ela não tinha certeza de como contar a ele, e ele tinha medo de perguntar. — Meu pai e eu... — começou ela, e então parou e tomou outro gole de café. — Nós... bem... tivemos um relacionamento bem estranho.

Ela fechou os olhos por um longo tempo, então começou a chorar, ao explicar para ele. Ela não quisera contar-lhe, e no entanto queria agora. Queria ser honesta com ele, e sabia que era seguro contar-lhe qualquer coisa.

— Está tudo bem, Page. — Ele percebeu facilmente o quão miseravelmente ela estava se sentindo. — Você não precisa dizer nada, se não quiser.

— Não, eu quero. — Ergueu-lhe os olhos cheios de lágrimas. — Não tenho medo de contar a você... — Ela respirou fundo e continuou. — Nós... bem... ele... é.... me molestou quando eu tinha traze anos... Na verdade, ele dormiu comigo... Ele teve relação comigo, quando eu tinha treze anos... E continuou por um longo tempo... até os dezesseis... e a minha mãe sabia. Na verdade — ela parecia sufocada pelas palavras —, ela me forçava a isso... Ele já dormia com a Alexis há quatro anos antes disso... Minha mãe tinha medo dele. Ele era um homem muito doente, e costumava bater nela, e ela deixava. Ela dizia que tínhamos que "mantê-lo feliz" para que não nos machucasse... Ela costumava trazê-lo até mim, e trancar a porta atrás dele.

Page estava soluçando quando ele a tomou em seus braços.

— Meu Deus, Page... Que horrível... Que doentio...

Ele teria matado qualquer um que fizesse isso à sua filha.

— Eu sei. Levei anos pra superar isso. Saí de casa aos dezessete anos. Trabalhei como garçonete pra pagar o aluguel. Minha mãe disse que foi horrível da minha parte fazer isso, que eu os tinha traído... Que eu tinha partido o coração dele, dizia ela... Quando ele morreu, passei um tempo pensando que eu o matara.

"Um dia, conheci o Brad em Nova York, nos casamos e viemos pra cá. Encontrei um bom psicanalista, e fiquei em paz. Mas ela ainda está tentando fingir que nunca aconteceu. Foi isso o que me aborreceu hoje. Não entendo como ela pode fazer isso. Eu nunca entendi nada... Como ela podia saber que ele estava fazendo aquilo, e ainda fingir que ele era decente... Ela o chamou de santo hoje, e me deu nojo.

— Não é de admirar que se sentisse aliviada — disse ele, sério. Ele estava acariciando o cabelo dela e abraçando-a, enquanto ela falava, igual como ela fazia com Allie. — Estou admirado até de você recebê-la em sua casa.

— Eu tento não recebê-la na maioria das vezes, mas, com o acidente da Allie, foi difícil não deixar que viesse. Eu sabia que não deveria, mas sempre acho que posso entrar no jogo dela. O problema é que não posso. Sempre que a vejo, me lembro de quando tinha treze anos... Ela não mudou... e nem a Alexis.

— Como foi que ela superou tudo isso?

— Ele a deixou em paz quando começou comigo. — Ela respirou fundo e recostou-se mais perto de Trygve, sabendo que estaria a salvo lá. — E ela se casou aos dezoito. Eu só tinha quinze anos, então. Ela fugiu com um quarentão. Ainda está casada com ele. Eu não acho que ela espere muita coisa. Acho que ele é *gay*, e tem tido um amante há anos. Ele é feito um pai para ela. E acho que a solução para ela foi se transformar em alguém novo, novo rosto, novo corpo, novo nome. David a opera constantemente, e ela adora isso. E está disposta a entrar no jogo com a minha mãe, as duas fingem que jamais aconteceu.

— Ela já fez terapia alguma vez?

Ele estava intrigado. Era surpreendente que Page tivesse sobrevivido.

— Acho que não. Ela certamente jamais me diria. Mas acho que, se ela tivesse feito, mencionaria alguma coisa. Isso nos faria ambas sobreviventes do nosso próprio pequeno holocausto. Mas ela ainda está entrando no jogo com eles. Na verdade, eu não acho que tenha sobrado mesmo muita coisa dela. Ela tem anorexia, bulimia, nunca teve filhos. Quase nem fala. Ela é somente uma peça de exposição para ele, e se veste sempre muito bem. Ele gasta muito dinheiro nela, e isso a deixa feliz. — Então Page sorriu para ele. — Somos muito diferentes.

— É o que parece. Mas você também se veste muito bem.

— Não é assim. Ela só se importa com seu rosto e seu corpo.

Está constantemente em purgação, se deixando passar fome. Ela é obcecada por estar limpa e ser a perfeição em beleza.

— Parece que ela ainda tem problemas.

— Como poderia deixar de ter? — disse Page, com tristeza, mas sentindo-se melhor agora por ter contado a ele.

— Outro dia, eu tive a sensação de que havia algum motivo para que você desgostasse tanto delas. Eu nunca tive muita certeza de que você estivesse só brincando.

— Não estava. É sempre muito difícil pra mim. Eu as vejo e mantenho a minha sanidade não entrando no jogo delas, ou mantenho-me distante delas. É mais fácil não vê-las, mas às vezes é preciso.

Ele concordou com a cabeça, sentindo-se esgotado só de ouvi-la. Uma das enfermeiras veio então avisá-la de que havia uma ligação para ela. Era provavelmente sua mãe, querendo algo dela. Ela certamente não mencionaria seu encontro na cozinha. Isso Page já sabia com certeza. Mas não era sua mãe, era Brad, e ele parecia fora de si.

— Page... — parecia ofegante. — Foi o Andy.

— Ele se machucou? — o terror tomou conta dela novamente. Tudo parecia tão perigoso nesses dias, tão letal. Era como se ela estivesse constantemente esperando mais notícias ruins, ou que algum desastre acontecesse com alguém que ela amava. — O que foi?

— Ele foi embora.

— Como assim? Já olhou no quarto dele?

Isso era ridículo. Como ele pode ter fugido? Ele estava provavelmente na cama com Lizzie, e Brad não o viu.

— É claro que olhei no quarto dele — gritou Brad com ela. — Ele fugiu, e deixou um bilhete.

— O que diz esse bilhete?

Page olhou nervosamente para Trygve e esticou-lhe a mão. Ele segurou-a na dele com força.

— Eu não sei... Está difícil de ler... Alguma coisa sobre ele saber que é culpa dele o fato de estarmos brigando, e que estamos zangados com ele, e que ele quer que sejamos felizes. — Brad parecia estar chorando. — Acabei de ligar para a polícia. É melhor que venha pra casa. Disseram que estariam aqui em alguns minutos. Ele deve ter nos ouvido discutindo. Oh, meu Deus, Page, onde você acha que ele está?

— Não faço idéia — disse ela, sentindo-se desamparada e em pânico. — Já olhou lá fora? Talvez ele esteja escondido no jardim.

— Olhei em toda a parte antes de chamar a polícia. Ele não está perto de casa.

— A minha mãe sabe?

Não que ela fosse ajudar, e Brad pareceu irritado ao responder.

— Sim, ela disse que ele provavelmente foi para a casa de algum amigo. Às dez horas da noite, na idade dele, não é provável.

— Parece que não. Deixa eu adivinhar. E ela e Alexis foram pra cama, e a minha mãe disse que provavelmente tudo estaria bem de manhã.

Ele riu, a despeito da situação.

— Pelo menos, nunca há surpresas.

— Algumas coisas nunca mudam.

— Você pode, por favor, vir pra casa?

— Já vou para aí. — Ela desligou e olhou para Trygve. — É o Andy. Ele fugiu... Deixou um bilhete sobre não querer que nós brigássemos mais, ele acha que é tudo culpa dele. — Os olhos dela se encheram de lágrimas ao dizer isso, e ele a abraçou. — E se algo terrível tiver acontecido? Garotos da idade dele são raptados todos os dias.

Isso era só o que lhe faltava agora. Ela não poderia ter sobrevivido a nem mais um desastre sequer.

— Tenho certeza de que a polícia vai encontrá-lo. Você quer que eu vá também?

Mas ela abanou a cabeça.

— Não acho que deva. Não há nada que possa fazer, e só vai complicar as coisas.

Ele concordou com a cabeça e acompanhou-a rapidamente até o carro. Beijou-a antes que saísse e apertou gentilmente seu braço.

— Vai ficar tudo bem, Page. Eles vão encontrá-lo.

— Deus, espero que sim.

— Eu também.

Ele acenou, e ela partiu. Fora uma noite e tanto.

A polícia estava lá quando ela chegou, e eles anotaram todas as informações, sobre quem eram seus amigos, quando ele ia à escola, o que estava vestindo. Foram para fora e procuraram por toda a parte com as lanternas. Page lhes deu dois retratos dele. E, como já era de esperar, a mãe dela e Alexis nem saíram de seus quartos. O segredo do jogo delas era jamais enfrentar, nem admitir, qualquer coisa desagradável. E elas jogavam bem. Apesar da comoção da casa, das luzes piscando lá fora, não havia ruído algum em seus quartos.

A polícia percorreu a vizinhança. Eles foram e voltaram para saber se ele tinha aparecido, e, assim que saíram novamente, o telefone tocou. Era Trygve.

— Ele está aqui — disse ele baixinho a Page. — Bjorn o estava escondendo no quarto. Eu expliquei a ele que essa não era uma boa coisa a fazer, e ele disse que o Andy dissera que nunca mais ia querer voltar pra casa. Ele disse que era triste demais lá.

Os olhos de Page se encheram de lágrimas de ouvir, e ela fez sinal para Brad.

— Ele está na casa do Trygve.

— Por que lá? — Ele pareceu surpreso. As duas meninas eram amigas, mas não havia crianças da idade de Andy.

— Ele e o Bjorn são amigos. Ele foi pra lá porque era muito infeliz aqui. — Os pais de Andy trocaram um longo e triste olhar, e Page voltou a falar com Trygve. — Vou até aí buscá-lo agora.

Ela estava grata por o terem encontrado.

Trygve respirou fundo do outro lado da linha. Ele também estava aliviado e levemente embaraçado com o que tinha para lhe dizer.

— Ele diz que não quer voltar pra casa.

Ela ficou surpresa com o que ele disse.

— Por que não?

— Ele diz que o pai dele gostaria que ele tivesse ido embora, e não Allie. Disse que ouviu vocês dois brigando por causa dele esta noite, e que o pai dele estava realmente zangado.

— Ele estava zangado comigo, não com o Andy. Ele pensou que eu tivesse contado ao Andy sobre a namorada dele, mas eu não contei.

— Ele não entende isso. E ele disse ao Bjorn que pensa que a Allie está morta, e que vocês estão mentindo pra ele. Ele diz estar certo disso. Sinto muito, Page. Achei que tinha que saber disso.

— Acho que eu deveria tê-lo deixado vê-la.

— Vai ser muito difícil pra ele. Eu teria feito o mesmo que você fez. Eu não tive escolha com o Bjorn, e a Chloe estava em melhor estado. Alem do mais, o Bjorn é mais velho, e o caso dele é um pouco diferente.

— Nós iremos buscá-lo.

— Por que você não deixa que eu e o Bjorn vamos levá-lo? Ele está tomando chocolate quente. Levaremos o Andy até aí quando terminar.

— Obrigada — disse ela, grata, e foi contar a Brad o que havia acontecido.

— Acho que precisamos contar alguma coisa a ele — disse Brad, lastimando.

— Acho que nós mesmos temos que enfrentar a situação. Não podemos continuar assim por muito tempo. — Ela respirou fundo então. — Acho que vou ter que levá-lo pra ver a Allie.

Então ela foi telefonar para a polícia para avisar que Andy aparecera na casa de um dos amigos, e eles disseram que estavam felizes em saber.

E, meia hora mais tarde, ele veio para casa com Bjorn e Trygve. Ele entrou em casa parecendo muito triste e pálido, e Page irrompeu em lágrimas ao vê-lo. Ela o puxou para seus braços e disse-lhe o quão preocupados eles estavam, e o quanto o amavam.

— Por favor, *nunca* faça isso de novo. Alguma coisa terrível poderia ter acontecido.

— Pensei que vocês estavam zangados comigo — disse ele, chorando.

Ergueu os olhos também para Brad, que estava lutando contra as próprias lágrimas, enquanto Trygve e Bjorn estavam com eles na cozinha.

— Eu não estava zangada com você — explicou Page. — E nem o papai. E a Allie não está morta. Ela está muito, muito doente, assim como te contei.

— Então por que eu não posso vê-la? — perguntou ele, suspeitoso.

Mas, desta vez, Page o surpreendeu.

— Você vai. Vou levá-lo amanhã.

— Vai? De verdade?

Ele sorriu de orelha a orelha. Ainda não entendia bem o que veria lá, por que ela não iria falar com ele, e nem pareceria sua irmã que amava e da qual se lembrava. Mas talvez ele precisasse de realidade também, assim como ela.

— Ele pensou que a Allie estivesse morta — explicou Bjorn por ele.

— Eu sei — disse Page, agradecendo-lhe por ter tomado conta de Andy.

— Ele é meu amigo — disse Bjorn, com orgulho.

Ela levou os dois para o quarto de Andy, e Bjorn ajudou-a a pô-lo na cama. Então ela beijou Andy, e Bjorn voltou à cozinha para encontrar seu pai.

— O papai vai embora? — perguntou Andy, preocupado, quando ela apagou as luzes.

— Eu não sei. — Ela não sabia o que dizer. — Assim que souber de alguma coisa, direi a você. Mas, aconteça o que acontecer, não tem nada a ver com você. Ninguém está zangado com você. Só tem a ver comigo e com o papai.

— É culpa da Allie?

Ele estava procurando alguém para culpar, mas infelizmente não havia ninguém.

— Não é culpa de ninguém — continuou Page a explicar. — Simplesmente aconteceu.

— Assim como o acidente? — perguntou ele.

Ela fez que sim com a cabeça.

— É. Como o acidente. Às vezes as coisas simplesmente acontecem.

— Você sempre dizia que estava cansada, é por isso que você e o papai estavam gritando.

— Nós estamos cansados, mas tem outras coisas também. Não tem nada a ver com você. Só é coisa de adulto. Sério.

Ele concordou com a cabeça. Nada disso eram boas notícias,

mas era mais fácil lidar com a verdade do que com seus medos. Ele tivera tanta certeza de que a culpa era dele.

— Eu te amo muito, muito mesmo... — disse Page. — E o papai também.

Ele assentiu com a cabeça, colocou os braços ao redor do pescoço dela e a beijou.

— Eu também te amo. Você vai mesmo me deixar ver a Allie?

— Eu prometo.

Ela o beijou novamente, e, quando ia saindo do quarto, ele lhe pediu que mandasse Brad entrar. Quando ele entrou, ela deu boa noite a Bjorn e a Trygve. Agradeceu-lhes novamente por encontrá-lo, Trygve deu-lhe um sorriso e eles saíram.

— Boa noite, Page — disse ele, calmamente.

Ela sentiu como se o laço entre eles se tivesse estreitado. Ela não tinha segredo para ele, e suas famílias pareciam também estar lentamente se entrelaçando. Brad também sentiu algo. Ele olhou para ela, ao voltar à cozinha.

— Está acontecendo alguma coisa entre vocês dois? — perguntou ele, abruptamente.

Ela balançou a cabeça.

— Não, mas isso não vem ao caso.

— Eu sei. Só pensei. Eu gosto dele. Pensei que talvez você também. Ele é um cara decente.

— Passamos muito tempo juntos no hospital nas últimas semanas. Ele é um bom amigo.

Brad olhou silenciosamente para ela, do outro lado da cozinha.

— Acho que não tenho te dado muito apoio... — Os olhos dele se encheram de lágrimas e ele virou o rosto. — Não consigo suportar vê-la daquele jeito... Tão machucada... Tão mudada... Ela nem sequer se parece com a Allie.

— Eu sei. Tento não pensar nisso, só no que tem que ser feito por ela.

Ele concordou com a cabeça, admirando-a. Ele simplesmente não conseguiria enfrentar.

— O que nós vamos fazer sobre nós? — perguntou ele, e então abriu a porta para o jardim. — Por que não conversamos aqui, pra que ninguém nos ouça?

Ela o seguiu e sentaram-se nas cadeiras.

— Desse jeito não funciona, não é? Pensei que pudéssemos continuar com isso por um tempo, até que eu tomasse pé sobre o que está acontecendo. Mas eu nunca estou aqui, você está sempre zangada, e eu me sinto requisitado em várias direções. E, sempre que eu chego em casa, vejo o Andy olhando pra mim, ou vejo a mágoa e a raiva nos teus olhos, ou percebo que mal consigo me forçar a ver a Allie... — E Stephanie o estava forçando a ir morar com ela, e ele também não tinha certeza se estava pronto para isso. — Talvez eu deva passar um tempo em algum lugar. De certo modo, eu preferiria estar aqui. Mas não funciona pra ninguém.

Ela pensou longamente no que ele estava dizendo. A princípio, ela teria preferido que ele ficasse em casa também, mas não do jeito que as coisas estavam agora. Eles tinham que admitir. Havia terminado.

Ela respirou fundo antes de pronunciar as palavras, e, uma vez que as colocou pra fora, não acreditou que as tivesse dito. Se, há um mês atrás, alguém lhe tivesse dito, ela não teria acreditado.

— Acho que você deve se mudar — disse ela, num sussurro.

— Você acha?

Ele parecia surpreso ao olhar para ela. Mas, de certo modo, era um alívio ouvi-la dizer isso.

— Acho. — Ela assentiu lentamente com a cabeça. — Já é hora. Nós tentamos nos enganar durante as últimas semanas. Acho que já devia ter terminado muito antes de eu saber. Você jamais teria me dito o que estava fazendo, sobre... sua outra vida... e não ser que estivesse pronto para largar essa. Eu só não entendi isso quando você me contou.

— Talvez você esteja certa — disse ele, lamentando. — Talvez eu nunca devesse ter dito nada. — Mas ele não podia desdizer agora, não podia desfazer o que fizera, e na verdade ele não queria isso. — Eu gostaria de saber as respostas, Page.

— Eu também. — Ela olhou para ele, imaginando como haviam chegado a esse ponto. Foi tudo por causa do acidente, ou ele foi só o catalisador? As coisas já tinham que estar prontas para desmoronar antes, ou então isso jamais teria acontecido. — Sempre pensei que tivéssemos uma vida perfeita — disse ela, voltando o seu pensamento no tempo. — Até mesmo agora, não consigo ver onde falhamos... O que fizemos... ou deveríamos ter feito.

— Você não poderia ter feito coisa alguma — disse ele, honestamente. — Eu estava te traindo há muito tempo, você é que não sabia.

— Acho que não — disse ela, grata de repente por não ter sabido antes. Eles tiveram dezesseis anos dos quais ela se lembrava agora. Ela ainda não conseguia crer que havia terminado. — O que vamos dizer ao Andy?

Ela parecia preocupada novamente. Era impressionante estarem sentados ali, discutindo isso, como se fosse uma festa que fossem dar, ou uma viagem, ou um funeral. Ela odiava cada minuto disso. Mas tinha que ser feito, era melhor enfrentar.

— Precisamos dizer algo logo pra ele, Brad.

— Eu sei. Diremos a ele a verdade, eu acho... que eu sou um canalha.

Ela sorriu no escuro. Ele era um canalha às vezes, mas ela ainda o amava. De certo modo, ela ainda gostaria de ter feito retroceder o relógio, e, por outro lado, ela sabia que isso não era possível. Mesmo após somente três semanas de destruição, agora já tinha ido longe demais. Toda a base do seu casamento fora minada há muito tempo, e toda a estrutura havia finalmente desmoronado. Na verdade, já há muito tempo. E o fato de que ela não sabia o que estava acontecendo não diminuía o poder do colapso. Tudo em volta deles estava caindo.

— O que acha que vai fazer? — perguntou ela, mansamente. — Ir morar com ela?

Era como se ele já tivesse ido, pelo menos em meio expediente, pelo que sua amiga lhe dissera.

— Ainda não sei. Isso é o que ela gostaria. Mas eu preciso de um tempo para recuperar o fôlego.

Não seria fácil para eles. O relacionamento deles tinha sido construído em cima de mentiras, de lascívia e de traição. Era mais difícil construir em cima de algo assim, e ele estava começando a entender isso.

— Quando quer que eu vá? — perguntou Brad.

Por um instante, ela desejou que ele ainda pudesse ser tudo o que ela sempre pensou que ele fosse. Mas ele não era.

— Antes que destruamos o Andy e a nós mesmos — disse ela, parecendo mais calma do que se sentia. — Tem piorado bastante, e bem rápido.

— Você tem estado muito zangada, e com razão — admitiu ele.

Essa era a conversa mais civilizada que tiveram desde o acidente. Era triste que somente tivessem caído em si na hora de terminar.

— Tentarei não agravar as coisas enquanto me organizo — disse ele. — Vou pra Nova York amanhã. Voltarei na quinta. Talvez consiga resolver alguma coisa até o próximo fim de semana. Quanto tempo mais acha que a sua mãe vai ficar aqui?

Era um pouco difícil terminar um matrimônio e sair de casa com a sogra no quarto de hóspedes. Mas ele se surpreendeu com a resposta de Page.

— Vou pedir que saiam amanhã de manhã. Não vou deixá-las mais virem pra cá. Não é bom pra mim... nem pro Andy.

Ela estava se livrando de tudo, dele, da sua mãe, de Alexis. A seu próprio modo, eles a estavam usando e magoando, e ela entendera naquela noite, ao sentar-se e conversar com Trygve, e quando Andy fugiu em seguida, que era hora de parar.

— Eu respeito muito você, sabia? — disse ele, brandamente, na brisa da noite. — Sempre respeitei. Não sei como as coisas deram errado. Talvez eu não estivesse pronto pra tudo o que você tinha a dar.

Ele tinha vinte e oito anos quando se casaram, mas jamais abrira realmente mão da idéia de que poderia fazer o que quisesse, e agora havia um preço e tanto a pagar por isso.

— Você vai se sentir melhor quando eu sair — disse ele, com pesar. — Você pode continuar com a sua vida, então.

— Vou me sentir só, também. Isso não vai ser fácil pra ninguém — disse ela, honestamente, e então olhou para ele no escuro da noite. — O que vamos fazer com a Allie?

— Não há nada que possamos fazer. É isso que me incomoda tanto. Não sei como você fica lá, dia e noite. Eu ficaria maluco.

— Eu estou quase. Mas e se ela nunca voltar? — sussurrou ela.

— Eu não sei. Eu tento não pensar nisso. E se ela voltar, e não for a mesma? Você sabe... como aquele menino... o Bjorn... Eu não creio que possa suportar, sabendo o que ela costumava ser. Acho que teremos simplesmente quer aceitar o que vier, não é? A princípio, eu pensei que tivéssemos mais opções. Mas agora, eu vejo que não... Ou talvez tivéssemos na época, poderíamos ter optado por não operar, mas então a teríamos matado. Nós fizemos tudo certo, e nada está acontecendo. Mas vou te dizer uma coisa, se ela ficar indefinidamente em coma, você não pode passar anos sentada lá... Isso vai te destruir. Você terá, cedo ou tarde, que dar um jeito.

Mas ainda era cedo demais. O acidente acontecera há pouco mais de três semanas. E ainda havia uma grande possibilidade de ela sair do coma.

— Não deixe que a sua vida se resuma a isso, Page... — implorou ele. — Você merece tanto mais do que isso... Mais do que eu tive para lhe dar.

Ela concordou e virou a cabeça, tentando não pensar em como seria quando ele partisse. Ela ergueu os olhos para o céu então, e viu as estrelas, pensando em como puderam errar tanto... Como chegaram tão longe... Como isso foi acontecer com eles... e com Allie...

Capítulo 13

Page esperou calmamente que a sua mãe se levantasse na manhã seguinte, e, quando o fez, ela preparou o café para ela e Alexis e o serviu na mesa da cozinha. E então disse-lhes calmamente que precisavam partir, que uma semana fora o tempo suficiente e que essa não era uma boa hora para tê-las ali. Ela não mencionou a noite anterior, nem se desculpou, e elas devem ter sabido o que ela quis dizer, porque nenhuma delas discutiu com Page. Sua mãe disse que David estava sentindo muita falta de Alexis, e que ela também precisava voltar para casa para repintar o apartamento.

Essas eram desculpas perfeitas, e Page não dava a mínima para que histórias contariam para si mesmas sobre sua volta. Ela as queria fora de casa até o anoitecer, e já lhes reservara lugar na primeira classe do vôo das quatro horas da tarde, para espanto da sua mãe. Também arranjara para que uma limusine as viesse buscar e levar para o aeroporto. A limusine chegaria às duas horas, a tempo o suficiente para o vôo. E elas poderiam almoçar antes de sair, e até mesmo visitar Allyson pela última vez, se quisessem fazê-lo.

— Na verdade... — se esquivou sua mãe — eu demoro tanto pra fazer as malas. E a Alexis disse que estava sentindo uma de suas dores de cabeça. É claro, se quiser que visitemos a Allyson, talvez devêssemos pegar o vôo amanhã.

Não havia nenhuma chance disso enquanto Page vivesse. Ela não as deixaria ficar mais nem um instante. Ela retomaria o controle da sua vida. Por mais doloroso que fosse isso, ela dissera a Brad que saísse e agora as estava mandando de volta a Nova York.

— Eu não acho que a Allyson vai se importar — disse Page, brincando, mas elas levaram-na a sério e disseram ter certeza de que ela diria à filha que ambas lhe enviaram suas recomendações.

Ela ficou com as duas até saírem, e então trocou os lençóis de cama, lavou duas trouxas de roupas e passou o aspirador de pó na casa toda. Sentia-se como se fosse assumir as coisas e fazendo o que podia para recolocar sua vida de volta em ordem. A partida delas fora incrivelmente fria, considerando as faíscas da noite anterior. Nada mais precisava ser dito agora.

Alexis colocara um chapéu novo e sua mãe usara um dos novos conjuntos que comprara. Elas beijaram o ar em algum lugar perto do rosto de Page e desapareceram na limusine, enquanto Page as observava. E ela sentiu uma onda de alívio invadi-la, ao limpar a casa e se certificar de que haviam partido. Fez-lhe um bem especial limpar o quarto de Allyson, e a única coisa que a surpreendeu foi a imensa quantidade de laxantes que Alexis havia esquecido. Page sabia que ela era uma mulher muito doente, mas ninguém mais parecia estar ciente disso, ou talvez estivessem e não se importassem. Ela estava tentando se fazer desaparecer, bem com a tudo que acontecera com ela, e esse era um modo horrível de fazê-lo. De certo modo, ela queria ser uma garotinha novamente, a menina que fora antes que seu pai a estuprasse.

Page pegou Andy na escola às quatro horas, sentindo-se mais livre do que se sentira em semanas, certamente desde o acidente, e ele perguntou se podiam parar para comprar um ramalhete de rosas. Page sugeriu que talvez ele gostasse de levá-las a Chloe no hospital, porque Allyson não podia recebê-las na UTI, e ele concordou. Ele estava entusiasmado em vê-la, e falou sobre ela durante todo o caminho. Page lembrou-lhe de como Allie estava.

— Eu sei, eu sei — disse ele, com um ar sério. — É como se ela estivesse dormindo.

— Não — explicou Page novamente. — É diferente. Ela tem um curativo grande na cabeça, e seus braços e pernas estão bem magros, e há um tubo na garganta dela que a ajuda a respirar, ligado a uma máquina grande que faz a respiração. Às vezes, parece um pouco assustador, especialmente se você nunca viu isso antes. Está bem? Você pode falar com ela, mas ela não vai responder.

— Eu sei. Ela tá dormindo.

Ele se sentia muito importante indo visitá-la, e falara sobre ela o dia todo na escola. Ao chegarem ao hospital, ele mal pôde esperar para sair do carro e segurou a mão de Page ao se apressarem em direção à recepção.

Eles haviam, afinal, comprado rosas para Chloe, e ele comprou uma linda gardênia para sua irmã.

— Ela vai adorar — disse ele, com orgulho, carregando ele mesmo a flor. Mas, apesar de todos os preparativos, Page observou que ele ficou chocado quando a viu. E, por algum motivo, a aparência dela estava particularmente ruim aquele dia. Ela estava pálida, e haviam trocado os curativos, eles pareciam maiores e mais brancos. Também era óbvio que ela não tinha mais cabelos, e de repente parecia haver mais aparelhos que nunca. Não havia, é claro, mas Page achou que sim, ao observar Andy com os olhos fixos na irmã. E então ele se aproximou lentamente e colocou a gardênia perto dela, no travesseiro.

— Oi, Allie — sussurrou ele, com os olhos arregalados. Então ele tocou na mão dela, e Page não conseguiu evitar as lágrimas. — Tá tudo bem... Eu sei que você está dormindo... A mamãe falou. — Ele ficou olhando para ela por um longo tempo, e lhe acariciando a mão, e então debruçou-se e beijou-a. Tudo em volta dela cheirava a hospital, com exceção da gardênia que ele lhe trouxera.

— O papai vai pra Nova York hoje — explicou ele —, e a mamãe disse que eu ia poder te ver logo. Desculpa eu ter demorado tanto pra vir. — Nada se movia, exceto os aparelhos, e Page chorava em silêncio, enquanto as enfermeiras os observavam. — Eu te amo, Allie... Não tem graça ficar em casa sem você. — Ele queria contar que o papai e a mamãe brigavam o tempo todo, mas não quis magoar sua mãe. E ele queria implorar que ela voltasse para casa. Ele realmente sentia falta da irmã mais velha. — Oh... Eu tenho um novo amigo... Bjorn... Você conhece, é o irmão da Chloe. Ele tem dezoito anos, mas de verdade não tem. — Ele se voltou e sorriu para a mãe, e se surpreendeu ao vê-la chorando. — Você tá bem, mãe?

— Estou bem — disse ela, sorrindo por entre as lágrimas.

Ela estava tão orgulhosa dele, e o amava tanto. E estava feliz em tê-lo trazido. E, mesmo que Allie morresse agora, ele sentiria que esteve perto de sua irmã e se despediu dela. Ela não teria desaparecido no meio da noite para o espaço.

Ele conversou com Allie por alguns instantes, e então voltou-se para Page e disse que estava pronto para visitar Chloe. Olhou, então, por um longo momento para sua irmã e ficou no ponta dos pés para beijá-la.

— Vejo você logo... Tá bem?... Tente acordar logo, Al. A gente sente muito a sua falta... Eu te amo, Allie.

E, tomando a mão da sua mãe, Andy deixou a UTI, levando o ramalhete de rosas para Chloe.

Page levou um minuto para readquirir a compostura, e então o beijou e disse o quanto estava orgulhosa dele.

— Você é um cara cem por cento, sabia?

— Você acha que ela me ouviu, mãe? — perguntou ele, parecendo preocupado.

— Tenho certeza que sim, querido.

— Espero que sim — disse ele, com tristeza.

Ele ainda estava cabisbaixo quando chegaram ao quarto de Chloe, mas Page estava impressionada de quão bem ele se saíra. Não chorara, nem estivera visivelmente apavorado. E ele foi ainda melhor com Chloe. Bjorn também estava lá visitando-a, e logo os dois meninos começaram a brincar, rir e correr nos corredores, mexendo com as enfermeiras.

— É melhor tirarmos eles daqui, antes que as enfermeiras expulsem — disse Trygve, rindo. E então olhou para Page, mais seriamente. — Como ele se portou na UTI? Foi tudo bem?

— Ele foi fantástico. Foi tão corajoso, tão doce! Deixou uma gardênia no travesseiro, perto dela.

— É um menino meigo. Ele parece mais feliz hoje, como ele está?

— Bem. O Brad e eu tivemos uma longa conversa ontem à noite. Ele vai se mudar. Vamos ter que dizer algo ao Andy.

— Nunca é fácil, não é? — Ele apertou a mão dela e eles foram chamar os meninos. Então Trygve os convidou para comerem uma *pizza*. — Ou você precisa ir pra casa preparar o jantar pra sua mãe e sua irmã? — perguntou ele a Page.

— Não — sorriu ela. — Elas já foram embora. Eu as despachei no vôo das quatro horas — disse ela, parecendo extasiada.

— A tia Alexis é estranha — emendou Andy, ouvindo o que diziam. — Ela passa o tempo todo no banheiro.

Eles passaram ótimos momentos juntos naquela noite, em contraste à noite anterior. Os meninos brincaram, conversaram, fizeram farra e devoraram a enorme *pizza*, e Page e Trygve tiveram a chance de conversar e compartilhar algumas horas normais, fora do hospital. Ela pôde até mesmo falar sobre a sua arte. Ela pensara em adquirir um estúdio, depois de Allie sair da UTI ou se eles se organizassem em algum tipo de rotina permanente. Mas ela queria continuar a pintar mais seriamente, e talvez até cobrar por seus murais.

— Quem bom pra você — parabenizou-a Trygve. — Você deveria ter feito isso há anos atrás. Eles são sensacionais. — E ela também era. Ele gostava mais dela a cada vez que a via. Ele os levou para casa, mais tarde, e teve pena de ir embora, mas precisava levar Bjorn para casa. E Chloe viria para casa em mais uma ou duas semanas. Isso o deixaria bastante ocupado. Mas ele tinha toda a intenção de arranjar tempo para Page também, e para ir ao hospital, se ela precisasse dele lá. Ele também queria passar algum tempo com Andy. Seria difícil para ela agora, se Brad se mudasse, e difícil também para o menino. Trygve queria estar lá para ajudá-la a catar os pedaços. Ele só esperava que nada de dramático acontecesse com Allyson agora. Todos já haviam sofrido o suficiente, e, com tudo o mais acontecendo em sua vida, ele não tinha certeza se Page poderia agüentar.

Capítulo 14

*B*rad voltou de Nova York na quinta-feira à tarde, mas Page não o viu. Ele nem foi para Ross naquela noite, e, no dia seguinte, quando passou no hospital para ver Allyson, na hora do almoço, ela não estava. As enfermeiras lhe disseram que ele passara ao meio-dia. Quando ela voltou para casa, depois de pegar Andy na casa de Jane, naquela noite, encontrou Brad fazendo as malas. A porta do quarto estava fechada. Mas ela viu o carro dele na garagem, e Andy irrompeu no quarto do casal para vê-lo. E então olhou em volta, surpreso. Havia duas malas no chão, outra na cama e roupas por toda a parte. Quando Page os viu, sentiu seu coração doer.

— O que você tá fazendo, papai?

Andy estava confuso. Essa não era a maneira como Page gostaria que ele descobrisse. Brad olhou em volta do quarto e depois para ela, e ambos sabiam que não tinham escolha.

— Você vai viajar de novo? — perguntou Andy, muito preocupado.

— Mais ou menos, campeão. — Ele se sentou na cama e puxou Andy para o seu colo, enquanto Page os observava, sentindo um nó na garganta. Sua vida parecia estar repleta de despedidas e de momentos dolorosos, ultimamente. — Vou me mudar para a cidade.

— Eu também vou?

Andy parecia pasmo. Ninguém lhe dissera que iriam se mudar.

— Não, você vai ficar aqui com a mamãe.

Ele queria dizer "e a Allie", mas parou a frase a tempo. Quem sabia se ela jamais voltaria para casa?

— A gente está se divorciando? — perguntou Andy, enquanto lágrimas lhe vieram aos olhos e seu pai o abraçou.

— Talvez. Nós não sabemos ainda. Mas me pareceu uma boa idéia me mudar. Sua mãe e eu temos brigado demais.

— É porque eu fugi naquela noite, papai? É por isso que você tá indo embora?

— Não, é porque é uma coisa que eu já queria fazer, há tempos. E as coisas têm ficado muito difíceis ultimamente. Às vezes, é assim que as coisas acontecem.

— É por causa do acidente?

Andy precisava de uma razão. Mas talvez não houvesse uma.

— Pode ser. Eu não sei. Às vezes as coisas ficam difíceis... Mas isso não significa que eu não ame você. Eu te amo muito, e a mamãe também. Nós dois estaremos aqui quando você precisar, e você virá me visitar às vezes, e nos fins de semana.

Ao ouvi-lo, Page de repente percebeu que eles teriam horários de visitação e advogados. Era tão complicado e tão oficial. Ela odiava que se tornasse assim, mas era o que aconteceria agora. Eles teriam que dividir tudo o que tinham, os móveis, o que restara dos presentes de casamento, após dezesseis anos... as roupas de cama... os talheres... as toalhas... Em que trapalhada suas vidas se tinham tornado, numa questão de momentos!

— Onde você vai ficar, pai? Você tem uma casa?

— Vou ficar num apartamento. Vou ter o meu próprio número de telefone, e você pode ligar pra mim. Você pode me telefonar no escritório.

Andy o escutava e começou a chorar, enquanto Brad o abraçava.

— Eu não quero que você vá — disse ele, em estado lastimável, enquanto Page chorava e os observava.

Era terrível.

— Eu também não quero ir, filho, mas é preciso.

— Por quê?

Ele não entendia, e, olhando para eles, nem Page compreendia. Como haviam chegado a isso? Como puderam ser tão burros?

— É difícil de explicar. As coisas apenas deram errado.

— Por que você não pode consertar as coisas?

Era uma sugestão razoável, e Brad sorriu para Page, em meio às suas próprias lágrimas.

— Eu gostaria de poder fazer isso.

Mas a verdade era que ele não gostaria. Estava feliz em sair de casa. Queria sua própria vida, seu próprio apartamento e Stephanie. Estava realmente entusiasmado com a mudança. E ela, felicíssima. Ela queria se mudar para o apartamento dele imediatamente, mas Brad pensou em esperar um mês ou dois.

Foi só quando ele voltou para casa, e viu o quão doloroso para todos eles isso era, que não quis deixá-los. Mas, a essa altura, ele já ficara esperto o suficiente para saber que, se não se mudasse, estaria fugindo, sempre que pudesse, a tomar uma decisão. Ele estava pronto para ir, não importava o quanto lamentasse, ou o quanto amasse Andy.

— Não faça isso, papai — implorou Andy.

Page se sentia tonta.

— Filho, não. É a melhor coisa pra todos nós. Eu sei disso.

— O que a Allie vai dizer quando voltar?

Ele estava fazendo chantagem, e todos sabiam disso.

— Então, vamos ter que explicar a ela.

Andy correu então para sua mãe e soluçou, enquanto ela o abraçava.

Era uma noite terrível para todos eles. Brad decidiu ficar lá e passou a noite trabalhando em alguns papéis. Pela manhã, todos pareciam como se estivessem de luto.

Page fez panquecas e lingüiça para todos, normalmente o prato favorito deles, mas ninguém conseguiu comer. Andy tinha marcado um jogo de beisebol naquele dia, mas, com seu braço quebrado, não podia jogar. E ele queria que Brad ficasse e brincasse com ele, mas Brad disse que tinha que ir à cidade. Ele sabia que Stephanie o estava esperando.

— Quando vou ver você, papai? — perguntou Andy, em pânico, enquanto Brad enchia o carro de malas e de caixas, se preparando para deixá-los.

— Sábado que vem, eu prometo. Finja que estou viajando. Você pode me ligar todos os dias no escritório.

Mas Andy já estava cheio de palavras e promessas. Ele simplesmente ficou lá e chorou, juntamente com Page, enquanto Brad saía de ré com o carro. Com exceção do acidente de Allie, há quatro semanas atrás, esse era o pior dia do qual Page se lembrava. Toda aquela esperança, todos aqueles anos, duas pessoas jovens, a família que haviam construído, tudo se fora para sempre.

Andy ficou parado lá fora, chorando nos braços dela, por muito tempo. Então eles finalmente entraram e sentaram-se juntos. Parecia que alguém tinha morrido. Eles tinham perdido duas pessoas a quem amavam. E Page quase não conseguiu acreditar quando sua mãe ligou na hora do almoço e agradeceu pela adorável visita.

— A Alexis e eu nos divertimos tanto. E foi tão bom ver a Allyson. Tenho certeza de que ela já está bem melhor.

As palavras pouco sinceras a deixaram sem fala, e ela não tinha a menor disposição para falar-lhe. Page disse que telefonaria depois, qualquer hora, desligou e voltou para Andy. Ele estava deitado na cama, chorando no travesseiro. Sentia-se terrível, e, Page tinha que admitir, ela não estava melhor. De certa forma, ver Brad partir tornou tudo tão real e tão doloroso...

— Sei que se sente péssimo, querido. Mas precisamos tentar fazer disso o melhor que pudermos — disse ela, em meio às lágrimas.

E então Andy virou-se para ela.

— Você queria que ele fosse embora?

Era culpa dela? Dele? De Andy? De Allie?... De quem?... Andy não compreendia.

— Não, eu não queria, meu anjo. Mas sei que ele tinha que ir. As coisas ficaram muito ruins.

— Por quê? Por que vocês brigavam?

— Eu não sei. Só brigávamos.

Era tão difícil explicar a ele. Ela mesma não entendia completamente, como poderia explicar a uma criança de sete anos?

Trygve ligou ao cair da tarde, e ela contou-lhe o que havia acontecido. Ele os convidou para comer um de seus cozidos. A princípio, Andy nem queria ver Bjorn, mas depois finalmente cedeu. Ele entrou no carro desconsolado e levou o ursinho de pelúcia com o qual dormia.

— Bjorn também tem um — explicou ele a Page. — Ele se chama Charlie.

Quando chegaram lá, Bjorn viu que seu amigo estava em mau estado. Eles se sentaram do lado de fora e conversaram por um bom tempo, Andy lhe contou o que havia acontecido.

— Como ele está? — perguntou Trygve, preocupado com ambos.

— Desolado. Foi pior do que pensei, quando veio a hora. Foi terrível.

— Eu me lembro muito bem. — Ainda doía pensar no dia em que Dana os deixara. Todos passaram horas chorando, até Dana. — Meu Deus, vocês todos passaram por uma tortura.

— Quem já não passou? — Ela olhou para ele, exausta novamente. Era um estado permanente nos últimos dias. — Como vai a Chloe?

— Levando o hospital à loucura. Ela deve voltar pra casa na semana que vem, vamos ter que fazer rampas pra ela, e ela vai ter que dormir embaixo, no quarto do Nick.

Mas, ouvindo-o, Page pensava em quão felizardo ele era por Chloe estar voltando para casa. Em quatro semanas, não houvera mudança no estado de Allie. Ainda não era o caso de se perderem as esperanças, mas logo seria.

À noite, tiveram um ótimo jantar juntos e falaram sobre o cardápio para o churrasco do feriado do Memorial da Guerra Civil. Ele mostrou-lhe seu último artigo, parte de uma série na qual vinha trabalhando para o *New York Times*. Eles se divertiram, mas Trygve não a pressionou sobre coisa alguma. Ele sabia que ela estava sofrendo por Brad, e a última coisa que queria era aborrecê-la.

— Eu não esperava que fosse me sentir tão mal quando ele saísse — explicou ela, após o jantar, ao se sentarem fora nas cadeiras do jardim, lutando contra os mosquitos.

— Por que não? Depois de dezesseis anos, você seria insensível se não se sentisse mal. Eu já estava bem insensível quando a Dana saiu, e fiquei arrasado. Chorei por muito tempo. Você também pode chorar.

— Não sei mais o que está acontecendo comigo. A minha vida está uma grande confusão.

— Não, não está. Só parece estar no momento. Você está enfrentando coisas demais. O que está acontecendo com a Allie? O que diz o Dr. Hammerman?

— Que muita coisa ainda pode acontecer, mas que, se ela não sair do coma em um mês ou dois, não sairá mais. Estou começando a me preocupar com o fato de ela continuar assim para sempre, Trygve.

Ele passou uns momentos sem dizer nada, enquanto ela pensava a respeito e olhava para as estrelas, em silêncio.

— Espero que não. — E então ele lembrou-se de algo que esquecera de contar-lhe. — Me contaram uma coisa interessante na semana passada, mas eu sabia que você estava com a cabeça cheia e não quis te perturbar.

— O que foi?

— Alguém viu a Laura Hutchinson bêbada numa festa. Quer dizer, bêbada mesmo. Ela teve que ser levada embora, e tudo foi feito com muita discrição. Muito silenciosamente. Coisas como essa me fazem imaginar quantas vezes isso já aconteceu antes e o que realmente se passou naquela noite. Nós nos embebedamos, caímos no chão e nos fazemos de tolos, e não importa se o fazemos com muita freqüência. Alguém com um problema... numa situação delicada... Isso seria considerado algo bem diferente, não é? Seria tudo desinfetado, como se fosse um mau cheiro, pra que ninguém notasse.

— Sempre quis saber se ela estava bêbada naquela noite. Ela estava se desculpando tanto com todo mundo, tão arrasada, tão atenciosa com os Chapmans, pelo que eu soube. — Page lembrava-se de que a Sra. Hutchinson fizera uma doação vultosa para o Colégio de Redwood, em nome de Phillip, e todos souberam. — Sempre pensei que ela parecia estar se sentindo culpada.

— Talvez. Ou talvez ela só estivesse se sentindo péssima com a morte do Phillip, tenha sido ela ou não a responsável por isso. Ela me escreveu, dizendo o quanto sentia por Allie — disse Page, sem mágoa.

A princípio ela quisera culpar Laura Hutchinson, mas já superara isso.

— Nós também recebemos uma carta dela, mas eu nunca respondi. O que se pode dizer? Ah, não tem problema... Está tudo bem, você quase matou a minha filha, e talvez a tenha colocado para sempre numa cadeira de rodas, mas nós agradecemos muito por sua carta.

Ele estava zangado ao dizer aquilo, e então olhou pensativo para Page.

— Sabe... Eu tive essa idéia maluca. Nem sequer sei o que estou procurando, mas tenho um velho amigo que é repórter investigador. Ele trabalha para um desses jornais sensacionalistas nojentos, mas deve ter algumas fontes interessantes.

— O que está procurando? — perguntou ela, interessada.

— Não tenho certeza. Alguma coisa. Talvez eu esteja como você... Talvez ambos estejamos procurando uma agulha num palheiro. Mas, olhando em retrospectiva, acho que aconteceu mais do que nós sabemos, naquela noite. Talvez ele possa descobrir alguma coisa. Talvez Laura Hutchinson ainda tenha um problema de alcoolismo, e, se tem, nós temos o direito de saber.

— Por que não pede a ele? — disse ela, brandamente, enquanto Trygve assentia com a cabeça, olhava para ela e sorria. — Os Chapmans também se interessariam por essa informação.

Os Chapmans estavam processando os dois jornais locais.

— Você e eu somos uma dupla de criadores de caso — disse Trygve, calmamente.

— Talvez ela mereça isso — sussurrou Page, com tristeza.

Sem dizer mais nada, ele concordou com a cabeça.

Capítulo 15

As duas semanas seguintes voaram, dolorosas às vezes, mas agradáveis também. A primeira semana após a saída de Brad foi incrivelmente dolorosa. Andy chorava todas as noites, por duas vezes teve que sair mais cedo da escola, estava perturbado demais para ficar. Certa vez, Page teve medo de que ele tivesse fugido novamente, mas encontrou-o sentado sozinho, com seu urso de pelúcia, no jardim. E foi difícil para ela também. Ele queria uma coisa que ela não mais tinha para lhe dar: um pai.

Brad cumpriu a promessa e foi passear com ele no sábado seguinte, mas foi terrível quando o trouxe de volta para casa. Eles tinham ido ao Marine World. E Andy não queria que ele fosse embora, mas Brad disse que precisava ir. Ele o teria levado consigo, mas achou que era cedo para apresentá-lo a Stephanie. Agora ela ficava a maior parte do tempo no apartamento dele, e Brad não queria que Andy a associasse à dor da separação.

A segunda semana foi um pouco mais amena. Andy foi ver Allie novamente, e eles jantaram com os Thorensens duas vezes. Andy viu Brad outra vez no sábado. E Chloe voltou para casa no domingo, seis semanas após o acidente que quase a matara.

Trygve a trouxe de volta para casa. Bjorn os estava esperando, com faixas grandes por todas as partes e buquês de flores que apanhara no jardim. Ele fizera com Trygve um bolo para ela, na noite anterior, e ele mesmo havia preparado o almoço naquele dia: sanduíches de pasta de amendoim e de geléia, seus favoritos, e os que aprendera a fazer no acampamento. Era uma maravilhosa recepção para Chloe. Até Nick viera da faculdade para passar o fim de semana. E ele cedera seu quarto para a irmã.

Page e Andy passaram para vê-la também, após ela ter-se instalado. Ela estava então deitada no sofá da sala, não parecendo muito confortável, mas extremamente feliz. Ainda sentia uma dor considerável, mas estava tentando não exagerar na medicação. Não queria ficar dependente dela e tentava lidar com a dor se distraindo.

Jamie Applegate veio vê-la naquela tarde também, e pareceu de repente estranhar, quando chegou. Ele a visitara muito no hospital e já estava acostumado a vê-la, mas vê-la em casa, pela primeira vez, de repente o fez lembrar de quão desonestos eles tinham sido quando mentiram para se encontrarem no dia em que Allyson se machucou e Phillip morreu. Parecia trazer tudo de volta, para ele e Chloe, e eles conversaram em voz baixa por muito tempo, na sala de estar, enquanto Bjorn, Trygve, Page e Andy sentavam-se na cozinha.

Foi um dia feliz e gostoso. No momento, o pior já se passara. Ela talvez tivesse que ser operada novamente, o médico achava isso provável. Mas nunca mais correria risco, nem sofreria tanta dor, ou ficaria tão seriamente incapacitada quanto estava agora. Agora tratava-se de tornar sãos de novo os membros prejudicados de Chloe, mas não de sobreviver. Ela tinha um ar jovem e bonito, sentada no sofá da sala de estar, envolta em um cobertor cor-de-rosa que Page lhe dera. Era de *cashmere*, e macio, e ela passava o dedo nele inconscientemente, enquanto conversava com Jamie sobre Allie e Phillip.

— Parece estranho, não é? — disse Chloe, triste, olhando para ele. — Eu não posso telefonar pra ela... Você não pode ligar pra ele... Me faz sentir tão só, às vezes — disse ela, erguendo seus grandes olhos azuis para ele, enquanto ele concordava com a cabeça.

Chloe o ajudara bastante, ela falava sobre coisas que ele não teria ousado dizer, sobre o acidente e sobre o que ela sentia. Porque ela era uma menina, parecia não ter problema, e de certa forma dava a ele permissão para dispersar a culpa e a angústia que sentia por ter sobrevivido ao acidente ileso pela mão cruel do destino que tocara os outros três. Ele ainda tinha problemas com isso, e ia a um terapeuta de vez em quando para ajudá-lo a superar a culpa inevitável que sentia. Ele até já visitara uma associação de sobreviventes de acidentes de avião, de incêndios e de batidas, que haviam perdido suas famílias e amigos. Fora um grande alívio falar com eles, e ele contara isso a Chloe.

— E então, o que vai fazer hoje? — perguntou Jamie.

Eles tinham-se tornado amigos íntimos nas últimas seis semanas, e ele pensava saber tudo sobre ela. O tipo de música de que ela gostava, os artistas favoritos do cinema, o tipo de casa em que gostaria de morar quando fosse adulta, os amigos de quem realmente gostava e as pessoas que detestava, quantos filhos ela gostaria de ter, que faculdade gostaria de freqüentar. Eles falavam sobre tudo, desde o trivial ao importante.

— Eu não sei — disse ela, provocando-o. — Pensei em, talvez, irmos dançar.

Ela não perdera o seu senso de humor depois de tudo aquilo, e ele segurou gentilmente a mão dela e olhou para ela, depois do que ela dissera.

— Nós vamos, um dia. Eu te prometo isso, vamos numa enorme limusine, como numa formatura, e vamos a algum lugar dançar a noite toda — prometeu ele, com um ar determinado. Ele falava sério, e ela sentiu-se tocada pela intensidade dos sentimentos do rapaz. Ela também gostava muito dele, ele passara a significar muito para ela nas últimas seis semanas. Ele viera, de uma forma estranha, tomar o lugar de Allie. Se alguém tivesse perguntado, ela teria dito que ele era o seu melhor amigo agora. De certo modo, eles eram mais do que isso, e ambos sabiam disso também, mas não o diziam com palavras. Só passaram a contar um com o outro. De um modo engraçado, não era diferente de Page e Trygve.

— O que é que vocês dois andam fazendo aqui? — perguntou Trygve, entrando na sala.

Ele viera ver se Chloe queria alguma coisa para comer ou beber, ou se ela estava ficando muito cansada e precisava ir para a cama um pouco. Mas ela parecia feliz no sofá, falando com Jamie.

— Só estamos conversando — respondeu Jamie.

Significou muito para Jamie o fato de Trygve ter-lhe permitido passar algum tempo com Chloe desde o acidente e ter a chance de conhecê-la melhor. A princípio, ele ficara preocupado que isso fosse só no hospital e que eles não fossem querê-lo em casa. Mas esse obviamente não era o caso, e ele estava muito aliviado por estar lá naquela tarde e fazer parte da recepção a Chloe.

— Posso ajudar em alguma coisa? — perguntou Jamie, inquieto.

Trygve só lhe disse que tomasse conta de Chloe e se certificasse de que ela não tentaria pular do sofá. E, se ela precisasse ir ao banheiro, que o chamasse.

Quando Jamie, mais tarde, o chamou para isso, foram Trygve e Page que a levaram, e ela depois disso ficou bem independente. Era óbvio que ela precisaria de muita ajuda para se locomover dentro de casa, e até mesmo para fazer as coisas mais simples. Vir do hospital para casa não era o fim da fase desafiadora, mas apenas o início.

Page disse isso a ele, quando voltaram à cozinha para tomarem mais uma xícara de café.

— Eu sei — concordou Trygve, solenemente.

Ele já tinha pensado em tudo e sabia o quão difícil seria, e o quão limitado para Chloe. Agora que ela voltara do hospital, teria a expectativa de retomar sua liberdade e ser capaz de se locomover, mas sua volta para casa não era mágica. Seria uma longa e lenta caminhada de volta à vida livre e fácil da qual se lembrava.

— Eu arranjei uma pessoa que virá ajudar algumas horas por dia, só para que eu possa sair ou trabalhar um pouco. E o Bjorn é uma ajuda e tanto, mas vai ser difícil, por um tempo. Eu não creio que ela tenha pensado nisso antes de deixar o hospital, mas eu pensei.

Ele sorriu, e Page pensou novamente em quanto o admirava e em que homem bom ele era. Eles estavam todos dependendo dele, até ela.

Ela e Andy voltaram para casa antes da hora do jantar e

passaram uma noite tranqüila juntos. Alugaram vídeos, comeram pipoca e dormiram na mesma cama, e ela lhe preparara seu prato favorito.

O dia seguinte era o feriado do Memorial e Trygve organizara um churrasco e convidara quatro ou cinco amigos de Chloe, Jamie Applegate, naturalmente, e Page e Andy, é claro.

— Eles são ótimos garotos — disse Trygve, sentando-se perto dela com um copo de vinho, ainda usando avental.

Ele parecia cansado. Passara muito tempo acordado com Chloe na noite passada.

— São sim. E estão tão felizes em tê-la de volta.

Page sorriu, desejando que Allie estivesse lá também. Estar com Chloe era sempre doce e amargo para ela, mas Trygve sabia disso.

— Que experiência essa. Para todos nós. — Ele respirou fundo. — Às vezes, penso que nenhum de nós jamais voltará a ser o mesmo. Ninguém que passou por isso será o mesmo. — Muito menos Philip e Allie. — E você? — Ele fitou-a com um sorriso cortês. — Como você está indo?

Ele passara a vê-la menos, durante as duas semanas após a separação. E ele sentia imensamente a sua falta. Mas sabia o quão traumatizante fora para ela a partida de Brad, e queria dar-lhe tempo para se adaptar. Ela notara isso e sentia-se grata, embora também sentisse a falta dele, do calor da sua amizade e do clima de namoro. Ele sempre era sensível às necessidades dela, sem que ela precisasse dizer coisa alguma a respeito.

— Estou bem — disse ela, calmamente.

Tinha sido ainda mais difícil do que esperara.

— Eu senti sua falta — disse ele, fitando-a.

— Eu também — disse ela, mansamente. — Eu não pensei que seria assim. É solitário, é triste. Por um lado, é um alívio. Foi tão ruim no final, que era uma dor constante. Assim é melhor, mas mesmo assim é triste. Sinto-me bastante corajosa e renovada às vezes, e em outras horas sinto-me tão... — ela procurava a palavra certa — ...desprotegida.

Ela passara tanto tempo casada que era estranho estar só agora.

— Mas você não está desprotegida. Você está tão protegida quanto antes. Você é que tomava conta de todos. E não o Brad.

Era verdade, e ela acabara de começar a compreender isso. Ele quase não fora ver Allie nas últimas duas semanas. Só uma ou duas vezes por semana. Mas pelo menos ele estava visitando Andy.

— Acho que estou começando a perceber isso. Mas é estranho. Depois de dezesseis anos de casamento, estar de volta ao ponto de partida, menos algumas toalhas, alguns talheres e sem a melhor torradeira.

Ela sorriu. Era pior do que isso, é claro, mas de certa forma as coisas que Brad levara a haviam irritado.

— Isso dói, não é? — Ele riu. — A Dana levou exatamente a metade de tudo o que possuíamos. Um de cada par de abajures que tínhamos, metade das cadeiras da cozinha, metade das panelas e frigideiras, metade dos talheres. Agora, nada do que eu tenho combina, e sempre que vou fritar uma omelete ou tenho visitas pra jantar eu xingo, porque tudo o que estou procurando está na Inglaterra.

— Eu sei. — Ela sorriu com ar de dor. — No princípio, ele disse que não queria nada. Agora, parece que a Stephanie não deve estar tão bem equipada quanto ele pensou. De vez em quando, eu volto pra casa e descubro que algo está faltando, e um bilhete explicando que ele levou isso ou aquilo da "sua parte". Eu não sei quando ele vem em casa, mas eu nunca estou lá. E ontem, ele levou metade do jogo de cozinha de prata que a minha mãe me deu.

— É melhor tomar cuidado. Essas coisas acabam ficando desagradáveis.

— Acho que sim... Panos de prato... Panelas... Louça... É estranho o que acontece no fim, não é? Tudo é tão mesquinho. Parece um brechó de emoções.

Ele riu da comparação, mas era verdade. E então ele perguntou-lhe algo a que jamais se atrevera.

— O que você e o Andy vão fazer neste verão?

— Verão? Oh, meu Deus... É verdade, essa semana já é junho... Eu não sei. Não acho que possamos deixar a Allie.

— E se não houver mudança? Você acha que pode sair, contanto que não seja pra muito longe?

Ele parecia esperançoso, e ela lhe sorriu. Ele apresentara uma pergunta interessante. E se não houvesse mudança? Ela poderia passar alguns dias fora? Ela se atreveria? Será que ela deveria começar a viver uma vida de quem presumia que Allie fosse permanecer em coma?

— No que estava pensando? — perguntou ela, cautelosa, ainda pensando na filha.

— Duas semanas no lago Tahoe. Nós vamos lá todos os anos, e o Bjorn adoraria levar o Andy. — Ele desviou o olhar, e então voltou a olhar para ela. — E eu adoraria levar você...

— Eu gostaria muito — disse ela, mansamente. — Vamos ver. Vejamos como a Allie estará quando vocês forem. Quando vão?

— Em agosto.

— Daqui a dois meses. Muita coisa pode mudar até lá.

Ou Allyson teria feito algum progresso, ou estaria presa no coma para sempre.

— Apenas pense nisso — disse ele, fitando-a com os olhos cheios de intenções.

— Vou pensar.

Ela sorriu, e suas mãos se encontraram e se tocaram por um instante. Aí estava toda a energia de que compartilhavam. Mas, durante o trauma da separação, ele se afastara, para não pressioná-la ou confundi-la. Mas sentira sua falta.

Eles saíram tarde, e Andy dormiu no carro, a caminho de casa. Fora um bom fim de semana.

Depois de ela já ter colocado Andy na cama, Trygve ligou. Ela estava deitada na sua própria cama, sentindo-se só.

— Estou com saudades — disse ele.

Ela sorriu. Agora que Chloe voltara para casa, eles se encontravam menos, a não ser que ele fosse ao hospital especificamente para vê-la. Agora ele conhecia a rotina dela.

— Sempre sinto saudades — continuou ele, com voz rouca e sensual.

Na maioria das vezes, ultimamente, ela tentava não pensar nele. Ela queria chorar um pouco por Brad e seu casamento, mas também sentia falta da companhia de Trygve. Ele era um bom amigo, um homem atraente e divertido.

— Quando vou vê-la de novo? — perguntou ele. — Não sei se podemos continuar nos encontrando na sala de espera da UTI pelo resto da vida.

Ambos se lembraram das horas intermináveis e dos beijos recentes que haviam trocado lá.

— Espero que não tenhamos que nos encontrar lá para sempre — disse ela, com tristeza.

— Eu também. Mas, por enquanto, que tal um encontro de verdade qualquer dia, sem filhos, sem enfermeiras, com comida de verdade e sem *pizzas* à calabresa?

Ela riu da sugestão, era uma idéia tentadora. Ninguém a chamava para sair há anos. Pensar nisso a fez sentir-se jovem e atraente.

— Parece incrível. — Desde o acidente, há seis semanas, ela só saíra uma vez, com sua mãe, mas agora talvez ela estivesse pronta. — Você quer dizer que eu não preciso cozinhar?

— Não? — disse ele, enfaticamente. — E não haverá cozidos noruegueses e nem almôndegas suecas. Nem sanduíches de pasta de amendoim. Comida de verdade. Coisa de adulto. Que tal o Silver Dove, na quinta-feira?

Era um lugar romântico, em Marin, e, se algo acontecesse, não estariam longe, caso precisassem deles.

— Me parece maravilhoso — disse ela.

Sentia-se mais feliz do que se sentira em semanas. Ele sempre conseguia fazê-la se sentir especial. Até mesmo quando ela estava com a suéter de jardinagem e seus piores sapatos, ele a fazia sentir-se uma beleza.

— Pego você às sete e meia.

— Perfeito.

Ela podia deixar Andy com Jane, ou então conseguir uma babá. E então, de repente, ela riu, pensando em algo.

— O que foi?

— Eu só estava pensando que este é o meu primeiro encontro de verdade em dezessete anos. Não sei se me lembro direito como se faz isso.

— Não se preocupe com coisa alguma. Eu te ensino.

Ambos riram, sentindo-se jovens novamente, e conversaram um pouco sobre outras coisas e sobre seus filhos, para variar, sobre o mais novo artigo dele, os planos dela para o mural da escola, e sobre a casa dele em Tahoe. Ele também lhe disse que conversara com o repórter investigador seu amigo, que estava iniciando uma pequena investigação sobre Laura Hutchinson e seu problema de alcoolismo. Poderia acabar não dando em nada e não provar coisa alguma sobre o acidente. Mas, por algum motivo, Trygve estava sendo perseguido por seus palpites.

— Vejo você amanhã — disse ele, finalmente, com a voz rouca outra vez.

Ela ficou imaginando o que ele quis dizer quando desligou, mas no dia seguinte ele apareceu na UTI com uma cesta de piquenique e um ramalhete de flores.

Ela estivera trabalhando com Allie e o terapeuta, tentando estimular os músculos dela. Suas pernas estavam esticadas agora, os pés rígidos na mesma posição, cotovelos flexionados, braços unidos ao corpo, mãos firmemente fechadas. Foi um exercício sem fim fazer com que se movesse, dobrasse ou esticasse. E seu corpo, assim como sua mente, parecia não estar respondendo. Era deprimente trabalhar com o terapeuta, e Page ficou contente em ver Trygve.

— Venha, vamos até lá fora. — Ele podia ver o quão cansada e deprimida ela estava. — O dia está lindo.

E estava mesmo. O sol quente, o céu azul. Era tudo o que se esperava do mês de junho na Califórnia. No instante em que chegou lá fora, Page sentiu-se melhor.

Sentaram-se na grama por um longo tempo, com as enfermeiras, acadêmicos de medicina e residentes. Todos pareciam estar apaixonados e preguiçosos.

— É primavera — anunciou Trygve, deitado ao lado dela na grama.

Ela cheirava, feliz, as flores que ele lhe trouxera. Sem pensar, ela tocou-lhe gentilmente a face com os dedos, e ele fitou-a com um olhar que ela não via num homem há anos. Se é que já o vira. O que a fez de repente perceber o que estava perdendo.

— Você é bonita... Muito bonita... Na verdade — piscou o olho —, você até parece uma norueguesa.

— Não sou, não — sorriu ela, sentindo-se jovem e tola ao seu lado. — O sobrenome Addison é inglês.

— Bem, pra mim, você parece uma escandinava. — Olhou-a, sério. — Só estou pensando em que filhos lindos podíamos ter. Você não quer ter mais filhos? — perguntou ele, com curiosidade.

Queria saber tudo sobre ela. Não somente como se sentia sobre Allyson, ou como ela era forte, ou como era boa mãe. Ele queria saber o resto, as coisas que eles não tinham tido tempo de explorar, enquanto faziam vigílias angustiantes por suas filhas.

— Eu gostaria de ter mais filhos — respondeu ela. — Mas estou com trinta e nove anos. Estou meio velha agora, e vivo muito ocupada com o Andy, e agora com a Allie.

— Não vai ser sempre assim, e você está entrando numa rotina com a Allie. — Ele precisava, para sua própria sobrevivência. — Eu estou com quarenta e dois, e não me sinto tão velho. Adoraria ter mais alguns, e, com trinta e nove, você ainda pode ter meia dúzia!

— Que idéia! — Ela riu, e então pensou novamente no assunto. — O Andy adoraria. Estávamos falando sobre isso naquele dia, voltando para casa do jogo de beisebol, e então, naquela noite, a Allie sofreu o acidente... Ele mudou mesmo tudo, não foi?

Ele concordou com a cabeça. Seis semanas e meia depois, ela não estava mais vivendo com o marido, e Chloe não era mais uma bailarina... Sem mencionar Phillip, que estava morto, nem Allie, cuja vida se modificara para sempre.

— De qualquer forma... é... eu gostaria de ter mais filhos — disse Page. — Um, pelo menos. Depois disso, eu teria que ver. E eu gostaria muito de seguir meu trabalho artístico. Na verdade, estive pensando no que você me disse outro dia, sobre fazer um mural para a UTI. Falei com a Frances, a enfermeira-chefe, e ela ficou de perguntar a alguém sobre isso.

— Na verdade, eu adoraria fazer alguma coisa desse tipo lá em casa. Você me aceitaria como um cliente? Um cliente pagante, quero dizer!

— Eu adoraria.

— Ótimo. Que tal um encontro de negócios amanhã, depois do jantar? Você pode trazer o Andy.

— Você não vai se cansar de mim, se a gente se encontrar na quinta-feira também?

Ela parecia preocupada, e ele riu.

— Eu não acredito que vá me cansar de você, Page, nem se eu a visse dia e noite, pra sempre. Na verdade, algum dia eu gostaria de provar isso. — Ela corou ao ouvir isso, e ele aproximou-se dela e beijou-a. — Estou apaixonado por você, Page — sussurrou ele. — Muito, muito, muito apaixonado por você. E jamais vou me cansar de você. Você me entende? Nós vamos ter dez filhos, e ser felizes pra sempre.

Ele estava rindo e beijando-a, e ela, deitada na grama, feliz em seus braços, sentia-se como uma criança novamente. Era bom demais para ser verdade, e ela esperava somente que durasse e que ele tivesse falado sério.

Finalmente sentaram-se de novo, e ela pensou em voltar à UTI. Pensar nisso a deixava exausta. Os exercícios, os movimentos, a terapia, o respirador, o silêncio, a apatia total, o fim do coma de Allie. Às vezes, era difícil se esforçar para voltar lá, mas ela sempre voltava. Nunca falhava. As enfermeiras podiam acertar os relógios por ela, ela sempre vinha à noite e se sentava ao lado de Allie durante horas, acariciando-lhe a mão e o rosto e falando-lhe mansamente.

— Eu vou com você — disse ele, com um braço sobre o ombro dela.

Ela carregava a cesta de piquenique com as flores que ganhara e parecia relaxada e feliz, ao subirem as escadas de braços dados, falando baixinho e rindo.

— Teve um bom almoço? — perguntou uma enfermeira nova, ao passar por Page, que voltava à cabeceira de Allie.

Os aromas da UTI lhe eram familiares agora, bem como os sons, as luzes e os ruídos.

— Ótimo, obrigada.

Ela sorriu, olhando para Trygve, ao responder, e então voltou ao seu lugar próximo à filha, enquanto ele a observava. Ela era incansável, a mãe mais devotada que ele jamais vira, sempre falando mansamente com a filha sobre as coisas, contando pequenas histórias. Ela estava lhe falando sobre o seu almoço e sobre como estava lindo lá fora, quando de repente Allyson soltou um leve gemido e moveu a cabeça lentamente na direção da mãe. Page parou de falar e manteve os olhos e a atenção fixos no movimento. E então, Allie ficou tão parada quanto antes, enquanto as máquinas ronronavam ao lado dela. Mas Page ergueu os olhos e fitou Trygve, maravilhada.

— Ela se mexeu... Oh, meu Deus... Trygve, ela se mexeu...

As enfermeiras estavam em seus postos, e duas delas vieram correndo.

— Ela mexeu a cabeça na minha direção — disse Page, com lágrimas escorrendo pelo rosto e se curvando para beijá-la. — Você mexeu o rosto, querida... Eu vi... e eu ouvi você.

Ela permaneceu perto, beijando-a, enquanto Trygve chorava, vendo-as. Uma das enfermeiras foi chamar o Dr. Hammerman. Ele estava no prédio, e apareceu cinco minutos depois. Page descreveu-lhe o que vira, e Trygve confirmou tudo. As enfermeiras contaram-lhe o que tinham visto e mostraram as fitas dos aparelhos de Allie. O movimento e o som apareciam nas ondas cerebrais dela.

— E difícil dizer o que isso significa — disse o Dr. Hammerman, cautelosamente. — Pode ser um bom sinal, ou pode não significar coisa alguma. Certamente nos faz ter esperanças de que ela esteja próximo de recobrar a consciência, mas, Sra. Clarke, a senhora precisa entender que um gesto e um gemido não significam necessariamente que as funções cerebrais estejam normais. Mas não quero desencorajá-la... Isso pode ser um começo. Esperamos que seja — concluiu ele, sem querer demonstrar entusiasmo.

Mas nada podia tirar a alegria de Page, ao ver sua filha. Ela não se moveu novamente naquele dia, mas fez o mesmo movimento, de novo, quando Page estava com ela na manhã seguinte. Ela ligou também para Brad no escritório, para dar-lhe a notícia, e disseram-lhe que ele estava em St. Louis. Finalmente, ela o encontrou no hotel naquela noite, e ele ficou feliz, mas não tão entusiasmado quanto ela esperava. Assim como o Dr. Hammerman, ele lhe lembrou que isso podia não significar nada.

— Ela está me ouvindo, Trygve, eu sei disso — disse ela naquela noite, ainda entusiasmada. Ela e Andy haviam jantado com eles, e na noite seguinte ele a levaria ao restaurante Silver Dove. —

É como gritar num buraco negro. No começo, você não sabe se existe alguém lá dentro, e só o que se pode ouvir é o eco. Eu venho chamando há quase sete semanas, e não ouvi nada, a não ser o som da minha própria voz... E, de repente, alguém está me chamando, e eu sei disso.

Trygve esperava que ela estivesse certa, mas, assim como os outros, ele tinha medo de aumentar as expectativas dela.

E, pelo resto da semana, todos os dias Allie se movia um pouco, mas nunca abriu os olhos, nem falou, nem fez sinal algum de estar entendendo o que lhe diziam. Só gemia e movia a cabeça, ocasionalmente. Talvez pudesse significar alguma coisa, talvez não significasse nada.

Mas Page ainda estava entusiasmada, no dia seguinte, quando ele a apanhou para irem jantar. Andy estava na casa de Jane, e ela dissera que o apanharia ao chegar em casa, se não fosse muito tarde. E, se fosse, Jane dissera que não se importaria de ficar com ele até de manhã. Ele estava deitado num dos quartos de seus filhos, de pijama, e Page iria apenas levá-lo no colo quando chegasse. Trygve deixara uma acompanhante em casa para ajudar Chloe.

— Você está incrível.

Trygve tinha os olhos fixos nela, sem disfarçar a admiração. Ela trajava um vestido liso branco de seda e pérolas, com um xale azul-claro sobre os ombros. Era exatamente da cor dos seus olhos, e seu cabelo caía até as costas, não diferente do de Allie.

— Uau! — exclamou ele.

Ela riu, entrando no carro dele, e foram para Corte Madera.

Ele reservara uma mesa discreta para dois, e ela ficou surpresa ao ver que havia dança. Era o lugar mais romântico que ela via em anos, e sentiu-se especial e cortejada ao se sentarem, pedirem vinho e olharem o cardápio. Ele pediu pato, e ela, peixe à moda da casa. Ambos começaram com sopa, e ele pediu musse de chocolate para a sobremesa. Foi um jantar maravilhoso, um lugar adorável, uma noite perfeita. Depois eles dançaram, e ela sentiu o corpo dele junto ao seu. Surpreendeu-se ao ver o quão forte e flexível ele era. Um ótimo dançarino.

Deixaram o restaurante às onze horas, e Page deu-lhe um

sorriso feliz. Mal haviam bebido vinho, mas ela se sentia embriagada com o entusiasmo da noite.

— Sinto-me como Cinderela — disse ela, cheia de felicidade. — Quando vou me transformar numa abóbora?

— Nunca, eu espero.

Ele sorriu e levou-a para casa. Ligou o toca-fitas do carro e, ao chegarem, desceu e foi andando com ela de mãos dadas, como um menino novamente. E, de repente, sentiu-se diferente, ao beijá-la à porta. De repente, ambos ficaram tímidos, e no entanto, ao abraçá-la, sentiu-se levado pelas ondas de uma crescente paixão.

— Você quer entrar um minuto? — perguntou ela, sem fôlego.

— Um minuto? Esse é o meu limite?

Ela riu e destrancou a porta, e ambos entraram, mas não avançaram muito. Ela nem acendeu a luz. Eles simplesmente permaneceram ali, se beijando no escuro, enquanto ele, faminto, tocava o corpo dela, dominado por sua beleza e paixão.

— Eu te amo, Page — sussurrou ele, no escuro. — Eu te amo tanto... — Ele esperara dois meses por isso, atravessando a tempestade que assolara a eles e a suas famílias, mas na verdade ele esperara anos por isso, e talvez toda a sua vida.

Permaneceram ali, oscilando em uníssono e sussurrando e se beijando, até ele não poder suportar mais, e nem ela. Sem dizer palavra, ele a levou até onde sabia que era o quarto dela, e então ficou lá no escuro e despiu-a, e ela não o deteve.

— Você é incrível — disse ele, quando o vestido dela foi ao chão. — Oh, Page...

Ele a devorou com seus lábios e suas mãos, e lentamente ela o despiu, até ficarem enfim nus sob o luar. Ele a carregou gentilmente até a cama e a acariciou com seus lábios, até que ela gemesse de prazer, curvada contra ele, e então ela o fez chegar-se. A união deles foi poderosa, vibrante, em busca daquilo que ambos ansiavam, até que ambos explodiram simultaneamente e ficaram deitados nos braços um do outro, exaustos, embriagados pela força do que sentiam um pelo outro. Passou-se muito tempo até que um deles dissesse algo, enquanto Trygve acariciava gentilmente o cabelo dela e ela o beijava.

— Se eu tivesse sabido disso há dois meses atrás — sussurrou ele, finalmente —, eu te teria levado pra casa comigo na noite do acidente.

Ela riu com prazer.

— Você é bobo... Mas, ah, como eu te amo.

O surpreendente era que ela o amava. Ele era o homem certo para ela de uma forma que Brad jamais fora, e ela se recusara a ver isso, não só sexualmente, mas eles eram ambos tão compatíveis, tão artísticos, tão descontraídos, tão ligados um ao outro e com os filhos. Ambos eram dedicados e se dedicavam um ao outro, agora, com a gratidão de pessoas que sabem que estiveram perdidas por muito tempo e finalmente se encontraram. Trygve se sentia um homem faminto que fora finalmente alimentado, enquanto a abraçava.

— Onde você estava há vinte anos atrás, quando eu precisei de você, minha flor? — provocou ele.

Ela refletiu por um momento.

— Vejamos, naquela época eu estava trabalhando bem longe da Broadway e fazendo escola de artes, quando dava pra pagar.

— Eu teria te amado.

— Eu também teria te amado. — Mas ela ainda estaria muito abalada pela experiência com seu pai. — É impressionante, não é? — cismou ela. — Nós podíamos ter vivido no mesmo bairro durante anos sem nunca nos conhecermos. E agora, aqui estamos nós, com as nossas vidas totalmente transformadas.

— É o destino, minha querida.

Ele abençoou, ele destruiu, e os fez a ambos. Mas, finalmente, era uma bênção.

Ficaram horas conversando, e então ele levantou-se, relutante. Precisava voltar para Bjorn e Chloe e dispensar a acompanhante. Mas era muito tarde para ela ir buscar Andy na casa de Jane. Já eram três horas da manhã.

— Você quer dizer que vai passar a noite toda aqui sozinha? — perguntou ele, horrorizado, enquanto ela fazia com a cabeça que sim. — Que desperdício! Não posso suportar isso.

Fizeram amor novamente, e eram quatro horas da manhã quando ela o beijou à porta, metida em seu roupão de banho.

— A que horas você leva o Andy para a escola? — perguntou ele, entre os beijos.

Ele parecia saciado e feliz, e Page também. Pareciam jovens amantes apaixonados, quase incapazes de se separararem um do outro.

— Às oito horas.

— A que horas você volta? — perguntou ele, parecendo desesperado.

— Às oito e quinze, mais ou menos.

— Te encontro aqui às oito e meia.

— Meu Deus, você é um viciado em sexo.

Ela riu. Ele afastou-se dela por um instante e falou:

— Será que eu me esqueci de te avisar? Foi por isso que a Dana foi embora, você sabe, a coitadinha estava esgotada.

Ambos riram, e ele a beijou novamente. A verdade, é claro, era que ele e Dana não haviam sequer dormido juntos nos dois últimos anos, e ele começara a pensar que não conseguia mais. Mas, seja o que for que ele não conseguia mais, acabara de conseguir, e ainda mais.

— O que você vai fazer amanhã? — perguntou ele, mais sério.

— Vou ao hospital.

— Venho tomar café com você e levá-la para lá.

Ela assentiu com a cabeça. Ele beijou-a mais uma vez, e então desgrudou-se dos seus braços e se forçou a andar até o carro. Mas voltou, e ambos riram, e então ele finalmente foi para casa. E, assim como havia prometido, ele voltou às oito e meia da manhã. Ela não acreditara que ele falava sério. Ela fora buscar Andy e o levara para a escola. Estava pondo roupa na máquina de lavar e cantando, quando Trygve chegou. E ela se pegou instantaneamente sorrindo.

— Bom dia, meu amor — disse ele, passando pela porta com os braços cheios de flores. Ele era o homem mais romântico que ela já conhecera, e o mais gentil. — Pronta para o café da manhã?

Mas não conseguiram chegar até a cozinha. Ele começou a beijá-la novamente, e, cinco minutos depois, eles estavam na cama, ainda desfeita da noite anterior, e tão convidativa quanto naquela ocasião.

— Você acha que vamos conseguir fazer outra coisa daqui por

diante? — perguntou ele, deitado ao lado dela, admirando-a pela milésima vez naquela manhã.

— Duvido. Terei que desistir de fazer os murais.

— Eu vou parar de escrever.

Mas seus horários eram tão flexíveis, suas vidas tão livres, e sua fome um pelo outro tão enorme, que era divertido perceber quanto tempo eles tinham para desfrutar disso.

— Eles têm creche o dia todo na escola do Andy? — continuou ele a provocar.

Então, beijou-a novamente. Mas desta vez ela o expulsou da cama. Eram onze horas, e ela precisava ver Allie. Agora que ela começava a mostrar alguma melhora, mesmo pequena, Page não queria perder sequer um momento de acompanhamento junto a ela.

Ele ficou no hospital com ela durante a primeira hora. Em seguida, foi para casa trabalhar e ver Chloe.

— E hoje à noite? — perguntou ele, esperançoso.

Ela sorriu para ele, na UTI, e balançou a cabeça.

— O Andy vai estar em casa.

— Amanhã? — persistiu ele.

— Ele vai estar fora com o Brad o dia todo — riu ela, maliciosamente.

A enfermeira sorriu. Era bom ver algo agradável acontecendo, para variar.

— Perfeito — disse ele, respondendo à notícia de que Andy passaria a tarde de sábado com Brad. — Almoço? Caviar? Uma omelete?

Ela debruçou-se sobre ele e sussurrou no seu ouvido, para que ninguém os pudesse ouvir.

— Que tal um sanduíche de pasta de amendoim e um motel?

Ela riu, e ele sorriu-lhe, malicioso.

— Excelente, querida. Vou providenciar imediatamente. Com molho ou sem?

— Você é maluco! — exclamou ela.

— Eu te amo — respondeu ele.

Então beijou-a e saiu. Era profundamente maluco, mas ela o amava também. E, ao voltar sua atenção para o corpo imóvel de Allie, Page não conseguia parar de sorrir.

Capítulo 16

Brad contou a Andy sobre Stephanie num sábado de junho. Ele os apresentara um ao outro durante um almoço, no restaurante Prego's, na Union Street. Andy a examinou, desconfiado, e ela conversou com ele, tensa. Ela estava usando um *jeans* branco apertado e uma camisa vermelha. Ele até admitiria que ela estava bonita, com seus longos cabelos pretos e grandes olhos verdes. Mas ficou óbvio que Andy não gostou dela desde o momento em que a viu. Ele falou com ela num tom grosseiro e foi rude por várias vezes durante o almoço, fazendo-lhe críticas, imediatamente seguidas de grandes elogios à aparência de sua mãe.

— Andy — ralhou o pai, durante a sobremesa —, quero que peça desculpas à Stephanie.

Ele fez cara feia para Andy, que ergueu o queixo, fingindo não ouvir.

— Não vou pedir — disse ele num tom grave, falando para o seu sorvete.

— Você foi muito rude com ela. Acabou de dizer-lhe que o nariz dela é grande demais.

Brad teria rido da ofensa, mas pôde ver que Stephanie estava realmente ofendida. Ela mesma não tinha filhos, e não se divertiu com ele. Não o achou uma gracinha, achou-o um pirralho malcriado e julgou que Brad deveria dar-lhe umas boas palmadas. Ele era um pentelho, e fora horrível com ela durante todo o almoço. Ele também lhe dissera que as calças dela estavam muito apertadas e que seus seios eram muito pequenos. Proclamou, em termos gerais, que sua mãe era bem melhor, era mais esperta, mais legal, boa cozinheira, e que Stephanie provavelmente não sabia mesmo cozinhar, e sua mãe fizera um mural para a escola que todos admiravam. Ele foi em frente, elogiando a mãe e apontando os defeitos de Stephanie, tanto reais quanto imaginários. O que ele fizera também, sem saber, era mostrar que Stephanie não sabia coisa alguma sobre crianças e tinha um senso de humor bem limitado.

— Eu odeio ela — resmungou Andy, numa voz quase inaudível, de olhos fixos na mesa.

— Nesse caso — respondeu Stephanie, desta vez antes de Brad —, nós não vamos convidar você pra almoçar de novo. Talvez a gente nem saia mais com você nos sábados, se você nos odeia — disse ela, com maldade.

Brad pareceu incomodado. Ele queria apoiá-la, mas também precisava apoiar Andy, contanto que ele se comportasse racional mente.

— Claro que vamos sair com você nos sábados — disse Brad, calmamente, olhando para ambos e tentando alcançar a mão de Andy para fazê-lo sentir-se seguro.

Ele sabia que Andy estava assustado e aborrecido, mas também queria que ele gostasse de Stephanie. Significava muito para ele, e, se declarassem guerra um contra o outro, as coisas ficariam bem difíceis.

— Sempre vou ver você nos sábados, filho, e nos fins de semana, e sempre que eu puder. Mas seria mais divertido se nós três pudéssemos estar juntos.

— Não, não seria — disse Andy, olhando para ele e agindo como se Stephanie já tivesse desaparecido. — Por que você tem que vir com *ela*?

Stephanie ficou vermelha de raiva, mas Brad respondeu:

— Por que eu gosto dela. Ela é minha amiga. Você também gosta de sair com os seus amigos. É mais divertido assim.

— Por que eu não posso trazer a mamãe?

Principalmente porque não seria divertido no momento. Mas Brad não disse isso.

— Você sabe como isso é difícil agora. Você não gostava quando brigávamos. E eu e a Stephanie não brigamos. Somos bons amigos e nos divertimos muito. Poderíamos ir ao cinema, a jogos de beisebol e à praia, e fazer uma porção de coisas.

Andy a examinou com desdém.

— Aposto que ela não sabe nada sobre beisebol.

— Então vamos ensinar a ela — disse Brad calmamente, olhando para ambos.

Ambos pareciam igualmente desconsolados, zangados e infelizes. Ele estava forçando as coisas, e não estava indo nada bem, e sabia disso. Talvez fosse mais fácil deixar assim por um tempo e voltar a sair com ele sozinho. Porém, mais cedo ou mais tarde, Andy teria que se acostumar com ela. Eles estiveram falando sobre casamento novamente, e Stephanie estava determinada a que ou ele se comprometesse com ela, ou terminassem o relacionamento. Após mais de dez meses, e depois de vê-lo terminar seu casamento com Page, ela achava que tinha sido paciente demais. E agora ela queria saber se Brad iria fazer alguma coisa. Se não, ela terminaria tudo com ele e iria explorar outros caminhos, para Brad nada agradáveis. Depois de tudo o que haviam passado, ele não queria perdê-la. Era quase um ponto de apoio para ele, era o que abafava a solidão que sentia sem Page, sem Allyson e sem Andy. Ele também a amava, mas o caso deles não fora o mais fácil do mundo, além de todo o trauma que atravessara, e agora Andy não estava tornando a vida deles fácil. A vida, com certeza, não era simples.

— Quero que vocês dois se dêem uma chance. — Olhou para ambos. — Por mim. Eu amo vocês dois. E quero que sejam amigos. Combinado? Vocês vão tentar? — perguntou ele aos dois, como se tivessem a mesma idade.

Pela expressão petulante no rosto de Stephanie, ele quase acreditou que ela tinha a mesma idade dele.

— Tá bem — grunhiu Andy, fitando Stephanie com ódio.

— É bom que se comporte — repreendeu-o ela.

Brad quase deu um gemido, enquanto pagava a conta e dava a Andy os bombons de cortesia do restaurante.

— Parem, vocês dois!

Foi uma tarde infernal. Eles foram ao jardim da marina e caminharam ao longo da praia em silêncio quase total. Stephanie disse que estava com frio e que queria ir para casa. Andy não disse absolutamente nada, e só respondia quando seu pai lhe falava. Não disse a Stephanie coisa alguma, até quando foi forçado a lhe dizer adeus, ao deixarem-na no apartamento dela. Eles pararam rapidamente no apartamento de Brad no caminho para casa, e, quando foi ao banheiro, Andy notou algumas coisas dela na pia e um roupão de banho cor-de-rosa atrás da porta, o que ainda o deprimiu mais.

— Você realmente não foi legal com ela — disse Brad, enquanto o levava para casa. — Isso não é justo. Ela significa muito para mim, e ela quer muito gostar de você.

— Não, não quer. Ela foi má comigo desde o início. Ela me odeia. Eu sei disso.

— Ela *não* odeia você. Ela não está acostumada com crianças, e você provavelmente a assusta um pouco. Dê uma chance a ela.

Brad estava quase implorando. Fora uma tarde odiosa, e ele sabia que iria ouvir muito de Stephanie assim que voltasse à cidade.

— A Allie também vai odiar ela — disse Andy, com segurança.

Aquelas palavras rasgaram o coração de Brad. Ele já não tinha certeza se Allie iria amar ou odiar alguém de novo. Apesar de seus movimentos recentes, não houvera nenhuma verdadeira melhora.

— Não acho que a Allie iria odiá-la — disse Brad, só para manter o diálogo com ele.

— E a mamãe também iria. Além disso, ela é muito magra e burra.

— Ela não é burra. — Brad se viu defendendo-a. — Ela fez a faculdade em Stanford, tem um bom emprego e é uma garota muito inteligente. Você não a conhece de verdade.

— E daí? Ela é burra, e eu odeio ela.

Eles fecharam o círculo, e Brad tentou distraí-lo conversando sobre outras coisas, no caminho para casa, mas Andy parecia não querer falar. Ele ficou apenas calado, com os olhos fixos na janela.

Brad o deixou em casa e acenou para Page, ao sair. Sentiu-se tentado a parar para conversar, mas decidiu que seria difícil demais. Ele não estava disposto, e estava ansioso para voltar para Stephanie e transmitir-lhe segurança. Ele sabia o quão chateada ela estaria por causa da agressividade de Andy. Ela era infantil sobre essas coisas, e ele sabia que teria que se desculpar por isso. Só esperava que Andy e Stephanie acabassem se acostumando um com o outro. Caso contrário, nesse ínterim, as coisas ficariam muito difíceis para ele.

Andy estava muito quieto quando chegou em casa, e Page notou imediatamente.

— Há alguma coisa errada? — perguntou ela, ao colocá-lo na cama aquela noite.

Ele mal lhe dissera qualquer coisa durante todo o jantar. Normalmente, o menino falava com entusiasmo sobre qualquer coisa que tivesse feito com o pai.

— Você está se sentindo bem, querido?

Ela tocou o pescoço dele e as costas, mas ele não estava com febre. Estava frio, mas seu olhar parecia preocupado, ao deitar a cabeça no travesseiro.

— Estou. — Ele parecia à beira das lágrimas, e ela não queria deixá-lo. — O papai disse... que eu não posso contar pra você.

Ele não queria magoar os sentimentos dela.

— Vocês dois brigaram por algum motivo hoje?

Talvez Andy tivesse feito algo muito perigoso e Brad tivesse lhe batido, mas não era do seu feitio. Mas Andy só balançou a cabeça e continuou parecendo infeliz. Após alguns minutos, porém, ele não pôde mais se conter e começou a chorar deitado ali.

— Oh, querido — disse ela, abraçando-o e deitando-se junto com ele na cama. — Você sabe que o papai ama você, seja o que for que ele tenha dito hoje.

— É... Mas... — Ele se engasgou com as palavras, ao olhar para ela. — Ele tem uma *namorada*. O nome dela é Stephanie — disse ele, desolado.

Saiu. Ele lhe contou, e ela sorriu em meio às próprias lágrimas, ao abraçá-lo.

— Eu sei. Está tudo bem. Sei tudo sobre ela.

— Você já viu ela? — perguntou ele.

Parecia surpreso ao afastar-se dela, mas sua mãe balançou a cabeça, pensando em quão doce ele estava, deitado ali.

— Não, não a vi. E você, já?

— No almoço. Ela foi horrível. Ela é magricela e burra e feia, e me odeia.

— Tenho certeza de que não odeia. Ela provavelmente está com medo de você, e quer lhe causar uma boa impressão.

— Bem, eu odiei ela. E o papai diz que eu *tenho* que tentar gostar dela.

Então era sério, pensou Page consigo mesma. Se ele estava impondo a presença de Andy sobre ela, talvez pensassem em se casar. Ao pensar nisso, Page sentiu uma pontada no coração, mas sabia que, assim como Andy, ela teria que se acostumar com a idéia de que Stephanie era parte da vida de Brad agora, e talvez para sempre.

— Por que você não tenta? — disse Page, gentilmente. — Ela pode ser mais legal do que você pensa, depois, quando você conhecê-la melhor. Ela deve ter alguma coisa de bom, se o papai gosta dela.

— Não, não tem — disse, enxugando os olhos. — Eu odeio ela.

Então, com um olhar preocupado, ele fez uma pergunta.

— Você acha que o papai algum dia vai voltar pra nós?

Esse era o problema. Stephanie era uma ameaça à volta segura de Brad para a mãe de Andy.

— Eu não sei — disse Page, honestamente. — Acho que não.

— Mas se ele se casar com ela, ele *não pode* voltar pra você. — Olhou para Page, arrasado. — Eu *odeio* ela.

— Não, não odeia. Você não a conheceu de verdade. E o papai ainda não vai se casar. Acho que você está preocupado demais.

Mas ela também sabia que ele não estava errado. Eles provavelmente iriam se casar.

— Eles vão para a Europa neste verão. Isso quer dizer que ele não vai sair com a gente de férias.

Ele não compreendia que Brad não teria saído de férias com eles de qualquer forma. Mas a irritou saber que Brad estava levando Stephanie à Europa. Ele nunca a levara, e ela quisera ir durante anos. Ela só tinha ido lá com seus pais, antes de se casar.

— Nós não iríamos deixar a Allie aqui, mesmo assim — disse Page, mansamente. — O papai quer levar você com ele?

Ele não dissera nada a ela, mas talvez dissesse, eventualmente. Mas Andy apenas balançou a cabeça.

— Eles vão sozinhos. Vão ficar um mês lá.

Page assentia com a cabeça, enquanto ouvia. Ele tinha a sua própria vida agora, e eles tinham a deles. E ela tinha Trygve.

— Não vamos nos preocupar com isso agora, está bem? O papai te ama muito, e eu também. E eu aposto que a amiga dele é muito legal, e você vai gostar dela.

Ele resmungou um pouco sobre o assunto novamente, enquanto ela o colocava para dormir. No dia seguinte, ele ainda estava aborrecido, ao café da manhã. Para ele, a ameaça de Stephanie significava uma coisa apenas: Brad não voltaria para ele nem para sua mãe. E então, ele ergueu os olhos do café de repente e fez uma pergunta a Page que lhe partiu o coração. Ela teve que virar o rosto para que ele não a visse chorar.

— O que vamos contar pra Allie sobre o papai? Quer dizer, quando ela acordar? Como vamos contar pra ela?

Page olhou para a janela e assoou o nariz, enquanto buscava uma resposta. Se algum dia eles tivessem a chance de falar com Allie.

— Até lá, vamos pensar em alguma coisa.

— Talvez a Stephanie *morra* — disse ele, zangado.

Page quase riu, quando voltou a olhar para ele. Ele era tão enfático que se tornava quase cômico. Ela o mandou ir brincar no jardim, depois, e a mãe dela ligou, alguns minutos mais tarde.

Não tinha nada de novo para contar, exceto que Alexis estava com uma úlcera medonha. Não foi nenhuma surpresa para Page. Era algo comum às vítimas de anorexia. De tanto passarem fome, os ácidos estomacais começavam a corroer as paredes do estômago. Mas, é claro, sua mãe disse que era porque Alexis era nervosa por natureza.

Sua mãe pareceu surpresa quando Page explicou novamente que Brad não morava mais lá. Era como se Page nunca lhe tivesse dito. Como sempre, se recusou a aceitar as coisas que Page lhe dizia, e elas encerraram a conversa telefônica alguns minutos depois.

Ela comentou algo a respeito com Trygve naquela tarde, sobre o quão anormal a sua família se tornara, e era difícil para ele entender isso. Os pais dele eram normais ao ponto de serem monótonos.

— Você tem sorte — disse ela, com um suspiro.

Sentaram-se juntos e conversaram, de mãos dadas, desejando poderem se beijar no jardim da frente da casa dele, na presença das crianças.

Bjorn e Andy estavam jogando bola. Andy jogava com a mão esquerda. Tiraria o gesso em breve. E Chloe estava sentada numa cadeira de rodas perto de Jamie Applegate, que fazia alguns trabalhos de casa.

— Brad apresentou-o a Stephanie ontem — disse ela a Trygve, enquanto os observavam.

— Como ele se portou?

— Não muito bem. Mas eu não esperava que fosse bem. Ela é uma grande ameaça pra ele. Significa que acabou mesmo. Ele disse que a odiava. — Ela sorriu, maliciosa. — Deve ter sido um ótimo almoço.

— Acho que os filhos sempre sonham em ver seus pais juntos novamente — sorriu ele. — Sei que até os meus, no fundo, pensam que a Dana vai voltar pra casa algum dia e nós vamos ficar juntos de novo.

— Você gostaria de que ela voltasse? — perguntou ela, com um olhar interessado.

Ele aproximou-se dela e sorriu.

— Meu Deus, não. Eu fugiria da cidade... com você na mala.

— Bom.

Ela sorriu para ele em resposta, e suas mãos se apertaram mais, por um instante. As duas famílias passaram uma tarde feliz, e Page e Trygve fizeram o jantar para todos. Chloe, de cadeira de rodas, pôs a mesa e fez tudo o que pôde, e Bjorn e Andy lavaram a louça. Eles formavam um bom time juntos e se divertiam muito. Chloe parecia preencher a saudade que Andy sentia da irmã mais velha. Nick viria para casa em poucos dias, também. Ele tinha um emprego de verão em Tiburon, no clube de tênis, e eles estavam felizes em tê-lo de volta em casa. A única que faltava era Allie.

Depois do jantar, sentaram-se na sala e falaram dela. Chloe disse o quanto sentia sua falta, e que esperava que ela saísse do coma. Todos ansiavam por isso, e ainda não era tarde demais. Mas dois meses era muito tempo. No mês seguinte, as probabilidades diminuiriam mais. O Dr. Hammerman ainda parecia achar que, se ela não saísse do coma com três meses de acidente, talvez jamais saísse. Era algo em que Page tentava não pensar, mas, tarde da noite, deitada na cama, ela era assombrada pelo medo de que Allyson pudesse passar o resto de sua vida em estado de coma.

— Eu vi a Sra. Chapman ontem — disse ela, em voz baixa. — No Safeway. A pobre mulher parecia horrível. Meio cinza, como se toda a sua vida a tivesse deixado.

Trygve assentiu, pensando em como seria. Ele não podia nem imaginar, e nem queria. Phillip teria se formado há poucos dias. E, na formatura, houve um momento de silêncio em sua homenagem.

Os olhos de Chloe se encheram de lágrimas e ela virou o rosto, pensando naquela noite, como sempre. Partes da cena vinham-lhe à mente. Ela até fora com Jamie ao grupo de terapia, por causa da imensa culpa que sentia por ter convencido Allie a sair com ela. Aquela noite mudara tanto para tanta gente...

Trygve sugeriu que jogassem monopólio, então, e os jovens jogaram seriamente, girando a roleta, fazendo negócios e roubando, sempre que podiam, se divertindo e amontoando fortunas de papel, enquanto Page e Trygve subiram as escadas em silêncio para se sentarem no escritório dele. Ele colocou os braços ao redor dela e beijou-a, como havia querido durante toda a tarde. Ele estava ansiando por passar mais tempo com ela, por fazer com que ela passasse a noite com ele e viajasse com ele. Havia mil coisas que ele queria fazer com ela. Mas ele sabia que era cedo demais. Sabia que Page não podia deixar Allyson no momento, e ele mesmo estava muito preocupado com seus filhos.

— Você acha que algum dia vamos ter algum tempo longe deles? — perguntou ele, com um sorriso, abraçando-a. — Nem que seja só por um fim de semana?

— Seria bom, não é? — sonhou ela.

Ela também gostava da idéia do lago Tahoe com ele, mas simplesmente não se sentia bem deixando Allie. Passar os dias na

UTI era toda a sua vida agora. Ela se sentia mal por causa de Andy também. Havia tanto que ela queria fazer com ele. Coisas de que ele precisava, agora que Brad tinha ido embora. Mas Allie tinha prioridade. Era assim que tinha que ser no momento. Todos tinham que esperar sua vez, inclusive Page, e eles sabiam disso.

Ela detestou ter que deixar Trygve naquela noite. Adorava passar o tempo com ele, e os dias em que uniam as famílias eram especialmente felizes. Andy parecia bem mais feliz do que quando ela o colocara na cama na noite passada, e ele tinha os olhos fixos nela, com uma pergunta silenciosa.

— O que foi? Você se divertiu hoje? — perguntou ela a caminho de casa.

— Muito. A Chloe ganhou da gente no monopólio, mas ela roubou. O Bjorn diz que ela sempre rouba. — Andy riu. — E a Allie também. — Page sorriu à menção do nome. Teria sido bom vê-la jogando monopólio. Tão bom, se ela pudesse. — Bjorn diz que o pai dele gosta de você — disse Andy, casualmente.

— Por que ele diz isso?

Ela não disse que sim nem que não, mas o coração dela bateu mais rápido quando ela viu a cara de Andy. Ela queria que ele gostasse de Trygve. Assim como Brad queria que ele gostasse de Stephanie, mas ele não gostou.

— Ele só disse. Ele diz que tem prestado bastante atenção em vocês dois. Ele acha muito legal, e ele diz que o pai dele acha você muito bonita e divertida. Ele diz que você beijou ele uma vez, na boca. Beijou?

Não era uma acusação, era mais uma pergunta. Após o choque de Stephanie no dia anterior, esse era um mundo completamente diferente para ele, e ele estava sondando o terreno. Mas era um mundo totalmente novo para ela também, e ela não tinha certeza do quanto devia contar a ele. Quanto exatamente da verdade ela deveria contar ao filho?

— Talvez quando eu me despedi dele, ou alguma coisa parecida. Mas eu gosto dele, sim.

— Como... como do papai?

— Não. Não é do mesmo jeito. Gosto como amigo, como um

grande amigo. Ele foi maravilhoso comigo quando a Allie ficou doente.

Andy concordou, sem retrucar. Só que ele não o tinha visto por esse ângulo.

— Eu também gosto dele... e gosto de Bjorn... mas gosto mais do papai.

— Seu pai sempre será seu pai. Nada vai mudar isso, nunca.

— Você e o papai vão se divorciar? — perguntou ele, preocupado.

Isso, sim, significaria que tudo estava acabado. Muitos pais de amigos seus tinham-se divorciado, e alguns deles tinham-se casado de novo. Ele sabia o que significava isso.

— Eu não sei.

Brad saíra de casa há um mês, mas nenhum deles havia ainda contratado um advogado. Brad pedira a ela que o fizesse, e Stephanie o estava pressionando, mas Page simplesmente não conseguia fazê-lo. Trygve lhe oferecera o nome do advogado dele, mas ela continuava dizendo estar ocupada demais para ligar. Mas ela sabia que, um dia desses, teria que telefonar.

Brad também lhe lembrou disso na próxima vez em que a viu no hospital. Ele passou por lá, uma tarde. Há uma semana não via Allie e, ao erguer os olhos, Page de repente se assustou ao vê-lo.

— Oi, como vai você? — disse ela, pouco à vontade, tentando fingir que não se sentia estranha.

— Bem — sorriu ele, parecendo melhor do que nunca. Ele era um homem lindíssimo, e ela às vezes se esquecia disso. — Como vai a Allie?

— Na mesma. Mas continua se mexendo e produzindo alguns sons. É difícil saber o que isso significa.

Mas as agulhas mostravam movimento quando Page dizia o nome dela, e ela queria crer que isso também significava algo. Mas quem sabe? Ela ainda estava dormindo, e o respirador ainda a mantinha respirando.

Ele ficou o mais que pôde. Cinco minutos foi o seu limite. Então pediu que ela saísse para o corredor da UTI para falar com ele por uns instantes.

— Você parece bem — disse ele, olhando-a de perto.

Ela parecia menos torturada do que antes, e mais feliz, mas ainda havia algo triste em seus olhos quando ele a encarou. Ele não estava certo se era por causa de Allyson ou dele, e parte dele ainda queria acariciá-la e tê-la em seus braços, mas ele sabia que não podia. Além disso, Stephanie o mataria, se soubesse. Ela era brava com ele, dizia que não agüentaria nenhuma traição da parte dele, nem sequer uma. Ela não era Page, em vários aspectos, e às vezes Brad realmente sentia falta da ex-mulher.

— Você está bem? — perguntou ele.

— Vou indo.

Ela estava feliz com Trygve e esperançosa sobre Allie, mas a vida não era a mesma, com Allyson ainda tão doente e o divórcio a ser feito, e isso a entristecia ao vê-lo. Sua vida se reduzira a tão pouco, agora. Do hospital para casa, e um jantar esporádico com Trygve. Não havia mais horizontes para contemplar, exceto a esperança constante de que Allie saísse do coma.

— Eu queria falar com você, e não tenho tido tempo de ligar. Acho que está na hora de chamarmos nossos advogados.

Ele disse isso como se se desculpasse, sentindo-se um canalha ao ver a expressão nos olhos dela. Ela se parecia tanto com Andy...

— Você está certo — concordou ela.

Mas ela odiava fazer isso. Era a última fase do seu casamento.

— Não há razão pra prorrogar isso. Só vai ser doloroso pra nós, e acho que cria falsas esperanças no Andy. Creio que ele vai se ajustar melhor, se souber que acabou. E talvez nós também, quem sabe? Você tem direito a mais do que isso, sabia? — lembrou ele.

Ela mexeu a cabeça, sem discordar. Ela tinha direito a uma família, e a Allie inteira de novo, e a um marido. Ela tinha direito a uma porção de coisas. Mas, se ela as conseguia ou não, era uma outra história.

— Você tem certeza? — perguntou ela, mansamente. — Quer dizer, sobre o divórcio.

Ele assentiu, e ela baixou a cabeça. Ela entendeu. Aceitou. Estava acabado. Ele queria se casar com Stephanie, começar uma vida nova com ela, e talvez, dessa vez, fazer tudo mais bem-feito.

— Está na hora — disse ele, com pesar. — Você tem alguém pra quem possa ligar?

— Tenho um nome, mas não me animei a chamá-lo. Não imaginei que você estivesse tão ansioso.

Havia um tom diferente na voz dela, ao dizer aquilo. E ela zangou-se, de repente, por ele ter ido dizer-lhe aquilo ali. Tudo de horrível acontecera com ela nesse hospital... mas as coisas boas também... havia Trygve.

— Estaremos divorciados até o fim do ano — disse Brad sério, enquanto Page refletia. — Talvez antes do Natal.

Stephanie queria se casar na véspera do Natal, se o divórcio acontecesse a tempo, e podia ser que sim, caso se apressassem.

— Eu posso pensar em outras coisas que eu preferiria ter na minha lista de Natal — disse ela, com pesar. E então ergueu-lhe o olhar e respirou fundo. — Vou telefonar para o advogado amanhã de manhã.

— Obrigado. Eu gostaria muito. — E então, ele hesitou por um instante, como se quisesse dizer mais, sem saber como. — Sinto muito, Page..

— É, eu também.

Ela tocou na mão dele e entrou novamente na UTI. Mas Allie não se mexeu o dia todo, nem deu sequer um gemido nem emitiu som algum. Era como se soubesse que a sua mãe estava deprimida e a estivesse deixando só. Page apenas sentou-se lá o dia todo e olhou para ela. E, à noite, depois de colocar Andy na cama, nem sequer ligou para Trygve. Ela precisava chorar por Brad uma última vez, antes de seguir em direção ao futuro.

Sentiu-se melhor no dia seguinte, e estava ansiosa para falar com ele. Trygve percebera que algo a estava incomodando, e ela contou-lhe sobre a conversa com Brad. Como sempre, ele foi solidário. Sabia o quão difícil era, e não achou que estivesse refletindo neles, apenas sabia que era doloroso demais terminar um casamento. Deu-lhe o nome do advogado novamente, e então ela telefonou, marcando hora.

Page informou ao advogado o que Brad lhe dissera, que estariam divorciados até o Natal. Trygve passou para buscá-la depois disso, e eles foram jantar fora e conversaram naquela noite. E então ela se sentiu um pouco melhor. Eles se sentaram na sua mesa favorita do Silver Dove, parecendo dois lindos escandinavos. As pessoas comentavam freqüentemente como se pareciam, e perguntavam se eram irmãos. Havia algo de interessante sobre isso, Page sempre tivera uma teoria de que os casais eram formados por pessoas parecidas, mas ela e Brad certamente não o eram.

Conversaram horas naquela noite, sobre suas vidas, seus casamentos, seus filhos... e suas esperanças para o futuro.

— Você é a primeira pessoa que conheço que me fez querer casar de novo.

Pela expressão em seu olhos, ela sabia que ele falava sério. Ainda parecia cedo demais para ambos, mas o acidente havia mudado tudo e feito o tempo passar bem mais rápido. Tudo se propagara a uma velocidade muito grande, enquanto lutavam por sua sobrevivência.

— Acho que se sabe quando chegou a hora. Acho que dá pra sentir — disse ele, com velada segurança. — Eu soube quase instantaneamente, no hospital. Só não entendi como eu podia sentir algo daquele tipo. Você era casada... E então tudo mudou. Page, quando eu olho pra você, sei que posso ser feliz com você pelo resto de minha vida. E eu acho que você sabe disso também.

Ela não negou. Sentia-se assim também, mas era muito assustador.

— Como pude estar tão errada antes e tão certa agora? Por que eu seria mais esperta agora? — disse ela, parecendo preocupada.

— Não acho que tenha algo a ver com ser esperta. Acho que tem a ver com algo que se sente no estômago... no coração... lá dentro... Seja como quiser chamar. Eu sempre soube que com a Dana estava errado. Soube desde o início, e ela também. Ela tentou me dissuadir, mas eu não deixei.

— É engraçado — lembrou-se ela. — Eu tentei fazer o mesmo com o Brad. Eu não me achava pronta. Eu ainda estava muito abalada pelo que acontecera com a minha família, mas ele quis se casar e vir para a Califórnia. Eu estava com medo, mas achei que fosse a coisa certa a fazer. Talvez eu simplesmente tenha sido muito tola.

— Não, foi o certo, no momento. Não teria durado tanto tempo, se não fosse. — O casamento dela com Brad nunca fora tão instável quanto o dele com Dana. — Não sei como lhe explicar, só sei que isso está certo. E não quero perder mais nenhum tempo. Sinto que desperdicei metade da minha vida com a mulher errada. — E então ele respirou fundo, se forçando a ir mais devagar. — Mas não quero apressar você. Leve o tempo que levar. Eu estarei aqui.

— Pelo menos desta vez minha mãe tem razão — disse ela, dando-lhe um sorriso.

— Como assim?

— Ela sempre me diz que eu sou uma mulher de sorte.

— Desta vez sou eu o felizardo — sorriu ele. — Agora, eu terei que aprender a ser paciente. — Ele bebeu um gole de vinho, e então sorriu. — O Natal não lhe parece uma boa idéia? Só penso que... Papai Noel... anões... trenós...

Ele sabia que o divórcio dela sairia até o Natal.

— Você é um lunático. Você sabe muito bem que eu sou um monstro dentro de casa. Eu não acho que o Brad teria ficado tão entediado, se eu fosse uma pessoa divertida de se conviver.

— Graças a Deus, ele é um tolo. E eu vou lhe dizer uma coisa, eu certamente gostaria de ter a chance de descobrir por mim mesmo... sem ter que correr pra casa às quatro da manhã... nem andar na ponta dos pés, pra que o Andy não nos ouça.

Obviamente, isso tinha seus limites. Ele queria acordar deitado ao lado dela, e ir para a cama com ela todas as noites. Ainda queria fugir num fim de semana com ela, mas ela ainda não se sentia bem deixando Allie.

— Apenas mantenha o Natal aí no fundo da sua mente... — pediu Trygve. — Veja o que você acha, talvez depois do Tahoe.

— Ponha isso na sua lista de Natal — disse ela, maliciosamente, e ele riu.

— Farei isso.

Capítulo 17

Em fins de junho, Page começou um mural para a UTI do hospital. Ela tinha se oferecido, e eles ficaram entusiasmados com a sugestão. Ela resolveu fazer dois, ambos em nome de Allie. Um no corredor comprido e deprimente que levava à UTI, e o outro na lúgubre sala de espera. Passara longas noites pesquisando sobre eles, e escolhera dois temas italianos: uma paisagem rural na Toscana e uma vista do porto de San Remo. Uma era pacífica e tranqüilizante, e a outra, divertida, com muitos pequenos detalhes e vinhetas. Daria às pessoas muito o que olhar e descobrir, enquanto esperavam.

Ela mostrou a Trygve os primeiros esboços, e ele ficou muito impressionado. Page achava que cada um lhe tomaria cerca de um mês, e então ela terminaria o último na Escola Municipal de Ross. Depois disso, no outono, ela passaria a fazer apenas trabalhos pagos.

— Não posso fazer de outra forma — disse ela, abruptamente.

Ela receberia de Brad apenas a pensão das crianças, e uma pequena pensão para ela, por dois anos. A alegação dele era de que, com o talento dela, não havia razão para ela não se sustentar. Ela esperava controlar a situação com seus murais e trabalhos para amigos, porque não queria deixar Andy sozinho o dia todo e não fazia idéia de quais eram as necessidades de Allie, quanto tempo passaria com ela, em que estado ela estaria ou o quanto precisaria dela.

Agora estava se tornando óbvio que havia uma grande chance de Allyson nunca sair do coma. Page ainda não havia admitido isso perante Trygve, mas ele sentiu que ela estava lutando com essa idéia e tentando aceitá-la. Ela falava muito sobre Allie ultimamente, sobre as coisas boas que ela tinha feito, suas conquistas, seus esforços, era como se estivesse tentando lembrar a todos do que ela já fora e de quem, evitando que fosse esquecida.

— Não quero que a vida dela tenha sido em vão — disse ela, com tristeza, certa noite. — Quero que as pessoas se lembrem dela pelo que ela foi... não pelo acidente, ou pela tragédia, ou como está agora. Essa não é realmente a Allie.

— Eu sei.

Às vezes, falavam disso horas a fio, e ele, como sempre, estava lá para ajudá-la.

Ele ficou feliz em vê-la começar os murais no hospital, e ela adorava fazê-los. Isso a mantinha por perto, e às vezes ela só aparecia na UTI para olhar para Allie ou para beijá-la. Os curativos já tinham sido removidos, e seu cabelo estava crescendo novamente. Estava curto, mas bonito. Fazia com que ela parecesse ainda mais criança, deitada imóvel na cama, com a cabeça sobre o travesseiro.

— Eu te amo — sussurrava Page, e voltava ao trabalho novamente, com o cabelo preso num coque, com os pincéis e uma velha camisa de trabalho.

Mas ela também iniciou um projeto especial, ao mesmo tempo. De repente, ela estava seguindo em frente a todo o vapor, e Trygve ficava aliviado de ver. Ela estava voltando à vida. Começou um projeto de arte na nova escola de Bjorn, e todos estavam adorando, especialmente os alunos. Ela fazia papel-machê com eles, e esculturas no barro, cerâmica, guache e desenhos. Eles estavam tão orgulhosos de seus trabalhos, e ela tão orgulhosa deles. Era a coisa mais gratificante que já fizera, disse ela a Trygve certa noite, enquanto preparavam o jantar das crianças.

Bjorn lhes estava explicando o que Page fazia na escola, e Page piscava para ele quando ele dizia o quanto gostava daquilo. Ela tinha um relacionamento caloroso com ele, e agora, quando ele ia para a cama, e ela estava lá, ele se abraçava com ela e dava-lhe um beijo de boa noite, e pedia-lhe que lesse uma história para ele, assim como fazia com Andy. Às vezes, ela se surpreendia com a força dele ao abraçá-la, ou suspendê-la, mas ele era sempre gentil, carinhoso e meigo.

— Ele é um garoto tão bom — disse ela a Trygve, após tê-lo colocado na cama, certa vez.

Trygve estava tão emocionado com o que ela dizia e fazia por ele e por Chloe. Quando tinha tempo, ela trabalhava de forma incansável com Chloe, fazendo terapia.

— Eu queria que você tivesse sido a mãe deles — disse ele, honestamente.

Ela sorriu.

— Isso foi o que o Bjorn disse. Sinto-me honrada.

Mas significava muito para ela estar com ele agora, e se relacionar com ele na escola. Ela finalmente tinha a impressão de estar fazendo algo importante com sua arte, e, mesmo não sendo ainda paga por isso, ela sabia que seria. Já lhe haviam perguntado se ela estaria disposta a dirigir a programação de artes numa outra oportunidade, e isso era algo que a tentava bastante, e os horários funcionariam perfeitamente com Andy.

Ela e Andy passaram o feriado de Quatro de Julho com eles. Ela ficou no quarto de hóspedes e Andy dormiu com Bjorn. Trygve fugiu para o quarto dela à noite, e eles riram como duas crianças, trancando a porta para que seus filhos não os surpreendessem.

— Você sabe, não podemos fazer isso pra sempre. Mais cedo ou mais tarde, eles vão ter que aceitar o que está acontecendo — disse ele.

Mas nenhum deles era corajoso o suficiente para forçar o assunto ainda, e ainda era cedo demais para Page dormir abertamente no quarto dele. Ambos sabiam disso. Chloe era particularmente possessiva com ele, e Page não queria aborrecê-la.

— Se a Chloe algum dia nos pegar, vai estar tudo acabado. — Page riu. — Ela vai sacudir a Allie e acordá-la só pra contar o que está acontecendo.

Ela riu da cena, e ele a beijou, e ambos esqueceram seus filhos.

Fizeram um churrasco em família no Quatro de Julho e cada um convidou alguns amigos. Jane Gilson e o marido estavam lá, os Applegates e quatro outros casais. Era a primeira vez que tomavam conhecimento do relacionamento, ou do fato de que Brad saíra de casa, a primeira vez que eles viam Page desde o acidente. Fazia pouco menos de três meses, mas pareciam mais de três anos, e muita coisa havia mudado em pouco tempo. Mas as pessoas estavam felizes por eles. Todos haviam sempre gostado de Trygve.

Ele estava encarregado do churrasco, e ela pediu que as crianças fizessem o resto. Trygve deixou que Bjorn soltasse alguns fogos, enquanto o observava e mantinha os olhos atentos em Andy.

— Eles são perigosos demais — reclamou Page.

Mas os meninos os adoravam, e nada de desagradável aconteceu. Todos se divertiram, e os últimos convidados partiram às dez e meia.

Page e Trygve limparam tudo, e ainda estavam recolhendo a comida, quando Chloe entrou na cozinha o mais rápido que pôde, em suas muletas.

— Vocês têm que vir agora!

Ela parecia abalada e pálida, e Page não entendeu o que poderia ter acontecido. Ela pensou que um dos meninos tivesse se machucado, e ficou instantaneamente apavorada, ao correr atrás dela. Trygve as seguiu num silêncio ansioso. Mas nenhum dos dois estava preparado para o que viram quando Chloe parou na frente da televisão, que mostrava uma cena de mortandade que havia aparentemente acontecido naquela tarde em La Jolla.

— ...esposa do senador John Hutchinson... — a voz narrava — ...em La Jolla, há poucas horas numa colisão frontal... matou uma família de quatro pessoas. Um de seus próprios filhos foi seriamente ferido no acidente, embora a criança, uma menina de doze anos, esteja em situação estável... A Sra. Hutchinson foi levada presa na hora, por homicídio culposo. Os testes mostraram que ela estava dirigindo alcoolizada. O senador não foi encontrado para entrevista... No início da noite, o porta-voz da família disse que, embora a evidência indique que a Sra. Hutchinson foi de fato culpada, é mais do que provável que ela não seja... Entretanto — o apresentador olhou direto para a câmera, como se pudesse ver o coração de Page soltando fora do peito, à medida que ele o ouvia —, a Sra. Hutchinson esteve envolvida num acidente parecido no início do ano, em abril, em San Francisco. Um rapaz de dezessete anos morreu, e duas meninas de quinze anos foram seriamente feridas, numa colisão frontal, na ponte Golden Gate. O culpado pelo acidente, que ocorreu há apenas onze semanas, não foi descoberto. Investigações sobre esse acidente recente estão se processando em La Jolla.

Então ele passou a falar sobre um roubo em Los Angeles, enquanto os três continuavam parados, com os olhos fixos no aparelho de TV. Laura Hutchinson matara uma família de quatro pessoas e fora presa por dirigir alcoolizada.

— Oh, meu Deus — disse Page, caindo na poltrona e começando a chorar. — Então ela *estava* bêbada... Ela estava bêbada... Deve ter estado, e quase matou a todos vocês...

Ela não parava de chorar, e Chloe também não. Então Trygve desligou a TV e sentou-se com elas. Os Applegates telefonaram poucos minutos depois, e Page desejou ter coragem para ligar para os Chapmans. Mas ela sabia que eles logo, logo, ouviriam falar disso. Trygve estivera certo em suas suspeitas.

Ele ligou novamente a TV e mudou de canal, e eles viram uma reportagem parecida em outro canal. As notícias agora eram piores. Ela matara uma mulher de vinte e oito anos, seu marido de trinta e dois, a filhinha de dois e um menino de cinco anos de idade, e a mulher estava grávida de oito meses. Cinco pessoas, não quatro. E a própria filha dela quebrara o braço, levara quinze pontos na face esquerda e sofrera contusões leves. Havia uma fila de ambulâncias, caminhões dos bombeiros e outros carros que tinham sido forçados para fora da estrada. Seis ou sete outros carros tinham sido envolvidos em menor escala, porém mais ninguém ficara ferido gravemente. Ouvir isso enojava Page.

— Meu Deus. — Ela não sabia o que mais dizer, mas vingava

Phillip Chapman. Ela imaginou como os pais dele se sentiriam ao ouvir aquilo. — Ela vai para a prisão?

Page olhou para Trygve.

— Provavelmente. Não acho que o senador consiga tirá-la dessa.

Ele era famoso, mas controvertido, do tipo estrela, de certo modo, e ter uma esposa com um sério problema de alcoolismo não o ajudava em nada. Eles aparentemente tinham mantido tudo em silêncio. Mas não a tinham mantido longe da direção. E deveriam.

— Ela acabou de matar cinco pessoas — comentou Trygve. — Isso é muito para se deixar passar. Não acho que vão deixar por isso mesmo. Ela simplesmente terá que ir a julgamento.

A acusação era de quatro homicídios, já que não podiam acusá-la pela morte do feto. Grande esforço foi feito para salvá-lo com uma cesárea de emergência, mas o bebê morreu mesmo assim, com o impacto e a morte repentina da mãe. Era tarde demais para salvá-lo.

— Ela matou seis pessoas — disse Page, em voz baixa, incluindo Phillip. Sete, se Allie morresse, o que ainda era possível. Mas Page não suportava pensar nisso. — Como ela teve a coragem de ir ao enterro do Phillip? Como pôde fazer isso?

— Foi inteligente da parte dela. Fez com que ela parecesse solidária — explicou Trygve, sabiamente.

— Foi terrível da parte dela — disse Page, abalada. Naquela noite, ela deitou-se na cama e chorou nos braços dele. Era como se eles finalmente tivessem sabido quem matara, ou quase matara os filhos deles. Não mudava nada, mas fazia tudo parecer real demais. Conhecia-se a culpada, e o que ela havia feito. Não havia dúvida em suas mentes de que Laura Hutchinson estivera bêbada naquela noite na ponte Golden Gate, quando ela e Phillip Chapman colidiram.

Trygve examinou cuidadosamente os jornais no dia seguinte e ligou a TV para verem o noticiário durante o café. Page assistiu seriamente com ele ao pronunciamento do senador à imprensa sobre o quão mal se sentia, e quão arrasada sua esposa estava. Eles pagariam os enterros, é claro, e se faria uma investigação completa e uma ampla divulgação. Ele tinha algumas perguntas sérias sobre o carro da sua esposa. Ele acreditava que a barra de direção e os freios estivessem com defeito. Page quis gritar quando o ouviu. Mostraram-no então com a filha machucada. Ela parecia petrificada e nervosa, esmagando a mão dele e tentando sorrir. A própria Laura Hutchinson não estava em parte alguma onde pudesse ser vista. Disseram que estava em estado de choque e sob sedativos. Page disse que ela provavelmente estava em *delirium tremens* e se recuperava em algum lugar.

Quando eles abriram a porta para irem ao hospital, caíram direto nos braços de um câmera e quatro repórteres. Eles queriam uma fotografia de Chloe na cadeira de rodas, ou em suas muletas, e quiseram saber como Trygve se sentia a respeito do acidente de Laura Hutchinson em La Jolla.

— Péssimo, é claro. É muito chocante — disse ele, sombrio, tentando evitá-los.

Ele se recusara a deixar que fotografassem Chloe. Mas, ao entrar com ele no carro, Page de repente percebeu que provavelmente haveria repórteres no hospital também. E ela correu para a UTI assim que chegou lá. Não queria que ninguém fotografasse Allie no estado em que estava e nem que a transformassem num espetáculo grosseiro, nem num objeto digno de pena. Esta não era a Allyson Clarke que todos conheciam, e eles não tinham direito algum de usá-la para espalhar a indignação pública. Não importava o quão culpada Laura Hutchinson fosse, Page não deixaria que usassem Allie como instrumento para crucificar a mulher do senador.

Meia dúzia de repórteres e fotógrafos estavam amontoados no corredor do lado de fora da UTI, e tentaram pará-la e fazer-lhe uma infinidade de perguntas, assim que descobriram quem ela era.

— Como a senhora se sente, agora que sabe que Laura Hutchinson foi a provável responsável pelo acidente da sua filha, Sra. Clarke? ...Como ela está?... Será que ela algum dia vai sair do coma?

Eles tentaram falar com o médico também, mas ele, é claro, não os atendeu, e nem as enfermeiras da UTI, apesar de todas as súplicas e persuasões. Tentaram até mesmo subornar uma delas para que os deixassem entrar e bater rapidamente uma foto, mas, infelizmente para eles, a pessoa que haviam escolhido para subornar era Frances, a enfermeira-chefe amiga de Page. Ela ameaçou colocar todos eles para fora do hospital, e conseguir um mandado contra eles. No mesmo instante, ela foi tirar Page dali, enquanto Trygve tentava fazer com que a deixassem em paz. Page insistia em que não tinha comentários a fazer.

— Isso me deixa muito triste — disse Page, com voz digna, ao passar por eles —, por todos nós, pelos que perderam seus entes queridos ou que passaram pela angústia deste acidente. E o meu coração vai até os parentes da família em La Jolla.

E, sem dizer mais palavras, entrou na UTI com Trygve, sentindo-se como se tivessem atravessado um tufão. As enfermeiras fecharam as portas da UTI naquele dia e arriaram as persianas, para que ninguém pudesse tirar fotos de Page nem de Allie.

Trygve telefonou para o seu amigo repórter investigador no final da tarde, e ficou surpreso com o que ouviu. Laura Hutchinson estivera quatro vezes numa famosa clínica de recuperação de Los Angeles nos últimos três anos, e aparentemente nenhuma das estadas fora um sucesso. Ela estivera lá com nome falso, mas fontes da própria clínica haviam confirmado sua estada. Além disso, os registros de trânsito mostravam que ela estivera envolvida em, no mínimo, meia dúzia de pequenos acidentes, e um grande em Martha's Vineyard, onde passava os verões. Não houve mortes em nenhum deles, exceto no da ponte Golden Gate, mas houve pequenos ferimentos, e em um deles a própria Sra. Hutchinson sofreu uma contusão. Todos foram cuidadosamente abafados, é claro, e, sempre que possível, os casos eram arquivados. Mas, sem dizer como, o amigo de Trygve descobriu tudo. Ele disse que deve ter havido suborno para fecharem esses casos, e alguns favores políticos. Mas os advogados do marido dela e o pessoal de relações públicas haviam feito um trabalho brilhante para esconder a ficha de Laura Hutchinson.

Era horrível pensar que, só nesse ano, ela ferira a própria filha e matara outras seis pessoas, quase aleijara uma e deixara outra em coma. Era uma senhora ficha.

Ao final do dia, a reação do público a tudo isso já era enorme. A Associação das Mães contra a Direção Alcoolizada dera entrevistas e fizera declarações ao público, e os Chapmans deram uma entrevista, falando sobre a jovem vida que Laura Hutchinson tirara e a reputação que ela manchara. Enquanto isso, porta-vozes do senador continuavam afirmando que os freios do carro dela haviam falhado e que a barra da direção havia quebrado, mas seria muito difícil para eles se fazerem crer. Durante todo esse tempo, a própria Laura Hutchinson "não estava disponível para comentários".

Durante a semana seguinte, os programas de televisão *Oprah* e *Donahue* apresentaram entrevistas com famílias que perderam seus filhos e maridos e esposas em acidentes parecidos, e os noticiários mostraram Laura Hutchinson entrando às pressas no Palácio da Justiça, de óculos escuros, para ser formalmente acusada de homicídio culposo. A pena máxima que ela enfrentaria era de quarenta anos de prisão, o que, segundo Page, nem começava a pagar o que ela lhes devia.

Cada vez que Page viu Allie naquela semana, só podia pensar em Laura Hutchinson e na jovem mulher que morrera com seu bebê ainda no ventre.

Pelo meio da semana, a imprensa começou a ficar mais audaciosa com a história. Continuavam a entrevistar os Chapmans sobre como se sentiam a respeito do seu filho, e a rondar os Applegates, Page, Brad e Trygve. As câmeras do noticiário de TV continuavam a aparecer na UTI, e o produtor do programa tentou fazer Page concordar em deixar Allyson aparecer em coma na TV.

— A senhora não quer que as outras mães vejam o que aconteceu com a senhora? Elas têm o direito de tirar das ruas pessoas como Laura Hutchinson — explicou uma jovem muito agressiva. — E a senhora tem a obrigação de ajudá-las.

— Ver a Allyson não vai mudar nada.

Tudo o que ela queria era protegê-la.

— A senhora vai pelo menos falar conosco?

Ela pensou muito, e finalmente concordou com uma breve entrevista no corredor, somente para ajudar no caso contra Laura Hutchinson em La Jolla. Explicou o que acontecera com Allyson há três meses atrás, as conseqüências físicas do acidente, e sua condição atual. Foi muito sincera, e, por uma fração de segundo, ficou feliz em tê-lo feito.

Então, a mesma jovem agressiva perguntou-lhe se a sua vida tinha sido afetada de alguma outra forma pelo acidente. Houve alguma outra implicação? Quando ela lhe perguntou isso, Page percebeu que alguém deveria ter-lhe dito que ela e Brad haviam se separado. Mas ela não estava prestes a virar objeto de pena na TV, então evitou a pergunta.

— A senhora tem outros filhos, Sra. Clarke?

— Sim — disse, calmamente. — Um filho, Andrew.

— E como isso o afetou?

— Tem sido difícil pra todos nós — disse ela, candidamente, enquanto a repórter concordava com a cabeça.

— Não é verdade que ele fugiu de casa algumas semanas depois do acidente? A senhora diria que este foi o resultado direto de todo esse trauma?

Eles haviam checado o arquivo da polícia, e Page zangou-se com a invasão a suas vidas. Esse pessoal os estava usando para provar seus pontos de vista. Trygve tinha razão em não querer falar com eles.

— Eu diria que está sendo difícil pra todos nós, mas estamos agüentando. — Ela sorriu educadamente, e então pensou em por que concordara em dar a entrevista. — Eu apenas gostaria de dizer que eu acho que qualquer pessoa responsável por esse tipo de tragédia deve responder por ela na pena máxima da lei... Não que isso mude alguma coisa pra nós agora — disse ela, ao finalizarem a entrevista.

Mas, se eles tivessem sido honestos em lidar com o problema de alcoolismo de Laura Hutchinson, anos atrás, talvez ela não estivesse nas ruas, atrás de um volante, naquela fatídica noite de abril.

Page se entristeceu ao ver a entrevista na TV. Eles a editaram de tal maneira que fez parecer que ela dissera coisas que não disse. Fizeram-na parecer patética. Mas, talvez, se as pessoas soubessem o que Laura Hutchinson havia feito com todos eles, talvez ela fosse severamente punida em La Jolla. Este acidente não seria admitido como evidência, porque ela não fora submetida ao teste alcoólico na época. Mas estabelecia uma amostra do que ela havia feito. Era a única razão pela qual Page falara com eles, embora tivesse se arrependido disso.

Nada disso mudava coisa alguma para Allyson, mas Page se sentiu melhor sabendo que a mulher que era responsável por aquilo seria levada à justiça. O julgamento foi marcado para a primeira semana de setembro.

Capítulo 18

Trygve e as crianças foram para o lago Tahoe no início de agosto, e Page prometera se juntar a eles, lá, com Andy, em meados do mês. Brad estava na Europa com Stephanie então, e, na falta de outra coisa, Page colocara Andy para acampar, em regime diurno. Trygve se oferecera para levá-lo com eles para Tahoe, e Andy ficou tentado a ir, mas ainda queria ficar perto de sua mãe. Ele não estava tão seguro quanto antes do acidente, não queria mais passar a noite na casa de amigos, e às vezes ainda tinha pesadelos com Allie.

O acidente fora há quase quatro meses atrás. A temida marca dos três meses havia passado, sem um sinal de Allie. Page já havia quase se conformado. Ela quisera tão desesperadamente que ela acordasse, que fosse a garota de antes, mesmo que levasse um longo tempo para trazê-la de volta e reabilitá-la. Ela teria feito qualquer coisa para trazê-la de volta. Mas, aos poucos, estava começando a entender que isso jamais aconteceria.

Trygve ligava para ela, do lago Tahoe, todos os dias. A essa altura, ela já estava entrando numa rotina. Levava Andy para o acampamento, ia ao hospital, visitava Allyson, trabalhava com o terapeuta para manter o corpo de Allyson se movendo e evitar que se atrofiasse por completo. Depois, trabalhava no mural, e então se sentava ao lado de Allie novamente. Pegava Andy no acampamento, e ia para casa fazer o jantar.

Ela sentia uma falta imensa de Trygve, mais do que esperava. Uma vez, ele disse estar tão só sem ela que dirigiu de volta a Ross uma noite, só para passá-la com ela e voltar na manhã seguinte. Ele era maravilhoso para ela, e os dois estavam muito felizes juntos.

A essa altura, ela terminara o primeiro mural e iniciara a cena portuária, na sala de espera, na primeira semana de agosto. Havia muitos detalhes intrincados que fizera nos primeiros esboços, e ela estava sentada ao lado de Allyson, pensando neles e examinando seus desenhos. Era uma tarde calma, e o sol penetrava no quarto, quando Page sentiu um pequeno movimento da mão de Allie na cama. Ela fazia isso às vezes. Não significava nada, agora ela sabia disso. Era somente o corpo respondendo a alguma eletricidade do cérebro. Mas, instintivamente, ela ergueu os olhos, fitando-a por um instante, e voltou aos seus desenhos, rabiscando à toa com o lápis. Havia um detalhe que queria desenhar que não estava claro para ela, e ela sentou-se, olhando fixamente através da janela por um minuto, tentando descobrir como fazê-lo. E então tornou a olhar para Allie, e viu as mãos dela se moverem. Elas pareciam estar amassando o lençol, desta vez, e se esticando para ela. Era algo que Allie jamais fizera antes, e Page a observou atentamente, imaginando se isso seria e mesma coisa, ou algo diferente.

E então, quase imperceptivelmente, ela viu a cabeça de Allie se mexer. Ela parecia estar-se voltando lentamente na sua direção, como se sentisse que Page estava lá. Page a observava, sem fôlego. Era como se Allie soubesse que havia alguém lá, como se ela mesma estivesse de volta ao quarto, e page podia sentir isso.

— Allie? Você está aí?... Você pode me ouvir?

Não era como da vez em que ela quase havia morrido, era bem mais forte e mais real, embora naquela época aquilo também tivesse parecido real, mas isso era muito diferente.

— Allie...

Ela arriou o lápis e o bloco e tomou a mão de Allyson na dela, na intenção de alcançá-la, se houvesse sequer uma chance.

— Allie... Abra seus olhos, querida... Estou bem aqui. Abra

seus olhos, filhinha... Está tudo bem... Não tenha medo... É a mamãe...

Falava bem mansamente, enquanto acariciava a mão dela, e então, levemente, Allyson apertou a sua mão, Page começou a chorar. Ela tinha ouvido. Sabia disso, ela a tinha escutado.

— Allie... Senti você apertar a minha mão... Eu sei que você pode me ouvir, querida... Vamos... Agora, abra seus olhos...

E então, bem devagar, enquanto as lágrimas desciam pelo rosto de Page, ela pôde ver as pálpebras de Allyson tremerem, e então pararam. Como se fosse demais para ela e como se estivesse exausta. Page sentou-se, olhando para ela por um longo instante, imaginando se ela havia retornado mais profundamente para seu coma. Agora parecia não haver sinal de vida, e então, de repente, ela sentiu novamente um aperto na mão, mas desta vez foi mais forte.

Page queria pular e sacudi-la para que acordasse, queria gritar por alguém, dizer que Allie ainda estava ali, que no fundo, no fundo, sua filha ainda estava viva e respirando, mas ela simplesmente permaneceu ali, hipnotizada, com os olhos fixos nela, querendo acordá-la, enquanto as pálpebras tremiam novamente e Page chorava silenciosamente, olhando-a. E se fosse tudo uma piada cruel, se lhe dissessem que novamente não passavam de espasmos... E se ela nunca acordasse novamente...

— Querida, por favor, por favor, abra seus olhos... Eu te amo tanto... Allie, por favor...

Ela estava soluçando baixinho e lhe beijando os dedos, quando as pálpebras tremeram novamente, e, bem lentamente, Allyson abriu seus olhos pela primeira vez em quase quatro meses, e viu sua mãe.

Ela, a princípio, pareceu bem dopada, como se não tivesse certeza do que estivesse vendo, e então olhou para Page bem nos olhos e disse:

— Mamãe.

Page não podia parar de chorar, olhando para ela. Curvou-se, beijando-lhe o rosto e os cabelos, e as lágrimas escorreram da sua face para as de Allie. Então Allie falou outra vez, mais forte, enquanto a mãe a olhava. Era um gemido, mas era uma palavra, o mais doce som que Page jamais ouvira... Mamãe...

Page ficou lá sentada durante um tempo que lhe pareceu infinito, chorando e olhando para ela, e então Frances veio e não conseguiu acreditar.

— Meu Deus... Ela está acordada...

Ela correu para chamar o Dr. Hammerman, e, quando ele chegou, ela estava dormindo. Mas não havia reentrado em coma.

Page lhe explicou o que acontecera, e ele examinou Allie, calado. Depois de um tempo, Allyson abriu os olhos e olhou para ele. Ela não entendia quem ele era, e chorou ao olhar para sua mãe.

— Está tudo bem, querida... O Dr. Hammerman é nosso amigo... Ele vai fazer você melhorar...

Ela não se importava mais com o que fizessem, Allie estava acordada, ela abrira seus olhos e falara com eles. Tudo o que viesse depois disso seria lucro.

O doutor pediu que Allyson lhe apertasse a mão e olhasse para ele, e ela o fez. E então pediu que falasse com ele, mas ela não conseguiu. Os olhos dela se voltaram então para sua mãe e ela abanou a cabeça. Mais tarde, ele explicou a Page, no corredor, que ela havia provavelmente perdido a fala. Perdera a maior parte de suas habilidades motoras, e agora faltava ver a extensão das perdas cerebrais.

— Muitas destas coisas ela pode aprender novamente, andar, sentar, se movimentar, comer sozinha. Pode aprender a falar de novo. Só precisamos ver o quanto sobrou, e até onde ela pode ir — explicou ele.

Mas Page estava disposta a fazer qualquer coisa por ela, a trabalhar muito, se fosse preciso, para trazê-la de volta o máximo possível. Estava pronta para fazer o que fosse preciso para ajudá-la.

Ela ligou para Trygve, depois que o Dr. Hammerman saiu, e disse-lhe o que havia acontecido.

— Espere um minuto... Espere aí... Devagar...

Ele estava com um telefone celular, no lago, e mal podia ouvi-la. Ficou sabendo que o doutor dissera algo sobre as habilidades motoras de Allyson, mas não pôde ouvir o resto.

— Fala de novo, Page.

Ela estava rindo e chorando, e ele mal podia entendê-la.

— Ela falou comigo... Ela *falou*! — Ela estava quase gritando, e ele quase deixou cair o telefone, ao ouvi-la. — Ela acordou... Abriu os olhos e olhou pra mim, e disse "mamãe". — Foi o momento mais lindo da vida de Page desde do dia em que Allie nascera... E quando souberam que não perderiam Andy. — Oh, Trygve...

Tudo o que conseguiu fazer era chorar incontrolavelmente, e ele também estava chorando, e seus filhos o observavam. Eles se chegaram em volta dele, curiosos, querendo saber o que havia acontecido. Não estavam certos se era algo terrível, ou bom, talvez Allie tivesse morrido. Chloe estava assustada, olhando para ele.

— Vamos voltar hoje à noite — disse ele, apressadamente. — Te ligo depois. Quero contar para as crianças — disse ele, quase histérico.

E desligou o telefone depois de Page. Ela voltou correndo para a UTI para ver Allyson, e ele contou às crianças que Allie estava acordada.

— Ela está bem? — perguntou Chloe, surpresa.

— É muito cedo pra dizer, querida — disse ele, abraçando-a.

Poderia tão facilmente ter sido ela a ficar em coma, e não Allie...

Toda a família voltou de Tahoe naquela noite, mas a essa altura Allyson já estava dormindo. Desta vez, não em coma, apenas dormindo, como uma pessoa normal. Ela estava sendo desconectada do respirador, mas permanecia na UTI e continuaria lá para que pudessem observá-la.

— O que foi que ela disse? — perguntou Chloe, querendo saber de tudo, ao se sentarem à mesa da cozinha dos Thorensens.

— Ela disse "mamãe".

Page chorou de novo ao contar-lhe tudo, e Trygve também, ao ouvir. E então Chloe chorou, e Bjorn, porque ele não se sentia bem quando as pessoas choravam. Ele e Andy estavam de mãos dadas enquanto ouviam.

Era o dia mais feliz de suas vidas, e na manhã seguinte Page levou Chloe ao hospital com ela. Allyson abriu os olhos e olhou fixamente para ela durante muito tempo, e então franziu a testa e olhou para sua mãe.

— Menina — disse ela. — Menina.

E então ergueu sua mão e apontou.

— Chloe é sua amiga, Allie.

Allyson olhou para ela novamente e então concordou com a cabeça. Era como se, em algum lugar dentro dela, ela soubesse, mas havia perdido as palavras para tudo. Era como estar num outro planeta.

— Acho que ela me reconheceu — disse Chloe, ao sair.

Mas ela admitiu ao pai que ficara desapontada por Allie não tê-la reconhecido.

— Dê tempo a ela. Ela sofreu muita coisa. Vai levar muito tempo para trazê-la de volta até onde ela estava, ou até mesmo perto disso.

"Se puder fazê-lo", acrescentou Trygve mentalmente.

— Quanto tempo, pai?

— Eu não sei. O Dr. Hammerman disse à Page que poderia levar anos. Talvez dois ou três anos, até atingir o máximo da reabilitação.

Ela teria dezoito anos, então, e enquanto isso teria que aprender a sentar-se, a falar e a comer com o garfo... Reaprender o idioma... Era incrível.

Naquela noite, Page falou-lhes mais sobre o progresso de Allie. Agora, estavam ocupados com ela dia e noite. Ela tinha um fisioterapeuta, um especialista em reabilitação motora, um fonoaudiólogo, que trabalhava com pessoas com afasia, dificuldades de fala, comuns após choques. Ela estaria bem ocupada nos próximos meses. E Page também.

— E Tahoe? — perguntou-lhe Trygve.

Todos estariam partindo novamente pela manhã. E ele queria levar Andy com ele, após o garoto ter visitado a irmã.

— Eu não sei — disse ela, parecendo preocupada. — Odeio deixá-la agora.

E se ela voltasse a entrar em coma? E se parasse de se mexer e de falar? Mas o Dr. Hammerman disse que isso não aconteceria agora, e que, na verdade, era seguro deixá-la.

— Por que você não espera mais uma ou duas semanas? Você só viria depois mesmo, e então pode se comunicar com freqüência.

Posso levá-la de carro, se quiser, ficaríamos lá durante a noite e voltaríamos de manhã. É cansativo, mas não tão ruim quanto o que você tem feito nos últimos quatro meses. O que você acha?

Ele estava sempre disposto a fazer qualquer coisa para tornar a vida dela mais fácil e melhor.

— Gostei da idéia.

Ela sorriu, beijando-o.

— Por que não levo o Andy comigo agora? Acho que ele adoraria.

E ambos sabiam que ele ficaria desapontado se Allie não o reconhecesse de imediato. Era melhor para ele mantê-lo longe e distraí-lo.

— Acho que seria ótimo pra ele — concordou ela.

Ela queria todo o tempo que pudesse ter para trabalhar com Allyson. Havia muito o que fazer agora.

— Eu volto pra pegar você na semana que vem, e, se for cedo demais, passarei alguns dias com você e você pode ir na semana seguinte.

— Por que você é tão bom pra mim? — sussurrou ela.

Ele a puxou para perto de si.

— Porque estou tentando seduzi-la — respondeu.

Ela telefonara para Brad na Europa logo que Allie acordara, e ele ficou eufórico ao saber. Disse que mal podia esperar para vê-la, quando voltasse. Mas, ao revê-lo, assim como Chloe, e Andy quando a viu antes de ir a Tahoe, ficou desapontado. Ele esperava que ela fosse gritar "papai!" no momento em que ele entrasse no quarto, e atirasse os braços em volta do seu pescoço ao vê-lo. Em vez disso, ela o olhou desconfiadamente, e então fez que sim com a cabeça e olhou para Page. "Homem", foi tudo o que disse, após longo tempo. "Homem." Ela olhou para ele como se lutasse para se lembrar do seu rosto, e então, de repente, quando ele estava saindo do quarto, ela sussurrou:

— Papai.

— Ela falou! — gritou Page, trazendo-o de volta. — Ela disse "Papai".

Brad abraçou-a e chorou, mas sentiu-se aliviado ao sair da UTI.

Não podia suportar ver o quão limitada ela estava. Ela já se sentava, mas não podia andar, e era uma luta a cada palavra ou movimento.

Mas, quando Trygve voltou na semana seguinte, ficou impressionado com o progresso dela.

— Chloe — disse ela, ao vê-lo. — Chloe.

Ela sabia quem ele era, e que ele pertencia a Chloe.

— Trygve — explicou ele. — Sou o pai da Chloe.

Ela assentiu com a cabeça, e então, no momento seguinte, sorriu. Era algo novo para ela. Ela conseguia sorrir, mas não exatamente em todo momento que queria, parecia haver um certo atraso. Da mesma forma, quando chorava, sempre parecia ser atrasado. Mas o Dr. Hammerman disse que tudo isso voltaria ao normal, com muito trabalho e dedicação.

— Ela está ótima — disse Trygve a Page.

Ele falava sério. Era uma melhora e tanto, desde o ponto em que estivera no mês passado, ou no anterior.

— Eu também acho — retrucou ela, entusiasmada. — Ela entende muito mais do que se pensa. Ela só não sabe mais como dizer. Mas posso ver em seu rosto, e ela se esforça tanto.... Ontem, eu trouxe o ursinho de pelúcia dela, e ela o chamou de "Sanduíche". O nome dele é Sam. Mas foi por pouco. E então ela riu, e se assustou e começou a chorar. É como uma montanha-russa, mas é maravilhoso.

— O que o Dr. Hammerman acha?

— Ainda é um pouco cedo, mas ele diz que, pelos testes recentes, e pelo que tem visto de progresso nela, ele acha que noventa e cinco por cento de recuperação é um prognóstico realista.

Era incrível para Trygve. Há um mês atrás, eles estavam se convencendo de que ela jamais sairia do coma.

— Significa — continuou Page — que ela nunca vai controlar com perfeição seu saldo bancário, seus reflexos podem ou não ser bons o suficiente para ela dirigir um carro, ela pode não ser a melhor dançarina do mundo, e tradução simultânea pode ser que seja demais pra ela. Mas ela pode ter uma vida normal, ir à faculdade, ter um emprego, uma família, rir de piadas, ler um bom livro, contar um caso. Ela será como todo mundo, e como ela mesma, só talvez um pouco aquém do que poderia ter sido, se nada disso tivesse acontecido.

Era muito para agradecer, considerando-se o fato de que ela quase morrera e passara quatro meses em coma.

— Me parece fantástico — disse Trygve.

Não era diferente de Chloe. Seus sonhos de se tornar uma bailarina tinham sido frustrados, mas ela podia andar, dançar, se mexer, viver. Ela perdera algo, mas não tudo. Não era como Phillip, ou como as outras pessoas que Laura Hutchinson matara em La Jolla.

Page explicou a Allyson que iria ao lago Tahoe no dia seguinte. Ela chorou quando sua mãe disse que a estava deixando, mas sorriu novamente quando ela explicou que era apenas durante dois dias. Page detestava deixá-la, mas voltaria a cada dois ou três dias para vê-la. Era uma programação terrível, mas Page queria segui-la, e Trygve compreendeu. Ela queria passar o tempinho que podia com Andy, Trygve e sua família, sem abandonar Allie completamente.

Page sentiu-se como nova, enquanto eles seguiam de carro pela estrada montanhosa. Sentia-se mais livre do que já se sentira há anos, mais forte, mais viva. Voltou-se para olhar para Trygve e sentiu como se seu coração fosse pular do peito, de tanta felicidade.

— Do que você está rindo? Está parecendo com um gato que engoliu um passarinho.

Só vê-la já o fazia sentir-se bem. Sentira falta dela nas últimas duas semanas, e esperava que viesse logo o dia em que pudessem ficar juntos.

— Só estou feliz — disse ela, sorrindo.

— Não consigo imaginar por quê — provocou ele.

— Eu consigo. Tenho todos os motivos do mundo pra agradecer. Duas crianças abençoadas... e um homem abençoado... e três outras crianças pelas quais sou louca.

— Me parece bom. Mas ainda tem lugar pra mais.

— Talvez não devêssemos confiar na sorte. Talvez cinco filhos maravilhosos sejam mais do que qualquer um mereça.

— Bobagem.

Ele estava decidido a ter mais filhos, mas, depois de tudo o que haviam passado, ela não queria muito mais da vida. A recuperação de Allie era um milagre maior do que ela esperava.

O tempo em Tahoe era só o que ela precisava. Finalmente dormiam no mesmo quarto desta vez, e, apesar dos risinhos de Bjorn e Andy na primeira noite, todos pareceram sobreviver.

Foi repousante e relaxante. Andaram a cavalo, pescaram, foram caminhar juntos. Conversaram sobre muitas coisas, e se conheceram ainda melhor. Fizeram fogueiras e churrascos, e, numa noite, todos dormiram fora, sob o luar. Eram férias perfeitas. As viagens de Page até Ross a cada poucos dias eram exaustivas, mas valiam a pena. E o progresso de Allie era surpreendente.

Ao final da segunda semana, ela conseguia ficar de pé e dar alguns passos, com um pouco de ajuda. E, quando Page entrava, ela ria no ato e dizia: "Oi, mãe, como vai você?" Lembrou-se do nome de Trygve, e nunca se esquecia de perguntar por Chloe. Também disse que queria ver Andy. Ela lhe disse que ele estava no lago Tahoe, pescando.

— Peixe... Gu... Argh! — disse ela, fazendo uma cara horrível, e todos riram.

— É, muito ruim — confessou Trygve, tão entusiasmado com o progresso dela quanto Page. — Eles cheiram mal, também.

— Droga.

Allie estava lutando com as palavras, e eles riram com ela.

— Também, não vamos exagerar. Da próxima vez, você vai lá com a gente, e vai poder pescar droga também.

Allie riu da piada dele, e ele a abraçou. Ela ainda era bonita, era incrível quão poucas marcas visíveis havia do acidente. Para ela, todo o estrago tinha sido por dentro.

Trygve e Page voltaram para passar o feriado do Dia do Trabalho no lago. O ar esfriara um pouco, e já se podia sentir o fim do verão. Eles estavam tristes de vê-lo terminar, mas, mesmo tendo sido tão parcelado, serviu para refazê-los. Todos tinham muito o que fazer ao voltarem para casa, especialmente Page, que tinha seus murais e programas de arte nos quais trabalhar e muito duro para dar com Allie.

Ficaram sérios novamente ao pegarem o jornal e verem que

Laura Hutchinson iria a julgamento na terça-feira seguinte, em La Jolla.

— Espero que a ponham atrás das grades por cem anos — disse Chloe, veementemente.

Dizia isso mais por Allie do que por si mesma. E, é claro, por Phillip. Laura ficara muito feliz em deixar Phillip levar a culpa. Se não, ela é quem teria carregado o peso do acidente por muito tempo, já que ela era a verdadeira culpada. Alguém, há não muito tempo, se pronunciara dizendo que achava que ela teria bebido muito, antes de sair da festa. Por que a polícia não havia notado isso? Por que não fizeram nada a respeito? Agora era tarde demais. Mas, pelo menos, agora ela iria pagar pelo que fizera em La Jolla.

— É impressionante como a vida se modifica, não é? — disse Page, pensativa, ao sentarem-se à beira do lago ao pôr-do-sol.

Voltariam para casa no dia seguinte, e as crianças estavam todas se preparando para o jantar. Iriam comer fora naquela noite, num restaurante novo em Truckee.

— Há cinco meses atrás, minha vida estava totalmente diferente... E agora, veja tudo o que passamos, até onde chegamos. Nunca se sabe na vida o que vai acontecer.

Ao final, estavam mais felizes, mas a que preço. Tinha pagado caro por tudo o que acontecera:

— Nunca mais quero reviver aquele dia — disse Trygve, pensativo. — Ainda me lembro de quando me telefonaram... E quando vi você no hospital... Pensava que elas estivessem com você.

— E eu pensava que você estivesse morto, quando me disseram que o motorista tinha falecido na ponte... Meu Deus, que momento terrível. — Ela ergueu os olhos arregalados para ele, cheia de respeito para com a força do destino, sua crueldade e sua bondade. — Acho que tivemos muita sorte.

Ela sorriu para ele e tomou a mão dele na sua.

— Você tem sido tão bom pra mim nesses últimos meses.

— Você merece até mais. Apenas me dê tempo. — Ela sorriu então, como se ele tivesse dito algo engraçado, e tinha, mas não sabia. — Você por acaso tem pensado sobre o nosso plano?

Ele não queria forçá-la, mas trazia o assunto à baila de vez em quando, só para lembrá-la. Ele ainda queria se casar com ela, depois que o divórcio saísse no Natal.

— Sim, tenho — disse ela, mansamente, estendendo o olhar pelo lago, enquanto ele a observava. E então ela voltou-se para ele com uma expressão estranha. — Você quer, Trygve? É muito para assumir. Eu tenho dois filhos... E a recuperação da Allie não vai ser fácil.

— Nem a da Chloe... E o Bjorn vai ser sempre o que é. E você? Com toda a minha pressão, como se sente com os meus fardos?

— Acontece que eu os amo muito. Nunca pensei que pudesse amar tanto os filhos de outra pessoa.

Ela até mesmo se afeiçoara a Nick, no curto período em que o conheceu melhor, durante o verão.

— Eu diria que é uma troca justa. — Ele sorriu e ela assentiu, e então ele ficou sério novamente: — Eu pensava que nunca deveria me casar novamente, por causa do Bjorn, mas não seria justo com ele. Eu não conseguia imaginar alguém que o amasse tanto quanto eu, e eu não queria que ninguém o magoasse. E então você apareceu. — Os olhos dele se encheram de lágrimas, e ele puxou-a para mais perto. — E você foi tão maravilhosa com ele... Ele realmente merece estar cercado de pessoas que o amem. Ele é uma almazinha tão boa, apesar de suas limitações.

— Você também é — disse ela, aconchegando-se junto dele.

E ela ainda não havia encontrado limitações nele.

— O que você acha do Natal?

Ele sorriu, parecendo maquiavélico, e desta vez ela riu.

— Na verdade, eu iria discutir isso com você — disse ela. Então ela deitou-se na toalha, olhando para ele.

— Está falando sério?

Ele pareceu entusiasmado. Ela estivera relutante em agir tão cedo, mas agora tudo parecia diferente, já que Allie saíra do coma.

— Talvez. Mas tenho que discutir algo com você primeiro. — O rosto dela ficou sério, e ele deitou-se ao seu lado e esperou. — Há algo que eu acho que devo lhe dizer.

Algo sobre Allyson, talvez... Ou Brad... Talvez ela fosse lhe dizer que ainda o amava e que achava que ele deveria saber disso.

Ele mesmo havia pensado nisso, mas ela parecia ter-se ajustado maravilhosamente bem, melhor do que ele com Dana.

— Lembra-se do que você disse sobre querer ter um filho imediatamente? — perguntou Page.

Ela parecia preocupada, e ele riu. Ele sabia que ela estava relutante sobre isso. Ela disse que queria, mas tinha medo de ser velha demais, e não queria desviar a atenção de Allie.

— Se for preciso, posso esperar. Só pensei que seria bom. Mas, se você precisa de tempo... Você é jovem o suficiente para esperarmos um pouco.

E se ela decidisse que não agüentaria mais um, ele estava disposto a aceitar isso, mas agora ela estava franzindo a testa. Estava parecendo realmente preocupada.

— Não é um empecilho, Page.

— Deixe que eu coloque pra você da seguinte maneira — disse ela, se apoiando em um cotovelo. — Como você se sentiria, se casando no Natal... — O coração dele bateu mais forte, e ele gargalhou, estava esfuziante, mas ela não tinha terminado. — ...Se eu estivesse grávida há mais ou menos seis meses?

— O quê?

Ele sentou-se e olhou para ela. Ela sorriu inocentemente e virou-se de costas, dando uma risada.

— Não sei como aconteceu. Você deve ter conseguido enganar meu controle anticoncepcional ou algo parecido, há seis semanas atrás. A princípio, pensei que estivesse imaginando, mas não estava. Eu não tinha certeza de como você reagiria, com as crianças e tudo o mais... É meio chocante pra todo mundo, e faz ser um casamento bem interessante.

Ela parecia uma criança envergonhada, ao explicar para ele. Sentia-se tola, mas feliz. Sempre quisera um outro filho. E eles certamente haviam começado o relacionamento com um estouro em todas as áreas. Era como ser lançado de um canhão... e aterrissar num campo florido.

— Sabe de uma coisa? Você me deixa baratinado. — Ele deitou-se ao lado dela e abraçou-a. — Eu não consigo acreditar. — E então, de repente, ele riu novamente. Estava entusiasmado. Isso era exatamente o que ele queria, ainda mais cedo do que quisera, mas para ele estava bem assim. — Acho que esse será ainda mais um bebê abençoado pra nós.

Ele riu abertamente, provocando-a.

— O que você quer dizer?

— Bem, aí está o Bjorn, que é bem especial ao seu próprio modo. E a Chloe agora é um milagre também... E o Andy, que era tão prematuro e está bem agora... E a miraculosa recuperação da Allie, e... Vejamos, se nos casarmos em dezembro, e você tiver o bebê em, o quê... três e meio... quatro meses depois disso... Pense em que milagre isso será! Um bebê de três meses!

Ele estava rindo, e ela parecia acanhada.

— Você é terrível. Pense na vergonha para os nossos pobres filhos.

— Então, não vamos convidá-los. Se não podem entender como nós somos felizardos, como somos abençoados, e como os adultos podem cometer erros ocasionalmente também, então, para o inferno com eles. Eu, certamente, não vou questionar uma dádiva dessas, ou Deus nos livre que seja tirado de nós quando já nos foi oferecido... Vou segurá-lo o mais perto de mim que puder e você junto, e vou dar graças todas as noites, antes de dormir... Quanto ao número de milagres, acho que batemos o recorde — concluiu ele, com orgulho.

E, sem dizer mais nada, abaixou-se e beijou-a, e ela o abraçou, pensando em quão longe tinham chegado, navegando por mares perigosos, e em quão felizes eram por terem um ao outro.

Impresso no Brasil pelo
Sistema Cameron da Divisão Gráfica da
DISTRIBUIDORA RECORD DE SERVIÇOS DE IMPRENSA S.A.
Rua Argentina 171 – Rio de Janeiro, RJ – 20921-380 – Tel.: 2585-2000